O DOM DA FÚRIA

O DOM DA FÚRIA

MARK OSHIRO

tradução: Jim Anotsu

GUTENBERG

Copyright © 2021 Mark Oshiro
Publicado em acordo com o autor, representado por BAROR INTERNATIONAL, INC., Armonk, New York, U.S.A.

Título original: *Anger Is A Gift*

Todos os direitos reservados pela Editora Gutenberg. Nenhuma parte desta publicação poderá ser reproduzida, seja por meios mecânicos, eletrônicos, seja via cópia xerográfica, sem a autorização prévia da Editora.

EDITORA RESPONSÁVEL
Flavia Lago

EDITORA ASSISTENTE
Natália Chagas Máximo

PREPARAÇÃO
Bia Nunes de Sousa

REVISÃO
Claudia Barros Vilas Gomes

DESIGN E ILUSTRAÇÃO DE CAPA
Chris Koehler

ADAPTAÇÃO DE CAPA
Diogo Droschi

DIAGRAMAÇÃO
Guilherme Fagundes

Dados Internacionais de Catalogação na Publicação (CIP)
Câmara Brasileira do Livro, SP, Brasil

Oshiro, Mark
  O dom da fúria / Mark Oshiro ; tradução Jim Anotsu. -- 1. ed. -- São Paulo : Gutenberg, 2021.

  Título original: *Anger Is A Gift*
  ISBN 978-65-86553-84-0

  1. Ficção norte-americana I. Título.

21-74244   CDD-813

Índices para catálogo sistemático:
1. Ficção : Literatura norte-americana 813
Aline Graziele Benitez - Bibliotecária - CRB-1/3129

A **GUTENBERG** É UMA EDITORA DO **GRUPO AUTÊNTICA**

São Paulo
Av. Paulista, 2.073 . Conjunto Nacional
Horsa I . Sala 309 . Cerqueira César
01311-940 . São Paulo . SP
Tel.: (55 11) 3034 4468

Belo Horizonte
Rua Carlos Turner, 420
Silveira . 31140-520
Belo Horizonte . MG
Tel.: (55 31) 3465 4500

www.editoragutenberg.com.br
SAC: atendimentoleitor@grupoautentica.com.br

*Para todas as mães que lutam
por seus filhos.*

1

Primeiro ele viu as luzes. Azuis e vermelhas, piscando num padrão constante. Muitas delas espalhadas pelo estacionamento ao sul da estação, e ele não conseguiu evitar.

Moss tinha entrado no trem em São Francisco naquela tarde, esperando nada além do comum, apenas uma tarde com sua melhor amiga, Esperanza. O trem estava lotado, cheio de gente ansiosa para voltar para casa no fim da semana. Tiveram sorte de achar alguns assentos vazios perto de uma das portas. Moss tinha encostado sua bicicleta na parede do vagão e lutado para conseguir o assento ao lado de Esperanza. Mas, então, a sorte deles acabou. O trem agora estava imóvel, preso entre a estação Embarcadero e West Oakland, onde ambos estavam parados. Moss fechou os olhos e suspirou.

– A gente nunca vai sair deste trem, te *juro*.

Olhou para Esperanza, que tinha tirado o fone do ouvido esquerdo. Moss podia ouvir o sonzinho de Janelle Monáe quando removeu o próprio fone. Sua melhor amiga jogou a cabeça para trás, sobre o encosto do banco, frustrada. Tirou os óculos de armação grossa e começou a esfregar os olhos.

– É isso aí – disse Esperanza. – É aqui que vamos ficar presos pelo resto da eternidade.

– Bem, não dá pra ficar aqui *para sempre* – ele respondeu. – Eles vão fazer aquela coisa... aquilo de transferir a gente para outro trem. – Estreitou os olhos para ela. – Será que *conseguem* fazer isso aqui?

Esperanza suspirou enquanto colocava os óculos de volta.

– Não sei – respondeu. – Nunca fiquei presa nem no metrô.

– Está me assustando – disse ele. – O que acontece se tiver um terremoto enquanto estivermos aqui?

Ela deu um tapinha de brincadeira no braço de Moss.

– Nem diga isso! É praticamente pedir para acontecer!

– Então isso aqui é bem parecido com o começo de todos os pesadelos apocalípticos que se prezem – disse ele.

– Bem, é melhor a gente se acostumar a viver aqui, Moss. Não tem escapatória. Nossa vida como a conhecemos acabou! O que significa que precisamos começar a planejar como vamos decorar a nossa nova casa.

Ela ficou de pé, sorrindo, com a blusa azul frouxa no corpo, e apontou acima das portas de trem ao lado dela.

– Com certeza a gente vai precisar instalar umas cortinas aqui – explicou. – Estou pensando... em algo cinza. Para acentuar a desolação do lugar.

Moss sacudiu a cabeça.

– Sou um homem de gosto exigente – falou com o tom mais grandioso que conseguia. Esse era o jogo deles de sempre. – Não hei de repousar meu corpo nesta pocilga. – Fingiu estar em pensamento profundo antes de exclamar. – Já sei! *Beliches*. Economizam espaço e darão um ar de jovialidade.

Esperanza fingiu desmaiar de volta ao assento.

– Moss, você é cheio de boas ideias. Além do mais, isso retrata bem a realidade da situação: permaneceremos celibatários pelo resto da vida, porque duvido que eu vá encontrar umas garotas bonitinhas nesse trem.

– Ei, fale por você – Moss disparou de volta. – Tenho certeza de que vi um cara bem gato com uma bicicleta *vintage* alguns vagões para trás.

– Vai tentar a sorte no mercado *hipster* do trem, hein? Esperto, Moss, muito esperto.

– Você acha? – Moss respondeu.

– Sim, são jovens e ambiciosos. Muita renda para gastar. Estão prontos para gentrificar o seu bairro num assar de *cupcake*.

Moss riu daquilo.

– Bem, como não há *nenhum* cara bonitinho nessa cidade que eu consiga aguentar por mais do que cinco minutos, então aceito o que vier.

– Isso certamente é uma tragédia – disse Esperanza. – Bem, sem contar ficar confinado num trem até esmorecer e morrer, mas é uma tragédia ainda assim.

Os dois ficaram em silêncio, como em geral Moss podia ficar na presença dela. Ela não esperava que ele ficasse conversando o tempo todo, deixava que ficasse quieto no seu canto. Moss voltou sua atenção para os olhares vagos e distraídos do trem, uma paisagem cotidiana no transporte urbano, não importa o dia. Já era fim da tarde, no entanto, e ele viu a exaustão nos rostos, na forma como arqueavam os corpos. Ele e Esperanza tinham passado a tarde num shopping no centro de São Francisco, fingindo ser compradores elegantes e ricos, construindo um guarda-roupas imaginário cheio de peças que eles provavelmente nunca poderiam comprar. Foram de loja em loja, Esperanza era uma poeta de sucesso em turnê para divulgar seu livro e Moss era um estilista mundialmente renomado a ajudando com as compras. Da última vez, Esperanza era uma das dançarinas de Beyoncé, e Moss tocava baixo nos shows dela, tinham parado em São Francisco durante uma turnê mundial, bebericando chá gelado despretensiosamente e usando os óculos de sol mais incríveis que encontraram.

Fingir era bom. Era como se Moss tivesse outra vida, uma vida que ele mal podia esperar para viver.

O ranger súbito nos alto-falantes o alarmou.

– Pedimos desculpas pelo atraso – disse uma voz que parecia a da mãe de Moss –, mas há atividade policial na estação de West Oakland. Não sabemos ainda se iremos parar lá, mas aviso assim que tiver qualquer informação. Aguardem.

Esperanza suspirou de novo, embora sua exasperação não fosse uma farsa desta vez. Moss esticou a mão e começou a mexer com a fita no guidão de sua bicicleta, a impaciência o afligia. Ele só queria ir para casa.

Inclinou-se no ombro de Esperanza, grato por terem a mesma altura.

– Não quero ir para escola amanhã – disse. – Eu sei, estou parecendo o adolescente mais clichê do mundo, mas estou horrorizado. – Moss fez uma pausa. – Já parou para pensar que deveriam ser dois dias de aula seguidos por cinco de folga? Essa, obviamente, é a melhor rotina de aprendizado.

– Ah, de boa, não é *tão* ruim – Esperanza insistiu e repousou a cabeça em cima da dele. – A gente vai se dar bem.

O trem, de repente, se impeliu adiante, e algumas pessoas bateram palmas. Moss viu um garoto alto, magricela, esticar a mão em direção ao apoio logo acima de sua bicicleta. Quando, em vez disso, segurou no quadro da bicicleta, ele se desequilibrou e estremeceu.

– Desculpa, desculpa – falou. – Só fiquei surpreso, só isso.

– Tudo bem – respondeu Moss. – Sem problemas, cara.

O cara correu a mão por sobre o quadro de novo.

– Isso é aço?

Moss assentiu e deu uma olhada mais longa para o garoto. O cabelo dele era raspado curto, a pele, marrom-dourada, e ele tinha aquele tipo de músculo esguio que algumas pessoas tinham a sorte de ganhar pela boa genética. *Ele é gatinho*, pensou Moss, *mas deve ser tragicamente hétero.*

– Aço é uma boa escolha – disse o garoto. – Especialmente nos bairros mais ferrados.

Moss estreitou os olhos ao ouvir isso, surpreso com o fato de que aquele cara parecia saber do que estava falando.

– É, eu sei! Todo mundo quer uma dessas de carbono, mas aquelas coisas machucam, a menos que esteja numa estrada boa.

– Né? – O cara estendeu a mão. – Javier.

Moss a sacudiu.

– Moss – disse ele. – E esta é Esperanza.

Enquanto Javier sacudia a mão de Esperanza, ele olhava para Moss.

– Que nome interessante – falou. – Tem alguma história por trás dele?

O som que saiu de Esperanza foi uma mistura de latido e uivo. Moss olhou para a melhor amiga e tampou a boca dela com a mão.

– Sim? – ele perguntou, recolhendo a mão. – Você tem alguma coisa a dizer, Esperanza?

– Ah, por favor, posso contar? É tão *fofinho*.

– Talvez o Javier aqui não queira escutar nada fofinho – disse Moss e lançou uma olhadela rápida para o rapaz.

Todavia Javier já assentia.

– Ô, *com certeza* quero escutar algo fofinho – falou, e, com essas palavras, foi como se aquele estranho tivesse despertado a verdadeira vocação de Esperanza.

Moss viu o rosto dela se acender com animação; ele baixou a mão e ela colocou a dela diante do rosto.

— Imagina só — disse Esperanza. — Moss mais novinho... pode-se dizer que era um bebezinho lindo.

— Sei lá — falou Javier. — Ele é bem lindo agora.

Moss ficou de queixo caído e seu olhar foi de Javier, que sorria para ele, até Esperanza, que *também* sorria.

— Hein, o quê?

— Deixa pra lá — disse Esperanza. — Vocês podem ter um momento a sós daqui a pouco, prometo. Estou contando uma história aqui, lembram?

— Exatamente — disse Javier. — E quero saber qual é a dessa história!

O coração de Moss saltou, batendo no peito. Foi pego desprevenido, mas Esperanza seguiu adiante e ele ficou grato por isso.

— Imagina só — ela repetiu. — Moss está aprendendo a falar. Ele ouve os pais dizerem o nome dele de novo e de novo... Morris, Morris! — A garota se inclina para Moss. — E o Moss aqui fica tentando repetir, como qualquer criança estudiosa tentaria. Mas toda vez fica saindo sem aqueles erres cruciais.

— Moss — disse Javier, como se experimentasse a palavra pela primeira vez. — Saquei! Cara, isso é fofinho.

Esperanza ficou de pé e fez uma reverência.

— É a minha história favorita, e agora vou deixá-los sozinhos porque isso aqui *claramente* é um daqueles momentos.

Com isso, ela se afastou em direção à janela do outro lado do trem. Javier apontou para o assento agora vago.

— Se importa se eu sentar?

Outra explosão de energia ansiosa correu pelo corpo de Moss.

— Sim — falou. — Quer dizer, não! — Soltou isso e, então, sacudiu a cabeça. — Por favor, senta — falou por fim, certo de que tinha se envergonhado além da conta.

Javier se sentou, a boca curvada num sorriso.

— Te deixei sem graça, né?

— Não, não, tudo bem, eu só...

— Você deve ser hétero — disse Javier, a derrota na voz. — Me desculpa, é só que... sei lá, apenas saiu.

O queixo de Moss caiu pela segunda vez em questão de minutos. Então, a risada se seguiu e levou embora todo o terror da interação.

— Ah, meu bem – disse ele. – Eu não poderia ser *mais* gay.

O abatimento que emoldurava o rosto de Javier desapareceu e foi substituído por um sorriso arteiro.

— Bem, vai saber – disse Javier. – A gente precisa tomar cuidado de vez em quando.

— Com certeza – disse Moss. – Ainda que eu nunca tenha dado em cima de ninguém em público desse jeito antes. Você é *ousado*.

— Eu? Ousado? – Javier riu. – A minha mãe teria muita coisa a dizer sobre isso.

— Você mora em Oakland? – indagou Moss e sentiu o trem ganhar velocidade enquanto percorria seu caminho pelo túnel sob a baía.

— Isso, perto de Fruitvale. E você?

— Próxima parada – disse ele. – West Oakland. Bem, supondo que a gente consiga chegar naquela estação.

As luzes de fora preencheram o vagão à medida que ele emergia do chão e subia a pista elevada. Durante todo o tempo vivendo em West Oakland, Moss nunca se cansou daquela vista específica, então apontou para a janela.

— Saca só – disse ele, e o porto de Oakland começou a passar ao lado deles. O sol já se punha além da costa de São Francisco, então os guindastes brilhavam com as poderosas luzes que iluminavam as estruturas. – Parece tão bobo – falou para Javier – mas eu adoro isso. São parecidos com brinquedos de criança.

— Ou como se uma criança os tivesse *construído*.

— Sabia que George Lucas modelou os AT-AT baseados neles?

— Cai fora! Você também é fã de *Star Wars*?

— Um tiquinho – admitiu Moss. – Menos a maior parte das prequelas. E você deve saber que dou moral para o Finn.

— Mano – falou Javier. – Poe é o *cara*. Latinos no espaço! Conseguimos!

— Isso é louco, mano. – Moss fez uma pausa e correu os olhos por Javier. – Está certo, Javier. Admito que não imaginava que minha tarde terminaria assim.

— Bem, a minha está só começando. Estou indo para aquele protesto em West Oakland. O atraso deve ser por causa disso.

Moss deixou um instante passar e se preocupou se estava sendo óbvio demais. Sentiu uma pontada, aquela ansiedade familiar que ele tanto lutou para manter escondida. *Um protesto?* Isso só queria dizer uma coisa.

— Pelo quê? – indagou Moss, tentando disfarçar sua reação.

— Já ouviu falar em Osner Young? – Quando Moss sacudiu a cabeça ao ouvir isso, Javier continuou. – Irmão mais velho de um carinha que estuda na minha escola. Foi baleado e morto perto da estação e a polícia falou que ele tinha uma arma apontada para eles. – Javier meneou a cabeça. – Claro que estava desarmado. Em geral todos estão.

— É – disse Moss, lutando para encontrar alguma coisa significativa para dizer, mas incerto de que poderia. *Nem sei por onde começar a conversar com ele sobre isso*, Moss pensou.

— Então estou indo para dar o meu apoio – disse Javier. – Tenho alguns amigos que vou encontrar por lá. – Javier colocou a mão na perna de Moss, que desejou que tudo aquilo estivesse acontecendo num contexto diferente. – Você não quer vir?

— Ah, sei não – respondeu Moss, baixando o olhar.

— Ei, não quero interromper o xaveco de vocês – disse Esperanza, se aproximando dos dois –, mas, Moss... a gente precisa tomar cuidado ao descer na estação.

— Por quê? – perguntou Javier.

Esperanza olhou de Javier para Moss, que notou a preocupação cruzar o rosto da amiga. A expressão dizia tudo. *Polícia*, pensou. *Deve ter policiais. Como ela sabe?*

— Tem alguma coisa acontecendo? – Javier se levantou, caminhou até a janela e então assoviou.

Moss se ergueu lentamente.

— É o que estou pensando?

Esperanza assentiu.

— Você vai ficar bem? Vou na sua frente se quiser.

Moss respirou fundo.

— Deixa eu ver o quanto está ruim – disse ele e atravessou o corredor, colando o rosto na janela.

Tentou espiar além do trem conforme se aproximava da estação West Oakland, mas o ângulo não estava bom. Podia ver o próprio reflexo melhor do que qualquer outra coisa do lado de fora, então colocou as mãos em concha contra o vidro para bloquear a luz de dentro do vagão.

Foi quando viu os jorros de luzes azuis e vermelhas, e aí o pavor o preencheu, transbordou, apertou seu coração até que se tornasse pó. Suas mãos começaram a suar e Moss se afastou da janela, quase tropeçando em Esperanza. Ela agarrou seu braço direito para evitar que caísse.

– O que foi? – perguntou Javier.

Lá estava, no rosto dele. Preocupação. Confusão.

– Nada – respondeu Moss. – Está tudo bem.

– São muitos policiais – Javier falou, caminhando até a janela e cobrindo os olhos assim como Moss tinha feito. – Droga. O que aconteceu com o protesto?

O trem diminuiu de velocidade ao se aproximar da estação, e Moss sentou-se no banco mais próximo da porta, respirando devagar e profundamente. Tinha aprendido essa técnica na terapia, para usar sempre que sentisse a ansiedade tomar conta. *Tudo por causa de algumas luzes*, pensou Moss. *Apenas luzes vermelhas e azuis. É só o que elas são.*

Ele sabia disso. Mas não fazia diferença.

O trem parou subitamente na estação West Oakland. A plataforma estava vazia em sua maior parte, um alívio. Isso significava uma saída mais rápida, e aquela era a única esperança a que Moss se permitia. Ficou ao lado de Esperanza, que aguardava perto da porta.

– Estou aqui – disse ela, a mão na dele. – Vamos simplesmente baixar a cabeça e sair da estação o mais rápido que pudermos. Tudo bem aí?

Ele assentiu, o coração na garganta. Moss queria ser capaz de enfiar a mão dentro do cérebro e cortar aquela parte que o atormentava. Em vez disso, tinha que lidar com aquilo todos os dias. Soltou Esperanza e pegou sua bicicleta, desejando que não a tivesse trazido, certo de que atrapalharia o caminho. Esperaram. E esperaram. E esperaram.

Mas as portas não se abriram e uma insidiosa antecipação se infiltrou ali. E se eles ficassem presos? E se os policiais estivessem vindo para a estação? O suor ao longo da testa pareceu brotar do nada; Moss não se lembrava de estar suando antes.

– Você está bem? – indagou Esperanza.

— Sim — respondeu, a voz fraca, presa pelo medo do desconhecido. — Só quero sair do trem.

Moss percebeu que Javier observava os dois. E então viu escrito no rosto dele: pena. *Está começando outra vez*, pensou Moss.

A luz laranja acima das portas brilhou, um toque curto soou em seguida, e então as portas se abriram. Apesar de ter pouca gente, um jovem entrou correndo no vagão, derramando metade da sua bebida sobre Javier.

— Que droga! — gritou Javier, mas o cara nem olhou para trás. — Nossa, isso foi horrível — disse, sacudindo a frente da sua camiseta branca.

Moss e Esperanza se juntaram a ele na plataforma.

— Sempre dá para chamar de arte moderna — falou a garota.

Javier deu uma risadinha.

— Gostei dela, Moss. Dá para entender por que são amigos.

— Ele está me ganhando — Esperanza falou. — Espero que já tenham pegado o contato um do outro. A gente precisa ir, Moss.

Javier tira o telefone, mas Moss o interrompe com um gesto.

— Vamos descer primeiro — disse. — Só quero sair da estação antes que... — Não terminou a frase. *O que dizer? Como contar para ele?*

Em silêncio, tomaram o caminho até as escadas, as luzes vermelhas e azuis das viaturas policiais se refletiam nas paredes. Dois funcionários da estação estavam fora de suas cabines, os olhos fixos na cena da saída sul da estação. Moss se virou para se dirigir à saída norte, a bicicleta presa no ombro, mas Esperanza segurou seu braço livre.

Havia uma multidão barulhenta com cartazes ao alto. Um deles trazia a foto de Osner Young e aquilo atingiu Moss em cheio: Osner era só alguns anos mais velho do que ele. Seu rosto aberto num sorriso alegre, e Moss reconheceu o lugar onde a foto foi tirada. A barbearia do Martin, perto de onde morava.

Havia mais cartazes. PAREM DE NOS MATAR, dizia um. Havia um homem branco alto no canto direito, seu cabelo grisalho bagunçado, carregava um pôster que dizia: AINDA PRECISO PROTESTAR CONTRA ISSO? Moss fez uma careta, aquele pôster o deixou com a sensação de que o cara estava mais preocupado em ser engraçadinho do que solidário.

Circundando a calçada do lado de fora da estação e bloqueando o acesso até as catracas, havia um batalhão de choque da polícia. Estavam com seus cassetetes pendurados na cintura, os capacetes brilhando sob as luzes do estacionamento. Moss precisava sair o mais rápido possível.

— Vamos — disse Moss, se virando para ir embora. — Por favor.

Esbarrou em alguém. Moss pediu desculpas, mas o cara o examinou, olhando-o da cabeça aos pés.

— *Morris?* — O cara o olhou do mesmo jeito de novo. Será que era alguém da barbearia do Martin? Como aquele homem sabia seu nome? — Aê, não te vejo há *anos*. Como você está?

Moss se afastou.

— Hum... acho que você me confundiu com outra pessoa — respondeu. — Não acho que a gente se conheça.

— Talvez você não se lembre de mim — disse o cara. — A última vez... puxa, deve ter uns cinco anos. Você ainda era uma criança. Foi no protesto em frente da prefeitura!

Por favor, agora não, pensou Moss. Ele se curvou e tentou ir na direção da saída, mas outra pessoa o deteve, um homem mais velho com uma coroa de cabelos grisalhos. Parece mais familiar, mas Moss não conseguia identificá-lo.

— Ei, Moss — disse o homem, erguendo uma mão. — Você está aqui para o protesto?

Moss tentou formar palavras, mas a escuridão veio. Começou pelas bordas da vista, se aferrou ao seu peito, e ele não conseguia ver uma rota de fuga. Esqueceu-se de Esperanza, de Javier, de qualquer outra coisa que não fosse a luz do dia brilhando além das catracas da estação. Enfiou a mão no bolso da frente e tirou o bilhete único, segurando com força. Mas tinha mais gente na frente de Moss, perguntando do protesto, perguntando de sua mãe, pedindo para ele ficar e protestar com os outros, fazendo perguntas demais, pedindo tanto dele, como sempre.

Uma mulher com o cabelo trançado num padrão complicado e apertado na cabeça surgiu ao lado dele e gritou:

— Ei, olha o filho de Morris Jeffries aqui!

Moss tentou focar no rosto dela, mas ele começou a borrar, a fugir para além da sua visão, e então parecia impossível respirar.

– Por favor, só preciso sair daqui – balbuciou e, então, se perdeu, o pânico se espalhando por todo o seu corpo.

Largou a bicicleta e ouviu-a cair no chão, o eco reverberando dentro da cabeça. Sentiu alguém agarrá-lo quando mergulhou em direção ao concreto cinzento da estação e esperou que a escuridão o consumisse.

2

As mãos de Moss bateram no chão, e seu bilhete único voou pelo concreto. Tentou segurá-lo, mas não conseguiu. Seus dedos pareciam esquisitos. Grandes demais. Roliços demais. A irritação queimou dentro dele, transformou-se em fúria e então ele passou a gritar com o cartão que não conseguia pegar. O terror se espalhou, correndo do seu peito para dentro da cabeça, tão avassalador, como se Moss estivesse sob uma cachoeira que fluía ao contrário.

– Moss! – gritou Esperanza, e ele sentiu o braço da amiga sob o dele.

Ela tentou erguê-lo, mas ele era pesado demais, e a vergonha o afundou ainda mais. Não conseguia respirar. Não conseguia pensar. Era muita coisa.

– Abram caminho – uma voz disse, grave e rouca.

Moss sentiu uma mão na parte de trás da cabeça, e então uma máscara de oxigênio foi colocada sobre seu rosto e presa atrás das orelhas.

– Respire – disse a voz. – Respire bem fundo, pode ser?

Moss sugou o ar para dentro, e o frio encheu sua boca, desceu pela garganta e adentrou os pulmões. A mão de alguém subiu e desceu pelas suas costas, e isso era bom. Reconfortante. Respirou fundo outra vez, e lentamente ergueu a cabeça, então jogou seu peso para trás. Sentou-se no concreto gelado e tomou mais uma lufada do ar calmante. Sua visão estava borrada; nem se deu conta de que tinha chorado.

Esperanza se ajoelhou na frente dele e estendeu a mão, segurando seu ombro.

– Você está bem? – disse ela.

– Como você se sente?

Moss se virou na direção da voz. O homem tinha uma barba bem delineada ao redor dos lábios e do queixo. Seu nariz era amplo, assim como a sua boca, e, quando ele sorriu, Moss sentiu uma pontada atingi-lo no peito. O sorriso do paramédico era convidativo. *Não seja tolo*, disse a si mesmo.

— Estou bem, acho — Moss falou, a voz abafada pela máscara. — Obrigado.

— Você sempre tem ataques de pânico? — indagou o homem. — Esse foi bem pesado.

Moss sacudiu a cabeça.

— Em geral consigo controlá-los melhor — respondeu, e a vergonha pulsou em seu rosto.

Será que Javier viu tudo isso?, pensou. Olhou ao redor e a maioria das pessoas que o cercava tinha desaparecido. Mas, a alguns metros de distância, lá estava Javier, inquieto, com cara de preocupado.

— Não precisa sentir vergonha — disse o homem com o oxigênio. — Só preciso me certificar de que você está bem. Tem alguém para quem eu possa ligar?

Moss enfiou a mão no bolso direito e puxou seu celular. *Para quem eu deveria ligar?*, pensou. Shamika deve estar em casa e ele já tinha recorrido a ela antes quando precisava de ajuda durante o dia. Será que sua mãe estava em casa? É domingo, ele se lembrou. As correspondências não eram entregues aos domingos. Com alívio, Moss destravou o celular, rolou para baixo até "Mamãe" e então entregou o aparelho ao paramédico. Quando o homem o apanhou das mãos de Moss, seus dedos se tocaram, e ele sentiu aquela alegria infantil de novo. *Patético*, pensou, *para com isso*.

O homem apertou o botão para ligar e ergueu o celular até o ouvido, piscando para Moss ao fazer isso. A mãe dele deve ter atendido na primeira chamada, já que o homem logo começou a falar.

— Ah, alô? Me desculpe se isso parecer alarmante, mas meu nome é Diego Santos e estou aqui com o seu filho na estação West Oakland. Não, não, ele está bem, garanto. Foi só um ataque de pânico.

Pausa. Diego passou o telefone para Moss.

— Ela quer falar com você.

Obrigado, murmurou para Diego, então pegou o telefone. Baixou a máscara.

– Oi, mãe.
– Moss, meu filho, você está bem?

A voz dela não estava grave, não estava cheia de medo. Apenas suave. Atenciosa. O coração dele começou a se acalmar.

– Estou, mãe, juro. Não foi tão ruim. Só fiquei... agitado. Só isso.
– O que aconteceu?
– Nada, mãe...

A frase morreu antes que pudesse acrescentar qualquer coisa.

– Morris Jeffries Jr., você precisa ser honesto comigo.

Droga, ela usou o meu nome completo, pensou. Por fim aquiesceu.

– Fui reconhecido de novo.
– Por *quem*?

Desta vez, a voz dela ficou mais grave.

– Não sei – respondeu. – O primeiro cara disse que estava lá naquele protesto grande na prefeitura. Você se lembra desse, né?

Houve silêncio por alguns instantes. Ele sabia que a mãe estava bastante irritada.

– É, lembro, sim. Ele te falou mais alguma coisa?
– Na verdade, não. Nem foi tanto culpa dele, mãe. Estava rolando uma concentração aqui por causa de um cara que foi baleado na semana passada, e várias pessoas das antigas estavam aqui. Eles... – fez uma pausa e respirou fundo. – Eles me cercaram. Eu meio que entrei em pânico.

Ela praguejou. Alto. Moss percebeu que ela afastara o telefone para ele não ouvir.

– Não repita isso, querido. – Uma pausa e então ela praguejou de novo. – Nem isso.
– Me desculpa, mãe, não queria te deixar preocupada.
– Ah, Moss, não é culpa sua, filho. Só queria que as pessoas fossem mais sensíveis, sabe?
– Sei.
– Você quer que eu vá te buscar, querido?
– Nem, é perto. Vou direto para casa, prometo.

Ela ficou quieta de novo.

– Podemos conversar mais quando você chegar, viu?

Moss concordou, disse à mãe que a amava e então desligou. Quando ergueu o olhar, tanto a expressão de Esperanza quanto a de Diego era de preocupação.

– Tem certeza de que você está bem? – indagou Diego, esticando as mãos para remover a máscara de oxigênio de Moss. – Posso ficar aqui se precisar de mim – disse, e entregou a Moss seu bilhete único.

– Não, está tudo bem – respondeu Moss e começou a se colocar de pé.

Diego correu para trás dele e agilmente o ergueu, dando uns tapinhas nas costas de Moss.

– Como quiser, *Jefe*. – O homem deixou uma pausa constrangedora no ar. – Se você não se importar que pergunte antes de ir embora... o que aconteceu? – Apontou vagamente para a estação. – Aquela multidão te cercou.

Moss viu Esperanza balançar a cabeça para Diego, e o paramédico ergueu as mãos num pedido de desculpas.

– Não se preocupe, deixa pra lá. Não é da minha conta.

Desta vez, Moss esticou as mãos enquanto Diego se afastava.

– Não, está tudo bem – disse.

Engoliu em seco, com força, então olhou para Javier, que ainda estava num canto. Moss podia ver a incerteza no corpo do outro garoto e balançou a cabeça, acenando para que Javier se juntasse a eles. *Se tiver que acontecer*, pensou, *que seja agora*.

Encheu os pulmões antes de começar.

– Acho que sou uma espécie de celebridade meio estranha por aqui – falou. – Em geral em protestos ou comícios porque muita gente foi em passeatas pelo meu pai anos atrás.

– Passeatas pelo quê? – Javier perguntou.

Moss olhou para ele, viu que a pena ainda estava por todo o seu belo rosto. É agora, falou para si mesmo. *Javier vai sair correndo.*

Então focou o olhar em Diego, esperando que isso fosse distraí-lo o suficiente.

– Meu pai foi baleado pela polícia de Oakland seis anos atrás. Disseram que foi um erro.

Diego passou a mão pela boca, aberta em choque, e então seus olhos fitaram o chão. Vergonha. Então a pena veio logo em seguida.

Moss já estava acostumado àquela altura. As pessoas tropeçavam nessa revelação o tempo todo. Contudo, ficou surpreso de que desta vez ele não foi reconhecido por nenhum daqueles dois homens na sua frente.

– Lamento, cara – disse Diego. – Não sabia.

– Você não é daqui? – Esperanza perguntou.

Ele sacudiu a cabeça.

– Vim de Nova Iorque para cá há alguns meses.

– Bem, isso explica tudo – disse Esperanza. Ela se virou para Javier. – Mas e você?

– Relativamente novo na área também – disse Javier. – Eu e minha mãe nos mudamos para cá faz uns três ou quatro anos.

Moss ainda podia ver a pena nos olhos de Diego à medida que ele falava.

– Sabe – disse Diego. – Perdi um mano quando morava na Filadélfia, nos anos 1980. Os policiais invadiram a casa errada, ele sacou uma arma, eles atiraram ali mesmo. Meu amigo não teve a menor chance.

– Não parece tão diferente do meu pai – admitiu Moss. – Ele estava saindo de uma loja de conveniências, um mercadinho perto daqui. – Apontou para o lado, na direção de casa. – Estava com fones de ouvido, não escutou a ordem policial para erguer as mãos. Foi baleado e morreu ali mesmo. – Sua voz baixou. – No fim das contas, eles estavam no mercado errado. No lado oposto da rua 12.

– O mundo é um lugar ferrado mesmo, para alguém morrer desse jeito – falou Diego.

– Aê, cara, foi mal ter te chamado para ir à passeata – falou Javier, os olhos virados para baixo, um retrato da vergonha. – Não fazia ideia, nem teria mencionado se soubesse.

Javier passou a mão pelo braço de Moss, e ele sabia que era só para confortá-lo, mas ainda assim queria mais. Aquela conexão momentânea fez com que sentisse, mesmo que apenas por um segundo, como se estivesse menos sozinho no mundo. Mas isso passou. Moss perdeu a sensação imediatamente.

Diego pigarreou.

– Bem, tenho que monitorar aquilo ali – falou, apontando na direção da manifestação. – Se cuidem.

Acenaram para ele e viram Diego desaparecer na multidão atrás da linha formada por policiais, placas de protesto ainda erguidas, vozes unidas ainda rasgando o ar do início da noite. Moss se inclinou e pegou sua bicicleta, que estava largada no concreto. Quando olhou para cima de novo, Javier o estava encarando, o celular na mão.

– Aí, nem sei como dar uma sequência legal aqui, então vou arriscar – falou. – Se você ainda estiver interessado... quer me dar seu contato?

Os pensamentos zapearam a mente de Moss. *Mesmo depois de tudo aquilo?*, pensou. E deu um sorrisinho a Javier.

– Sim – falou. – Claro.

Em outra situação, Moss teria ficado em êxtase com a ideia de um cara bonitinho ter pedido seu contato. Mas ele só queria sair da estação e ir para os braços da mãe. Depois de dar seu número para Javier, Moss acenou para se despedir e se virou, caminhando para a saída norte, rumo a West Oakland. Esperanza seguiu atrás dele por um tempo, mas pegou o ritmo depressa, um sorriso desajeitado espalhado no rosto.

Ele diminuiu a velocidade e sacudiu a cabeça para ela.

– O quê? Que foi?

– Foi que ele era bonitinho – disse ela. – Moss, você conseguiu o seu primeiro xaveco no trem! Como você se sente? Já é praticamente um adulto.

Ele deu uma risadinha ao ouvir isso.

– Não sei. Me sinto estranho. Ainda muito agitado, sabe.

– Você sabe que não precisamos conversar sobre isso se não quiser – ela falou. – Podemos só andar em silêncio.

Ele sorriu para ela.

– Não, está tudo bem – falou. – Acho que falar sobre isso pode ser uma boa ideia.

Ela abaixou a mão e apertou a dele.

– Sobre o que quer falar? O que faria você se sentir melhor?

Moss amava isso em Esperanza. Ela compreendia que a habilidade dele de socializar depois de um ataque podia ser errática de vez em quando e ela nunca o impeliu a fazer nada que pudesse deixá-lo incomodado. Conforme caminhavam pela Chester, Moss apontou para o outro lado da rua.

– Um homem costumava ficar ali no verão. Não sei o que aconteceu com ele. Mas meu pai costumava me trazer até aqui quando ficava superquente e o cara vendia *piraguas* que eram *tão* deliciosas. Você sabe o que é?

Ela balançou a cabeça.

– Querido, só porque sou adotada não quer dizer que não estou por dentro da cultura – ela brincou. – Típica raspadinha porto-riquenha em forma de cone. Faz muito tempo que não provo uma dessas.

– Esse cara costumava fazer gelo raspadinho com suco de *piña* e era maravilhoso. – Moss ficou quieto. – Sinto falta disso. – Outro momento de silêncio. – E dele.

– Eu sei – disse ela. – E não ajuda muito quando as pessoas ficam te lembrando toda hora de que ele se foi.

– Né? – Moss sacudiu a cabeça. – É como se o povo quisesse que eu fosse alguém que eu não sou. Tipo, sempre pronto para lutar e marchar e manifestar, nem tenho direito de ser eu mesmo.

E eles se depararam com o silêncio por alguns momentos, mas não era constrangedor. Era apenas uma particularidade deles, algo normal e íntimo. Quantas vezes Esperanza esteve a seu lado quando Moss teve um ataque? Quantas vezes ela ajudara a evitar perguntas de estranhos que o reconheciam? Mais vezes do que *deveria*, e por isso mesmo Moss lhe era grato.

Ele trombou nela e apontou com a cabeça para o outro lado da rua.

– A gente costumava inventar histórias – disse ele. – Sobre todas as pessoas na rua sempre que voltávamos para casa da estação.

– Que tipo de histórias? – Esperanza indagou.

– Umas bizarrices, de vez em quando. – Ele apontou para uma casa achatada, branca, do lado esquerdo. – Shamika mora ali agora, mas uns anos atrás tinha esse cara que vivia consertando os carros dele na entrada da garagem. E eu tinha *certeza* de que ele era um robô.

– Homens que fuçam em carros o tempo todo *são* robôs.

– Real – ele falou, rindo. – Meu pai nunca me desencorajou. Ele *sempre* deixava as histórias ainda mais estranhas.

Colocou a mão nas costas de Esperanza e a virou ligeiramente para a direita.

– Já viu o cara que mora ali? – Encararam a casa de um marrom desbotado, uma grade telada alta subindo ao redor dela. Parecia uma penitenciária em miniatura. – A gente costumava inventar todo tipo de história sobre ele. Meu pai costumava dizer que ele era um alienígena de alguma galáxia distante e que era por isso que sempre gritava com todo mundo que andasse perto demais da cerca dele.

– Ele não é o cara que fez aquele jardim no fim da rua ser fechado? Moss bufou para ela.

– Provavelmente. A gente nunca descobriu com certeza. Parece que violava alguma lei da qual ninguém tinha ouvido falar. Sem jardins na quebrada!

Ela suspirou, e eles voltaram à quietude. Moss examinou cada uma das casas conforme caminhava, tentando se lembrar de quem vivia nelas, tentando se lembrar das histórias que costumava inventar com o pai. Tinha a casa de Rosa e seus três filhos, Rafael, Luis e Ramon, e as vigas pintadas de rosa, uma bicicleta há muito abandonada no jardim da frente. Os dois garotos mais velhos, Ramon e Luis, geralmente ficavam no meio da rua, chutando uma bola de futebol. No entanto, na semana passada, Moss tinha visto Rafael calçar os saltos altos da mãe no degrau da frente e andar confiante pela entrada da garagem, fingindo que o mundo o estava fotografando. Moss gostava daquela memória, ainda que o pai não estivesse nela.

A família de Rosa morava ao lado de Tariq e Eloisa, cuja casa roxa se inclinava tristemente, mas com orgulho, para a direita. Eles tentaram por anos ter um filho; aí o Tariq acabou focando a energia dele em adotar um *pit bull* de nariz azul de um abrigo ali perto. Outra memória: Morris deixando Moss se agachar no quintal de Tariq enquanto Ginger pulava em cima dele. Moss amava cachorros e acariciar Ginger sempre animava o seu espírito.

Continuaram seguindo pela rua Chester, passando pela barbearia onde Martin costumava fazer um corte *fade* em Moss, em seguida passaram pelo único duplex do quarteirão, onde, no andar de baixo, vivia uma família coreana que tinha três galinhas barulhentas. Jasmine, amiga da mãe de Moss, morava no andar de cima. Moss já tinha visto muita gente visitar Jasmine, mas sabia que ela sempre morou sozinha. Moss gostava dela porque ela parecia muito à vontade consigo mesma.

Passavam agora pela rua 11, pouco depois do ponto em que um bando de garotos mais velhos ficava. Se alguém prestasse atenção, poderia ver o que um passava para o outro durante os apertos de mãos. A mãe de Moss mandava que evitasse aquela esquina de qualquer jeito, mas naquela tarde não havia ninguém por ali. Quando enfim avistaram a casa de Moss, ele apertou a mão da amiga. Era uma casa pequena, pintada de um tom de amarelo que lembrava casca de ovo. Tinha dois quartos e um sótão que deixava Moss tão nervoso que ele nunca subia lá. A casa se assentava despretensiosamente entre duas outras casinhas, todas alugadas, com quintais pequenos, mas respeitáveis, uma raridade naquela parte da cidade. Moss queria muito ter um cachorro, mas, em vez disso, se contentara com o gato do bairro, já que ninguém tinha tempo para um animal de estimação.

Moss se deteve na cerca gradeada e a mãe dele cruzou o jardim na sua direção. Wanda Jeffries era mais alta que o filho e algumas vezes ele desejava ter herdado sua forma esguia. Ele puxara o tamanho do pai e, em determinados dias, era outro lembrete de que Morris não estava mais por perto. Depois que o pai morreu, Wanda foi ao salão de Martin e pediu para uma das mulheres cortar seus longos *dreads*. Era uma renovação, ela dissera a Moss. Quando tal renovação viria ao encontro dele?

A mãe abriu o portão, e Moss se entregou gentilmente ao seu abraço, envolvendo-a e respirando junto ao peito dela. Ficaram assim por alguns segundos e, então, ela perguntou:

– Como está se sentindo, querido?

– Melhor – respondeu ele, sorrindo. – Esperanza ajudou.

A mãe assentiu com a cabeça para Esperanza.

– Bom te ver, Esperanza. Vai passar a noite aqui de novo?

– Vou – disse ela. – Apenas mais uma noite. Meus pais voltam da conferência acadêmica amanhã.

– Você sabe que é sempre bem-vinda. E obrigada por cuidar de Moss.

Esperanza sorriu largamente.

– É o mínimo que posso fazer – respondeu.

Moss ergueu o olhar na direção da rua 12 e a mãe o soltou.

– Precisa ir lá de novo? – perguntou Wanda.

O rosto dela não mostrava pena, apenas compreensão.

– Sim – disse ele. – Apenas por alguns minutos. Volto assim que terminar.

Deixou que Esperanza passasse por ele até o jardim, e ela piscou para o filho. A mãe tomou a bicicleta e empurrou até a entrada da garagem. Moss as observou entrarem em casa e, então, continuou até a rua 12, onde o mercado ficava sob dois postes. Dawit, o dono, tinha pintado o lugar nas cores da bandeira da Etiópia, verde, amarelo e vermelho brilhantes, e no meio, bem acima da entrada, a estrela amarela radiante num círculo azul. Em geral, havia um grupo de homens papeando ou jogando cartas do lado de fora, mas não naquela tarde, e Moss sentiu-se grato por isso. À medida que atravessava a rua 12, sentia a tristeza se acomodar nos ossos, impelindo-o adiante e para baixo. A porta era mantida aberta por um bloco de cimento, então ele enfiou a cabeça lá dentro.

Dawit acenou e abriu um sorriso, o rosto longo encheu-se de alegria ao vê-lo. Mas não trocaram palavras. Dawit conhecia a rotina muito bem e por isso voltou a assistir à partida de futebol na pequenina TV que mantinha atrás do balcão.

Moss sentou-se no degrau do lado de fora. Passou a mão pelo degrau, lembrando-se do pai saindo do mercado, o saco de papel sob o braço. Lembrou-se da animação que sentiu enquanto esperava do outro lado da rua com a mãe, imaginando qual guloseima o pai tinha comprado para eles dessa vez. Moss tentou se esquecer do barulho da viatura parando, do policial saltando do banco do passageiro com a arma em punho, a gritaria, o estalo, o eco do tiro, a cor do sangue. Tentava há tantos anos.

Nunca deu certo. Mas, se Moss se sentasse ali e se concentrasse, conseguia afastar o horror e encontrar o que havia perdido. Tentou se esquecer daquelas imagens horríveis, substituí-las por novas imagens. Hoje, Moss tentou se lembrar de algo novo e folheou a mente como se fosse um *Rolodex*. Os abraços paternos. O cheiro dele. A camiseta ajustada ao torso dele. Os olhos, impossivelmente escuros, quase pretos, aqueles poços de bondade e familiaridade.

A terapeuta, Constance, ensinara essa técnica a Moss, uma forma de se acalmar sempre que pensamentos sobre o pai ou sua ansiedade ou terror começassem a sobrepujá-lo. Durante uma das primeiras sessões, ela apontara para o Rolodex sobre a mesa e, então, girara o disco do ficheiro para folhear os cartões de contatos.

– Pense em cada cartão como uma memória do seu pai. Sei que você era novo quando o perdeu, mas sua mente é resiliente, Moss. Você ainda tem muito dele dentro de você. Mais do que pensa.

Ele tinha 10 anos naquela época; durante os seis anos que se passaram, ele ainda conseguia se lembrar de coisas novas. Isso o fazia seguir adiante. Então, ele se concentrou, folheando de novo mentalmente, passando de um cartão para o outro.

Pronto, ali estava.

Eu me lembro de como você costumava me olhar de soslaio sempre que eu discutia com a mamãe. Você sempre tentava me fazer rir. Você sabia que eu iria achar o maior barato.

Ele sorriu. Era daquilo que precisava. Permaneceu ali, reconfortado pela memória, e deve ter se demorado por mais tempo do que achou. Quando a mãe surgiu na loja de Dawit, Moss se levantou sem dizer uma só palavra, deixando que ela o puxasse para um abraço. Andaram de volta para casa em silêncio, mas, antes de fechar o portão, Moss olhou de volta para o mercado.

O pai não estava lá.

3

A mãe de Moss bocejou ao abrir o portão da frente para eles na manhã seguinte, e foi contagiante. Ele bocejou em resposta e assistiu a Esperanza cobrir a própria boca.

— Me desculpa por mantê-las acordadas até tarde — falou, uma vergonha suave se acumulando dentro de si.

Wanda apertou o seu ombro.

— Você sabe que não precisa pedir desculpas, querido — disse ela, e outro bocejo a consumiu. — Acho que consigo enfiar um cochilo entre os meus turnos de tarde.

— Obrigada por me deixar ficar de novo, Sra. Jeffries — falou Esperanza. — Acho que meus pais vão ficar em casa por mais tempo quando voltarem hoje à noite.

— Você sabe que é sempre bem-vinda, querida — ela falou e fez um aceno com a cabeça em direção a Moss. — Pode nos dar um minutinho?

Esperanza assentiu e se encaminhou para o portão. O coração de Moss despencou ao ver o rosto da mãe. Havia algo ali, não era bem dó, mas um cansaço. Ele já tinha visto isso muitas vezes antes.

— Vou ficar bem, mãe. Prometo.

— Eu sei — disse ela, então sacudiu a cabeça. — Mas de vez em quando acho que não sei. Só quero me certificar de que não se sinta sozinho.

— Se *te* fizer se sentir melhor — ele falou —, te mando mensagem. Quando chegar na escola. Quando chegar em casa.

— Não precisa, Moss. Também não quero que você se preocupe comigo.

Ele riu ao ouvir isso.

— Quem poderia imaginar que seríamos os dois tão ansiosos o tempo todo?

Ela o abraçou e deu uma risadinha.

– Sinto muito pelo que aconteceu com você ontem -- disse ela, o rosto aninhado no dele. – Você sabe que estou do seu lado.

Moss beijou-lhe o rosto antes de se afastar.

– Te amo – falou, colocando a mochila nas costas e saindo porta afora.

A porta se fechou em silêncio depois que sua mãe se despediu, e ele deu uma corridinha até Esperanza, a cerca gradeada rangendo enquanto o portão se fechava.

Moss bocejou de novo. A tontura causava uma dor por detrás dos olhos. Que horas eram quando Esperanza caiu no sono no sofá? Quando ele e a mãe pararam de conversar? Não se lembrava. Ele apagou assim que caiu na cama. Também não dormiu bem; a ansiedade residual havia pingado dentro do seu crânio. Ele rolou de um lado para outro na cama, coberto de suor, imagens de homens em uniformes pretos dançando nos seus sonhos.

– Sabe – Esperanza falou depois de tentar esconder outro bocejo –, na semana passada eu tinha planejado usar uma roupa linda no dia de hoje, mas agora nem ligo. Estou cansada demais.

– Cara, estava pensando a mesma coisa de manhã – disse ele. – Ontem eu estava tão preocupado com o que ia vestir, mas nem faz mais diferença. – Puxou o boné marrom ainda mais para baixo em sua cabeça. – Aff, esse dia vai ser uma porcaria.

– Já escreveu para o Javier?

Olhou para Esperanza.

– Ainda vou fazer isso! Foi uma noite agitada.

– Entendo – ela respondeu. – Mas acho que você deveria mandar uma mensagem. Ele pareceu bem legal. E gatinho. *E* ele também te achou gatinho.

Moss revirou os olhos.

– Anda depressa, senão a gente vai perder o trem – disse ele.

Não era bem verdade, mas isso lhe permitia mudar de assunto.

A escola de ambos ficava perto da estação MacArthur do VLT, então não dava para irem a pé. Moss e Esperanza tiveram a sorte de frequentar a mesma escola no Ensino Fundamental, mas agora no primeiro ano de Ensino Médio iriam para escolas diferentes. Esperanza tirara a sorte grande, porque morava em Piedmont, e isso significava que ela podia frequentar uma das melhores escolas da Bay Area. Moss, no entanto, não estava muito animado com o seu primeiro dia de Ensino Médio. O Colégio West Oakland nem chegava aos pés da escola de Esperanza.

Moss afastou a inveja enquanto ele e a amiga aguardavam de pé na plataforma da estação West Oakland. Ela o cutucou.

– Lembra de quando aquele bonitinho deu em cima de você ontem?

Ele mostrou a língua para ela. O trem chegou, e eles entraram no vagão, esgueirando-se por entre as pessoas que lotavam o espaço perto das portas e rumando para o meio do vagão, onde havia lugares vagos. Moss tentou dar a volta num homem alto de terno, as pernas abertas no meio do vagão numa posição absurda, a atenção perdida no jornal.

– Com licença – disse Moss.

O homem não se mexeu.

– Bem, você tentou – Esperanza murmurou baixinho. Ela passou por Moss, então empurrou o homem para o lado para que pudesse passar espremida para além dele até o assento. – Com licença, ela falou audivelmente.

Ele baixou o jornal.

– Que foi? – Esperanza respondeu enquanto se sentava. – Você está no meio do caminho.

O homem baixou o olhar para Esperanza. Não teve o efeito que ele esperava, porque Esperanza se recusou a desviar os olhos dele.

– Se você precisa passar, seja uma dama e peça para que a pessoa se mova – disse ele.

– Fico feliz de saber que você agora é o juiz do que é coisa de dama ou não – ela disparou de volta. – Por que os caras sempre ocupam o maior espaço possível nos trens? Isso aqui não é o culto do Destino Manifesto, mano.

O homem não caiu na provocação dela, e Esperanza destinou a sua atenção para Moss, que se sentou ao lado dela.

– Então, Moss – disse –, diga-me como você se sente.

– Sobre o quê?

– Sei lá. Sobre estar no trem. Ou sobre a noite passada. Ou sobre *Javier*. – Ela enfatiza o nome mais do que qualquer outra coisa.

– Me pergunte sobre Javier mais tarde – disse ele, dispensando a pergunta com um aceno. Ela deu aquele olhar para ele, boca curvada no canto direito, e ele respondeu: – Juro que vou mandar uma mensagem para ele!

– Tudo bem – ela falou.

– E me sinto... bem, acho. – Moss suspirou. – Não, não é bem isso. Estou cansado. Mas, por outro lado, as coisas poderiam ser piores.

– Isso é... bom? Eu acho?

Moss riu.

– Olha só para a gente – disse ele. – Nós dois somos zoados das ideias.

– A gente simplesmente deveria se casar e resolver isso de uma vez.

– Fala sério!

Esperanza riu.

– Minha mãe tem certeza de que você e eu estamos destinados a ficar juntos, que se dane a sexualidade.

– Falando nisso, como estão os seus pais?

– Bem, eu acho. Quero dizer, o livro deles está indo bem. Embora eu precise confessar que não entendo biologia hereditária tão bem quanto eles acham que entendo.

Os freios rangem, e Moss e Esperanza tentam se levantar para sair. O homem com o jornal não se mexeu de novo, e Esperanza gentilmente cutuca o cotovelo dele.

– Com licença.

Nenhuma resposta.

– Com licença, senhor, precisamos descer aqui – disse ela, e Moss sabia o que estava por vir.

Esperanza tinha um tipo característico de raiva que Moss considerava divertida, em maior parte porque ela não levava desaforo de *ninguém*. Isso incluía aquele engravatado na frente dela, que tinha espaço mais do que o suficiente para se mover para o lado. Esperanza estendeu a mão, agarrou a gravata de seda dele e usou para se levantar. Enquanto Moss ria, o homem, exasperado, desferiu uma longa série de palavrões sobre as melhores qualidades de Esperanza, mas saiu da frente. Passaram pelo estranho antes que ele pudesse fazer qualquer coisa para impedir, e Moss gritou de volta:

— Posta no Reddit!

Saíram do trem junto com todo mundo, e Moss viu alguns amigos saindo de um vagão pouco adiante. Kaisha ia na frente da turma e Reg Phillips veio mancando até Moss e Esperanza em suas muletas pretas, um sorriso no rosto.

— Aê, galera – disse ele. — O que tá pegando?

— O de sempre, o de sempre – respondeu Moss, batendo no ombro de Reg. — Pronto para a escola?

— Preferia não estar – disse Reg. — Ei, Esperanza! Você parece feliz demais. Cuspiu em alguém de novo?

— Me desculpa, eu sou uma *dama* – disse ela. Fez uma pausa e um sorriso travesso surgiu. — Usei a gravata de um cara como alavanca, no entanto. Uma coisa completamente diferente.

— Sentimos a sua falta – disse Reg. — E me lembre de nunca te irritar.

Os três pegaram o elevador até o nível térreo, e Moss sentiu uma onda de alívio ao ver o resto dos amigos do outro lado das catracas. Kaisha tentava caminhar ao mesmo tempo em que digitava no celular. Njemile, Bits e Rawiya correram até os outros depois que saíram da estação, e todos se cumprimentaram. Moss sentiu saudade deles. A turma estava espalhada por toda a Oakland e, apesar de não morarem tão longe assim uns dos outros, a vida deles não tinha se cruzado ao longo do verão.

Esperanza deu seus olás ao mesmo tempo que os tchaus. Ela precisava pegar uma van até o Colégio Piedmont, e Moss não resistiu a fazer um pouco de troça.

— Aproveita o seu passeio luxuoso de limusine até a escola! – ele gritou às costas dela. — Avisa se tiver caviar hoje!

Esperanza mostrou a língua para eles antes de ir embora.

O resto da turma começou a caminhada até o Colégio West Oakland. Passaram por mercadinhos com frutas, verduras e legumes abundando nos expositores do lado de fora. Em determinado momento, o pessoal teve que esperar por Bits, que parara para comprar uma manga para o almoço.

— Perfeição de madura — Bits filosofou.

Bits ganhara esse apelido por causa da forma sucinta como falava. Não era de conversar muito, mas quando abria a boca "*pedaços* de brilhantismo irrompiam". Njemile inventara isso fazia um tempão. Moss não sabia da história, mas o apelido pegou.

Nomes eram importantes para todos do grupo. Moss era grato ao seu, porque ele agora lhe permitia afastar as memórias dolorosas do pai. As mães de Njemile — Ekemeni e Ogonna — ajudaram-na a escolher um nome quando ela se assumiu uns anos antes. Njemile queria algo que refletisse sua herança nigeriana e que fosse próprio dela. Kaisha foi nomeada em homenagem à avó; Rawiya compartilhava o nome com uma tia pelo lado materno; e a versão mais curta do nome de Reg ajudava-o a ter impressão de que não era uma mera cópia do irmão mais velho.

Moss estava animado de ver todo mundo, mas o confronto da noite anterior ainda o assombrava. Ficou mais para trás da turma, ouvindo a conversa dos outros, ansioso pelo retorno à escola. Talvez fosse injusto da parte dele imaginar isso, mas ele via como os outros levavam as coisas na boa, testemunhava aquele relaxamento, e desejava que a sua cabeça fosse calma que nem a dos outros.

Ficou em silêncio à medida que se aproximavam da escola. O Colégio West Oakland por si só era uma estrutura gigantesca na parte norte daquilo que *não* se parecia com West Oakland em nada. Moss nunca soube quem dera aquele nome para a escola nem o *motivo* para isso. Ela se erguia de forma sagaz por entre uma pequena vizinhança de prédios de dois andares, lavanderias e restaurantes familiares, comida coreana e afro-americana em sua grande maioria. O prédio deve ter sido um lume de esperança em determinado momento; era mais alto do que todo o resto ao redor, imponente e vasto.

Tais dias já tinham passado. Tinta descascava das portas e umbrais; a bandeira americana e a californiana, ambas tinham se esgarçado tanto nos últimos anos que, se alguém as olhasse do jeito certo num dia ventoso, parecia que tinham pendurado farrapos num poste. A maior parte das janelas do segundo andar tinha sido quebrada por alunos delinquentes ou em brigas noturnas. Algumas estavam remendadas com fita adesiva e uma delas ainda tinha um belo de um buraco no formato de pedra. Ninguém se deu ao trabalho de consertar.

O povo chamava isso de "a estética de West Oakland". Moss subiu os degraus frontais da escola, olhando para graxa, sujeira e anos de chicletes que se alinhavam no concreto e nos corrimões. Alguém tinha rabiscado ESCOLA MATA ao longo da parede perto do batente da porta dianteira, só que a palavra ESCOLA tinha sido riscada com *spray* e substituída por DPO (DEPARTAMENTO DE POLÍCIA DE OAKLAND). O policial escolar Frank Hull ficava de pé ao lado da pichação; outro ano havia passado, e ele nem percebia.

Hull era jovem, talvez não mais que 25 anos, um dos poucos rostos brancos no mar de alunos pretos e marrons. Olhou para Moss e inclinou a cabeça, tentando imitar o que tinha visto os alunos fazerem uns para os outros nos corredores, na quadra. Moss nunca respondia. Hull fazia isso todos os dias, escolhendo alguns jovens como se fossem eles os guardiões de alguma amizade maior. Era assustador e, mesmo decorridos dois anos, Moss ainda ficava nervoso perto dele. Ele nunca ganharia a simpatia de Moss, no entanto, ainda assim, tentava. Hull tinha sido contratado pela diretoria para garantir a disciplina dentro da escola havia dois anos, que buscava algum tipo de alívio fiscal que economizasse orçamento escolar. Hull tinha até um escritório no *campus*, um lugar que Moss havia se esforçado sobremaneira para evitar durante o seu tempo no Colégio West Oakland.

Lembrou-se de como a família de sua mãe ficou chocada com a ideia de um policial ter presença permanente na escola quando ouviram isso durante o Dia de Ação de Graças do ano anterior.

– Querido, isso não é *normal* – tia Briana falara.

Normal era diferente para Moss e todos aqueles que frequentavam o Colégio West Oakland. Hull balançou a cabeça de novo, achando que Moss não tinha visto da primeira vez. Moss não retribuiu ao gesto. Em vez disso, seus olhos desceram para a mão que Hull tinha na cintura, onde repousava o seu coldre, a arma preta dentro dele. Moss estremeceu. *Aquilo* era uma coisa com a qual nunca se acostumaria.

Ignorando o policial Hull, Moss entrou, e ali a vista não era muito melhor. Portas se dependuravam de um jeito esquisito em dobradiças que rangiam e gemiam. Os painéis no teto em sua maior parte estavam encardidos ou desaparecidos. No pátio quadrangular central, onde ficavam os armários, os carrinhos de comida e as mesas, claraboias lançavam uma luz amarelada no salão, deixando tudo com uma aparência doentia e apodrecida.

Os armários no pátio estavam amassados, cobertos de pichações e adesivos, e a maior parte dos calouros ficava com armários que nem fechavam direito. O corpo estudantil, no entanto, era criativo e não era incomum ver cabos, cadarços e cadeados em U trancando os armários. Moss teve bastante sorte ao conseguir um armário decente no ano passado, no entanto, a mãe dele não estava nada feliz com o preço do aluguel. A turma se dividiu, cada um em direção ao próprio armário, e Moss abriu o seu para jogar a mochila antes de ir para a sala. Ficou feliz de ver que Rawiya tinha se mudado para o armário vizinho, e trocaram sorrisos.

– Teve um bom verão, Moss? – Rawiya perguntou, tirando um caderno e uma caneta de dentro da bolsa.

Ela pendurava um espelho na porta dela e usava para ajustar a echarpe bege na cabeça. Vestia uma camiseta preta da banda X-Ray Spex e calças jeans naquela manhã. Moss amava a disposição dela de se expor – ela irritava os *punks* da escola só por existir. Eles não achavam que uma garota muçulmana pudesse gostar de *hardcore*, mas Rawiya sabia mais sobre o gênero do que a maior parte das pessoas. Foi por meio dela que Moss descobriu bandas como Bad Brains e Death, e ela nunca o fez se sentir inferior por ouvir outros tipos de música. Rawiya só queria que outras pessoas gostassem de coisas novas.

– Foi de boa – respondeu Moss. – Devagar. Vários dias fingindo que estava fazendo algo de importante com a minha vida.

Ela deu uma risadinha.

– Esse é o espírito. Lembra daquele show em que fomos em julho?

– Sim, aquele em Fremont, né? A primeira banda foi horrível.

– Real, mas aquele *cover* esquisitaço de Siouxsie foi incrível – disse ela. – De qualquer forma, tipo, uma semana depois, a minha família decidiu que a gente deveria ir ao Grand Canyon. Durante a primeira semana do verão! – Ela continuou depois de um suspiro. – Você já foi ao deserto no meio do verão?

– Querida, eu sou preto – respondeu.

Rawiya riu alto.

– Bem observado. Mamãe falou que a gente até subiu de nível em branquitude por causa dessa viagem.

Moss riu ao fechar o armário.

– Onde é a sua sala este ano?

Ela olhou para uma pequena faixa de papel que tinha tirado do bolso.

– Ah, estou com o Sr. Riordan. Ele odeia felicidade e coisas assim? Te juro, aquele homem precisa de um cachorrinho.

Se despediram, e Moss começou a curta caminhada de volta à ponta norte do prédio para a aula da Sra. Torrance. Moss cumprimentou e abraçou alguns conhecidos pelo caminho, mas, durante a maior parte do caminho, estava no piloto automático. O primeiro dia de aula era sempre meio tranquilo, mas naquele dia ele estava distraído. *Você precisa mandar uma mensagem para Javier*, falou para si mesmo. A ansiedade de Moss fez que ia se manifestar, mas ele a acalmou. *Hoje não, Satanás. Hoje vai ser um dia normal.*

Ao entrar na sala da Sra. Torrance, viu que Njemile, maior que todos os alunos da sala, estava ali também. Moss acenou com a cabeça para Kaisha rapidamente. A Sra. Torrance estava sentada numa carteira nos fundos da sala, conversando com Carmela, uma menina porto-riquenha por quem Esperanza estava profundamente apaixonada, mas que até aquele momento não havia correspondido aos sentimentos dela. As longas tranças com mechas cinza balançavam toda vez que Carmela ria, e isso fazia com que Moss se lembrasse da época em que sua mãe tinha cabelos longos.

Ele se sentou ao lado de Njemile assim que o primeiro sinal tocou e os alunos todos se acomodaram em seus lugares.

– A gente precisa conversar – Njemile falou, inclinando-se para Moss e pegando no braço dele. – Tipo... *agora*. Tenho atualizações cruciais do verão para você.

– Tá bom, tá bom, depois da aula – disse ele e virou sua atenção para a frente da sala, onde a Sra. Torrance agora estava em pé.

Moss gostava da Sra. Torrance, nascida e criada em Oakland, que nem ele. Era uma conhecida da sua mãe desde os tempos em que Wanda era mais ativa politicamente. Usava uma blusa laranja brilhante cor de abóbora, e Moss tinha certeza de que ninguém no universo ficaria bem naquilo, *exceto* ela.

— Todo mundo quieto, vamos lá — ela começou espalhando um sorriso pela sala. — O ano está apenas começando e não quero nenhuma gracinha de vocês logo no primeiro dia de aula. Vamos ouvir os anúncios matinais daqui a pouco, mas, enquanto isso, vou fazer a chamada neste dia glorioso. Estou vendo que o Sr. Jackson lá na última fila já não está prestando atenção, então vamos todos encará-lo agora.

Moss se virou, e, como previsto, Larry Jackson estava metido no seu celular, sem saber que havia acabado de cometer um pecado capital na aula da Sra. Torrance. Larry continuava a encarar o telefone, e Moss ouviu Njemile murmurar baixinho:

— Nossa, ele tá morto.

Não que a Sra. Torrance fosse muito rígida; ela apenas esperava um mínimo de respeito mútuo daqueles a quem ela dava aulas. Ela se moveu com a facilidade silenciosa de um assassino ao tomar o celular de Larry e se inclinar para olhar o rosto chocado dele.

— Você é novo nas minhas aulas, não é?

Ele murmurou uma resposta ininteligível, e algumas pessoas abafaram risadinhas com as mãos.

— Quietos — a Sra. Torrance falou sem erguer os olhos. A sala obedeceu. — Sr. Jackson, tenho certeza de que está surpreso com o fato de eu saber seu nome, visto que nunca esteve numa aula minha antes.

Larry assentiu, os olhos arregalados, a boca aberta.

— Tudo que peço é que mantenha a sua atenção focada naquilo que acontece na minha sala. Só isso. O senhor consegue fazer isso?

Larry assentiu de novo, o rosto ainda congelado em choque.

— Vou ficar com isso até o fim da aula — disse ela, apontando para o telefone. — Venha falar comigo quando o sinal tocar, viu?

Mais um balançar de cabeça. A Sra. Torrance caminhou de volta até a frente da sala com apenas um olhar de relance ao celular de Larry. Colocou-o em cima da mesa e pegou a folha de chamada do dia. Ela começou a recitar os nomes dos alunos que não reconhecia, marcando aqueles que conhecia. Sorriu ao chegar no nome de Moss, e ele devolveu o sorriso.

Assim que chegou ao último nome e pendurou o formulário na porta, Njemile ergueu a mão.

– É verdade que perdemos o time feminino de vôlei? – Ela perguntou assim que a Sra. Torrance a notou. – Eu ia tentar entrar este ano.

– Não tenho certeza, Njemile, mas muitas coisas foram cortadas este ano. Tenho certeza de que vão ficar sabendo disso assim que o Sr. Elliot fizer os anúncios. Materiais e livros são a minha preocupação, e vou pagar por qualquer custo do Clube do Livro este ano. Clube que – ela falou, apontando para uma folha de papel colada na lousa na frente da sala – é algo que vocês deveriam considerar se quiserem fazer uma leitura mais profunda da Literatura que será exigida no teste estadual deste ano.

A sala gemeu em uníssono.

– Eu sei, eu sei – a Sra. Torrance respondeu. – Nós professores não gostamos deles tanto quanto vocês. Mas precisam passar no teste para se formarem ano que vem. – Mais gemidos. – Eu sei, não temos dinheiro para esportes ou clubes, mas certamente temos *bastante* para essas porcarias de testes.

O alto-falante acima da lousa ganhou vida, e a voz do diretor, Sr. Jay Elliot, ecoou dentro da sala.

– Booooom dia, Colégio West Oakland, e bem-vindos ao início de um novo ano – disse ele, e, dito isso, Moss se distraiu.

Ouviu alguns anúncios vagos relacionados a futebol, festa de boas-vindas, ao Corpo Estudantil Associado e outras coisas que não lhe interessavam. Olhou ao redor da sala e viu que maioria dos outros alunos, e até mesmo a Sra. Torrance, também não prestava atenção. Na verdade, a professora estava sentada à mesa, lendo um livro.

Moss desejou ter um livro para ler. Estava tentado a pegar o celular para olhar suas mensagens de novo, mas não queria provocar a ira da Sra. Torrance. Seus olhos vagaram até o alto, para as manchas no teto, e tentou reconhecer um padrão nelas. Já estava quase convencido de que uma das manchas de água se parecia com o Pokémon Jigglypuff quando Njemile o cutucou.

– Moss, ouviu isso? – falou Njemile.

– Ouvi o quê?

– *Shhhhiiu* – disse ela, e, de repente, Moss se atentou para o fato de que *todo mundo* estava ouvindo o Sr. Elliot.

– ...e ainda que muitas discussões tenham acontecido aqui na administração do Colégio West Oakland, o distrito escolar decidiu que, por causa de alguns incidentes disciplinares ocorridos no ano passado, nossa escola iria, por fim, se beneficiar de um novo programa de segurança. Por isso, a partir de amanhã, todos os alunos que alugaram um armário durante o ano estarão sujeitos a buscas aleatórias por parte da equipe.

A turma explodiu num coro de gemidos e gritos, e a Sra. Torrance, que sacudia a cabeça, descontentamento no rosto, pediu a todos que se aquietassem. Moss sentiu a ira subir do estômago para a garganta.

– Agora – continuou o Sr. Elliot –, sabemos que isso pode parecer inconveniente, mas nossa preocupação é com a segurança de toda a escola. Se receber uma intimação do policial Hull e do Sr. Jacobs, por favor, apanhe seus pertences e vá com eles até seu armário. O oficial vai conduzir a busca e esperamos que *todos* os membros do corpo estudantil tratem nosso policial escolar com respeito.

Moss ouviu alguém atrás dele sussurrar raivosamente:

– Isso é *ridículo* – e não tinha como discordar.

Sentiu uma mão próxima da dele e viu que Njemile o olhava com preocupação. Ela sabia o motivo disso irritá-lo.

– Enviaremos mais informações sobre o programa para os seus pais em alguns dias, então, por favor, conversem com eles para que possamos nos certificar de que teremos uma experiência segura aqui no Colégio West Oakland no futuro.

E aí o diretor perdeu a atenção da sala, e a Sra. Torrance não se deu ao trabalho de domar a inquietude estudantil. O desapontamento no rosto dela era perceptível, mas era Moss quem tinha a expressão mais dolorida.

– Talvez eles não vasculhem os nossos – disse Njemile, mas Moss percebeu na voz dela que não acreditava no que dizia.

– Talvez – disse ele –, mas e os outros? Aquele cara tem um *mau humor*.

– Verdade. – Njemile fez uma careta e a testa dela se enrugou. – Que merda.

Ele não poderia ter resumido melhor.

4

Quando Moss sentou-se na frente da mãe naquela noite, na pequenina mesa de jantar deles, o estômago doendo por estresse e fome, a mãe foi direta.

– Então, Moss, converse comigo. Tem alguma coisa errada.

Ele ergueu o olhar para ela, então foi de Wanda para Ekemeni, que tinha acabado de se afastar do fogão. O avental enrolado ao redor dela estava coberto de manchas multicoloridas que, estranhamente, combinavam com o top vermelho e branco que vestia.

– Não – disse ela. – Nem olha pra mim, Moss. Não posso te salvar.

Wanda apontou para Moss.

– Essa ainda é a minha casa – disse ela. – Não peça ajuda às visitas.

– Venha para a nossa casa da próxima vez – falou Ogonna, a caminho da cozinha, Njemile atrás dela. – Aí você não vai ter que seguir as regras. – Caminhou até a esposa e lhe deu um beijo na bochecha enquanto Njemile pousava uma sacola de verduras na bancada. – Senti sua falta.

– Senti a sua também, docinho – respondeu Ekemeni. – Mas não vamos nos meter no meio de um bom drama familiar.

Até Moss teve que rir daquela piada. Ele ajeitou os talheres ao lado do prato, postergando o inevitável por alguns segundos. No entanto, sua mãe conseguia enxergar através dele, então, suspirou.

– Foi um dia longo, só isso.

Ele esticou a mão e tentou ajeitar outro conjunto de talheres, mas ficar em silêncio não estava adiantando. Depois de alguns segundos sentiu que a mãe ainda o encarava. Ergueu o rosto para se deparar com os olhos marrons suaves dela focados nele, a mão direita sob o queixo.

— E? – disse ela.

— E... nada de mais – Moss respondeu.

— Bem, isso é uma mentira.

— Mãe, não é nada muito importante, eu juro. Pelo menos não ainda.

— Não *ainda*?

A essa altura, Njemile e as mães estavam olhando para Moss. Njemile deu de ombros, como se dissesse: *Você primeiro*.

Ele pousou o garfo, tomando um longo fôlego ao fazer isso.

— É só que... é, hoje foi meio deprimente.

— Como assim, querido? Por causa da noite de ontem?

— O que aconteceu ontem à noite? – Ogonna indagou.

Wanda acenou uma mão sem nem olhar.

— O de sempre. Gente enfiando o nariz onde não é chamada.

— *De novo?* – Njemile fez uma careta. – Por causa do seu pai, né?

Moss assentiu.

— Sabe, estava pensando que as pessoas sempre querem ser famosas, mas qualquer um que conhece o meu rosto só vê aquilo que quero esquecer.

Ekemeni assoviou enquanto misturava alguma coisa na panela em cima do fogão.

— E eis a mais pura verdade.

Moss sacudiu a cabeça.

— Para falar a verdade, consegui não pensar tanto assim no papai na escola hoje.

— Então o que foi? – Wanda indagou.

— Você ficou sabendo o que está acontecendo na escola? – Quando ela sacudiu a cabeça, Moss prosseguiu. – Buscas aleatórias nos armários. A qualquer hora do dia. Eles vão tirar a gente da aula quando quiserem, simples assim. – Ergueu o garfo. – Na verdade, deixe-me corrigir. O policial *Hull* pode tirar a gente da sala quando quiser.

— O mesmo homem que causou todo aquele tumulto por insultar alguém ano passado?

Moss concordou com a cabeça.

— Isso. Foi convidado para mais um ano de reações exageradas. E ele ainda tem a arma, apesar de muitos pais reclamarem disso.

Wanda sugou ar por entre os dentes.

— Ah, é? – disse ela. — Você ouviu falar disso, Ekemeni? Ogonna?

— Ainda não tinha tido a chance de contar a elas – respondeu Njemile.

— Então, a grande pergunta é – disse Moss – a gente estuda em uma prisão ou uma escola?

A mãe dele não falou nada, mas ela parecia *querer* falar alguma coisa. Moss optou por continuar.

— E é estranho, mãe, porque a gente nem tem tantos recursos este ano, e vários programas estão sendo cortados e alguns professores até estão distribuindo cópias de livros didáticos porque não temos o suficiente. Olha só!

Moss empurrou a cadeira e se levantou, então saiu da sala. Voltou com uma pilha grossa de papéis com encadernação em espiral preta. Na primeira página lia-se "Novas Ciências Biológicas". Entregou para a mãe, que começou a folhear as páginas em silêncio. Enquanto ele se sentava, ela suspirava.

— Este é o seu livro didático?

— Sim. Ele todinho.

Ogonna se aproximou da mesa e se sentou na frente de Moss, então estendeu a mão para Wanda. Examinou a cópia do livro depois de ter sido entregue a ela, e o pousou gentilmente ao lado de um dos pratos, empurrando-o.

— Njemile, querida, você também tem algum livro assim?

Njemile assentiu com a cabeça ao se colocar do lado de Ogonna.

— O de História – disse ela, tirando o longo cabelo de frente do rosto. — *E* o de Álgebra II.

— Não me lembro de ter que lidar com isso quando estudávamos, Wanda. Você se lembra?

A mãe de Moss sacudiu a cabeça.

— Não.

Wanda não falou mais nada, e Moss podia ver a irritação crescendo dentro da mãe. A mandíbula dela se moveu como se estivesse mastigando, mas era apenas uma reação que tinha sempre que começava a se irritar.

Todo mundo se sentou à mesa sem dizer nada enquanto Ekemeni cortava algumas verduras em cima da bancada. Moss a observou, esperando que alguém quebrasse aquele silêncio constrangedor. A mãe virou a cabeça na direção de Moss.

– Então, o que você quer fazer com relação a isso?

– Eu? – Moss replicou, surpreso. – Nada, acho. O que posso fazer?

– Sei lá. Você não parece estar gostando.

– Bem, eu não gosto. Mas não quer dizer que exista algo que eu possa mudar.

– Apenas mais um dia em Oakland, não é? – disse Njemile. – Acho que nem dá para se surpreender. A nossa escola está o tempo todo pisando na bola.

Wanda se levantou sem dizer uma só palavra e caminhou até a cozinha, se juntando a Ekemeni enquanto ela começava a refogar as verduras na gordura do bacon. O aroma preencheu a cozinha e foi um conforto naquele momento, e Moss sentiu que estava no lugar certo, onde deveria estar. A mãe dele tinha trabalhado longas horas na agência dos Correios nos últimos anos, um mal necessário para manter as contas em dia. Isso significava que, em alguns dias, ela simplesmente não conseguia cozinhar algo para os dois ao chegar em casa. Moss aprendeu alguns pratos básicos aos 13 anos – hambúrgueres, frango assado, vegetais assados e, se estivesse se sentindo ambicioso, um bolo de carne daqueles. De vez em quando, se saísse mais cedo da escola, tentava fazer o prato favorito da mãe: torta de maçã. Moss não era lá muito bom na cozinha e por isso ficava grato nos dias em que as mães de Njemile ou as tias ou Shamika assumiam as responsabilidades, conversando entre si enquanto preparavam a refeição, dando a Wanda uma chance de se sentar e relaxar.

Ele observou Wanda e Ekemeni trocarem de lugar, viu as costeletas de porco saindo do forno, onde tinham ficado para não esfriarem enquanto o restante da comida ficava pronta, ouviu as quatro mulheres falando sobre o dia delas. A cozinha sempre fora um lugar de barulhos, mesmo nos meses seguintes ao funeral, e ele estava grato pelo fato de sua mãe ter mantido essas pessoas na vida deles. Não era uma família convencional, mas era tudo que tinha.

Ekemeni colocou uma grande tigela fumegante de legumes na mesa.

– Não é uma receita minha *de verdade* – disse ela ao andar de volta para o fogão. – Não tive tempo o suficiente para deixar de molho por algumas horas.

– Por favor – falou Moss, se levantando para pegar uma tigela de arroz das mãos de Ogonna. – Como se eu fosse reclamar de toda essa comida deliciosa.

– Você diz isso agora – ela disparou de volta –, mas imagina só se eu tivesse tido tempo de fazer meu arroz *jollof*.

– Mãe, não faça hora com a cara dele – disse Njemile. – Ele não passa de um homem frágil e você sabe que a força deles é menor que a nossa.

Todos se sentaram à mesa e, antes de qualquer comida ser servida, baixaram a cabeça. Ogonna limpou a garganta.

– Obrigada por abençoar esta comida e esta companhia – disse ela, então ergueu a cabeça e sorriu. – E amém, porque gosto de manter as coisas simples.

Ainda que Moss nunca tivesse sido de rezar, ele ainda assim respondeu com um "Amém" antes de atacar a tigela de legumes diante dele. Ao passar a tigela para a mãe, ele sentiu uma vibração no bolso. Estendeu a mão e pegou o celular. Era uma mensagem de Esperanza e na pré-visualização lia-se: Escreva para Javier. Agora.

– Sem celular na mesa, querido – falou Wanda, passando a tigela para a direita.

– Me desculpa – disse ele, enfiando de volta no tempo. – É só Esperanza me lembrando de uma coisa.

– Como ela está? – indagou Ekemeni. – Não a vejo desde o Natal passado.

– Ela tá bem – respondeu Moss. – Ficou aqui no fim de semana passado já que os pais dela estavam fora da cidade.

– De novo? – Ekemeni balançou a cabeça. – Esses daí viajam muito.

– Não julgue! – falou Ogonna, usando um garfo para espetar uma costeleta de porco e colocar no prato. – Não são tipo... gente científica super da elite ou coisa do tipo?

– Não acho que alguém aqui conheça os pais dela ou saiba o que fazem – falou Njemile. – O que Esperanza queria te lembrar?

Ele hesitou por um momento antes de a mentira sair.

– Só uma coisa que falei para ela no fim de semana – respondeu.

Uma vergonha muda passou por ele. Não tinha motivo para temer aquele tipo de conversa naquele grupo. Não havia nenhum contexto em que poderia imaginar as *mães* de Njemile se incomodando com os comentários de Moss sobre um cara que flertou com ele; Wanda já aceitava havia tempos que o filho era gay. Mas parecia a hora errada e ele não conseguia explicar isso de outra forma.

Vou contar para a mamãe em breve, falou para si mesmo.

Moss passou o resto do jantar tentando fugir do constrangimento. Enquanto ajudava a mãe a limpar a mesa, muito depois de Njemile e as mães terem ido embora, ele pegou o celular de novo, a mensagem não lida ainda na tela de bloqueio. Ele colocou um prato na pia, destravou o telefone e foi até os seus contatos. Moss rolou a tela para baixo até o nome de Javier e encarou por alguns segundos, então encostou no botão de mensagem e começou a digitar.

Ei, cara, é o Moss. Como vc tá?

Encarou por um tempo ainda maior. A mãe surgiu atrás dele.

– O que você está fazendo, querido?

Moss apertou enviar e enfiou o telefone no bolso.

– Só respondendo a Esperanza – respondeu, e focou em lavar os pratos enquanto sua mãe os enxugava.

Sentiu aquele formigamento familiar de novo, mas não podia parar para verificar sem que isso chamasse a atenção da mãe. Moss aguardou até que ela fosse para a sala, um copo de chá gelado na mão, para apanhar o celular.

Era Javier: **Até que enfim. Eu n queria ser o primeiro hahaha.**

O alívio perpassou Moss e ele se sentiu bobo por ter se preocupado tanto. Começaram a disparar mensagens depois que Moss foi para o quarto. Permitiu que sua euforia engolisse a sua ansiedade pelo resto da noite.

5

Na manhã seguinte, a Sra. Torrance vestia lavanda da cabeça aos pés, e Njemile esbarrou nela ao entrar com Moss na aula de Literatura II no terceiro período.

— Sério, quando eu crescer, quero ser tão confiante quanto a professora – disse. – Olha só esse visual!

— Bom dia de novo – disse a Sra. Torrance. – Agradeço o elogio novamente, Njemile.

— Anos-luz à frente do seu tempo, Sra. Torrance – falou Njemile ao se sentar. – Um dia ainda vamos todos te imitar.

A Sra. Torrance apenas sorriu.

— E bom dia para você também, Sr. Jeffries. Você estava quieto em sala ontem.

— Muita coisa na cabeça – disse ele ao tomar um assento atrás de Njemile e perto de Kaisha, que raramente tirava os olhos do telefone.

Kaisha deu um breve sorriso a Moss, exibindo a boca cheia de aparelhos, antes de guardar o celular. Mais alunos chegavam à sala, alguns entrando no momento exato em que o sinal tocava anunciando o início do terceiro período.

— Bem-vindos de volta – falou a Sra. Torrance. – É um prazer ver que todo mundo está aqui para o meu segundo dia de aula. Devo ter feito alguma coisa certa. – Ela pegou a folha de chamada na mesa. – Antes de começarmos, preciso lembrá-los, aparentemente várias vezes ao dia, de que a Mostra Universitária das Profissões vai acontecer antes do normal. Por favor, visite os estandes na biblioteca nesta sexta-feira para pegar formulários de inscrições! Sei que vocês só precisam se inscrever no ano que vem, mas é bom que se familiarizem com a papelada desde já.

– Ih, nem vou para faculdade, Dona T – falou alguém na fila de trás. – Mal consigo vir nas suas aulas todos os dias.

Risadas se espalharam pela sala até a Sra. Torrance largar uma velha caixa em cima da mesa. Ela tossiu por conta da poeira que subiu.

– Este é o nosso primeiro livro do ano – ela anunciou – mas, ainda que eu tenha certeza de que muitos aqui vão gostar, temos um problema.

Ela se colocou diante da mesa e cruzou os braços.

– Temos 34 mentes brilhantes nesta sala. Só tenho 21 livros.

Ela tirou um exemplar surrado da caixa e o ergueu para que a sala pudesse ver. Havia um buraco na capa e a parte de trás parecia estar presa por um fio.

– *O mundo se despedaça*, de Chinua Achebe – ela anunciou. – Espero que consigam perceber a ironia.

Depois de algumas risadinhas, ela colocou o livro em cima da mesa de alguém da primeira fila e que Moss não conhecia.

– Gostaria de saber se alguém pode compartilhar o livro com quem more perto. Infelizmente, depois que a maior parte do acervo da nossa biblioteca foi vendido durante o verão, não há cópias por lá também.

Kaisha ergueu a mão, e a Sra. Torrance chamou:

– Sim, Srta. Gordon?

– Tenho outra ideia, se não se importar.

A Sra. Torrance suspirou.

– A esta altura, estou aberta a qualquer sugestão. No que você está pensando?

– Bem – disse Kaisha, mostrando o celular. – Acho que existe uma forma de conseguirmos uma cópia do livro para todo mundo que tenha um celular ou computador em casa.

– Sem telefones na minha aula, lembra?

– Eu sei, eu sei. No entanto, prometo que é necessário.

Moss viu-a digitar por alguns segundos, então, esperar, então, erguer o telefone para a professora.

– Cópias digitais – declarou Kaisha. – Não está exatamente... dentro da lei. Se você estiver de boa com isso.

A Sra. Torrance caminhou até ela, as contas nas pontas das tranças dela batendo umas nas outras, e examinou o que estava na tela de Kaisha.

– E é uma cópia completa do texto? – indagou ela.

– É sim – falou Kaisha, pegando o celular de volta. Ela tocou mais algumas vezes e Moss viu algo se abrir com um brilho. – Tá vendo? – Ela estendeu para a Sra. Torrance de novo. – É só arrastar para a esquerda.

A Sra. Torrance fez o que ela falou, a cabeça balançando.

– Bem... certo, alunos. Levante a mão quem consegue ler o livro num celular, *tablet* ou computador.

A maioria dos jovens ergueu a mão. *Isso é realmente necessário?* Moss se perguntou.

– Se vocês não tiverem um aparelho para ler o arquivo, sintam-se à vontade para vir até aqui e pegar uma cópia física de *O mundo se despedaça* – disse ela e, então, suspirou de novo. – Não consigo acreditar que preciso fazer uma coisa dessas.

A maioria dos colegas permaneceu sentada, mas Moss se levantou e caminhou até a Sra. Torrance.

– Prefiro uma cópia física – explicou ele, quando a professora lhe lançou um olhar preocupado.

Moss examinou o livro enquanto caminhava de volta para a carteira e não ficou surpreso ao ver a condição sofrível do livro. Ainda que a capa estivesse mais ou menos presa na encadernação, as páginas amareladas faziam o livro parecer ter décadas. Levou o exemplar até o nariz e fez uma careta por causa do cheiro. Ancestral, velho, surrado.

Njemile riu dele.

– Junte-se a nós no mundo moderno – disse ela.

– Meu telefone está bem do jeito que é – ele falou.

– Você que sabe – disse Kaisha.

– Então, Srta. Gordon – a Sra. Torrance perguntou, a conversa dos alunos morrendo assim que ela começou a falar –, como pretende enviar o livro aos seus companheiros estudantes?

– E-mails – retorquiu ela. – Todo mundo me passa o endereço de e-mail e envio como um anexo. Deve abrir automaticamente em qualquer aplicativo que a pessoa use para ler livros.

– Jesus amado – desabafou a Sra. Torrance. – Estou colaborando com a pirataria de livros. Onde é que vamos parar?

– Nós só temos duas bolas em condições decentes no time feminino de basquete – falou Shawna Meyers, que se sentava no fundo da sala. Todo mundo olhou para ela e ela afundou ainda mais o gorro na cabeça. – Sabia que teria que lidar com alguns inconvenientes por ter mudado de time, mas nada parecido com isso. – Ela suspirou alto. – Queria que a piada fosse mais engraçada.

– Bem-vinda ao clube – falou Njemile. – Usamos humor para lidar com este mundo terrível, terrível.

Depois que algumas risadinhas morreram, a Sra. Torrance olhou para Shawna.

– Ruim nesse nível, hein?

Shawna assentiu.

– E já perdemos algumas jogadoras. Duas do terceiro ano abandonaram ontem.

– Abandonaram a escola *por completo*? – disse ela, chocada.

– Humm – respondeu Shawna. – Acho que precisavam cuidar da vida, sei lá.

Moss sentiu necessidade de falar algo conforme a irritação inundava seu cérebro.

– Por que as coisas são assim, Sra. Torrance? A senhora deve ter alguma explicação, né?

Alguns outros acrescentaram suas próprias vozes em concordância, e uma tristeza se alocou no rosto dela.

– Acho que todos nós sabíamos que esse dia estava chegando – disse ela. – Todos os professores, quero dizer. Não sou a única lidando com livros didáticos caindo aos pedaços ou equipamentos desaparecendo. Vocês conhecem o Sr. Roberts? Do Departamento de Ciências?

– Sim, ele me dá aula de Biologia – respondeu Moss.

– Eu o vi hoje na sala dos professores. Ele me falou que gastou quase dois mil dólares comprando o que precisa para as aulas de Química deste ano.

– Por *conta própria*? – Moss indagou. – Mas isso não é justo!

– Não é – concordou a Sra. Torrance. – Mas não há dinheiro. Não recebemos muita verba do Estado para este ano porque as notas dos testes caíram. – Depois que muitos alunos grunhiram em resposta, ela sacudiu a cabeça. – Eu sei. Acreditem, nós, professores, também odiamos isso. Mas o sistema é assim. Com menos recursos, a gente precisa usar medidas alternativas para conseguir sobreviver ao ano escolar.

– E se a gente encontrasse uma forma de arrecadar dinheiro para a escola? – Shawna perguntou. – Sei lá, algo que possa ajudar para que tenhamos livros novos ou mais equipamentos. A gente sempre precisa arrecadar dinheiro para as viagens do time de basquete e coisas do tipo.

– Mas por que *a gente* precisa fazer isso? – Moss questionou. – Não é o nosso trabalho.

– É – concordou Shawna, a derrota se infiltrando na voz. – Eu sei.

– Admiro a sua vontade de pensar fora da caixa – disse a Sra. Torrance, e olhou para os alunos na sala dela. – E sei que vocês querem ajudar. Alguém aqui faz parte da Associação do Corpo Estudantil este ano? Talvez possa falar sobre isso na primeira reunião na semana que vem.

Moss sentiu uma pulsação dolorida no fundo dos olhos e sabia que uma dor de cabeça estava se anunciando. *Já? Não é nem meio-dia.* Olhou ao redor da sala; nenhuma mão levantada, ninguém tinha atendido a sugestão da Sra. Torrance. Por que *tinham* que pensar nesse tipo de coisa na escola? *Aposto que os alunos em Berkeley não precisam se preocupar com essas merdas.* A pulsação se tornou uma batida, e Moss fechou os olhos, então os pressionou com o polegar e dedo médio da mão direita. Piscou quando a luz inundou a sua visão de novo.

O mundo se despedaça, ele pensou. *Claro que ele se despedaça.*

Fora isso, assim que a Sra. Torrance acalmou os alunos e eles começaram a lição introdutória sobre Achebe, a aula transcorreu sem grandes acontecimentos. Quando o sinal tocou, a turma já tinha voltado para alguém o estado habitual de tédio e desinteresse. Moss gostava do estilo da professora, ainda assim o entusiasmo e o humor dela não conseguiam contagiar um grupo de jovens que não queria enfrentar o ano escolar que tinham pela frente. *Pelo menos ela tem boa vontade*, pensou.

Ele alcançou Njemile enquanto ela acenava um adeus para Shawna.

– Você vai na Mostra de Profissões? – indagou Moss.

– Talvez – disse ela. – Não sei. Vai ser igual à do ano passado?

Ele estremeceu ao ouvir isso. A única grande universidade que apareceu foi embora na metade da feira sem dar maiores explicações.

— Bem provável — disse ele.

Kaisha se colocou ao lado deles.

— Posso te mostrar os formulários de inscrição se vocês quiserem — disse ela. — Baixei todos ontem só pra ver como eram.

— Sempre tão prestativa, garota — disse Njemile. — E aí, como foram as *suas* férias?

Ela deu de ombros.

— Nada demais, acho. — Kaisha parou assim que saíram do corredor para o pátio interno, a gigantesca sala no meio do campus onde ficam os armários. — Aquilo ali não parece nada bom — disse.

Moss seguiu o olhar da amiga. Do outro lado do pátio estavam os armários dos veteranos, encostados na parede, o sol amarelo das claraboias os banhando num tom pálido. O teto era pelo menos duas vezes mais alto ali e a maior parte das conversas ecoava pelo espaço. Naquele momento, no entanto, apenas um som se ouvia: *Bam. Bam. Bam.*

Havia uma pequena multidão posta ao lado de um dos armários, e então Moss ouviu o som de novo. O choro, suave e borbulhante, vinha de uma garota baixa que estava ao lado de um armário aberto. O policial Hull enfiou a mão dentro dele, tirou um outro livro didático e segurou as capas abertas, sacudindo o livro no ar. Satisfeito de não ter encontrado nada escondido entre as páginas, largou-o no chão. Isso foi motivo para outro choro abafado.

— Por que você está fazendo isso? — perguntou a garota. — Por favor, preciso ir para a minha próxima aula.

Moss e as amigas pararam perto do corredor ao lado dos armários dos veteranos, e Hull os viu olhando para ele.

— Sem bisbilhotar — disse ele. — Continuem andando ou o armário de vocês será o próximo.

Não hesitaram. Moss se virou, e os três saíram voando pelo corredor rumo à parte de trás do campus. Njemile não falou nada ao entrar numa das salas. Será que estava com medo de que Hull os ouvisse falando sobre ele?

Kaisha suspirou.

— Por que aquele homem tem um emprego?

— Vai saber — Moss falou. — Ele claramente odeia estar aqui.

– Bem, pelo menos entre os momentos em que finge ser nosso melhor amigo – Kaisha acrescentou. – Ele é tão bizarro.

O sinal tocou o aviso de um minuto para a próxima aula, e Kaisha acenou ao entrar na sua aula de Pré-cálculo. Moss tirou o celular e mandou uma mensagem para Javier.

Fiquei feliz da gente ter conversado ontem. Quer ficar de boa na sexta?

Ele não sabia de onde tinha saído tanta coragem para dar o próximo passo. *Talvez eu esteja inspirado pela ousadia dele*, pensou.

Viu que Javier estava digitando de volta.

Cara. Só o que eu quero. Na minha casa?

Suspirou. *Droga, vou ter que pedir permissão*. Antes de entrar na aula seguinte, terminou de surfar na onda de coragem antes que ela se quebrasse.

Vou perguntar pra minha mãe. Te aviso hj de noite.

Pensou em acrescentar um *emoji*, mas ficou preocupado de estar ficando muito obcecado com detalhes. O sinal tocou, e ele enfiou o celular no bolso. Teria que se preocupar com isso mais tarde.

6

Os brincos de argolas de Shamika tilintaram enquanto ela movia a cabeça de um lado para outro. Soltou mais uma risada e colocou um prato de bolinhos em cima da mesa.

— Ah, Wanda — disse ela entre risos. — O seu filho *definitivamente* tem alguma coisa para te contar.

— Sabia — falou a mãe de Moss, e trouxe para perto um prato cheio de frango frito. — Ele sempre fica quietinho quando está tentando esconder alguma coisa.

Ele suspirou exasperado:

— Está *sempre* tão na cara assim?

Wanda sentou-se do lado direito dele e acariciou seu braço.

— Nem sempre — disse ela.

— Mas geralmente — soltou Shamika, e Wanda e ela caíram na risada.

Moss sorriu para ela e pegou algumas asinhas do prato, então as soltou depressa porque ainda estavam quentes. Ele não tinha visto Shamika tanto assim nos últimos meses; ela se dera férias muito merecidas depois que acabara o prazo para entregar o imposto de renda. O afro dela era enorme, e ele admirava como era bem cuidado. *Preciso cortar o meu logo*, Moss se deu conta. O cabelo dele tinha começado a ficar alongado no topo, e ele precisava dar um tapa no seu corte *fade*. Anotou de cabeça o lembrete de que precisava ir até o Martin no fim de semana.

— Então desembucha, Moss — disse a mãe, partindo ao meio um dos bolinhos. — O que está acontecendo?

Meteu um buquê de brócolis na boca e mastigou, os olhos postos nos da mãe. *Fala logo. Para de enrolar.*

– Então... – ele falou, tomando coragem, o coração batendo naquele ritmo encadeado que ele conhecia bem. – Queria saber se posso ir à casa de uma pessoa na sexta-feira à noite. – Ele expirou. – Uma amizade nova, quero dizer.

– Certo – falou a mãe, continuando a comer. – Mora longe? Quanto tempo pretende demorar?

Ele ignorou as perguntas e foi direto ao maior problema.

– É um garoto, mãe.

A ficha demorou um segundo para cair; o rosto dela ficou confuso de início, e então um entendimento do que Moss queria dizer se avolumou, iluminando os olhos dela, a boca lentamente caindo aberta.

– Oh – disse ela. Então: – *Ah*.

Shamika, contudo, não se abalou nem um pouquinho. Ela se inclinou adiante, os cotovelos na mesa, um sorrisinho travesso no rosto.

– Quero saber *tudo* – disse ela. – Qual é o nome dele? Onde se conheceram? – Fez uma pausa, ficou quieta. – Ele é rico?

– Shamika!

Wanda esticou a mão sobre a mesa e deu um tapinha nela de brincadeira.

– Estou brincando, estou brincando! – entretanto, Moss podia ver que ela estava se divertindo com tudo isso. Ela olhou fixo para ele outra vez. – Mas, sério, quero saber tudinho.

– Na verdade, *eu* preciso saber mais – concordou Wanda. – Quem é? Você não está usando um desses aplicativos de namoro, né?

O rosto dele se curvou em descrença.

– *Não*, mãe, não estou. Nem sonharia com isso.

Ela balançou a cabeça em aprovação.

– Espere até os 18 anos para usar essas coisas – ela o lembrou.

– Eu ficaria longe de *todos* eles se fosse você – disse Shamika. Quando Wanda foi dizer alguma coisa, Shamika ergueu uma mão para detê-la. – São assustadores! Um cara num desses certa vez me falou que queria que eu fizesse bem mais do que a declaração dos impostos dele. – Ela estremeceu. – Homens são um lixo. – Ela fitou Moss. – Mas fale sobre esse cara mesmo assim.

Moss sacudiu a cabeça. *Ela é tão exagerada*, mas era por isso que ele amava quando Shamika assumia as obrigações culinárias da casa deles. Moss adorava as mães de Njemile, mas, como Shamika era um pouco mais nova que a mãe dele, ficava mais fácil se relacionar com ela. Baixou a asinha de frango que estava comendo e limpou a boca com um guardanapo.

– Eu o conheci no domingo – começou. – No trem. O nome dele é Javier. Ele falou alguma coisa legal sobre a minha bicicleta, e a gente começou a conversar.

A mãe estreitou os olhos.

– Quantos anos ele tem, querido?

Moss fez uma pausa e, instantaneamente, soube que a pausa era um erro.

– Moss, quantos *anos* ele tem?

– Não perguntei – disse ele. – Mas ele frequenta Eastside, então não pode ser mais do que um ano mais velho que eu.

– Só para saber – disse ela. – Continue.

– De qualquer forma, ele parece legal. Trocamos telefone e estamos falando por mensagens...

– Então é com ele que você anda conversando – disse Wanda e sorriu para Shamika.

– Fala sério, mãe, você e eu somos próximos demais – disse ele, sacudindo a cabeça para ela.

– Está tudo bem, Moss, juro. Ele estava lá por causa de... você sabe...

No silêncio que Wanda permitiu que pairasse ali, Shamika olhou de Moss para Wanda e de volta para o rapaz.

– Por causa do *quê*?

Moss empurrou a comida de um lado para o outro por um tempo.

– Tive outro ataque de pânico – disse ele, a voz mirrada.

– Ah, querido – disse Shamika. – Lamento. Policiais de novo? Ou outra coisa?

– Na verdade, fico surpreso de *não* ter sido por causa dos policiais – falou, olhando para ela. – Estava acontecendo essa manifestação na estação West Oakland por causa de um cara que foi morto, então o lugar estava cheio deles. Mas, não, foi porque me reconheceram de novo.

A expressão contente de Shamika caiu.

– De vez em quando – ela falou com a voz baixa –, essa comunidade é sufocante.

– E, sim, ele estava lá – disse Moss. – Viu tudo.

– Espera – disse Shamika. – Você deu o seu número para ele antes ou depois disso?

– Depois. Por quê?

– Eita – disse ela, erguendo as mãos. – Case com esse homem agora.

Wanda a estapeou de novo.

– Shamika!

– Olha, só estou *falando* – disse ela. – O menino já sabe que o Moss é doido e *mesmo assim* ainda está interessado? – Ela se virou para Moss. – Ele é para casar. Acredite em mim. Preciso passar pelo ritual de explicar a minha medicação para toda pessoa que namoro e odeio isso. Tem gente que vaza assim que vê um daqueles potinhos brancos.

– Sério? – falou Moss. – Rápido *desse jeito*?

– Não é fácil ter depressão – falou Shamika. – Acrescentar outra pessoa à situação raramente deixa as coisas melhores. Então, me escuta: se ele está de boa com você e a sua cabeça, já vale mais do que a maioria das pessoas que conheço.

– Ela não está errada – disse Wanda. – Mas, por favor, ainda não peça esse tal de Javier em casamento, querido.

Moss riu.

– Não vou. – Cruzou as mãos sobre o peito. – Então, o que acha? Ele mora perto de Fruitvale, quer que eu vá para jogar videogame e coisa do tipo.

– Os pais dele estarão por lá? – indagou Wanda.

– É só a mãe dele – corrigiu Moss. – E, sim, seremos supervisionados. Não sou *tão* atirado.

Wanda comprimiu os lábios e deu outra mordida no bolinho.

– Tudo bem – consentiu ela. – Já está na hora. Já estava me perguntando se algum dia você iria namorar alguém.

– *Ma-ãããẽ* – ele soltou. – O que *isso* quer dizer?

– Que você é gatinho demais, Moss, e que os meninos deveriam estar se atirando aos seus pés – explicou Shamika, e os brincos dela tilintaram quando ela riu.

— Você tem camisinhas?

A pergunta da mãe o atingiu bem no peito, e ele realmente se engasgou com um bolinho. Shamika morreu de rir ao passar um copo de água para Moss. Ele engoliu e olhou para Wanda, que parecia à vontade demais para o gosto dele.

— A gente não vai transar, mãe! – ele gritou. – Certamente não com a mãe dele no mesmo apartamento.

— Acredito que estaria sendo omissa se não perguntasse – disse ela. – Transei quando tinha 16 anos e você vai fazer 17 mês que vem. Não é irracional pensar que vai acontecer em breve.

— Não acho que eu esteja pronto ainda – admitiu Moss, a voz baixando em volume. – Não acho que queria ficar com alguém sem antes conhecer bem.

— Um verdadeiro romântico – disse Shamika. – Você vai deixar esse garoto *babando* por você.

Moss sorriu para ela, então para a mãe.

— Então, tudo bem? Você não acha ruim?

Wanda não falou nada a princípio. Ela examinava o rosto dele, e ele viu os olhos dela se acenderem e brilharem.

— Claro que está tudo bem, Moss – disse ela. – Só quero que você seja feliz. – Ela fungou. – Feliz de *forma responsável*, preciso dizer.

— Prometo, mãe – disse ele, ficando de pé e pegando o prato. – Vou avisar Javier, se você não se importar.

— Vá em frente – disse ela e entregou a Moss o seu prato vazio. Ele caminhou até a pia e colocou os pratos lá, e ela acrescentou: – Depois que cuidar das louças.

Ela pega no meu pé, pensou, *mas eu a amo.*

Ouviu Shamika e a mãe fofocarem enquanto ele lavava os pratos. No meio do caminho, Wanda veio e o beijou na cabeça.

— Não fique acordado até muito tarde – disse ela.

— Aonde vocês vão? – indagou Moss.

— Tenho folga amanhã e preciso desesperadamente dar uma saída para me divertir – disse ela. – Shamika tem planos, mas não vai revelá-los, então vamos fingir que temos 20 anos.

— A sua mãe jura que não tem aparência de 25 anos — Shamika disparou lá da mesa.

— Bem, então você vai me ajudar com a minha melhor peruca esta noite, gata — disse Wanda. — O meu filho está se dando melhor do que eu atualmente, socorro!

Moss riu, ainda que o seu rosto estivesse queimando de vergonha.

— Você é o máximo, mãe.

— Não fique acordado até tarde, ouviu?

— Toma cuidado, mãe — disse ele e colocou as mãos nos quadris. — Não fale com estranhos.

— Ah, nem comece, Moss — disse ela enquanto Shamika rolava de rir ao fundo.

Ela saiu andando, e Moss falou atrás dela:

— Não esquece o agasalho!

O som das risadas e conversas morreu quando elas desapareceram dentro do quarto da mãe para se arrumarem. Moss se concentrou na louça enquanto o coração se acelerava de novo. Só de pensar em escrever para Javier confirmando o primeiro encontro deles fazia uma eletricidade correr pelo corpo. *Isso conta como um primeiro encontro?*

Talvez ele devesse perguntar. Moss secou as mãos depois de terminar e pendurou o pano de prato no gancho perto do refrigerador. Disparou para o quarto e fechou a porta. Os pequenos globos de luz pendurados, que se alinhavam com a quina onde o teto encontrava a parede, banhava o quarto num brilho celestial, mas Moss precisava de mais. Ele ligou a luminária grande que ficava no canto oposto, e a luz banhou a parede de pôsteres. Ele tinha alguns poucos cartazes de shows presos num quadro, muitos dos quais tinha ido com Rawiya no ano anterior. Perto deles, o grande orgulho pendurado numa moldura na parede: um pôster autografado de Missy Elliott que tinha ganhado no Natal do ano anterior. Ela aparecia orgulhosa e desafiadora na frente do próprio nome grafitado, e a assinatura dela estava no canto inferior direito. A mãe se recusava a dizer como tinha conseguido aquilo.

Moss disparou uma mensagem para Javier: **Estamos de boa na sexta. Que horas tá bom pra vc?**

Ligou o computador e colocou o iTunes para tocar músicas do Prince enquanto vasculhava o armário. Enquanto Prince cantava sobre controvérsia, Moss puxava camisetas e camisas de flanela. O que ficaria melhor? Queria vir para casa primeiro, dar um oi para a mãe e depois pedalar até a casa de Javier, por isso já queria deixar uma muda de roupa limpa pronta para se trocar.

No entanto, assim que começou a combinar as partes de cima com o jeans, a animação arrefeceu. Ergueu uma camisa de flanelas listrada de preto e vermelho por sobre o torso e se olhou no espelho na porta do armário. Será que ainda cabia? Tirou-a do cabide e vestiu. Assim que enfiou os braços nas mangas já percebeu que tinha ganhado peso desde a última vez que usara a camisa. Mal conseguiu abotoar um dos botões, então pendurou-a de volta no armário. *Talvez você precise comprar camisas mais longas*, pensou. *Pelo menos não vão mostrar a barriga se você erguer o braço.*

Ele tinha achado que, talvez, andar de bicicleta fosse ajudá-lo a perder peso, mas ele continuava a *aumentar*. *Pelo menos sou alto*, pensou, mas não era muito consolo.

Suspirou, sabendo que não deveria pegar tão pesado. Não que o seu tamanho fosse um mistério para Javier. O cara o vira em carne e osso. *Se ele tivesse te achado feio, não teria pedido seu telefone*, Moss falou para si mesmo.

Respirou fundo outra vez. Separou um jeans escuro e uma camiseta em gola V em cima da escrivaninha, esperando que as cores simples fossem boas o bastante para fazer parecer que ele tentou. Antes de subir na cama, o som da voz de Prince ainda ecoava pelo quarto, ele pegou o seu boné e colocou em cima da roupa. *Era isso que estava faltando*, pensou.

Moss baixou o volume da música e se deitou. Caiu num sono sem sonhos.

7

Entraram pouco antes de a aula terminar.

Não houve batida na porta. A Sra. Torrance tinha conduzido uma discussão acerca da leitura da noite anterior, *O mundo se despedaça,* por quase meia hora, e Moss se surpreendera com o fato de que mais jovens tinham participado da conversa do que se esperava numa manhã de quinta. *Talvez seja porque a maior parte deles possui arquivos digitais,* teorizou.

No entanto, não fazia diferença. Moss fez o seu melhor para prestar atenção, mas o início de uma enxaqueca devastava a sua cabeça, tornando difícil manter os olhos abertos na sala iluminada. Uma das luzes fluorescentes começou a piscar no meio da aula, exacerbando a dor, e Moss estava ansioso para correr até o armário e pegar o remédio. *Por que diabos não trouxe comigo?,* pensou. Então, ouviu a Sra. Torrance falar de Achebe, a história dele como escritor e os temas para os quais deveriam prestar atenção durante a leitura.

A porta se abriu sem nenhum aviso pouco antes do sinal. O vice-diretor Stephen Jacobs ofereceu um sorriso curto para a Sra. Torrance, cuja cabeça tinha se virado na direção dele, as contas dela tilintando de novo.

– Me desculpe pela interrupção – disse o Sr. Jacobs e passou a mão pelo curto cabelo castanho, os olhos presos no chão. *Ele nem olha para ela,* pensou Moss. *Bem feito para ele.* Podia ver a cor invadindo a face de Sr. Jacob, e Moss ficou grato pelo fato de não ser *tão* óbvio quando ruborizava. – Uma pessoa precisa vir comigo para... hum... uma busca no armário.

O homem parecia *exausto.*

Foi aí que o policial Hull apareceu atrás do Sr. Jacobs. Moss meio que esperou que os alunos gemessem, mas todos ficaram em silêncio. Uma cadeira rangeu quando alguém se mexeu, e Moss olhou para os amigos. Njemile prendeu a respiração, e Kaisha ajeitou uma carranca no rosto. Todos assistiram ao Sr. Jacobs desenrolar o papel amarelo que tinha na mão. Limpou a garganta.

Por favor, que não seja eu, disse Moss, um pedido silencioso para ninguém em particular, mas certamente coletivo. Os olhos de Hull, vigilantes e focados, varreram a sala, e isso lhe deu calafrios.

– É... hum... o senhor... Shawna Meyers está aqui?

Houve um suspiro coletivo de alívio, e Shawna corrigiu:

– Senhorita. Eu te falei ontem que é *senhorita* Shawna Meyers.

Ele baixou a cabeça para o papel que segurava.

– Ah, certo – disse ele. – Sim, você me falou.

– Não vou a lugar nenhum – disse ela, cruzando os braços.

O Sr. Jacobs sacudia a cabeça.

– Lamento, mas você foi escolhida a esmo. Por favor, apanhe suas coisas e venha comigo.

– Não.

A sala inteira se virou para encarar Shawna, cuja touca preta estava puxada bem para baixo como sempre. Moss nunca ouviu a turma da Sra. Torrance tão *quieta* antes, cada aluno antecipando a luta que estava por vir.

– Você não pode dizer "não" – falou o Sr. Jacobs, mas Moss podia ver que ele mesmo não acreditava nas palavras que saíam de sua boca.

– O que *isso* significa? – Shawna olhou para o vice-diretor. – É contra as regras dizer "não" agora?

O policial Hull contornou o Sr. Jacobs e pigarreou.

– Você precisa vir com a gente.

– Infringi alguma regra?

– Por favor, apanhe as suas coisas e venha conosco – falou Hull, mais forte desta vez.

A mão dele foi para a cintura, diretamente para a arma assentada no coldre.

Foi como se o ar na sala desaparecesse por um momento, e Moss segurou a borda da sua mesa com força, contendo a respiração enquanto olhava de Hull para Shawna. Ela viu o gesto também, e toda a fúria dela evaporou. Ela não falou nada enquanto lentamente erguia a mochila do chão. Ela se levantou e enfiou sua cópia de *O mundo se despedaça* dentro da mochila.

— O que foi que eu fiz, hein? — Shawna exigiu saber, mas o fogo na voz dela tinha se apagado. — Por que eu? Está tentando me punir por causa do que eu falei ontem?

— Garanto que é aleatório, Srta. Meyers. — Ele se voltou para a Sra. Torrance, os olhos baixando para o chão de novo. — Me desculpe pela interrupção, Sra. Torrance, te deixarei em paz logo.

Hull esticou a mão, tirando-a do coldre.

— Por aqui, por favor.

Não houve alívio em Moss, apenas uma melancolia ao assistir a Shawna seguir o seu caminho para fora da sala.

— Isso é uma cagada — disse ela.

— Shawna — disse a Sra. Torrance, e a severidade de sempre tinha sumido, substituída por algo mais parecido com carinho —, por favor, preste atenção no linguajar que usa dentro da minha sala.

Ela parou perto da porta, e o rosto dela estava cheio de desespero quando voltou o olhar para a Sra. Torrance.

— Sim, senhora.

— Se precisar de qualquer coisa — a professora continuou, olhando para os homens na porta —, se você precisar de qualquer coisa, sabe onde me encontrar.

— Obrigada — murmurou Shawna, e a cabeça dela baixou assim que saiu da sala.

O Sr. Jacobs ergueu a mão para um adeus e logo desapareceu, assim como Hull.

O vazio deixado pela saída de Shawna pesou na turma. A enxaqueca de Moss diminuíra um pouco, o que teria sido uma maravilha em outras circunstâncias. Mas a Sra. Torrance ficou sem palavras diante da sala. Ela não tinha nada sagaz ou inteligente para dizer; em vez disso, trocou o peso do corpo de um lado para o outro, evitando o olhar que os alunos lançavam a ela. Quando por fim o olhar dela desviou da porta, acabou por cruzar com o de Moss.

– Nem sei o que dizer – resmungou, a voz geralmente forte, clara, foi reduzida a quase um sussurro. – Lamento que tenham que passar por isso.

– O que a gente pode fazer? – Njemile falou depois de alguns instantes de silêncio. Ela logo atraiu a atenção de toda a turma. – Parece tão injusto! Shawna não fez nada.

– Você sabe que eles não ligam para isso – falou Kaisha. – Nunca ligaram para segurança ou qualquer outra desculpa que inventam.

O sinal tocou bem naquele momento, e todos começaram a se arrumar, devagar, para sair da sala. A Sra. Torrance não respondeu a Njemile. Ela ainda olhava para Moss, e ele baixou a cabeça para evitar o olhar dela enquanto guardava as suas coisas. Ao sair, ela sorriu, suave e cansada. *Deve ter percebido o meu pânico*, ele se deu conta.

– Você está bem, filho? – perguntou a Sra. Torrance.

Ele sacudiu a cabeça.

– Na real, não – respondeu. – Não há muito o que possamos fazer, não é?

– Não sei – disse ela, acenando para alguns alunos que saíam da sala. – Depende de quanto tempo a escola continuará com essa farsa até as coisas darem errado.

Ele deu de ombros e se despediu, então alcançou Kaisha e Njemile. Foram todos para o pátio central juntos, e ninguém falou nada. Moss estava acostumado com o silêncio de Kaisha. Assim como Pedaço, Kaisha não falava a menos que precisasse. Njemile, por outro lado, geralmente era mais conversadeira. No entanto, ele não podia culpá-las. Era como se uma nuvem tóxica pairasse sobre todo mundo, não importa aonde fossem.

Foi Kaisha quem quebrou o silêncio.

– Acho que nunca me dei conta de como a nossa escola é detonada – disse ela, e apontou para o teto acima de uma das portas de salas de aula.

Seguiram o gesto dela até avistar uma grande mancha cor de ferrugem no alto.

– Quero dizer, sempre soube que era meio capenga, mas parece tão mais óbvio agora.

– Que nem o piso – falou Njemile, e Moss olhou para baixo e se deu conta de que o linóleo desbotado tinha se lascado em tantos lugares que quase parecia um padrão intencional. – Eu me acostumei tanto com isso que nem noto todas as rachaduras ou os pontos descascados.

– Ou os próprios armários – acrescentou Moss. – Os de vocês ainda têm tranca? – As outras resmungaram, o que Moss aceitou como sendo uma negativa. – É, o meu também não. Estou usando um velho cadeado de bicicleta para manter fechado.

– Muito habilidoso – disse Kaisha.

– Aê, vocês se importam se passarmos pelo meu? – disse Moss. – Preciso pegar o meu livro de História.

– Sabe, as minhas mães queriam me matricular em outra escola – disse Njemile depois de assentir com a cabeça para ele. – Na verdade, a mesma que Esperanza frequenta.

– Tenho certeza de que é melhor do que aqui – disse Kaisha. – Você sabe que essas escolas de brancos são todas bacanas.

– Não sei como a Esperanza aguenta, honestamente – disse Moss. – Ela está sempre reclamando do povo metido que estuda na escola com ela.

Entraram no pátio e ele ainda parecia tão amarelado quanto sempre foi. Moss lançou um olhar para o alto, e parecia que notava as mesmas rachaduras e buracos tapados nas claraboias pela primeira vez. Teias sujas penduradas nos cantos, e uma grande rachadura que ia do quadro da claraboia sul até a área onde ficavam os armários dos veteranos. Enquanto caminhavam na direção do corredor sul, Moss sentiu como se uma tela tivesse sido erguida. Ele tinha se acostumado com isso, não é? Depois de dois anos inteiros no Colégio West Oakland, ele parou de notar que as mesas do almoço no pátio coberto estavam rachadas e caindo aos pedaços. Ou que a máquina de refrigerante perto do setor leste não funcionava há mais de um ano.

Estava prestes a falar isso para as duas quando Kaisha ergueu o braço na frente de Moss.

– Ah, não! – exclamou, e Moss viu o que a tinha alarmado.

O armário de Shawna estava escancarado, e ela praguejava numa torrente.

– Sério, cara? – ela gritou. – Por que você precisa fazer isso comigo?

O Sr. Jacobs estava do lado, e o policial Hull estava vasculhando o armário de Shawna. Parecia impaciente, como se estivesse ansioso para terminar a busca. Ele tirou um conjunto de livros e os jogou no chão sem nem olhar dentro deles.

– Que isso, cara! – Shawna gritou.

– Tenho mais vinte armários hoje, garota – falou Hull. – Não tenho tempo para ser delicado.

Shawna ergueu as mãos em exasperação e se virou para Moss, que a encarava.

– Ridículo – ela falou para Moss, e foi a primeira vez que Shawna falou alguma coisa diretamente para ele. – Tá vendo isso?

– É – falou Moss, e enfiou a chave no seu cadeado de bicicleta. – Lamento.

Ele se focou em abrir o armário, tentando ignorar cada nova batida, cada novo item largado no chão. Ele abriu a porta do armário bem na hora que o Sr. Jacobs falou:

– Policial Hull, o senhor não precisa ser rude.

– Eu dou palpites em como você faz o seu trabalho?

Moss se virou, e o policial Hull estava fazendo uma cara feia para o vice-diretor.

– Não estou palpitando sobre como fazer o seu trabalho – falou o Sr. Jacobs com um suspiro. – Mas não está facilitando isso para ninguém.

Hull revirou os olhos e voltou para o armário de Shawna. Ela se recostou nos outros armários, a fúria dançando pelo seu rosto. Moss estremeceu, a ansiedade correndo pelas veias, e ele enfiou a mão no seu armário para pegar um livro.

A rudeza na voz de Hull o puxou de volta.

– O que é isso? – Hull gritou. – Hein? Tem uma explicação para isso?

Moss se virou. Hull segurava um saquinho plástico no ar, e o coração de Moss despencou. Pílulas brancas. Várias. Shawna tentou agarrá-las, mas Hull a tirou do alcance dela.

– Sr. Jacobs, segure isso – falou Hull, passando o saquinho para ele.

Shawna gaguejava, sem conseguir tirar as palavras de dentro da boca.

– Não, não, não – Shawna conseguiu dizer. – N-n-não.

– O que é isso? – Hull gritou. – Tá vendendo drogas? Na *minha* escola?

— Não, não estou! – Shawna disparou de volta. – Juro! Por favor, me deixa explicar...

Hull disparou com força, e o antebraço acertou o ponto logo abaixo da garganta de Shawna. O homem encurralou-a contra um armário, as costas dela batendo contra o metal, e Shawna tentou gritar por ajuda. Tudo que saiu foi um barulho patético e estrangulado, como se o cuspe tivesse se amontoado na boca.

— Não minta para mim! – Hull gritou.

O Sr. Jacobs, chocado por alguns segundos, saltou adiante e tentou desvencilhar o braço de Hull do pescoço de Shawna.

— Pare com isso! – ele gritou. – Deixe-o explicar! – E se corrigiu. – Deixe-*a* se explicar, quero dizer!

Moss sentiu um empurrão e bateu o cotovelo no armário aberto. Os alunos se amontoaram ao redor, alguns vindo das portas abertas das salas de aula, outros de vários corredores. O barulho aumentou de forma brusca, ecoando, quicando no teto alto e nas paredes. Moss se segurou no próprio armário enquanto assistia aos alunos se aglomerarem ao redor do policial Hull, Shawna e do Sr. Jacobs. Os celulares para fora. Alguém gritou:

— Deixe-a em paz!

O Sr. Jacobs, o terror estampado no rosto, ergueu os braços num sinal de desistência, mas então tornou a baixá-los e tentou empurrar todo mundo para longe ao ver as coisas saindo de controle.

Mas o foco de Moss não estava mais no vice-diretor. Hull tinha pressionado o braço sobre Shawna com ainda mais força, erguendo-a no ar, e Shawna estava com dificuldades para respirar. A gritaria ficou um tom mais alto, e Moss simplesmente agiu. Se não fizesse isso, sabia que a ansiedade o consumiria. Se lançou adiante, na direção de Hull, e foi impedido pela mão espalmada do Sr. Jacobs contra o seu peito.

— Ela não consegue respirar! – Moss gritou, e devolveu o empurrão com toda a força que tinha. – Pare com isso!

Njmile também estava lá, gritando com Hull, gritando com o Sr. Jacobs, tentando chegar até Shawna.

— Tire as mãos dela! – vociferou Njmile.

Estavam cercados. Havia tanta gente que Moss nem conseguia enxergar nada além de corpos. Os estudantes estavam chutando armários para aumentar a confusão. Uma cadeira voou acima deles e se espatifou acima do armário de Shawna. Depois caiu no chão e acertou outro aluno, deixando um buraco de tamanho considerável na parede. A gritaria ecoava, quicando pelo pátio, amplificada naquele espaço, sons em cima de sons. Ainda assim, em meio àquele barulho, o que se ouviu a seguir foi tão distinto que a multidão se aquietou, ainda que apenas por um instante.

Pof.

Hull havia se afastado. Shawna estava no chão. A cabeça dela tinha batido contra o piso. Ela estava tremendo, se retorcendo no chão, os olhos revirados.

– O que diabos? O que... – Hull nunca terminou de dizer o que começou.

O Sr. Jacobs o empurrou para o lado, e o policial esbarrou em alguns jovens que lotavam o corredor.

– O que você fez? – gritou o Sr. Jacobs, o rosto pálido se tornando vermelho, os olhos se estreitando em fúria.

Moss caiu de joelhos ao lado de Shawna, mas ele não tinha a menor ideia do que fazer. Segurou os ombros dela e tentou impedi-la de deslizar pelo chão.

– O que eu faço? – gritou Moss, o início de um ataque de pânico inchando em sua garganta.

Shawna cuspiu, e os alunos perto de Moss se afastaram, e a Sra. Torrance estava ali, gritando com o Sr. Jacobs, empurrando alunos para fora do caminho, e a multidão a deixou passar, e ela ficou de joelhos, apoiada nas mãos, ao lado de Moss.

– Me dê um pedaço de pano – ordenou. – Um suéter, qualquer coisa do tipo!

A reação foi surreal; pelo menos cinco jovens entregaram seus suéteres ou jaquetas dentro de alguns segundos. Ela pegou alguns e os enrolou, empurrando Moss gentilmente para fora do caminho. Shawna ainda estava se debatendo; a Sra. Torrance colocou um dos suéteres sob a cabeça dela e a virou para o lado.

– Fique comigo, querida, fique comigo – ela falou suavemente.

Ninguém mais dizia nada. Havia algumas câmeras para fora, uma delas apontada diretamente para o policial Hull, que assistia a cena com um horror mudo no rosto. As mãos atrás da cabeça, os olhos arregalados, a boca aberta.

– Shawna é epiléptica – a Sra. Torrance anunciou, e olhou para o relógio. Ela lentamente puxou para baixo a gola da camisa de Shawna, expondo um vergão recém-formado na pele marrom dela. – O que é isso? Quem fez *isso*?

Shawna parou de sacudir, e os olhos dela se focaram no rosto da Sra. Torrance, o peito subindo e descendo rapidamente. Ela mexeu a boca, mas as palavras não saíam.

– Não tente falar ainda, querida – disse a Sra. Torrance. – Você está bem. Estou aqui para te ajudar. – Ela olhou para cima. – Ninguém me respondeu. Quem fez isso?

– Ele fez isso – falou Moss, apontando para Hull, a voz trêmula.

– Por causa disso – o Sr. Jacobs acrescentou, mostrando o saquinho transparente. – Uma ambulância já está a caminho – acrescentou.

A Sra. Torrance o ignorou, voltando-se para Shawna.

– Shawna, querida, você está bem?

Demorou um pouco, mas ela assentiu com a cabeça.

– Você consegue falar ou prefere esperar?

Ela engoliu.

– Tá doendo, Sra. Torrance.

– O que dói? – ela apontou para o peito de Shawna. – Aqui?

– E a minha cabeça.

– O que aconteceu, Shawna? Você pode me dizer?

Ela engoliu em seco de novo, então os olhos dela foram até Moss.

– Não, mas ele viu – ela disse, a voz rouca.

A ansiedade de Moss se espalhou de novo, conforme a Sra. Torrance erguia as mãos. Ela olhou para Moss.

– Sr. Jeffries, pode me contar o que aconteceu?

Ele não conseguia ignorar os olhares. Olhou ao redor, e cada rosto estava em cima dele. Aguardando. Até mesmo o Sr. Jacobs, que deveria estar dispersando a multidão, que deveria agir como se estivesse no comando, olhava para Moss.

— Ele encontrou aquele saquinho de pílulas no armário de Shawna — disse Moss, cada palavra uma luta para sair. — O policial Hull, quero dizer. Ele achou que Shawna estivesse vendendo drogas ou coisa do tipo.

Hull deu um passo adiante, as sobrancelhas arqueadas, mas o Sr. Jacobs estendeu uma mão.

— *Não* — disse ele. — Eu lido com você mais tarde.

— Quebrou.

A voz de Shawna estava rouca, e ela esfregava o pescoço. Moss viu lágrimas se formando nos olhos de Shawna, e o seu rosto queimou de raiva.

— O que foi o que você disse? — perguntou a Sra. Torrance. — O que quebrou?

Ela limpou a garganta e esfregou os olhos.

— O meu frasco de remédio — disse ela. — Quebrou hoje de manhã. Tive que colocar os meus remédios naquele saquinho.

— Minha nossa — a Sra. Torrance murmurou, e então se levantou, tirando os *dreads* da frente da cara.

Ela caminhou alguns passos até o Sr. Jacobs, que deu um passo para trás quando ela se aproximou.

— Pega eles, Sra. Torrance! — alguém da multidão gritou, mas quando a risada quebrou o silêncio, ela ergueu uma mão.

— Todo mundo para dentro da sala — disse ela. — *Agora*!

Os alunos começaram a se dispersar, mas Moss estava perto o bastante para ouvir o que ela falou ao Sr. Jacobs. O rosto dela estava cerrado, e ela se inclinou para perto do vice-diretor.

— Você vai dar um jeito nisso.

Moss se ajoelhou ao lado de Shawna, incerto do que fazer a seguir. Shawna olhou para ele. Ela esticou a mão e segurou a de Moss.

— *Obrigada* — ela murmurou.

Ele segurou a mão de Shawna até o momento em que os paramédicos o afastaram.

8

Moss mal ouviu a porta da frente se abrir. Estivera encarando uma ranhura na mesa de centro na sala fazia tempo, parecia que tinha saído do corpo e encarava tudo de cima. O rangido da porta o trouxe de volta, e ele afastou aquela sensação. Ergueu os olhos para a mãe em seu uniforme dos Correios, e algo no rosto dele deve ter indicado alguma coisa.

– Oh, não, querido – ela falou, fechando a porta rapidamente. – Aconteceu alguma coisa?

Wanda caminhou até o sofá, largou a bolsa no chão e se curvou perto dele. Moss se inclinou para perto da mãe e suspirou.

– Estou bem – respondeu. – Ou pelo menos acho que estou.

– Você teve outro ataque? – E passou a mão pelo cabelo dele, algo que sabia que o acalmava.

Ele sacudiu a cabeça.

– Na verdade, *não* – disse ele. – Mas sinto que deveria ter tido. Algo terrível aconteceu na escola hoje.

Contou tudo, pausando apenas para recuperar o fôlego quando as coisas ficavam pesadas demais. Ele congelou outra vez ao falar do coldre e da arma, e Wanda o puxou para um abraço. Entretanto, no momento em que chegou ao fim da narrativa, ele não se sentiu melhor. Começou a tremer, e tudo desmoronou. Todo o medo, todo o terror, tudo veio à tona com as lágrimas.

– Como puderam fazer uma coisa dessas com ela? – Moss uivou. – Como conseguem continuar se safando?

– Ah, querido – disse a mãe, puxando-o para mais perto. – Lamento muito que você tenha visto isso. E espero que ela esteja bem.

– Provavelmente é só o começo – ele chorou. – E se me chamarem da próxima vez? Como é que vou sobreviver?

— Talvez esteja na hora de eu fazer uma visita à escola... — Wanda falou, a testa enrugada de preocupação.

— Não, não, mãe, você já tem que se preocupar com muita coisa — disse ele. — É engraçado... você se lembra da Sra. Torrance? De anos atrás?

— Claro. Ela ainda dá aula na escola?

Ele assentiu.

— Ela é tutora da minha turma e minha professora de Literatura. — Moss tossiu e a mãe bateu nas costas dele. — De qualquer forma, antes de tudo isso acontecer, ela comentou que se perguntava por quanto tempo a escola poderia aguentar isso. Eu não ficaria surpreso se a escola desistisse depois de hoje.

— Não sei, Moss — disse ela. — Você ficaria surpreso com a pouca vontade das pessoas em olhar para si mesmas de forma crítica.

Ele se afastou e limpou o nariz.

— Acho que reprimi isso tudo — disse ele. — Sabe, na terapia sempre ouço que não deveria fazer isso, mas meio que... Shawna precisava de ajuda, então guardei tudo. Enterrei tudo e *agora* olha só pra mim.

— Não sei se isso é uma coisa ruim — disse Wanda, e enfiou a mão na bolsa para pegar uma garrafinha d'água. Tomou um gole e ofereceu um pouco ao filho. Enquanto Moss bebia, ela continuou. — Você viu alguém em perigo e priorizou a outra pessoa. Acho que *sabia* que poderia lidar consigo mesmo mais tarde, então colocou as suas necessidades de lado para ajudar outra pessoa. Não sou uma especialista, mas isso me parece bem nobre.

Moss tentou sorrir.

— É, se a gente pensar dessa forma, não parece tão ruim. — Moss bebeu mais um pouco de água e devolveu o frasco metálico para a mãe. — Acho que só é difícil superar a vergonha.

— Como assim?

— Bem... — Ele se ajeitou e se inclinou contra o encosto da poltrona para poder encarar a mãe. — Durante a minha última sessão de terapia, conversei com Constance sobre eu ser muito emotivo de vez em quando, sobre como choro do nada ou me sinto ansioso ou me chateio.

Wanda assentiu.

– Eu entendo. É como se você sentisse todas as emoções à flor da pele.

– Exatamente! – exclamou Moss.

– É por isso que fica tão incomodado quando adivinhamos o que você está pensando?

Isso o deixou meio chocado.

– Uau – disse ele. – Acho que sim. Nunca tinha reparado nisso.

– Talvez eu devesse parar de te zoar por causa disso – disse ela. – Não quero fazer com que se sinta pior.

– Não, isso não me incomoda. É só que de vez em quando queria que o meu cérebro funcionasse que nem o de todo mundo. Que pudesse passar um dia inteiro sem o medo de um colapso pairando sobre mim.

Wanda assentiu de novo.

– Tem alguma coisa que eu possa fazer?

– Nem, acho que não – respondeu Moss. – Fico feliz de poder falar com você sobre essas coisas. É...

Ele não terminou a frase e os seus olhos baixaram para a ranhura na mesa de centro para a qual olhava anteriormente.

– Moss? – Wanda perguntou. – O que foi?

Papai comprou essa mesa, pensou Moss. *Ele a encontrou num "Família Vende Tudo" no fim da rua.* Um novo cartão para colocar no seu ficheiro rotativo, percebeu, e isso deu coragem para externar o outro pensamento que tinha surgido em sua mente.

– Mãe, você ainda pensa no papai?

Agora era a vez de ela enfrentar os holofotes.

– Claro – ela respondeu após alguns momentos. – É difícil não pensar. Há lembranças dele em todo lugar.

– Que nem essa mesa – disse ele. – Eu me lembro de quando ele a trouxe para casa, e a bateu na maçaneta da porta de entrada, e foi assim que surgiu aquele arranhão.

Ela riu.

– Por que será que ele sempre achava que precisava trazer pra casa toda mobília que encontrava pelo caminho, como se fossem animais abandonados?

— Ei, queria muito que ele trouxesse animais *de verdade* pra casa, então imagina só a minha decepção quando ele voltava pra casa com uma *cadeira*.

— Por que você me perguntou isso, querido?

Wanda se apoiou na mão esquerda, posta sob o queixo.

— Estava pensando — disse Moss. — Ia dizer que estava feliz por poder conversar com você porque... bem, é como se a morte dele tivesse nos aproximado.

Quando os olhos da mãe ficaram marejados, Moss sentiu o peito pesar.

— Não, não, mãe, me desculpa! Soou terrível na minha cabeça, e foi por isso que não falei nada.

Mas ela estendeu a mão para ele depois de enxugar uma lágrima.

— Não, filho, não peça desculpas. Você sabe como sou sortuda pelo fato do meu filho ser um dos meus melhores amigos?

O calor varreu o rosto dele.

— Ah, mãe, para.

— É verdade! Quero dizer, claro que queria que o seu pai estivesse aqui. Daria quase tudo para tê-lo de volta. Mas eu não trocaria você por ele.

A imensidão daquilo o engoliu, e ele se inclinou na mãe enquanto ela alisava as costas dele, para cima e para baixo. Moss chorou porque sentia saudades do pai, sentia saudades do hábito descuidado de trazer mobílias sem dono, sentia saudades do humor bobo. E chorou porque o seu mundo estava dividido. Ele tinha sido amaldiçoado com violência e perda. Tinha sido abençoado com amor e apoio. Não conseguia separar as coisas e teria que aprender a viver com tudo aquilo.

Mas Moss podia conviver com qualquer coisa desde que a mãe estivesse ali.

9

Moss e Njemile estavam saindo da estação MacArthur na manhã seguinte quando Njemile falou:

– Declaro este ano acabado. *Fin. Cerrado.* Morto.

A cada palavra ela estendia a mão à frente. Na última, ela pegou a mão erguida de Bits e deu uma girada, a saia rodando ao redor do corpo.

– O ano *acabou* de começar, e também concordo que já *deu* – Bits respondeu. Virou-se para Moss e deu uma olhada de cima a baixo. – Com relação a esta camisa – começou –, declaro aberta a sessão de julgamento do estilo de se vestir de Moss.

– Valeu, Bits – respondeu Moss.

– O roxo cai bem em você, chuchu – Bits comentou e voltou sua atenção para a dança com Njemile em plena plataforma do metrô.

Quando chegaram às escadas, Njemile exigiu ser erguida e assim foi, Bits segurando o contorno pequeno dela no ar antes de baixá-la. Brincaram tanto quanto era possível brincar numa escada rolante em movimento e cheia de passageiros saindo dos trens, e Moss admirou o esforço.

Caminharam até a escola sem nenhum incidente, ainda que Moss não fosse capaz de notar a explosão de uma bomba atômica naquela manhã. Os pensamentos estavam espalhados, saltando de uma imagem para a outra, que nem um ficheiro rotatório, mas sem objetivo.

– Você está perdido – Njemile falou para ele assim que viraram na rua da escola.

Moss dispensou-a com um aceno.

– Apenas em pensamentos – disse ele –, mas estou de boa. Acho.

Njemile, por sorte, o deixou em paz, e ele ficou contente com o fato de os amigos saberem quando não o pressionar. Moss tirou o celular pela, no mínimo, décima vez naquela manhã e abriu as mensagens para reler o que Javier tinha enviado naquela manhã:

`Mal posso esperar pra te ver hj à noite!!`

Moss desejou que bater papo fosse algo mais fácil, mas cada vez que lia e relia a mensagem, todas as respostas que criava soavam clichê. *Como as pessoas fazem isso?*, perguntou-se. Já tinha visto Esperanza conversando com garotas, e as palavras eram tão naturais para ela. Ela sabia como flertar, sabia como desarmar alguém com um elogio, e sabia como derrubar aquela montanha inicial de constrangimento que geralmente o derrotava. *Talvez eu devesse perguntar para ela*, pensou. Então, mandou uma mensagem:

`Esperanza, S.O.S., preciso de ajuda para conversar com garotos.`

Alguns segundos depois:

`Vou sair mais cedo. Te encontro na estação depois que você sair?`

Respondeu com um GIF do Michael Fassbender dizendo "Perfeito" e voltou para sua conversa com Javier. Encarou mais um pouco. Será que não poderia simplesmente dizer que também estava animado? Era demais?

Não mandou uma resposta. O celular voltou para o bolso, ficando lá feito uma pedra. Ele lidaria com isso mais tarde.

— Então — Moss falou na primeira pausa da conversa —, alguém sabe dizer se Shawna está bem?

— Não, ainda não fiquei sabendo de nada — respondeu Njemile.

— Pobre garota — falou Bits.

— Já viu os vídeos? — Njemile perguntou. — Metade do meu Facebook estava falando disso hoje de manhã.

— Quantos? — indagou Moss. — Vi um ou outro celular filmando ontem.

— Cara, tinha uma *caralhada* de vídeos — respondeu Njemile. — De uns vinte ângulos diferentes.

— Droga — disse Moss.

— É. Ficou surpreso com isso? — disse ela.

— Acho que não — admitiu. — Mas a diretoria não vai ficar muito feliz.

— Meu Snapchat estava cheio disso — disse Bits, balançando a cabeça. — É muita coisa.

— E o que a gente vai fazer sobre isso? — Njemile falou. — Eu me pergunto se a diretoria vai ao menos mencionar o que aconteceu ontem.

— Tem alguma coisa que a gente *possa* fazer? — perguntou Moss. Esfregou os olhos com as costas das mãos e bocejou. — Tenho certeza de que vão encontrar uma forma de culpar Shawna por tudo.

— Também tenho certeza de que é retaliação — concordou Njemile. — Já que ela complicou as coisas pra escola com a mudança de nome e tudo mais. Lembro que o Sr. Elliot foi contra eu usar o banheiro feminino.

— Não me surpreende — disse Bits. — E todo o meu respeito por você, por fazer a escola tomar uma atitude com relação a isso. Nem consigo me imaginar falando com o Sr. Elliot ou qualquer outro alguém sobre ser uma pessoa não binária.

Njemile deu de ombros.

— Tento não pensar naquele homem. Ele não significa nada para mim.

— Entretanto, isso não ajuda Shawna — Bits acrescentou baixinho.

— Bem, claro que não — concordou Moss. — Mas não estamos impotentes nessa situação, né? Talvez a família de Shawna processe o distrito escolar ou coisa do tipo.

— Acho que não faz mal se a gente pelo menos *conversar* com outras pessoas — sugeriu Njemile. — Começar uma troca. Eles te escutariam, Moss.

Ele apenas fechou a cara.

— Apenas *conversar* — disse ela. — Quero dizer, tem vários jovens aí que te respeitam, sabe. Porque...

— Porque o meu pai morreu? — ele interrompeu.

Njemile fez uma careta, e Moss podia ouvir Bits em choque.

— Não, Moss. Não ia dizer isso — disse ela.

— Mas é a verdade. Todo mundo pensa isso. E as pessoas ainda me falam, "O seu pai morreu pela causa". — Sacudiu a cabeça. — Cara, preferia ter o meu pai de volta do que ter colaborado com a porcaria de uma causa.

Njemile e Bits mantiveram os olhos para baixo quando Moss encarou a dupla. Ficaram em silêncio durante um quarteirão inteiro até Njemile pigarrear.

– Porque você é um bom amigo – disse ela.

– Hein?

– É por isso que o pessoal te respeita – disse ela. – Você é uma pessoa legal, Moss.

– Ela não está errada – falou Bits, oferecendo um raro sorriso a Moss.

– Merda – disse ele. – Me desculpa por antes então.

– Sem problemas – respondeu Njemile. – Entendo por que achou que eu fosse dizer aquilo.

– Mas como isso vai ajudar a Shawna? – indagou Moss. Ele girou na calçada para tomar um atalho pela grama dianteira até os degraus da escola. Ninguém falou nada, então ele se virou para andar de costas e continuar conversando. – Está fora do nosso alcance.

Não estavam prestando atenção nele. Estavam sem movimento, encarando algo atrás de Moss.

Quando ele se virou, viu os policiais no topo dos degraus. Nenhum deles era Hull. Eram rostos novos, feitos de pedra, observando os alunos que entravam. Não diziam nada. Não faziam nada. Apenas estavam lá.

– Ei, galera – chamou Njemile. – O que é *aquilo*?

– Talvez seja só para nos intimidar – respondeu Bits.

– Cadê o Hull? – indagou Moss. – Vocês acham que ele foi embora?

– Espero que sim – disse Njemile. – Embora ter um policial permanente no campus seja bem melhor do que... bem, *aquilo ali*.

– Só vamos ir para a sala antes que o sinal toque – Moss pediu.

Sem nenhuma outra palavra, o trio subiu os degraus. Passaram em fila única entre os policiais, Moss contou seis deles. Os olhos policiais varreram os corpos deles, fazendo uma inspeção, mas nada além disso.

– Podemos pular esta semana inteira? – Njemile perguntou assim que entraram.

Antes que qualquer um pudesse responder, ouviram o infeliz sinal que anunciava que realmente estavam atrasados. Conforme corriam para as salas, Njemile agarrou o braço de Moss.

– Converse com alguém – ela o lembrou. – *Qualquer pessoa*. Você deveria.

Segundos depois, ambos entraram na sala da Sra. Torrance. Ela fez uma breve cara feia para ele, mas não falou nada. Ele seguiu até a sua cadeira de costume ao lado de Njemile e se sentou, tirando da mochila sua cópia surrada de *O mundo se despedaça*. Tinha esperanças de que, se parecesse ocupado, a Sra. Torrance não diria nada a ele.

– Não fez a leitura de ontem à noite, Sr. Jeffries?

Moss suspirou, colocando o livro sobre a mesa.

– Foi uma noite longa – respondeu. – Vou fazer isso, prometo.

Com isso, alguns outros alunos abriam a mochila e tiraram os próprios livros ou aparelhos de leitura. Moss observou o olhar da professora vagar sobre a sala e pousar no único assento vazio nos fundos. O coração dele pesou; era ali que Shawna costumava se sentar, tanto nas aulas principais quanto nas aulas de Literatura. A Sra. Torrance fechou a cara.

– Que pena – ela falou baixinho.

– O que vai acontecer com ela? – indagou Njemile.

Ela sacudiu a cabeça.

– Não sei, Njemile – respondeu. – É difícil dizer. A Srta. Stephanie no escritório central me pediu hoje cedo para mandar vocês prestarem atenção nos anúncios matinais. Aparentemente o Sr. Elliot vai falar sobre isso.

Alguém gemeu alto atrás de Moss. Ele se virou e viu Carmela com a mão levantada. A Sra. Torrance lhe passou a palavra.

– Tipo, por que a gente precisa lidar com essas situações para início de conversa? – perguntou ela. – Minha prima frequenta a North. Ela não vê policiais enforcando alunos. E o Sr. Barre deu cópias de livros didáticos para todo mundo. – Ela enfiou a mão na mochila, puxou uma pilha de papéis e bateu com ela sobre a mesa. – É com isso aqui que preciso estudar.

Parecia bastante com aquele que Moss tinha recebido do professor de História.

Talvez seja a minha chance de falar sobre isso, pensou Moss. Ergueu a mão, e a Sra. Torrance apontou para ele.

– Isso, e alguém invadiu o laboratório no verão – acrescentou, se sentando direito, falando com confiança –, por isso a gente precisa compartilhar equipamentos. Tipo, dez alunos para um conjunto de materiais.

Ele viu uma expressão sombria tomar conta do rosto da Sra. Torrance e teve certeza de que ela estava irritada com ele.

– Certo, vamos conversar sobre isso – disse ela. – Pelo menos antes do Sr. Elliot falar. Quem mais?

– Todos os cantos estão manchados – falou Larry. – O que é aquilo? Está por todo o teto.

– A nossa escola é velha – explicou a Sra. Torrance.

– O Colégio Piedmont também – falou Moss, uma espécie de eletricidade correndo por dentro dele. – O Colégio Berkeley também. Essas duas escolas não são mais velhas do que a nossa?

A professora balançou a cabeça em concordância.

– Realmente. Então, por que o nosso campus é do jeito que é? Alguém saberia dizer?

– Dinheiro? – falou Njemile, mais uma pergunta do que uma certeza. – A gente simplesmente não tem dinheiro.

– Por causa daquele negócio de testes – acrescentou Larry. – Não fomos bem e por isso eles tiraram dinheiro da gente.

– Não funciona bem assim – disse a Sra. Torrance. – Não é que o dinheiro foi *tirado* de nós. Apenas recebemos menos para qualquer coisa que *não seja* preparação para os testes.

– Mas por quê? – perguntou Moss, sua energia se transformando em frustração. – Isso não faz sentido. A gente não deveria pelo menos ter a chance de melhorar os nossos resultados dos testes?

– Seria de se esperar – respondeu a Sra. Torrance. – Mas o sistema não é feito desse jeito.

Sempre começava pelo peito dele, uma ansiedade crescente que florescia dentro das veias, agarrava o coração, se espalhava pela espinha, pressionava contra os olhos, a pressão geralmente se transformando numa enxaqueca. Raiva. Era como ter o mesmo visitante indesejado todos os dias, não porque Moss não visse necessidade, mas porque estava cansado disso o consumir com tanta frequência. A conversa mudou para outros tópicos. Cancelamento de times. Portas e janelas quebradas. A água do banheiro feminino que nunca parecia limpa. Ele ouviu tanto quanto pôde, tentando normalizar a respiração, mas cada novo detalhe o jogava mais para dentro de si, mais convencido do que nunca de que essa dúvida e essa raiva eram o único mundo que conheceria. Não poderiam mudar nada disso.

    A voz do Sr. Elliot no alto-falante o puxou de volta para a sala de aula. Moss sabia que podia se perder nos próprios pensamentos com facilidade e imaginava se deveria falar com a terapeuta sobre isso no mês seguinte.

    Moss focou nas palavras que saíam da caixa cinza acima da lousa descascada.

    – Bom dia, alunos – cumprimentou o diretor. Sua voz era alegre, alegre *demais*, na verdade. – Bem-vindos à nossa primeira sexta-feira do ano escolar, e a Associação do Corpo Estudantil gostaria de lembrar a cada um de vocês que as eleições serão dentro de três semanas. As indicações serão concluídas na próxima quarta-feira, então, se quiser representar a sua turma em qualquer um dos cargos disponíveis, por favor, declare a sua intenção no escritório central até a data mencionada.

    A voz pausou, e Moss ouviu papéis se agitando ao fundo. Ninguém na sala deu um pio, e ele olhou para Njemile, que estava roendo uma das unhas. Olhou para a Sra. Torrance, que estava perto da mesa dela, a mão direita fechada com tanta força que ele podia ver os músculos do braço tensionados.

    – Então – disse o Sr. Elliot, a voz distante no início, um pouco mais próxima agora. – Estou orgulhoso da resposta rápida de alguns membros do nosso corpo docente ontem, durante uma infeliz altercação que aconteceu no campus.

    Desta vez foi a Sra. Torrance que gemeu. A sala se irritou em resposta.

    – Altercação? – disse ela, as palavras embebidas de ácido. – É assim que você chama aquilo?

    – Acreditamos que a segurança dos estudantes do Colégio West Oakland é de suma importância. Por isso, gostaríamos de dizer a todos os nossos alunos que o policial Hull foi demitido.

Moss ouviu palmas, alguns gritos de celebração, e viu a surpresa no rosto da Sra. Torrance. Ele levantou a mão.

– Quietos – disse ela. – Ele pausou por algum motivo.

Como se o Sr. Elliot soubesse que haveria uma reação coletiva, ele ficou quieto por alguns momentos.

– Então – retomou ele. – Vamos iniciar uma nova política de medicação a partir de hoje. Os alunos precisam registrar todos os medicamentos com a enfermeira da escola, que vai ajustar a distribuição ao longo do dia. Por favor, passem no escritório e falem com a Srta. Stephanie para agendar um horário.

O Sr. Elliot pigarreou, e o silêncio constrangedor que veio em seguida pareceu esquisito. Inquietante. *Ele não terminou, não é?* Moss pensou. Mais papéis se agitando. Silêncio de novo. O Sr. Elliot tossiu.

– Gostaria de reiterar que nós, do Colégio West Oakland, não toleramos nada que coloque em risco a segurança do corpo estudantil. Muitos alunos filmaram a altercação de ontem e postaram os vídeos nas redes sociais. Até o fim da próxima semana vou anunciar a nossa nova política para o uso de celulares no campus.

Moss sabia que o Sr. Elliot estava ciente de que isso não seria bem-aceito. Ele pausou de novo, como se estivesse falando com todo mundo no auditório da escola, deixando espaço para os gemidos e repúdios.

– E, por fim – disse ele, e continuou limpando a garganta, cada novo rompante de um raio de terror no corpo de Moss –, para assegurar um ambiente seguro aqui no Colégio West Oakland, inscrevi a nossa escola em um programa piloto em conjunto com Departamento de Polícia de Oakland, para a instalação de detectores de metal na entrada principal.

O estrondo que surgiu ao redor de Moss foi gigantesco. Alguém devia estar no escritório onde o Sr. Elliot fazia os seus anúncios, porque uma voz jovem se sobressaiu em choque.

– Tá falando *sério*? – a voz jovem falou.

Foi um caos na sala da Sra. Torrance. O queixo dela despencou; ela parecia entorpecida. E devia estar, porque não estava tentando tomar o controle da sala de volta. Larry estava praguejando o mais alto que podia, e Njemile agarrou o braço de Moss.

– Ele não tá falando sério, né? – gritou. – A gente é o quê? Prisioneiros?

Ele não respondeu. Sua fúria se agitava sob a pele.

Ele foi empurrando o dia. Não houve uma aula naquele dia que não tivesse perdido a importância diante do anúncio matinal. A Sra. Torrance fez outra discussão durante a aula de Literatura em vez de trabalhar no ensaio que tinha exigido para a semana seguinte. Ninguém parecia ser capaz de se concentrar.

– *Detectores de metal*? – Kaisha repetiu.

– É – disse Njemile. – Essa é a nossa vida agora.

– Ainda não consigo superar isso. Será que o Reg vai conseguir passar por eles?

Moss bateu na testa.

– Droga, nem tinha pensado nisso. Quando você vai vê-lo agora?

– Temos Pré-cálculo juntos – respondeu ela. – Vou perguntar do joelho dele, mas imagino que aqueles pinos vão disparar o detector todos os dias.

– E você sabe que vão importuná-lo *toda vez* que isso acontecer – acrescentou Moss, sacudindo a cabeça. – Não acho que a gente vá receber um policial *melhor* do que o policial Hull.

Ela estalou a língua contra os dentes, mas não falou nada.

– Será que a gente deveria fazer alguma coisa? – Njemile indagou. – Talvez nos reunirmos com outras pessoas e pelo menos falar sobre isso? Trocar ideias e coisa do tipo.

– Sei não – disse Moss. – Talvez. Mas não sei se a gente deveria chamar a atenção. Será que o Sr. Jacobs ou o Sr. Elliot não vão colocar um alvo nas nossas costas depois?

– Vindo deles, não duvidaria nada – disse Kaisha. – Mas pense nisso. Eu falo com o Reg.

– Posso chamar a Esperanza também – disse Moss.

– Perfeito! – Kaisha exclamou. – Será que alguém deveria chamar a Shawna também? Acho que ela deve precisar de uma sessão de lamúrias mais do que a gente.

— Essa é uma boa ideia, mas não a conheço muito bem — disse Moss.

— Deixa comigo — disse Njemile. — Garotas que nem a gente precisam se manter unidas, então eu vejo se ela quer vir. Onde a gente poderia se encontrar?

— Ô, vamos no Farley's que fica na Grand — disse Moss. — Vocês sabem onde é, né? Perto daquele lugar etíope? — Todos assentiram. — Meio-dia no sábado está de boa pra vocês?

Todos concordaram e, então, se separaram para a aula seguinte. Moss ainda não tinha certeza se isso daria em alguma coisa, mas no íntimo sabia que seria bom reunir todo o pessoal. Moss foi até a aula de História do Sr. Riordan, enquanto respondia a mensagens tanto de Esperanza quanto de Rawiya. Por sorte, ele conseguiu se distrair por quase uma hora enquanto Riordan falava monotonamente sobre as colônias. Riordan nunca pareceu interessado em nada que acontecia no campus fora da sua sala de aula, e ele nem parecia notar que ninguém estava prestando atenção.

O sinal tocou para o almoço, e a sala se esvaziou no que pareceu ser um tempo recorde. Moss não estava muito a fim de socializar, então tirou da mochila uma maçã que tinha apanhado ao sair de casa. Passou pelo pátio enquanto mastigava e foi para a ala leste para ver se os representantes universitários tinham decidido ficar até a hora do almoço este ano. Ainda que a biblioteca da escola fosse apenas de um andar e pouco maior que uma sala de aula, a Sra. Hernandez a mantinha lotada. Livros se equilibravam precariamente em cima das prateleiras, e havia uma pilha alta com capas brilhantes e puídas em cima da mesa dela. Ela saudou Moss e se virou para ajudar alguém que tinha os braços cheios de livros e que foram colocados em cima do balcão. Ele jogou a maçã pela metade no lixo, o estômago embrulhado. Moss não estava com tanta fome quanto tinha pensado.

A área principal não estava cheia dos alunos de sempre estudando. O conjunto de mesas e cadeiras tinha sido rearranjado em formato de U ao redor da sala, e várias universidades tinham colocado seus mostruários nelas. Cada mesa tinha duas ou três pessoas, muitos conversando com possíveis candidatos. Embora a presença dos alunos de West Oakland fosse maior do que Moss esperava, uma inquietude o invadiu. Viu a cabine da Laney College, a instituição comunitária que ficava ao sul do Lago Merritt. Tinha uma da Merritt College também, outra da Holy Names University, outra da Contra Costa. Ele deu uma rondada antes de notar que alguns nomes estavam faltando.

Ninguém da Universidade da Califórnia em Berkeley. Ninguém da Universidade Estadual da Califórnia em East Bay. Ninguém da Estadual de São Francisco ou da Universidade da Califórnia em São Francisco. Não havia nenhuma grande faculdade ou universidade na sala. Passou pela mesa da recepção ao sair, e a Sra. Hernandez o chamou, enquanto prendia o longo cabelo preto num rabo de cavalo.

– Não encontrou algum livro, Moss? – perguntou ela. – Você sabe que sei onde está tudo.

– Nem sonharia em duvidar de você – ele respondeu. – *Nah*, eu só... sei lá, estou meio desapontado. Só isso.

A Sra. Hernandez baixou a voz.

– Vieram menos do que no ano passado – disse ela. – Nenhuma das grandes apareceu desta vez. – Ela suspirou. – Se precisar de ajuda com qualquer uma das escolas estaduais, você sempre pode passar por aqui mais tarde.

– Obrigado, Sra. Hernandez – agradeceu Moss. – Vou me lembrar disso.

Ele saiu da biblioteca. Não era como se ele estivesse surpreso de as coisas na escola dele estarem piorando. Não era ingênuo. As coisas pareciam tão óbvias agora, como se não pudesse mais colocar no fundo da mente e ignorar.

Ele ainda pensava na mesma coisa ao se sentar nos degraus na frente da escola naquela tarde, enquanto aguardava Esperanza. Ela estava atrasada, então checou seu telefone de novo. *Talvez não devesse esperar para ouvir o conselho dela*, pensou e mandou uma resposta rápida para Javier.

Te vejo hoje à noite. Chego lá por volta das 7.

Passou as mãos na borda dos degraus de concreto por puro hábito, mas logo pareceu esquisito. Estava tão acostumado com as ranhuras específicas da loja de Dawit que repetir o gesto ali era como vestir as roupas de outra pessoa ou colocar o sapato no pé errado.

Esperanza apareceu alguns minutos depois, um sorriso amplo no rosto e uma pasta clara presa nos braços.

— Foi mal, Moss! Acabou que não consegui ler a minha própria agenda, porque definitivamente achei que não tivesse uma sexta aula na sexta-feira.

— Tudo bem — respondeu ele. — Não esperei tanto assim.

Esperanza se sentou ao lado do amigo.

— *Aff*, que semana — disse ela. — Me desculpa por não ter conversado tanto com você.

— Eu sei! Tenho tanta coisa pra te contar.

— Eu também — disse ela. — Mas também tenho um monte dessas coisas pra preencher.

Ele olhou de relance para a pasta.

— O que *são* essas coisas?

— Inscrições para universidades — respondeu ela. — Eu sei, eu sei, a gente não precisa mandar até o ano que vem, mas meus pais querem que eu pratique desde já.

— Vocês também tiveram uma mostra universitária hoje?

— Sim! Queria que eles nos dessem mais tempo. Eu tinha um bilhão de perguntas, e parece que só cinco foram respondidas.

— Pelo menos conseguiu falar com alguém — disse ele. — A nossa foi terrível. Só apareceram umas oito universidades.

— Isso não é tão ruim assim — Esperanza comentou. — Quer dizer, não tem *tantas* universidades grandes por aqui, e as grandonas meio que dominam tudo.

— Bem, você não diria uma coisa dessas se estivesse aqui hoje. Foi meio patético.

Ela franziu o rosto.

— Ruim assim, é?

— Me diga uma coisa — Moss falou, se virando para ela. — Quais foram as cinco maiores escolas que foram para a sua feira?

— Bem, as óbvias, acho — disse Esperanza. — Berkeley, a Universidade da Califórnia em São Francisco, a Estadual de São Francisco, Mills... — Ela parou a listagem. — Ah. Deixa adivinhar. Nenhuma delas apareceu por aqui, certo?

– Bingo – ele falou. – Então a gente meio que nem tem a chance de ouvir falar sobre elas, para início de conversa.

– Pode ser que não haja um número grande de pessoas de West Oakland que tenha se inscrito para essas escolas – ela disse, escolhendo as palavras. – Talvez não haja muito interesse.

Ele ergueu as sobrancelhas.

– Não vai haver se eles nunca aparecerem aqui.

– *Nunca?* – Ela deu de ombros. – Não sei, talvez costumassem vir e ninguém prestava atenção. Mas você ainda pode se inscrever por si só.

Moss sentiu uma vontade cruel de discutir com a amiga, mas se conteve. O que ela estava tentando dizer? Ele sabia que era sensível com relação a esse assunto, mas parecia que Esperanza estava tentando culpar os alunos pela falta de escolas na mostra universitária. *Talvez você esteja complicando as coisas*, ele falou para si mesmo.

– Então, qual era o papo sobre meninos sobre o qual você queria falar? – Esperanza falou, mudando de assunto e de tom.

A mesquinharia tomou conta dele. Ele, de repente, não queria falar sobre isso.

– Ah, tá tudo bem – disse. – Eu só precisava resolver o que ia falar para o Javier, mas eu resolvi tudo.

– Fala sério! Como tá indo tudo isso?

– Tudo bem – respondeu. – Por enquanto estamos só conversando. Ele parece legal.

– Vocês combinaram de se encontrar?

Ele tomou a decisão em um instante.

– *Nah*, ainda não. Mas espero que façamos isso! – Ele se levantou e espanou a calça jeans. – Preciso ir pra casa e tomar um banho. Você vai pegar o trem ou vai andando para casa?

– Não, minha mãe vai me pegar numa cafeteria subindo a rua. – Ela o examinou por um instante. – Tem certeza de que está tudo bem?

Ele assentiu.

– Te mando uma mensagem mais tarde. A gente se fala.

– Beleza – respondeu ela. – Vou ficar esperando, Moss. Senti sua falta esta semana.

A culpa o preencheu, e as palavras que saíram a seguir foram verdade.

– É, também senti saudade.

– A gente ainda vai se ver amanhã? No Farley's?

– Sim! Nem sei o que vamos fazer além de xingar muito, mas pode ser legal.

Eles se abraçaram, e Moss foi na direção da estação, doido para chegar em casa e começar a se arrumar, colocando para escanteio toda suspeita insidiosa que tinha acerca de sua melhor amiga. *Depois*, Moss pensou. *Lido com isso mais tarde.*

10

Moss puxou as cortinas para poder ver o sol desaparecendo no horizonte. Se subisse no telhado, veria o sol se esconder por trás de Marin e da ponte Golden Gate nos minutos seguintes, mas ele tinha que estar em outro lugar. Tinha que ver outra pessoa.

Ele colocou na mochila Chrome o cadeado em U, um par de luvas e uma cópia de *Overwatch*. Javier ainda não tinha jogado esse, mas, ainda que fosse para uma pessoa só, Moss era meio obcecado por aquele jogo e queria que *todo mundo* jogasse. Pendurou a mochila no ombro e a ajeitou enquanto encarava o espelho no armário. Ele alisou a camiseta de modo que se ajeitasse abaixo da cintura do jeans. Ele tinha se exaurido antes do banho fazendo flexões, esperando que aumentassem o seu peito, mas agora ele só se sentia dolorido e cansado.

Pare de criticar o seu corpo, disse ele. Ajeitou a gola V de novo e saiu da frente do espelho. Se ficasse lá, isso levaria horas, e Moss não podia permitir que a sua mente convencesse a si própria de que não valia a pena.

Suspirou, a ansiedade correndo pelo peito e estômago, o medo da rejeição pendurado na sua mente. Pelo que Moss podia dizer das mensagens, Javier gostava dele, mesmo assim temia ouvir aquelas malditas palavras outra vez: "Não estou tão a fim de você". Não seria a primeira vez, embora ele achasse que não seria tão ruim quanto a sua primeira paixonite falou que não poderiam namorar porque ele não saía com garotos pretos.

Vou ter que ter essa conversa com ele, pensou, e tal peso se afundou no seu estômago. Será que Javier já tinha namorado um cara preto? Será que via Moss apenas como um passatempo, algo exótico para experimentar só para ver como era?

Moss afastou as preocupações por um momento. Ele colocou o boné de aba reta na cabeça, ajeitando de modo que ficasse perfeito, inclinado só um pouquinho para o lado.

– Vai sair?

A voz da mãe veio da sala, e Moss suspirou de novo. O seu corpo não mudaria enquanto estivesse ali, então era melhor deixar para lá. Pegou o celular na mesa e foi para a sala, apagando as luzes ao caminhar.

Mandou uma mensagem rápida para Javier enquanto caminhava até a mãe.

Já estou indo. Vou de bike. Te vejo já.

Moss ergueu os olhos para se deparar com a mãe o encarando, um sorrisinho no rosto.

– O que foi? – indagou, devolvendo a expressão.

– Você está usando o boné – disse Wanda.

Ele sentiu o calor nas bochechas.

– Mãe, na boa, você sabe coisas demais a meu respeito.

Ela se levantou do sofá, rindo, e o engoliu num abraço.

– Se cuide, querido – ela recomendou e o afastou para observar o rosto do filho. – Você vai ser mais bonito que seu pai, aposto.

Moss ergueu uma sobrancelha.

– Desculpa, é que você me fez pensar nele, só isso. – Wanda voltou para o sofá e pegou o livro que estava lendo, algo de Octavia Butler. – Pegou as luzes da bicicleta?

– Peguei, mãe. E o cadeado também.

– Esteja de volta lá pelas 22 horas, ouviu?

– Prometo – respondeu Moss, indo na direção da porta aberta. Parou antes de sair e falou manso, quase como se estivesse conversando com a própria porta. – Obrigado, mãe.

Trocaram sorrisos, e nada mais foi dito.

Moss pedalava o mais forte que podia, os quadris queimando. Voou pela interseção da rua Lakeshore e da rua 18, evitando o semáforo fechado. A corrente zumbia debaixo dele, e Moss se sentia livre.

Tinha começado a andar de bicicleta havia alguns anos, não porque estava na moda, mas por necessidade. A casa de Esperanza, na ponta norte de Piedmont, não ficava próxima de nenhuma estação de trem, e Moss não tinha muita paciência para ônibus.

Agora ele passava perto do Lago Merritt, grato pelas ciclovias amplas e suaves, o vento ameaçando arrancar o boné da cabeça. Fez uma careta quando as luzes diante dele piscaram em amarelo, e Moss freou com toda força. Aquele semáforo sempre demorava muito, e apanhou o celular de um bolso na alça de ombro da mochila. Nada de Javier ainda, então ele mandou outra atualização.

10 min daí.

Enquanto enfiava o celular de volta no bolso, imaginou se já estava mandando mensagens demais. A luz ficou verde, e Moss recebeu uma curta buzinada atrás dele.

– Desculpa! – ele gritou e tirou os pés do chão, pedalando pela interseção.

Talvez eu esteja pegando pesado demais comigo mesmo, pensou. Enquanto seguia na direção da MacArthur, se deu conta de que, se Javier não tivesse interesse, ele teria cancelado, certo? Se não quisesse ficar sozinho com Moss, ele o teria convidado para uma atividade em grupo. Moss queria confiar nos seus instintos, mas o grande problema era seu cinismo. Seus instintos sempre tendiam ao desastre.

Fez uma curva aguda para a direita para subir na estação MacArthur. Ele flutuou para fora do seu assento para encarar o morro crescente diante dele e sentiu um bolo de energia nervosa no estômago. E se Javier quisesse mais do que jogar videogame naquela noite?

Moss, pare, falou para si mesmo. *Não crie muitas esperanças. Ele não te quer.*

Moss apertou os lábios ao pensar nisso e se amaldiçoou em silêncio pela sua mente sempre chegar à pior conclusão possível. *Se Javier não gostasse nem um pouco de você*, argumentou consigo mesmo, *por que estaria tão animado em te receber?*

Mas será que ele estava animado mesmo? Será que não está vendo coisas demais?

Moss enxugou uma gota de suor da têmpora antes que rolasse pelo rosto, voltando para o assento agora que tinha subido o morro. O trânsito na 580, paralela a ele, rugia ao seu lado, uma colcha de retalhos em luzes vermelhas e brancas. Ele se concentrou no caminho, focando a atenção nos carros ao redor para não ser atropelado, pedalando o mais rápido que conseguia. Diminuiu a velocidade quando estava a alguns quarteirões da casa de Javier, porque a voz materna apitou na sua cabeça: *Moss, cadê o seu capacete?*

— Ah, merda — falou em voz alta.

É só *desta vez. Preciso estar bonito para esse cara.* Sorriu ao fazer a última curva e parar na entrada de garagem ao lado da casa de Javier.

A sua mãe tinha pensado em se mudar para aquele bairro em determinado momento, e ela dizia que a lembrava de Los Angeles.

— É a nossa versão de Leimert Park — ela dissera.

As casas eram que nem caixas gigantescas de doces, multicoloridas, brilhantes, algumas até mesmo em néon berrante. A vizinhança não tinha nenhuma loja de grandes redes à vista. Sua *pupusería* favorita era no fim da rua, assim como o restaurante etíope que a mãe frequentava. A vizinhança lhe era familiar, o que acalmava seus medos ao caminhar até a casa de Javier.

Era um sobrado de dois andares, amarelo com molduras verdes, que ficava bem no canto do terreno, com uma cerca gradeada enferrujada ao redor. A malha tinha cedido em alguns pontos, nos locais em que tinha se desprendido dos postes, vítima das crianças que usavam o quintal para jogar bola. O quintal estava coberto por uma camada seca de terra semelhante à areia. Havia um balanço em ruínas situado em uma extremidade do quintal, toalhas e jeans pendurados nele. Moss os observou balançar na brisa leve por um tempo antes de pular da bicicleta e levá-la escada acima até a porta da frente.

Abriu a porta telada e foi saudado pelo som de uma criança rindo nos fundos da casa. Javier e a mãe viviam no andar de cima, acima de uma família guatemalteca acerca da qual Javier o tinha avisado.

— O pai é bem barulhento — ele o avisara por mensagem. — Mas é inofensivo.

De fato, o pai colocou a cabeça para fora do apartamento ao escutar a porta telada se abrir. Moss cumprimentou com a cabeça, e o homem acenou de volta, desaparecendo na própria casa. Moss apoiou a sua bicicleta no ombro direito e subiu as escadas, olhando para os pôsteres de shows e apresentações de décadas atrás em São Francisco. Havia um velho anúncio do show de Prince no The Stone em 1981 que Moss imediatamente quis roubar para a mãe, mas, além de não querer ofender o proprietário do prédio, sabia que acabaria guardando para si mesmo no fim das contas.

Ao chegar no topo da escadaria de madeira, Moss se deu conta de que Javier estava lá, esperando por ele. Vestia uma camiseta regata preta que se colava ao peito, exibindo sua bela pele marrom, e Moss sentiu uma pontada de inveja ao ver como caía bem nele. Mas o sentimento desapareceu quando Javier estendeu a mão para a bicicleta de Moss, tomando-a dele e dizendo:

– Que bom te ver. Obrigado por vir até aqui!

– Também é bom te ver – respondeu Moss, limpando mais suor.

Tirou o seu boné para encontrar um brilho espesso de suor ali também. Javier tinha apoiado a bicicleta de Moss na parede da entrada e agora encarava Moss.

– Você está pegando fogo – disse ele.

Moss sentiu aquela energia nervosa voltar.

– Bem, sim – respondeu. – Vários morros. Você tem uma toalha ou algo assim?

Javier desapareceu num canto por alguns segundos antes de voltar com uma toalha de mão.

– Não foi bem isso que eu quis dizer – disse ele, sorrindo, depois de entregar a toalha a Moss.

– Ah, não?

Moss limpou o suor e se deu conta de que Javier ainda o encarava, uma sobrancelha erguida, um leve olhar de divertimento no rosto, a touca colocada de jeito torto na cabeça.

Ah, pensou.

– Ah! – falou em voz alta. – É mesmo?

Javier deu uma leve balançada de cabeça, então passou a língua pelos lábios antes de dizer:

– Moss, venha conhecer *mi mamá* – e se dirigiu para a cozinha.

Uma mulher baixinha jogou um pano de prato na bancada e caminhou até ele, sorrindo. O cabelo dela era puxado para trás bem apertado, e Moss podia ver a semelhança. Javier e a mãe tinham o mesmo nariz achatado e amplo, os mesmos olhos marrons profundos.

— *Mamá*, este é o Moss.

Ela estendeu a mão delicadamente.

— *Hola*, Moss — disse ela, o sotaque dando uma suavidade ao nome dele. — É um prazer te conhecer. Eugenia.

— É um prazer te conhecer também — disse ele. — Obrigado por me receber. — Olhou para além dela, viu a pilha de louças na pia. — *Necesitas ayuda?*

— Ah, não, não, está tudo bem — disse ela. — Eu cuido disso. — Ela o olhou. — A menos que você *queira*.

Ele riu.

— Me coloque para trabalhar — disse ele.

Tirou os sapatos e deixou-os ao lado de uma fileira bem organizada ao lado da porta, em seguida, colocou a mochila sobre uma cadeira na pequena sala de jantar.

— Trouxe o *Overwatch* na mochila — falou para Javier. — Aproveita e coloca pra carregar!

— Já está tentando ganhar a minha mãe — disse Javier, sorrindo de orelha a orelha. — Muito esperto, Moss. Muito esperto.

Moss pegou as luvas de borracha e começou a esfregar um dos potes que estavam perto da pia.

— O que cozinhou aqui? — ele indagou. — Sra....

— Perez — respondeu ela, se colocando ao lado dele na cozinha. — *Un guisado*, é meio que um... cozido? Sopa? — Sacudiu a cabeça. — Cozido. Essa é a palavra.

— Tem um cheiro gostoso — disse ele. — Pelo menos o que sobrou dele.

— Então, você frequenta a escola *con mi hijo?*

— Nem — respondeu Moss. — Estudo no Colégio West Oakland. A gente se conheceu no trem no fim de semana passado.

— Ah, certo.

Ela ficou em silêncio enquanto Moss cuidava da louça, e foi o primeiro surto de constrangimento. Ele não sabia como lidar com *aquilo*. Por que não existiam guias sobre como conversar com a *mãe* de um cara bonitinho?

— Vocês dois... — Ela fez uma pausa, e Moss se virou para vê-la lutar contra a palavra, então olhar para ele com segurança — ...estão namorando?

Ele quase derrubou o prato que estava segurando.

– Ah, não, acho que não – respondeu, a voz tremendo um pouco. – Pelo menos não ainda. Este é o nosso primeiro encontro, já que a gente só se conheceu na semana passada.

Isso pareceu agradá-la, e ela sorriu para Moss.

– Certo. *Entiendo*.

– Já está fazendo interrogatório? – Javier entrou na cozinha. Ele tinha vestido uma camiseta vermelha com alguns escritos na parte da frente que Moss não conseguiu ler. – Ele acabou de chegar, *mamá*.

Ela riu, e foi um som alto, alegre.

– Só estamos conversando, só isso. Obrigada por cuidar da louça, Moss. Muito gentil da sua parte e é a melhor forma de "rne ganhar" – Ela fez aspas com os dedos.

– Viu? Eu sei o que estou fazendo, Javier.

Eugenia caminhou até o filho, e ele se abaixou para que ela pudesse beijá-lo na bochecha.

– Divirta-se – ela recomendou. – E se comporte. *De vuelta en una hora.*

Ela saiu porta afora, e Moss indagou.

– Aonde ela vai?

– Só pegar jantar pra gente – respondeu Javier. – O cozido foi para uma reunião que ela teve aqui ontem à noite com o pessoal da igreja. Além disso, suspeito que ela queira nos dar *um pouco* de privacidade.

– Para *o quê*?

– Ela ainda é meio nova com relação a essa outra parte de mim – admitiu Javier. – Eu só me assumi para ela há alguns meses, e... bem, você é o primeiro cara de quem eu gosto que ela conhece.

– Ah... uau – disse Moss.

Acho que é um bom sinal, pensou.

– Então sinta-se especial! Quer beber alguma coisa?

– Claro, claro – disse ele, andando para a sala de estar. – Pode ser água.

Sentado no sofá, Moss observou o corpo alto e magro de Javier, hipnotizado pela forma como ele se movia. A iluminação da rua estava entrando pela janela à esquerda e lançava listras através das cortinas e por sobre a pele de Javier enquanto ele estava na cozinha. Ele brilhava. Tudo isso servia para deixar Moss ainda *mais* nervoso, e ele quase desejou que a mãe de Javier estivesse em casa.

Quase.

Quando se sentou, Javier pousou a mão na perna de Moss e deu uma apertadinha gentil ântes de segurar o controle do videogame com as duas mãos.

— Então, *hombre* — disse Javier —, como foi seu dia? As aulas voltaram esta semana, né?

Afastando o desejo de dar risinhos pelo fato de ter sido tocado por Javier, Moss engoliu em seco e respondeu:

— Ah, foi de boa. Meio tumultuada demais para o meu gosto.

Observou Javier tentando descobrir as opções de jogo, optando enfim por uma fase de treino. Mas Moss não estava prestando tanta atenção, não apenas porque conhecia o jogo de trás para a frente, mas também porque não conseguia se concentrar tendo Javier tão perto de si, a perna do outro garoto a centímetros da dele.

— Tumultuada? O que você quer dizer com isso?

Moss fez uma careta.

— É só... um monte de coisas acontecendo — disse, escolhendo uma explicação mais vaga. — E como foi na sua escola?

— Chata e *nada* tumultuada — disse Javier, escolhendo a personagem Tracer para sua primeira partida do jogo.

— Legal — disse Moss, notando imediatamente como aquela resposta soou terrível (e *nada* legal). Desesperado para se recuperar, Moss falou a primeira coisa que lhe passou pela cabeça.

— Então, vocês têm armários na sua escola?

Com isso, Javier se virou para Moss.

— Hum... temos. Por que a pergunta?

— Ah, nada. É só que a escola resolveu fazer um negócio, e os nossos armários estão sendo vasculhados aleatoriamente e coisas assim.

— Tipo... aleatório como?

— Não sei — respondeu Moss. — Tenho certeza de que terão inspecionado todos os do corpo estudantil até o fim do mês. Não fazem isso em Eastside?

– Na verdade, não. As coisas não estão tão ruins na minha escola, acho. Por que estão fazendo isso na sua?

– Sei não. É um saco. Quero dizer, não que eu tenha algo a esconder, mas fico com a impressão de que a minha escola odeia todo mundo que estuda lá. Como se quisessem deixar tudo o pior possível para nós.

O campo de batalha ganhou vida na televisão, e Moss riu quando Javier começou a fazer Tracer pular por toda a tela, atirando em todos os objetos da sala de espera em que se encontrava trancada. Deu uma espiadela em Javier, cuja expressão concentrada parecia um pouco irritada. Sem virar a cabeça, Javier falou:

– Estou contente por não estudar na sua escola, então. – O que fez Moss pensar, *Que pena. Eu gostaria de te ver por lá.* – Claro – continuou Javier – que isso quer dizer que eu ficaria distraído com a sua presença durante o dia inteiro.

Moss quase se engasgou, e Javier riu.

– Por que você está tão nervoso, Moss?

– Eu não estou ner... – começou a dizer.

– Você está uma pilha desde que entrou na minha casa.

Ao ouvir isso, Moss estendeu a mão e pausou o jogo, dirigindo um olhar intenso para Javier.

– Moss, preciso tirar o *pause* do jogo ou vou morrer em um segundo – riu Javier.

– Eu não estou... *nervoso* – Moss falou impaciente. – Eu só... só não estou acostumado com isso.

– Sério? Eu sou o seu primeiro encontro de verdade também?

– Isso é um encontro? – indagou Moss.

– Sabe, não sei mesmo o que conta ou não. – Uma timidez tomou conta de Javier, e Moss gostou de não ser o único vulnerável na sala. – Conversei com alguns caras on-line, até troquei algumas mensagens mais picantes, mas... cara, isso é novo pra mim também.

Moss ergueu as mãos para o alto ao soltar um respiro de alívio.

– Honestamente, isso me deixa muito mais à vontade – disse. – Estou sempre ansioso e tinha meio que me convencido de que você já tinha namorado vários caras antes de mim.

— Por que você simplesmente não *perguntou*?

— Ah, tá, na frente da sua *mãe*?

— Hahaha! Não foi o que quis dizer e tenho certeza de que ela teria desmaiado se você tivesse feito isso.

— Não sei! – exclamou Moss. – Não sei se vocês são próximos ou não!

— Bem, você teria dito que me achava atraente na frente da *sua* mãe?

Moss pensou nisso por um segundo e respondeu:

— Na verdade, sim. Somos bem próximos.

— Minha mãe não me incomoda por ser gay ou nada parecido, mas a gente meio que fica cada um na sua. – Ele se inclinou para cutucar Moss com o ombro. – Mas ela *gosta* de você.

Um sorriso passou pelo rosto de Javier, exibindo os seus dentes retos, o que Moss achava inexplicavelmente lindo. *Isso é novidade.*

— Sério? – disse Moss. – Ela gosta de *mim*?

— É só uma teoria, mas todo aquele negócio de lavar a louça foi tipo... a coisa mais crucial que poderia ter feito para ganhar pontos com ela, sem brincadeira. Acho que ela só quer que eu não namore um tremendo babaca.

Bem, isso foi inesperado, pensou Moss.

— Você está se achando, não está? – disse Javier. – Ai, gente, você super está.

Moss fechou a cara.

— Droga, sou *tão* óbvio assim? Por que todo mundo sempre parece saber o que estou pensando?

Javier riu, os olhos brilhando, e Moss queria tanto beijá-lo naquele momento.

— Você é muito... – Javier pausou. – Você é expressivo, Moss. É como se... o seu rosto dissesse muita coisa num curto período de tempo.

— É mesmo?

— É, porque tenho a impressão de que você gostaria de me beijar.

Moss riu, uma gargalhada que durou até que ele cobrisse a boca para sufocar o riso. Javier pareceu magoado por um instante, mas Moss estendeu a mão e acariciou a perna de Javier.

— Ah, me desculpa por ter reagido desse jeito – disse ele. – Quero muito te beijar, é só que você é tão *intenso*, cara.

Javier se iluminou.

— Minha *mamá* diz que eu deveria ser ator porque sou muito dramático. – Ele fez uma pausa. – Tem certeza de que quer isso? A gente não se conhece tão bem. A gente meio que *acabou* de se conhecer.

Moss sabia que estava na hora de ser ousado.

— Só fica quieto e não se mexe.

Moss se inclinou adiante e apertou os lábios contra os de Javier. Eram macios e grandes. Moss inclinou a cabeça para o lado e sentiu a língua de Javier deslizar sobre o seu lábio, e então a mão de Javier foi para a perna de Moss, e a eletricidade se espalhou pela sua espinha; na sua mão, encontrou a de Javier entrelaçada, sentindo a pele macia com a ponta dos dedos. Não sabia como descrever essa sensação exceto dizer que parecia *certo*, como se *sempre* estivesse destinado a isso.

Javier se afastou, e Moss se perdeu brevemente dentro daqueles olhos, aqueles olhos que eram tão escuros que, naquela luz fraca, pareciam pretos.

— Uau – disse Moss. – Esse foi o meu primeiro beijo.

— Você está bem? – indagou Javier, os seus olhos caçando os de Moss em busca de uma resposta.

Moss sorriu, alegria genuína enchendo o seu rosto, e respondeu:

— Sim. Sim, estou bem.

Javier baixou o controle e puxou Moss para perto de si, para o seu peito, e Moss girou lentamente para poder enxergar o rosto de Javier. Javier tinha um braço enrolado sobre o peito dele, os dedos explorando gentilmente o braço esquerdo de Moss. Moss ainda estava nervoso, embora aquela energia viesse da animação em vez do medo. Era uma animação advinda da possibilidade, porque Moss nunca tinha sido tocado daquele jeito por nenhum outro cara, nunca tinha sentido como se alguém pudesse pensar nele dessa forma, ele apenas fechou os olhos e se concentrou naquele momento, as mãos de Javier o explorando.

Uma mão desceu o peito de Moss, de leve, as pontas dos dedos mal tocando a camiseta. Quando Javier tocou a barriga de Moss, Moss esticou a mão e a direcionou de volta para o peito.

— Ainda não – disse ele. – Por favor.

— Então, a gente deveria desligar o jogo, né? – falou Javier.

— Ah, não – respondeu. – A gente pode continuar jogando se você quiser!

Moss começou a se erguer para longe de Javier, mas Javier o segurou com a sua mão direita.

– Não, fica. Desse jeito.

Moss sorriu, envergonhado. Javier desligou a TV, e Moss podia ver a si próprio e a Javier refletidos na tela, a luz da rua sobre eles, cobrindo os dois de sombras e listras de luminosidade. Javier começou a passar a mão pelo cabelo curto de Moss, e então afundou os dedos, num afago, e Moss achou isso relaxante e calmante.

– Diga-me – falou Javier –, o que você vai fazer?

– Sobre o quê? – disse Moss, a voz quieta, calma.

– Sobre o seu problema com armário.

– Bem, um grupo de amigos vai se encontrar numa cafeteria amanhã e vamos debater, mas... acho que isso não vai dar em nada.

– Você vai simplesmente deixar a sua escola tratar todos vocês que nem prisioneiros?

– E o que *eu* posso fazer, cara? Não é como se eu tivesse poder para mudar coisa alguma. Moramos em Oakland, as coisas são assim. Não é nada de novo. Ninguém confia na gente.

Fechou os olhos, não para se perder em pensamentos, mas para acalmar a raiva dentro dele. *Não, Moss*, falou para si mesmo. *Não agora.*

– E por que você se importa tanto com isso?

– Você não se importa?

– Acho que sim, mas... tudo que eu *posso* fazer é me importar.

Javier estava calado.

Agora Moss sentou-se, olhando diretamente para os olhos escuros de Javier.

– Tudo bem, *o que foi?* Me diz o que você está pensando.

– Falei alguma coisa errada? – indagou Javier.

Moss afastou a preocupação com um aceno.

– Não, não é grande coisa. Está tudo bem. É só um assunto meio delicado, sabe? Que nem com o meu pai e os protestos e coisas assim.

Javier segurou a mão de Moss com força.

– Me desculpa, vou mudar de assunto. Não precisamos conversar sobre isso.

Ainda que Moss tivesse ficado aliviado, parte dele temia ter afastado Javier. *Será que algum dia vou ser normal? Por que sempre me sinto tão errado?*

Mas Javier puxou Moss para perto de si outra vez, só que dessa vez eles se encaravam, e Javier os deitou de novo no sofá. Ele entrelaçou a perna na de Moss e apertou sua mão. Moss sentiu a umidade e pensou que a sua palma tinha começado a suar de novo, mas era o suor de Javier dessa vez. Moss ficou paralisado e ele podia sentir o coração de Javier batendo contra o peito.

Estava batendo mais depressa do que o de Moss.

Os dois aproveitaram o calor um do outro, e Moss se deu conta de uma coisa pela primeira vez: era possível que alguém *gostasse* dele. Talvez isso não fosse durar; Moss não tinha tanta fé em si mesmo. Mas acreditava neste momento único. Acreditava que Javier gostava dele naquele sofá, nos seus braços e na sua vida. Naquele momento.

Eles se afastaram um do outro quando ouviram o barulho da porta dianteira se destrancando, mas Moss ainda ficou sentado perto. Olhou para Eugenia que entrou na sala carregando duas grandes sacolas de plástico. Ele se levantou para ajudá-la, e ela agradeceu.

– O que vocês estavam fazendo? – indagou Eugenia. – Você está com aquela cara de culpado, *mi hijo*.

– Fomos anjos perfeitos – disse Moss, colocando a comida na bancada perto do fogão. – Estávamos apenas... nos conhecendo melhor.

Ela olhou para o filho. Ele balançou a cabeça para ela, então olhou para Moss.

– Conversando sobre a escola e alguns problemas que Moss está enfrentando.

– Quais problemas?

A mãe de Javier lançou um olhar suspeito a Moss.

Moss começou a falar sobre os armários enquanto ela desembrulhava os recipientes de isopor, o cheiro de *pupusas* e *frijoles* e arroz preenchendo a sala, e então ele se deu conta de que tinha sonhado com algo parecido com aquilo ali. Talvez os detalhes fossem diferentes, e talvez ele não tivesse antecipado a estranheza de conhecer a mãe de um garoto no primeiro encontro (se é que dava para considerar assim), mas aquele bem-estar que estava sentindo... ele desejara isso por tanto tempo.

11

— Espero que apareça mais gente – disse Moss, trocando o apoio de um pé para o outro.

Ele e Esperanza estavam do lado de fora do Farley's, e Moss estava mais nervoso do que tinha se sentido em muito tempo. Esperanza esticou a mão e segurou no braço dele.

— Moss, para de se mexer. Você está *me* deixando nervosa – pediu ela.

— Desculpa, desculpa, não consigo evitar – disse ele. – Você me conhece: sempre pensando o pior.

— Bem, se ninguém vier, a gente pode fazer algum tipo de abaixo-assinado na feira orgânica – sugeriu Esperanza. Moss deu uma olhada que a fez rir. – Tá, já sei o que você vai dizer.

— Que é uma péssima ideia?

— Bem, não de todo, mas sim. Ninguém que vai na feira orgânica liga para os detectores de metal em West Oakland.

— Para um grupo tão grande de hippies burgueses, eles não parecem se importar com muita coisa – disse Moss. – Lembra aquela vez que tentamos arrecadar fundos para o Reg?

Esperanza gemeu e meneou a cabeça. Eles tinham colocado uma mesa na esquina da rua Grand com a MacArthur e a encheram com todos os potes de plástico que tinham na casa dos quatro. A mãe de Kaisha tinha assado bolinhos e biscoitos a noite inteira. A pequena arrecadação de fundos deles durou dez minutos até o momento em que foram obrigados a sair. Uma jovem, que não parecia ser muito mais velha que eles, falou que sem autorização adequada, eles não poderiam ser associados da feira.

— Mas é para a cirurgia do nosso amigo! – exclamou Kaisha, apontando para Reg, que estava numa cadeira de rodas naquela época. – Ele precisa muito.

A mulher fez uma cara feia.

– Bem, você não conseguiria muito dinheiro para ele de qualquer forma – disse ela. – Vocês deveriam atravessar a rua e vender no parque.

– Quanto custa uma autorização? – indagou Esperanza.

– Mais do que você pode pagar – a mulher disparou de volta, dando a eles um sorriso que pingava condescendência.

Então, eles tiveram que atravessar a rua e se colocar no canto oposto de onde estavam antes. Ficaram quinze minutos por lá antes de a polícia de Oakland os expulsar pelo mesmo motivo: falta de autorização. Esperanza queria ficar e gritar, mas Moss a puxou. Acabaram doando vários bolinhos para homens e mulheres sem-teto que estavam perto do lago.

Dali a pouco, Kaisha apareceu, empurrando Reg até a cafeteria.

– E aí, pessoal? – cumprimentou Reg. Moss estendeu a mão e segurou na de Reg, o puxando para um abraço e batendo nas costas dele. – Bom nível de engajamento, pelo visto.

– Cadê suas muletas, Reg? – perguntou Esperanza.

– Estou cansado delas – respondeu ele. – Kaisha foi até lá em casa e me ajudou a pegar o trem.

Ela deu um sorriso a eles.

– Qualquer coisa pelo meu Reg – disse ela, acariciando a cabeça raspada dele.

Moss sorriu para eles e pensou em Javier. *A gente pode ser assim um dia tamb*ém.

Um grupo de rostos conhecidos contornou a esquina da Broadway com a Grand, e o coração de Moss saltou. Njemile liderava o grupo com estilo, em um belíssimo vestido vermelho de verão, fazendo Moss pensar que devia ter se arrumado melhor. Atrás dela, Bits e Rawiya batiam papo, e Shawna fechava o grupo. Ficou surpreso e feliz pelo fato de ela ter vindo.

Enquanto se cumprimentavam, Esperanza entrou para se certificar de que conseguiriam lugar no andar superior antes que alguém mais o ocupasse. Por sorte, ela voltou bem rápido, já que a conversa em grupo tinha se transformado num interrogatório em massa acerca da vida amorosa de Moss.

– Ah, por favor, querido! – Njemile falou alto. – Você precisa nos contar alguma coisa. Ouvimos falar que você saiu com um *garoto*.

— Como diabos você ficou sabendo disso?

— Moss, você acha que a sua mãe não conta tudo para as minhas mães?

— Javier — Esperanza anunciou ao se juntar ao grupo, antes que Moss pudesse se escandalizar. Todo mundo se virou para ela. — O nome dele é Javier. — Durante o silêncio chocado, ela apontou para trás. — Agora vamos, todo mundo. Consegui lugar lá em cima.

Esperanza se virou para entrar no Farley's, deixando para trás os comentários que fizeram com que todo mundo voltasse a conversar. Njemile parou ao lado de Moss.

— Deixe-me pagar pela sua bebida — disse ela, se prendendo a Moss. — Considere meu presente por finalmente se juntar a nossa família *queer*.

— O que isso quer dizer? — disse Moss.

— Bem, todo mundo já estava se perguntando quando você iria ceder às suas *necessidades ilícitas* desde que saiu do armário.

Moss ficou boquiaberto.

— Vocês o quê?

— Isso não quer dizer que não fosse gay antes — falou Bits, se intrometendo. — É só que a gente sabe que você é gatinho, só isso.

Se Moss pudesse ficar ainda mais vermelho, ele teria feito isso.

— Bem, obrigado — disse ele. — Da próxima vez, vou trazer a salada de batata da minha mãe para o grande churrasco gay.

— Você tem uma foto dele? — Shawna perguntou enquanto os outros riam. — Quero ver.

— Na verdade... não. Ele não é do tipo que usa Facebook. É mais de Snapchat e mandar mensagens.

Shawna mostrou o telefone dela.

— Saí com aquele cara de Eastside na semana passada — disse ela, passando pelo álbum de fotos.

Ela mostrou a Moss a foto de um cara de pele clara, bigodinho e um corte de cabelo quadrado.

— Eita, ele é bonito — disse Moss, mas franziu o rosto. — Você não estava saindo com aquela garota? A líder de torcida?

— Ah, você está falando da Makayla. — Shawna ficou quieta. — Ela... bem, ela não gosta muito de garotas que não gostam só de garotas.

Njemile colocou uma mão no braço de Shawna em solidariedade.

– Ela simplesmente não é evoluída o bastante – disse.

– Uma dinossaura – Moss acrescentou.

– Uma relíquia de um tempo que deixamos para trás – completou Njemile.

– Coloque-a num museu – falou Moss. – Com uma placa que diz "Não consegue lidar com bissexuais".

Caíram na risada enquanto Njemile gentilmente empurrava Moss porta adentro para fazerem o pedido. Ele estava nervoso demais para cafeína, então pegou uma limonada. Foram para o andar de cima depois de assistir a Kaisha ajudar Reg com os degraus.

– Queria que este lugar tivesse um elevador – disse Reg, ofegando ao se sentar na cadeira mais próxima.

– Me desculpa, Reg – disse Esperanza. – Devia ter pensado nisso. A gente não *precisa* vir aqui.

– Mas você conhece a minha opinião sobre os biscoitos daqui – disse Reg, sorrindo e limpando o suor da testa. – Vou ficar bem, prometo.

– Da próxima vez – disse Esperanza, puxando Moss para o canto –, a gente vai num lugar sem escadas.

Ele assentiu e começaram a puxar as cadeiras do *loft* num círculo disforme, se certificando de deixar espaço para qualquer um que precisasse ir ao banheiro. Dentro de alguns poucos minutos, quase todo mundo já estava com suas comidas e bebidas, e se juntaram ao redor de Esperanza. Moss sabia que ela era muito melhor em organizar esse tipo de coisa; já tinha perdido as contas de a quantos clubes diferentes ela já tinha se filiado e/ou dos quais tinha sido líder no Colégio Piedmont. O grupo parecia aceitá-la como líder natural.

Ainda assim, qual benefício poderia sair disso? Fez uma rápida contagem: oito. Oito pessoas para se levantar contra toda a administração, *se* é que fosse esse o objetivo.

Mas precisavam tentar, não é?

Esperanza bateu na caneca de chá dela com uma colher, e o barulho fez com que todo mundo se aquietasse. Ela riu quando o eco capturou a atenção de todos.

– Sempre quis fazer isso.

— Rápido, o poder está subindo à cabeça dela! – Moss gritou, a mão sobre o coração. Ela mostrou a língua e ele respondeu: – Também te amo.

— Bom, sei que tudo isso pode parecer um pouco pesado para vocês. Depois deste fim de semana, os detectores de metal chegarão na escola de vocês... – Ela fez uma pausa perfeita para que todo mundo pudesse vaiar e sibilar em resposta. – ...e parece que não há nada que possamos fazer para impedir *isso*. Então, pensei que a gente deveria ajustar o nosso foco com relação ao que podemos fazer para que mais alunos da escola apoiem vocês.

— Pra quê? – indagou Njemile. – Qual é o nosso objetivo?

— Bem – Kaisha falou para o grupo –, num mundo ideal, a gente conseguiria gente o bastante para fazer algum tipo de protesto. – Ela voltou a olhar para Esperanza. – Talvez você possa arranjar alguns alunos de Piedmont para ajudar.

— *Aff*, eu não contaria com isso – disse ela. – Acho que deveriam se concentrar mais na escola de vocês.

— Precisa ser grande o bastante para que não possam punir todo mundo sob o risco de um corpo estudantil enfurecido – acrescentou Rawiya.

— Mas *como*? – indagou Reg. – Quero dizer, vocês são meus amigos, então foi por isso que vim. – Kaisha o encarou, franzindo o rosto. Ele rapidamente acrescentou: – Por isso, e porque não quero detectores de metal na escola. Tem isso também.

— Sim, isso não é exatamente uma coisa com a qual a maioria das pessoas se preocupa – disse Shawna. – A maior parte das pessoas com as quais falei acha que é só mais uma coisa que precisamos aceitar. Que nem as buscas aleatórias em armários.

Ela fez uma careta profunda ao dizer isso.

— Aliás, como você está? – indagou Moss. – Não tenho te visto na escola.

— Por sorte, o galo na minha cabeça foi apenas uma lesão leve, então não me machuquei muito. – A mão dela foi para a garganta quase instintivamente. – Ainda dói aqui.

— Por favor, me diga que os seus pais vão processar até o último centavo daquela escola e do distrito -- disse Njemile. – Digo, há tantas evidências em vídeo do que o policial fez com você.

– É, isso vai contar a seu favor – falou Reg.

Shawna sorriu fracamente.

– O meu pai está conversando com alguns advogados, mas esse tipo de coisa demora. Precisamos nós mesmos fazer alguma coisa logo ou só vai piorar.

– Bem, se vamos convencer as pessoas de que isso é válido, então precisamos ser capazes de explicar o *motivo* – disse Esperanza. – O que cada um de vocês vai dizer?

– São invasivos.

Todos se viraram para Bits, que tinha ficado em seu silêncio característico durante o tempo todo.

– Bits, quebrando o gelo! – Esperanza exclamou. – Gostaria de falar mais sobre o que você considera "invasivo", Bits?

– O sistema inteiro presume o pior de todo mundo – respondeu calmamente. – Fazem a gente se preocupar se vamos explodir alguma coisa em vez de focar na escola.

Esperanza assentiu.

– É uma distração!

– Não somos criminosos – concluiu Reg. – Não vamos entrar num avião. Não estamos num tribunal. A gente tá indo pra escola!

O grupo murmurou em concordância ao ouvir aquilo.

– Aposto que vai contra os nossos direitos ou coisa do tipo – sugeriu Rawiya, então olhou ao redor em busca de validação do grupo. – Não é?

Sem hesitar, Kaisha falou:

– Não, infelizmente, não. Pelo menos não mais.

Rawiya gemeu.

– Devia aprender a não ter otimismo nenhum.

– Olha – disse Kaisha, se inclinando para dentro do círculo. – Depois do 11 de Setembro, a gente não vai conseguir fazer com que nenhuma autoridade concorde com a gente nessa questão de "segurança". Além disso, não queremos chamar a atenção para nós com essa batalha. O nosso objetivo deve ser atrair a atenção de pessoas que tenham condições de revogar a autorização para os detectores de metal.

– Uau – disse Esperanza. – Estou impressionada.

— Estou te falando – disse ela. – Me procura no Tumblr. Eu tenho aprendido muito por lá.

— Sério, todos precisam seguir a Kaisha – disse Njemile. – Eu não teria aprendido metade do que sei sobre ser assexual se não fosse o blog dela.

Kaisha sorriu de orelha a orelha ao ouvir aquilo.

— Mas como a gente faz... bem, o que a Kaisha acabou de descrever? – indagou Moss, mudando de posição na cadeira. – Quero fazer o que puder, mas vamos atrás de quem?

— Tem que ser o Sr. Elliot – disse Rawiya. – E não só porque eu o odeio.

— Espera, devo ter perdido alguma coisa – disse Esperanza. – Como assim?

— Ah, não – disse Kaisha, olhando para o telefone dela. – Como você não está sabendo?

Esperanza deu de ombros.

— De vez em quando até eu esqueço que não frequento a mesma escola. Acho que só perdi o bonde mesmo.

Moss olhou para Rawiya, que assentiu, indicando que não tinha problema em contar a história.

— No fim do nosso segundo ano, durante uma reunião escolar, ele me mandou tirar o *hijab*. Durante o Juramento de Fidelidade.

— E, quando ela diz "durante" – acrescentou Kaisha –, ela quer dizer literalmente no meio do negócio, ele parou e disse que ela estava sendo desrespeitosa ao usar qualquer coisa na cabeça durante o Juramento.

— Ainda escuto merda por causa daquele dia de vez em quando – Rawiya continuou. – Mas fiquei contente pela quantidade de gente que se sentou quando tirei.

— Talvez vocês devessem focar a atenção no diretor, então – disse Esperanza.

— Mas será que ele não vai dar uma daquelas surtadas de novo? – indagou Moss. – Lembra como ele ficou puto quando um bando de gente tentou se reunir com ele por causa do negócio na assembleia? Se a gente bater nele, ele não vai revidar com mais força?

– Provavelmente – disse Njemile. – Por outro lado, e se ele bater forte demais? E se ele fizer algo que é tão ridículo que o conselho escolar tenha que intervir?

– Então, acha que a gente pode meio que *trollar* o cara para que ele reaja de forma horrível, e aí ele faria o serviço todo por nós? – indagou Moss.

Um sorriso se espalhou pelo rosto de Bits.

– É um pensamento engraçado – disse Bits.

– Caramba, não é uma ideia ruim – disse Reg. – Mas como?

Moss viu que Shawna estava com a mão para o alto e apontou para Esperanza para se certificar de que ela tinha visto.

– Sim? – disse Esperanza.

– Ahn... talvez a gente não devesse *trollar* o Sr. Elliot – falou Shawna. – Pensando na forma como ele tratou a Rawiya aqui e quanta raiva deve sentir por eu ter incomodado o dia dele... acredito que isso não vai dar certo.

Um raio de vergonha percorreu Moss. *Droga*, pensou. Ele não tinha levado isso em consideração. Rawiya assentiu.

– É, concordo com a Shawna – disse ela. – Precisamos ir além dele. Não deveríamos mirar em uma só pessoa.

– Bem, antes de tudo, a gente *precisa* fazer com que mais pessoas concordem com qualquer plano que vocês bolem – disse Esperanza. – Não acho que a gente deva organizar *nada* até que este grupo seja bem maior. – Assentiram em resposta. – Então a gente precisa se espalhar. E não só pelo campus!

– Facebook – disse Kaisha, erguendo o olhar do seu telefone de novo. – Tumblr. Precisamos encontrar formas de espalhar isso em lugares que não estejam sendo vigiados. Tenho certeza de que o Sr. Elliot e nenhum vice-diretor sabe o que é um Tumblr e tenho amizades em comum com várias pessoas da escola. Posso postar algumas coisas.

– Certo, é uma boa ideia. O que mais?

– Gosto da ideia do Facebook – Njemile respondeu. – Talvez um grupo privado para se conectar com as pessoas? E podemos ser os administradores para que possamos aprovar cada pessoa que for convidada. Só para ter certeza.

Esperanza bateu palmas.

– Brilhante, amei. Quem quer fazer isso?

Reg, Kaisha e Njemile ergueram as mãos.

– Mas precisamos fazer o nosso lance na escola também – disse Shawna. – Não podemos só recrutar gente on-line. Com certeza, posso conversar com o pessoal do time de basquete. Muitas das garotas não são de protestar ou nada do tipo, mas elas vão *odiar* os detectores de metal quando chegarem. Qualquer prendedor de cabelo que elas usarem vai disparar os alarmes, não vai?

– Isso é perfeito, Shawna! – disse Njemile.

Mesmo sentada, Shawna fez uma mesura.

– Ora, obrigada.

– Tenho o Clube do Livro – falou Bits.

– E eu, o Clube do Anime – disse Reg. – Os nerds vão ficar irados também.

– Moss? – Esperanza falou. – O que você quer fazer?

– Não sei – disse ele. – Não faço parte de clube nenhum ou coisa parecida.

– Bem – disse Esperanza, tentando amainar o constrangimento. – Kaisha, assim que você criar a página no Facebook, me diga o nome e o endereço. Vou me certificar de que todo mundo receba. Vamos nos certificar de manter isso restrito apenas aos alunos por ora, ok?

– Claro – disse Kaisha. – Você quer fazer uma para o Colégio Piedmont ou usar o mesmo nome?

Continuaram a discutir como Esperanza poderia contribuir, mas Moss permaneceu em silêncio, incerto de como ajudar, incerto do quanto *deveria* se envolver. Tirou o telefone do bolso e viu uma mensagem da mãe.

Jantar hoje às 19h. Você vem?

Ele respondeu:

Sim. Te vejo daqui a pouco.

Fechou o seu celular, e Esperanza estava na frente dele. Isso o assustou, e ela zombou.

– Eita, por que você tá tão arisco? – disse ela. – Era do Javier?

– Hahaha – disse ele. – Nem, era minha mãe, perguntando sobre o jantar. Você vai pra casa primeiro ou quer vir comigo agora?

– Estou livre o dia todo, então vou junto, se você não se importar – disse ela.

Moss sorriu. Ambos pegaram seus copos vazios e foram para o andar de baixo, colocando os copos numa bacia quase lotada de louça suja. Ao saírem pela porta da frente do Farley's, Esperanza foi rápida em falar exatamente o que pensava.

– Então você não acha que a gente consegue fazer isso.

– Uau – disse ele.

– Você estava bem quieto lá dentro – ela falou suavemente.

– Estou bem. É só muita coisa para absorver, sabe?

– Estamos só começando – disse ela. – Vai ser puxado no início.

– É apenas tão... *ambicioso*. A gente ao menos tem um plano?

Ela comprimiu os lábios.

– Não, mas também não estamos fingindo que temos. Só precisamos recrutar mais gente.

– Você diz isso com tanta certeza – disse Moss quando viraram na Grand, indo na direção do metrô da rua 19. – Como se fosse mesmo acontecer.

– Acho que as pessoas vão odiar essas coisas logo no primeiro dia. E acho que vocês deveriam capitalizar em cima disso o mais rápido possível se a gente quiser ter algum sucesso.

Moss suspirou, e Esperanza se apoiou nele enquanto caminhavam.

– Queria ter toda essa esperança que você tem – disse ele.

– E o meu nome também? – disse ela, a cabeça dela apoiada no ombro dele.

– Haha – disse Moss.

Ele se perguntou como seria ter um nome por causa de um valor como aquele, em vez de por causa de um pai que não estava mais ali. Talvez o nome o tivesse amaldiçoado. Isso certamente explicaria a sua vida melhor do que qualquer coisa.

Moss e Esperanza desceram as escadas da estação de metrô, e ele estava grato por estar indo pra casa. Tirou o celular enquanto se aproximavam das catracas e disparou uma mensagem para Javier:

`Preciso te ver logo. Saudade.`

Talvez aquilo fosse meio grudento, mas, naquele momento, ele queria se grudar em algo que fosse verdadeiro. Dentro de alguns dias, teria que passar por detectores de metal só para entrar na escola. Era estranho demais para imaginar, bizarro demais para até mesmo levar em consideração. Entretanto, não havia escolha: essa era a vida dele agora.

Entraram num vagão. Foi só quando ele se sentou ao lado de Esperanza que ela quebrou o silêncio.

– Você percebeu que estamos de volta no mesmo lugar de antes – disse ela.

– Como assim?

– De volta ao metrô. Temendo a aula na segunda-feira.

– *Aff* – disse ele. – Como é que se passou só uma semana desde o início das aulas?

– Como as coisas escalaram tão depressa? – ela suspirou. – Você se lembra de quando tudo com o que a gente precisava se preocupar era em sobreviver a mais um ano?

– E agora a gente precisa se preocupar com tantas outras coisas – ele acrescentou.

Moss se afundou ainda mais na cadeira em desespero.

– Bem, vamos ver o que acontece na segunda-feira, e seguimos daí em diante – Esperanza falou, a mão no braço dele. – Uma briga de cada vez.

Moss queria ter o otimismo dela também. Ele não conseguia evitar que as trevas invadissem a sua mente. Lá no fundo, ele sabia que as coisas ficariam bem piores.

12

Moss ficou surpreso ao entrar na barbearia do Martin e ver Reg sentado em uma das cadeiras.

– E aí, cara, como você tá? – disse Moss, pegando um dos poucos assentos vazios na área de espera. – Chegou aqui cedo?

– Você sabe que é preciso – disse Reg. – É domingo. Por que você tá chegando aqui por volta de meio-dia? Vai ficar sentado aí por umas cinco horas.

– Adivinha só quem marcou hora? – disse Martin, surgindo atrás de Moss.

Moss trocou um toque de mãos quando ele passou.

– Uau – disse Reg. – Por que você precisa me envergonhar desse jeito?

– Já te atendo, Moss – falou Martin, ajeitando o boné vermelho brilhante no espelho e passando a mão pela barba grossa.

Martin tinha uma constituição parruda e uma barba que Moss mataria alguém para ter. Se não o tivesse conhecido pela maior parte da vida, era provável que o considerasse atraente, mas Martin era que nem família para ele, em especial nos anos que se seguiram à morte do pai. Sempre que Wanda ou Moss precisavam de uma carona até algum lugar, Martin estava pronto em seu Honda velho.

– Considere-me o seu Uber pessoal – dissera ele certa vez. – Sem o atendimento ruim e a parte horrível dos negócios, claro.

Moss observou Martin vagar pela barbearia, conversando com os clientes e os outros barbeiros, e isso o deixava fascinado. O homem era tão bom em ser sociável, e Moss sentia-se contente por nunca ter ido a outras barbearias para cuidar de seu corte *fade*. Bits tinha contado histórias horrendas de ambientes bem tóxicos, mas ali Martin era sempre rápido ao defender Moss, se fosse necessário.

Martin apontou a cadeira ao lado de Reg.

– Chega mais, chefe – disse ele. – O mesmo de sempre?

– Isso – Moss confirmou, sentando-se na cadeira. – Tira um pouquinho em cima, faz um *fade* na lateral. Esse é o meu nível de constância.

Martin girou a cadeira, e Moss ficou de frente para Reg.

– Como está a sua perna hoje?

– Ah – disse Reg. – Cada hora tá de um jeito, sabe. O acidente foi há dois anos, cara! Pensei que já estaria melhor a esta altura, mas a minha fisioterapeuta falou que corpos não funcionam assim.

– Parece a *minha* terapeuta – disse ele. – Você está nervoso por causa de amanhã?

– Tentando não ficar – disse Reg.

– O que tem amanhã? – falou Martin.

Moss contou a história para ele rapidamente, e Martin deu um assovio.

– Sua mãe sabe disso?

– Sim. – E inclinou a cabeça para que Martin pudesse alcançar o cabelo que crescia pescoço abaixo. – Falei para ela no dia em que anunciaram.

– O que ela vai fazer?

– Como assim? – indagou Moss.

Martin moveu a cabeça de Moss gentilmente para a esquerda e passou de leve a tesoura subindo e descendo a lateral da cabeça.

– Bem, você sabe que a sua mãe tem um jeito especial de causar problemas. Imaginei que ela já estivesse acampada do lado de fora da sala do diretor, fazendo ameaças de choro e ranger de dentes.

Ouviu Reg dar risada, mas tentou manter a cabeça parada.

– Acho que desta vez ela está só observando – disse Moss. – Não aconteceu nada ainda, então não é prioridade para ninguém.

– Ainda – falou Reg. – Eu meio que estou esperando um desastre amanhã, e vai ser uma doce vingança.

– Você acha? – indagou Moss. – Você tem mais esperança do que eu.

– Você vai ver – disse ele. – Só espero me sentir bem o bastante para usar as muletas amanhã. Não quero passar a minha cadeira de rodas por aquilo.

– Alguém já foi até a escola para ver como ficou? – perguntou Martin, empurrando a cabeça de Moss para frente para centralizá-lo.

– Não – respondeu Moss. – Pelo menos acho que não.

– Parece um trabalho feito às pressas – disse Martin. – Não deveria demorar uns dias para a instalação?

O barbeiro de Reg tirou a capa de proteção dele e a sacudiu. Reg deu de ombros.

– Não sei nada dessas coisas – disse ele. – Se não for futebol americano, não sei *nada*.

Martin riu.

– O pequeno Reg aqui se acha um especialista – falou alto, e alguns dos homens mais velhos dentro da loja zombaram.

– Você só está com raiva porque o meu time do aplicativo destruiu o seu ano passado – Reg disparou de volta, pegando suas muletas e mancando até a área de espera.

Isso conseguiu uma reação vinda de todos, e Moss amou o prazer no rosto de Reg.

Martin resmungou para si próprio e continuou a trabalhar no corte de Moss. Kaisha apareceu alguns minutos depois para ajudar Reg a chegar em casa, e Moss se permitiu relaxar na cadeira enquanto Martin fazia a mágica dele. Martin sabia quando não deveria engatar uma conversa boba, Moss admirava isso, e aquele era um desses momentos. Cortar o cabelo o relaxava, e Moss concluiu que era porque a sua cabeça era sensível ao toque. Por sorte, ele ainda não tinha caído no sono em sua cadeira; o medo do constrangimento que se seguiria a isso o mantinha acordado.

Quase meia hora depois, Martin limpou os últimos fios de cabelo, tirou a capa e lhe entregou um espelho, embora Moss confiasse tanto em Martin que raramente dava mais do que uma olhadela no corte. Passou uma nota de vinte para Martin durante o aperto de mão e pegou o caminho de casa, desesperado por um banho para se livrar dos fios que sempre pareciam encontrar uma forma de descer pela camisa e pinicar todo o seu corpo. A barbearia de Martin ficava a apenas um quarteirão e meio de distância se Moss tomasse o caminho mais rápido, o que significava passar em frente à loja de Dawit, por isso ele costumava dar a volta. Estava tão perdido nos pensamentos sobre Javier, torcendo para que se encontrassem logo, que demorou a perceber que tinha pegado a rota mais curta. Parou na esquina da rua 12 e foi impossível olhar para qualquer coisa que não fosse aquela loja.

Certa vez, Moss perguntara à mãe se podiam se mudar para outra rua, para qualquer lugar que não ficasse a apenas alguns metros de onde Morris tinha morrido. Mas tinham aprendido do jeito mais difícil que funerais eram caros, que contratar advogados era ainda pior, que quando alguém perde uma pessoa amada, isso suga as suas finanças. Por isso, não havia opção além de Wanda abandonar o emprego que tinha havia mais de uma década e saírem do bairro onde tinham criado toda uma rede de contatos. De amigos. Conhecidos. Ativistas. Pessoas e lugares que eram importantes para a família.

Moss atravessou a rua para a calçada onde ficava o mercado, e sabia que havia uma parte de si que *não* queria sair dali. Tinha colocado tanto de si naqueles degraus de concreto que não conseguia se imaginar mudando para algum lugar distante. E se ele tivesse uma crise? E se não pudesse visitar aqueles degraus de concreto e se lembrar do que tinha perdido?

A calma e o conforto que Moss tinha encontrado na loja de Martin desapareceram, substituídas pelo pânico e pelo terror persistente. Foi direto para casa. Correu para dentro, gritando uma rápida saudação para a mãe, que devia estar no quarto. Moss correu para o banheiro e tirou as roupas, ligou o chuveiro e entrou nele antes mesmo que esquentasse. A água fria lhe deu um choque, sacudiu as suas emoções e espalhou uma calma pela pele. Deixou que escorresse pelo corpo e passou a mão pelo rosto, desesperado para afastar o medo. *Agora não!* Moss pensou. *Por favor, vá embora.*

Ele tinha aprendido a conversar com o seu cérebro como se fosse uma pessoa e, em determinados momentos, não conseguia aceitar que fosse uma parte do seu corpo. Se pensasse em seu cérebro como um invasor, ele era capaz de dar conta. Compartimentalizar. Lutar contra ele.

Debaixo do chuveiro, a temperatura da água subindo e subindo cada vez mais depressa, estava ciente de que a escuridão ficaria ali durante um tempo. Deixou que a água lavasse as sobras de cabelo e, então, desligou. Enrolou-se na toalha, vestiu a cueca boxer e os jeans e foi até o quarto para pegar uma camiseta limpa. Abriu o celular e mandou uma mensagem para Esperanza:

Tá por aí? Tô precisando de companhia.

Quando terminou de vestir a camiseta da Beyoncé que tinha comprado na feirinha em frente à estação Ashby, Esperanza já tinha respondido:

Claro, ela escreveu. **Te encontro na Fentons em trinta minutos?**

Ele sabia que não deveria almoçar sorvete, mas enviou uma confirmação. *Mereço me sentir bem*, pensou Moss, invocando a sua terapeuta.

Encontrou a mãe encolhida na cama com o mesmo livro de Octavia Butler que estava lendo alguns dias atrás.

– Vou tomar sorvete com Esperanza – disse, colocando as meias enquanto se apoiava no batente da porta. – Quer que traga alguma coisa?

Ela sacudiu a cabeça.

– Estou de boa. Você volta para o jantar, certo?

– Sim – respondeu. – E já terminei todas as minhas lições ontem à noite, então estou livre de responsabilidades pelo resto do dia.

– Que bom que você puxou a mim – disse Wanda, então voltou para o livro.

Pegou seu cadeado e enfiou na mochila, afivelou o capacete e calçou os tênis de pedalar. Já estava saindo pela porta da frente quando a mãe o chamou.

– Certifique-se de levar o lixo para fora antes de sair!

Aparentemente não *estou livre de responsabilidades*, pensou, enquanto ia para a cozinha ouvindo a mãe rir consigo mesma.

Piedmont ficava ao noroeste da casa dele, e Moss demorou cerca de vinte minutos para chegar lá de bicicleta. Havia mais carros na rua do que ele esperava, por isso, navegar ao redor de gente que decidiu se sentar na ciclovia acrescentou alguns minutos ao trajeto. Ele fez uma curva aguda para a direita na avenida Piedmont e foi na direção da Fentons, e a vizinhança mudou de cara em poucos quarteirões. Os grandes prédios comerciais do centro de Oakland se transformaram primeiro em blocos de condomínios e prédios de apartamentos, depois ganharam o clima modesto de cidade pequena de Piedmont. A casa de Esperanza não ficava longe da rota principal, mas ele ficou feliz pelo fato de ela ter escolhido um lugar neutro para se encontrarem.

Bem, relativamente *neutro*, falou para si mesmo. Ao estacionar perto da sorveteria Fentons e ver a fila se estendendo para fora da loja, era como se estivesse num mundo diferente. Piedmont estava cheia de gente que gostava de dizer ao povo de fora que vivia em Oakland. Isso dava certa credibilidade, ao menos se você não fosse daqui. Mas essas pessoas provavelmente *nunca* visitariam o bairro dele. Moss prendeu a sua bicicleta na frente de uma butique de roupas para bebês, uma dessas lojas onde uma tarde de compras poderia sair mais caro do que a mãe pagava de aluguel mensal. Encarou as roupas pela janela. *Quem precisa de bebês fashionistas? Eles* não vão vomitar nas roupas do mesmo jeito?

Um casal branco empurrando um carrinho se afastou dele, e Moss precisou rir. O que mais poderia fazer? Sempre que vinha a essa parte da cidade, *alguém* segurava as suas joias com tanta força que era impossível não notar. Isso lhe dava um pouco de emoção, saber que a sua mera presença poderia incomodar a caminhada de alguém ou a procura por suportes artesanais de papel higiênico e tomates orgânicos.

Ele tiraria o melhor daquela situação terrível, e isso incluía comer na Fentons. A primeira vez que Esperanza o levara ali, Moss os parabenizou.

– Gente branca sabe como fazer sorvete – dissera. – Admito.

Moss ainda não tinha visto Esperanza por perto, então pegou o seu celular. Nada dela. *E nada de Javier*, notou. Olhou rua acima, então para o outro lado, e não a viu. Caminhou até mais perto da sorveteria, sem saber se deveria ou não entrar na fila. E se alguém se irritasse pelo fato de Esperanza se juntar a ele depois? Iria correr esse risco?

Por sorte, Moss ouviu Esperanza chamar pelo seu nome e então a viu se aproximando pelo Leste. Acenou para ela, e ela apontou para o fim da fila, e ele rapidamente caminhou até lá.

– Como você tá, Moss? – Ela protegeu os olhos do sol com a mão. – Tudo bem?

– Bem como dá, acho – disse ele. – E você?

– Domingo chato. Mamãe e papai discutindo sobre alguma coisa a ver com plantas, então fiquei mais que feliz por sair de casa.

– Sério – disse ele –, seus pais têm as discussões mais estranhas.

– Nem me fala – ela resmungou. – Sua mãe tá bem?

– Tá! Dia de folga outra vez, ela estava lendo na cama quando saí.

A fila aumentou mais um pouco, e Esperanza não quis perder tempo.

– E aí? Precisa de ajuda com alguma coisa?

Ele deu de ombros.

– Não sei, mas comecei a surtar do nada hoje cedo. E você me ajuda a me acalmar, então... – Espalmou as mãos. – Cá estou.

Ela esticou a mão e esfregou o ombro direito dele.

– Converse comigo, Moss. O que está te incomodando? Foi por causa da nossa reunião ontem?

– Acho que sim? – Ele suspirou alto. – Estava cortando o cabelo hoje, e Reg estava lá, e tudo estava bem. Acho que me distraí no caminho de volta e não me dei conta de que estava perto do mercado e...

Esperanza já estava balançando a cabeça.

– Isso é muito pesado pra você, não é?

– Sim – ele falou baixinho. – É difícil não esperar o pior quando a polícia está metida em qualquer coisa, então tem uma parte de mim que quer fugir de tudo isso. Lavar as minhas mãos e não lidar com nada.

Andaram adiante outra vez, e Esperanza pareceu um pouco agitada.

– Espero que não esteja te pressionando a isso – disse ela. – Sei que meio que tomei a liderança ontem, mas estava pensando que, como não frequento a sua escola, talvez seja uma coisa boa.

– Não, nenhum problema com você – retrucou Moss. – Acho que é por isso que é tão bom conversar com você sobre essas coisas de vez em quando. Não está conectada com isso, e eu posso meio que... sei lá. Obter uma perspectiva externa, acho?

– Claro – confirmou ela. – Tento entender o que está acontecendo com você. E parece perfeitamente razoável para mim que isso te cause muita ansiedade.

— Que pode ser perfeitamente curada com um pouco de sorvete bacana — ele acrescentou, ficando na ponta dos pés para ver quantas pessoas ainda estavam na frente deles.

— Exato — concordou ela.

Ficaram em silêncio por alguns segundos, e então Esperanza falou:

— Às vezes eu gostaria de poder estudar na sua escola.

Ele ficou boquiaberto.

— *Sério?* A sua escola não é toda *high-tech* e coisa e tal?

— Acho que sim — disse ela.

— Você *acha?* Vocês têm Wi-fi e tudo o mais, não tem?

— Siiiim — ela respondeu, cautelosa, virando o corpo para longe de Moss.

— E você estava me contando sobre a mostra de universidades da sua escola, e *aquilo* parecia bem melhor — disse ele, se empolgando. — Além disso, vocês têm um bufê de almoço, e têm bailes fora do campus, e vocês tem uns livros didáticos de verdade e...

Ele parou. Talvez fosse a vergonha no rosto dela, mas Esperanza não parecia mais tão interessada em defender a ideia que tentava transmitir.

— O que foi? — perguntou Moss.

— Quis dizer que seria legal frequentar a mesma escola que todo mundo — respondeu ela, tímida. — É meio solitário aqui em Piedmont. Não consigo me identificar com *isso*. — Varreu a mão num grande gesto. — Este não é o lugar onde eu viveria se tivesse escolha. Mas nunca tive escolha em nada disso.

Algo o incomodou, cutucou o seu coração, mas ele colocou isso de lado por um momento.

— Ah, sim, claro — disse ele. — É, isso *seria* legal, se estivéssemos todos juntos.

Ele deixou o momento passar, e Esperanza pareceu satisfeita de terem suavizado as coisas. Ainda assim, quando ela começou a falar sobre a última tentativa dela de conversa com uma garota bonitinha na aula de Educação Física, o pensamento que Moss tinha afastado voltou para assombrá-lo.

Ela não entende como a vida dela é boa, pensou Moss. *Acho que não duraria uma semana na nossa escola.*

Moss amava Esperanza. Ela o apoiara durante alguns dos anos mais difíceis de sua vida, logo no início da adolescência. Eles se tornaram inseparáveis no fim da sétima série, parte porque Esperanza tinha uma habilidade sobrenatural para lidar com Moss durante um ataque de pânico, sempre que estava prestes a ter uma crise. Os pais de Esperanza eram bem-intencionados, mas meio sem noção e com certeza despreparados para as complicações de adotar uma garota de pele marrom e criá-la numa casa branca. Em geral Moss era um esteio para Esperanza enquanto ela lidava com os problemas. Ele até a ajudara durante o primeiro término dela, no fim do verão passado, e pareceu que tinham cimentado um elo mútuo que não poderia ser desfeito por nada.

Ainda assim, de vez em quando, Moss era lembrado de que os pais adotivos da amiga tinham dinheiro. Que tinham criado Esperanza num mundo muito diferente do dele. Talvez agora, Moss estivesse mais sensível do que o normal e por isso o comentário dela o atingira com mais força. E, enquanto os dois pediam os sorvetes de casquinha e Esperanza pagava por eles, Moss soube que precisava se afastar, ter um pouco de espaço. Ele tomou o sorvete com gotas de chocolate e falou para Esperanza que tinha que pensar em muita coisa. Sozinho. Moss estava montado na sua bicicleta e voando de volta para West Oakland alguns minutos depois. Quando pedalou para além de Lowell Park, viu homens jogando xadrez nos bancos do parque, viu os grafites emaranhados na lateral de um prédio de apartamentos e começou a relaxar.

Ele só precisava voltar para casa.

13

Os quatro – Moss, Njemile, Kaisha e Reg – ficaram parados feito estátuas, encarando horrorizados o pesadelo diante deles.

Não podiam ver os degraus do Colégio West Oakland, nem conseguiam ver uma fresta do chão de concreto que levava até as escadas na frente da escola. Havia um barulho persistente no ar, uma combinação de vozes agitadas e raivosas chocando-se umas com as outras. De vez em quando, alguém na rabeira do grupo começava a gritar para frente, mas era inútil. Não era possível discernir uma única voz naquela colmeia. Moss observou algumas bolas de papel sendo lançadas adiante na direção da massa crescente.

E, no topo das escadas, na frente do grupo de alunos, estavam dois detectores de metal.

Eram de um cinza fosco, brilhantes, intimidantes. Tinham quase 2,5 m de altura, unidos por vários cabos que cruzavam de um para o outro, tornando impossível passar por entre eles. Estavam posicionados perfeitamente na entrada das portas, como se a escola tivesse sido construída ao redor deles.

O Sr. Elliot não podia ser visto em lugar algum, o que surpreendeu Moss. Ele achara que o homem responsável por enfiar a escola nisso iria querer estar presente no primeiro dia de implementação, mas não parecia ser o caso. Será que ele estava se escondendo, desesperado para evitar o desastre? *Queria poder fazer o mesmo*, pensou Moss.

Encararam a massa barulhenta diante deles, e Moss se deu conta de que isso era o mais próximo de uma revolução escolar que ele já tinha visto. Fazia o incidente com Shawna parecer fichinha. Quando Moss se virou para olhar os amigos, todo mundo estava de boca aberta.

– Estou contente por não ter trazido minha cadeira de rodas hoje – disse Reg. – Alguma coisa me diz que eu nunca entraria na sala.

– Tem certeza de que as suas pernas estão bem? – perguntou Kaisha, o rosto cheio de preocupação.

Reg deu alguns passos adiante, testando.

– Sim, não estão doendo tanto hoje – respondeu.

– Isso é muito pior do que eu tinha pensado – comentou Njmile.

– Bem, vai funcionar ao nosso favor, não é? – disse Moss.

Ela olhou para ele, impressionada.

– Olha só para você! Vendo o lado positivo das coisas.

Ele sorriu.

– Bem, preciso admitir. Isso parece um desastre. Acho que não tinha imaginado que seria tão ruim.

Kaisha estava com o celular na mão, tirando várias fotos de diversos ângulos.

– Ah, isso vai ficar perfeito no Instagram – ela murmurou. – Rápido, manda aí uma *hashtag* boa.

– Hein? – indagou Moss.

– Você sabe, algo instigante para marcar todas essas fotos. – Ela pausou, pensando, a mão girando um dos nós do penteado. – "EngarrafamentoEmWestOakland"? Não, muito longo.

– "GargaloEmWestOakland"? – sugeriu Reg.

Ela inclinou a cabeça para ele.

– Vou te dar um ponto de bônus pela referência *country*, mas, não, esquisito demais.

Enquanto ela continuava a digitar, os quatro se moveram adiante. Nos minutos em que ficaram por lá, a multidão não pareceu ter se movido em qualquer direção. Alguns alunos estavam se amontoando pelas beiradas, esperando entrar pela lateral e chegar antes de todo mundo.

Rawiya se juntou ao grupo alguns minutos depois, e, nesse meio tempo, não avançaram nada. Ela assoviou antes de dizer:

– Bem, vamos perder a aula na sala principal – olhou para o relógio – em três, dois, um...

O sinal da escola tocou alto acima do pátio, mas foi soterrado pelas vozes frustradas dos alunos.

– Anda com isso aí! – Moss ouviu alguém gritar, e várias pessoas começaram a empurrar.

Não se moveram com eles; Reg se virou, o mancar mais evidente.

– Vocês se importariam de esperar até que isso se acalme? – disse ele, com preocupação na voz. – Não tenho forças para lutar contra isso.

– É, estou com o Reg nessa – disse Kaisha.

Moss balançou a cabeça em concordância, e todos se sentaram na grama amarelada, moribunda, do pátio. Pouco depois, Bits veio caminhando na direção deles, balançando a cabeça para Moss antes de se sentar ao seu lado. Ficaram ali por quase quarenta minutos, a maior parte do tempo em choque com a situação irreal que se desdobrava diante deles. Mais alunos se aproximavam da escola, e Moss notou um grupo deles se reunindo pela rua, as vozes altas em ebulição, nada muito diferente do que o coro sem forma, pulsante, do lado de fora da escola. Os alunos empurravam uns aos outros, lutando para ocupar qualquer espaço disponível. Demorava quase vinte minutos para que as pessoas que estavam alguns metros na frente deles parecessem ter feito qualquer movimento. Quando Reg sentiu-se seguro o bastante para se levantar e se juntar aos outros retardatários, Njemile já tinha conseguido terminar um resto do dever de casa da noite anterior, e Rawiya tinha adiantado quarenta páginas de um dos livros da aula de Literatura Avançada.

Vai ser sempre assim? Moss ponderou.

– Você está preocupado – disse Njemile, ficando ao lado de Moss. – E não te culpo.

– Não gosto disso – disse Reg, e Moss notou que o braço direito dele estava tremendo. Será que ele estava nervoso? Sentindo dor?

– Ninguém aqui gosta – disse Moss, ainda olhando para o braço de Reg.

Reg usou a outra mão para se conter.

– Estou bem, juro. Só um pouco nervoso, só isso.

– Sabe – disse Rawiya –, se todo mundo se atrasar para a primeira aula amanhã, vai demorar quanto tempo até começarem a nos punir por atraso?

Bits ficou de pé e praguejou. Afastou-se do grupo por um segundo, então voltou, sacudindo a cabeça.

Mas Moss manteve a posição.

– Nem, acho que tá tudo bem – insistiu. – Como podem nos culpar por *aquilo*?

– Bem observado, Moss – disse Kaisha. – Será que o Sr. Elliot acha que pode pedir aos alunos que venham uma hora mais cedo *todos os dias*?

– Ele *provavelmente* faria algo do tipo – Rawiya falou amargamente.

– Talvez, mas imagine quantos pais ele vai irritar? – questionou Moss. – Olha, sei que sou negativo o tempo todo, mas realmente acho que ele deu um tiro no pé desta vez. – Sentou-se. – Acho que é melhor a gente esperar.

E assim fizeram. Moss tirou o seu exemplar de *O mundo se despedaça* e riu consigo mesmo da nova ironia representada pelo título. Ele leu um pouco por alguns minutos antes de enfiar o exemplar de volta na mochila e apenas assistir à cena. A bolha de alunos se tornou uma versão distorcida de fila depois de dez minutos, e então restavam apenas algumas pessoas esperando para entrar na frente deles.

Para a aula que tinha começado quarenta minutos antes.

Kaisha colocou o telefone de volta no bolso e suspirou alto.

– Será que a gente deveria tentar entrar? – disse ela, se adiantando a eles.

A multidão tinha diminuído a menos de vinte alunos, e o pátio estava bem mais quieto do que uma hora antes. Todos concordaram com Kaisha e deixaram que Reg ditasse o ritmo deles. Ele se aprontou com calma, certificando-se de que cada muleta estivesse colocada do jeito correto antes de seguir adiante. Ao se aproximarem das máquinas, Moss teve o primeiro vislumbre dos policiais que tinham sido despachados para trabalhar naquilo que deveria ser a pior missão da vida deles. Um policial alto estava do lado direito, na frente de um dos detectores de metal, explicando a cada um dos alunos qual o procedimento a seguir. O cabelo loiro dele estava encharcado de suor; não devia ser agradável ficar de pé naqueles degraus por horas sem a menor promessa de sombra.

Do outro lado do detector, na esquerda, outro policial – marrom, cabelo escuro, feições angulares – monitorava algum tipo de tela, gesticulando de vez em quando para que o próximo aluno se aproximasse.

Se a máquina não apitasse, o aluno seguia adiante. Mas uma das líderes de torcida fez a máquina apitar, e o policial loiro a puxou de forma agressiva para o lado. Um terceiro policial apanhou as coisas dela e mandou que a líder de torcida entrasse no escritório principal. Não demorou para a garota ficar nervosa, as lágrimas escorrendo numa questão de segundos, e Moss não a culpava. Mas a origem da fila desastrosa para entrar na escola agora fazia sentido: só tinha *uma* máquina funcionando. Se não fosse uma situação tão horrível, Moss teria caído na risada.

Finalmente chegaram aos degraus. Reg teve dificuldade com os primeiros, a testa brilhando com uma nova camada de suor. Kaisha tinha uma mão colocada nas suas costas, a mochila enorme dela pendurada no ombro oposto. Moss apoiou um lado de Reg enquanto Kaisha apoiava do outro; os amigos atrás. Enquanto Reg lutava contra os degraus, o coração de Moss disparava dentro do peito. Aquilo parecia errado. Era a única coisa na qual conseguia pensar, de novo e de novo. *Não é assim que uma escola deveria ser.*

Chegaram ao topo da escada e alguns alunos na frente se preparavam para passar pelas máquinas. Moss os viu esvaziar os bolsos e colocar o conteúdo dentro de pequenos potes redondos de plástico. As mochilas e os potes foram para uma mesa portátil desbotada, arrumados de forma que os guardas do outro lado tivessem tudo preparado para o caso de uma possível busca. Enquanto Moss assistia a esse processo se desdobrar algumas vezes, percebeu que as máquinas faziam um zumbido bem distinto, baixo e sutil. Isso fez a sua pele arrepiar.

Reg foi até a mesa e colocou uma única muleta em cima dela. Ele usou a mão direita agora vazia para agarrar a mesa e colocou a outra muleta na mesa. Colocou a sua carteira e um molho de chaves em um dos potes, que ele então deslizou para o guarda do outro lado. O policial revirou os olhos para Reg, um sinal de sua impaciência, e começou a questioná-lo.

– Você está carregando alguma arma?

Reg olhou para ele.

–Não – respondeu, sem fôlego. – Não estou.

– Você esvaziou os seus bolsos?

– Você acabou de me ver fazendo isso.

Moss ouviu Njemile soltar uma risadinha atrás dele. O policial, no entanto, não achou nada engraçado, e a careta dele aumentou.

– Olha, cara, preciso fazer essas perguntas. Para todo mundo.

– Me desculpa – disse Reg, a mão ainda na mesa.

Ele olhou para o aparelho, e Moss observou-o inspecionar a máquina, tracejando as bordas com os olhos. Olhou de volta para os seus amigos, mas Moss não estava certo do que ele queria.

Moss deu um passo à frente.

– O que foi, cara?

Reg sacudiu a cabeça, devagar no início, depois com muito mais fúria.

– Não – disse ele. – Não consigo fazer isso.

– Anda depressa, imbecil! – alguém gritou atrás deles, e Kaisha se virou para lançar um olhar assassino a quem quer que fosse.

– Isso é *errado* – disse Reg. – E não confio nessa coisa, galera.

Ele se afastou dos equipamentos.

– Vocês têm alguma fila para revista ou algo do tipo? Porque *não* vou passar por essa coisa.

– Sim, você *vai* – o policial loiro falou, dando alguns passos adiante com as mãos nos quadris e franzindo o rosto perfeitamente barbeado. – Sem exceções.

Aquilo só pareceu deixar Reg ainda mais obstinado.

– Você sabe se isso é seguro? – ele indagou ao policial atrás do detector de metais. – Tenho seis pinos no joelho. Essa coisa pode piorar a minha situação?

– Anda logo – ordenou o policial que operava o equipamento. – Não tenho o dia todo.

– Então, você tem *certeza* de que isso não vai acabar comigo, né?

O policial ergueu a mão e passou pelos cabelos. A aparência durona evaporou num instante.

– Ah, cara, não sei de nada, não – falou, quase para si mesmo.

Ele continuou a esfregar a própria cabeça, seu rosto contraído, concentrado. Os instintos de Moss se acenderam, e seus olhos se voltaram para o distintivo do policial: TORRES.

– Você pode esperar um segundo? – pediu Torres. – Volto num instante.

O homem se afastou depressa.

– Gente, será que isso vai acabar bem? – perguntou Njemile, trocando o peso de uma perna para a outra, inquieta.

– Espero que sim – respondeu Reg. – Mas não consigo fazer isso, pessoal. Pensei em deixar rolar por alguns dias, mas isso é ridículo.

– Todos os seus amigos ficaram bem – o policial loiro falou. – Você não é especial. Vá *agora*.

Mas Reg manteve sua decisão, afastando-se para perto dos amigos e cruzando os braços.

– Você vai ter que me obrigar – ele disse. – Porque não vou passar por essa coisa.

O policial investiu. Aconteceu tão rápido que Reg deu um passo para trás e errou o degrau, caindo por cima de Moss e Kaisha. As mãos do policial estavam em seus ombros e o ergueram, e Kaisha gritou enquanto Reg tentava se libertar.

– Me solta! – Reg gritou, e Moss viu Torres correr de volta, as mãos no ar, acenando para os outros, então fez um gesto com a mão reta pela garganta numa tentativa desesperada de avisar a seus parceiros que parassem, mas *ninguém estava olhando*.

Reg se esticou e agarrou a borda do detector de metais, mas o policial o puxou. Moss instintivamente o alcançou, e Reg agarrou sua mão, mais forte do que qualquer um já havia feito. Seus olhos imploraram a Moss, pedindo que não o soltasse, e então o policial puxou de novo com um rosnado gutural, e Reg investiu, esbarrando no homem mais velho que, tendo duas vezes seu tamanho, nem se moveu. Ao contrário, o policial colocou as mãos nas costas de Reg e o empurrou pelo detector de metais.

O zumbido se agravou bem quando Moss ouviu Torres gritar:

– Não faça isso! Não é seguro!

Reg não teve chance: seu joelho direito foi arremessado para o lado, como se o detector de metais estivesse reagindo a ele. *Tum!* Seu corpo atingiu a estrutura com força o bastante para emitir o som ressonante de um tambor de metal, e Moss viu que Reg perdeu o ar. Suas mãos agarraram o peito, e Njemile e Kaisha gritaram, disparando para alcançar o amigo enquanto ele se dobrava ao meio, os braços lançados ao chão para aparar a queda.

— O que está acontecendo com ele? – Njemile gritou. – Faça parar!

Torres se apressou, as mãos estendidas para frente.

— Não, não, parem! – Ele tentou impedir as pessoas de passarem pelo detector de metais, então Moss disparou à frente e caiu de joelhos. O policial loiro arrastou Bits para longe enquanto gritava. Moss agarrou Reg por debaixo dos braços para erguê-lo e...

— Desliga a máquina – Reg arquejou. – Não consigo me mexer.

O rosto de Reg estava coberto de suor, e ele fitou Moss com os olhos arregalados de horror. Moss o ergueu, e Reg urrou um grito ensurdecedor. Moss soltou o amigo, que se encolheu no chão, um gemido escapando dos lábios. Ele se esticou para alcançar a perna de Reg e puxá-la, mas a sua mão esbarrou na de Kaisha. Ela havia tido a mesma ideia. Passou a mão pelos jeans pretos de Reg e percebeu o que havia de errado.

Reg estava preso ao detector de metais.

— O que essa coisa tá fazendo? – gritou Kaisha, os olhos presos em Reg. – Como o detector pode fazer isso?

Moss se ergueu depressa e olhou confuso para o monitor da máquina. Uma mensagem de erro piscava, e ele apertava os botões repetidamente, sem sucesso.

— Como se desliga isso? – ele gritou.

Observou Kaisha se esgueirar por baixo dos braços de um dos policiais e passar correndo pelo aparelho, saltando sobre Reg e caindo de joelhos com as mãos no chão onde Moss estivera.

— Moss, você precisa desligar essa coisa! – ela disse. – Não sei como, mas o ímã dentro desse troço tá fora de controle!

Reg respirava com dificuldade. Ele estava caído, apoiando o peso de seu corpo na máquina. Mesmo que Moss não soubesse que ele estava com dor, a posição em que estava preso era tão anormal que era nítido que causava dor. Moss ouviu passos atrás de si e se virou para ver o Sr. Jacobs disparando até eles. Olhou para o amigo, cuja perna estava estranhamente virada para trás e para cima, presa na lateral do detector de metais.

— Faça isso parar! – Reg implorou. – Por favor!

Moss levantou e passou os dedos pelo batente, tentando encontrar qualquer indicativo de como aquele monstro se conectava à rede elétrica.

O Sr. Jacobs agora estava a seu lado, observou por alguns segundos antes de arquejar.

– Eu sei o que fazer! Saia de perto da máquina! – ele gritou.

O vice-diretor disparou para o corredor em frente à diretoria e abriu um compartimento de metal na parede. Moss se afastou do detector e assim também fizeram aqueles do outro lado. Reg se endireitou e se esforçou para permanecer naquela posição. Lágrimas desceram por seu rosto.

– Vai logo! – gritou.

Quando o Sr. Jacobs puxou um cabo grosso e preto da parede, o zumbido morreu. Reg se afastou para longe do detector de metais com um grito. Sua voz parecia um balido infernal quando ele caiu no chão. Kaisha o virou para cima, a mão no ferimento. *Sangue*, Moss pensou. De onde viera? Como aquilo era possível?

Moss se deu conta de que algo devia ter atravessado a pele, e enquanto ele assistia a Kaisha agonizar sobre seu parceiro, uma raiva repentina tomou conta dele por inteiro.

Tudo em que Moss conseguia pensar era no pai caído em frente à loja, o sangue formando uma poça atrás da cabeça, a mãe chorando e segurando Moss para trás, para longe do corpo do pai. O sangue de Moss aqueceu seu corpo com a raiva e o deu forças para finalmente se mover em frente, na direção do policial loiro, mirando o homem que agora se afastava com os olhos verdes cheios de medo. Ele sentiu a dormência nas mãos, a tontura na cabeça, o peso de seu coração, e aquilo o consumiu, encheu-o até a borda com uma amargura e voracidade que queimaram sua garganta.

E Njemile se colocou bem na sua frente. Pousou a mão no seu peito, e ele olhou bem fundo em seus olhos escuros e a ouviu dizer, *Não*. Só isso, mais nada, e ele viu que ela o encarava em uma mistura de pena e do próprio medo.

Moss olhou para Reg. Seu amigo balançou a cabeça.

– Agora não – Reg sussurrou, e sua voz pareceu tão perdida, tão juvenil, que Moss murchou, a raiva se esvaindo dele, a correnteza de raiva havia se dissipado.

Reg sorriu para Moss, e então desmaiou.

14

Moss estava perdido em seus pensamentos.

O Sr. Jacobs carregou o corpo enfraquecido de Reg para a enfermaria da escola, e ele viu Kaisha e os outros irem atrás. Moss, porém, ficou para trás enquanto uma estranha sensação tomava conta dele: aquele não era seu corpo. Não era seu mundo. Nada daquilo pertencia a ele. Ele estava assistindo à vida de outra pessoa naquele momento. Viu os policiais em seus celulares, provavelmente notificando seus superiores do que havia acontecido. Voltou a si apenas depois de sentir uma pressão em sua mão e se virou, encontrando Bits a seu lado.

– O cara não vai me manter pra baixo – falou, sorrindo de leve. – Você tá bem, Moss?

Moss só conseguiu sacudir a cabeça, e sentiu as pernas tremerem. Cambaleou adiante, e Bits o guiou na direção da frente da escola. Moss colapsou de exaustão nos degraus, o concreto frio contra suas pernas. Não sabia para onde tinha ido o policial loiro, mas suspeitava que o homem não tinha ficado por perto para ver o que aconteceria. Ele esfregou a ponta dos dedos contra os degraus. Não eram gastos como os degraus do lado de fora da loja de Dawit, mas as ranhuras pareciam familiares. Bits continuou em silêncio enquanto Moss futricava o concreto, arrancando pedacinhos e passando os dedos. Concentrou-se na textura, na forma como ela se esfarelava se ele apertasse com muita força.

Moss não conseguia se esquecer do sangue. Ainda havia tanto nos degraus.

Não falou nada a Bits por uma eternidade, até ter visto o par de tênis pretos diante dele assim que voltou a si. Levantou os olhos pelas calças azuis e a camisa arrumada de uniforme que a mãe vestia.

Wanda o puxou e abraçou com força, então se afastou para examinar o rosto do filho. Passou os dedos pela sua bochecha, se certificando de que ele ainda estava ali, ainda era real. Era uma rotina familiar para eles.

– A Srta. Stephanie me ligou – Wanda falou ao se afastar. – Falou que você estava aqui fora.

– Estou bem, mãe – Moss tentou falar. – Estou bem.

– Isso é tudo que queria saber – disse ela e o apertou bem forte de encontro ao próprio corpo.

Isso. Isso parecia real. Era só disso que ele precisava também.

Sentaram-se na sala. Um copo em cima da mesa brilhava por causa da condensação que se formava nas bordas, a televisão refletindo nele.

As luzes eram fracas, e Moss não conseguia se importar o suficiente para se levantar e deixá-las mais fortes. A mãe dele, Esperanza e Njemile estavam amontoadas no sofá, a mão de Esperanza na de Wanda, os olhos delas na TV quando Kaisha apareceu na tela.

– Foi horrível – disse ela, os olhos vermelhos, o rosto inchado. – Nunca vi nada parecido.

O noticiário cortou para imagens do Colégio West Oakland, os degraus da frente barrados por fita policial amarela. A voz do repórter era chocada, dramática.

– Representantes da escola acreditam que uma faixa magnética com defeito seja responsável pelo acidente de hoje, e vão tomar todas as providências para que isso não aconteça no futuro. O diretor Jay Elliot optou por não responder se estes detectores de metal, instalados na semana passada, serão utilizados de novo.

– Tomara que não – disse Njemile. Moss viu que ela torcia um dos seus longos *dreads* na mão, algo que ela fazia quando estava nervosa. – Como é que podem pensar em ligar aquilo de novo?

– Eu não me surpreenderia, honestamente – declarou Esperanza, tirando os óculos com a mão livre e os colocando no colo. Ela começou a esfregar o nariz. – Ainda não consigo acreditar no que aconteceu. Quero dizer, imaginei que seria um desastre, mas...

Ela nunca chegou a terminar a frase.

Wanda estava quieta enquanto absorvia todas as novas informações da transmissão.

– Vocês já falaram com a Kaisha? – ela indagou a Moss.

– Sim – respondeu Moss. – Ela falou que Reg saiu de uma cirurgia de emergência. Ele vai ficar bem, mas imagino que vai ter que recomeçar a fisioterapia do zero.

Ele estalou a língua contra os dentes uma vez, e ficou em silêncio de novo.

Njemile pegou o controle remoto, passando por alguns canais.

– Eu me pergunto se os outros canais estão cobrindo isso – disse ela, parando em outra transmissão local.

Assistiram a algumas matérias. Uma sobre o aumento de preço do gás, outra sobre um tiroteio em East Oakland e uma reportagem sobre a eleição do conselho municipal.

Esperanza pegou o controle de Njemile e desligou a TV.

– Não consigo mais assistir a isso – ela falou, soando envergonhada. – O que vamos fazer?

– É assim que vai ser todo dia? – Njemile se indagou.

– O que será que vão fazer com relação ao Reg? – acrescentou Moss. – Ele vai precisar usar a cadeira de rodas de novo até as pernas dele estarem curadas outra vez.

– E não tinha outra garota cadeirante? Uma veterana?

– Ramona – disse Moss, assentindo com a cabeça. – Como será que ela entrou na escola hoje?

– Não parece que eles iriam dar a mínima para isso – disse Wanda.

Os lábios dela estavam apertados em concentração.

– Mãe? – falou Moss, preocupado.

– Eles não dão a mínima – ela repetiu, soltando a mão de Esperanza e esfregando a têmpora. A voz dela tinha um tom uniforme, circunspecto. – Não ligam para a segurança de vocês, para início de conversa. Não ligam para o fato de aquela pobre garota ter sido atacada e tido uma convulsão, e não vão ligar para os ferimentos de Reg.

– Tá vendo! – disse Esperanza, se inclinando adiante para encarar Moss. – Te falei. A gente só precisa alcançar mais gente, trazê-las para o nosso lado.

– O que você quer dizer? – perguntou Wanda. – Que lado?

Moss e Njemile trocaram um olhar enquanto Esperanza desviava os olhos da mãe de Moss. Ela falou baixinho:

– Estamos pensando em organizar algo na escola.

– Jura?

– Quero dizer, nada sério demais, nada que fosse quebrar as regras ou coisa do tipo – Esperanza acrescentou, as mãos para o alto num gesto de inocência.

– Bem, e por que não quebrar as regras?

Esperanza escarneceu.

– Você não está falando sério, está?

– O que você tinha em mente? Um protesto? Um abaixo-assinado? Talvez algum tipo de demonstração do lado de fora da escola? – indagou Wanda.

Esperanza estava tão chocada que ergueu as mãos para o alto.

– Moss, ela tá falando sério? Não sei dizer se ela está fazendo uma piada.

– Aê, minha mãe joga a real – disse Moss, balançando a cabeça. – Eu já vi ela ser jogada *no chão*.

Wanda riu.

– Isso é *uma* forma de se colocar – disse ela, um sorriso gracioso se espalhando pelo rosto. – Eu e o meu marido éramos envolvidos na política por aqui. Anos atrás, quero dizer. – Ela ficou quieta. – E depois que ele morreu, também. Não tenho me envolvido tanto ultimamente, mas sempre foi uma grande parte da minha vida.

– Bem – disse Esperanza, encorajada a continuar –, a gente definitivamente acha que precisa ter algum tipo de protesto. Mas, antes disso, precisamos alcançar o maior número de pessoas possível.

– Contra o que a gente vai protestar a esta altura? – disse Njemile, a amargura em sua voz. – A escola? O país? A vida em geral?

– Bem, e se o Reg tiver se machucado ainda mais do que antes? – indagou Moss.

– É só o começo – disse Esperanza. – Realmente acho que é. Então, um protesto é uma boa ideia! Certo, Wanda?

– Acho que podem fazer algo melhor do que isso – disse Wanda.

Moss inclinou a cabeça, confuso, enquanto a mãe se levantava e andava em direção à cozinha. – Moss, você viu o meu telefone? Preciso fazer algumas ligações.

– Por quê?

Wanda espiou a entrada da cozinha.

– Vocês estão cheios de razão, crianças. Precisamos organizar as pessoas. No entanto, acho que precisamos de mais do que apenas alunos.

– Do que você está falando? – indagou Esperanza.

Ela voltou para a sala e sentou-se no braço do sofá.

– Me desculpa, estou colocando o carro na frente dos bois – disse ela. – Precisamos cuidar disso agora. Já me preocupo o suficiente sempre que Moss sai de casa. Quem sabe o que mais aquelas coisas na escola podem fazer? A polícia é bem treinada o suficiente para manusear aquilo? Baseado no que ouvi de vocês, não parece que alguém saiba como operar aquelas monstruosidades.

Wanda desapareceu na cozinha, e os amigos de Moss olharam para ele em busca de uma explicação. Ele já tinha visto a mãe agir dessa forma antes, mas tinha sido muito tempo atrás. Ela ia a todos os protestos depois que Morris morreu, organizava tantos quanto podia, passava horas no telefone tentando se conectar com o maior número possível de pessoas. Alguns minutos mais tarde, os três puderam ouvir a fala rápida dela, e a familiaridade invadiu Moss. Ele não a via assim fazia um bom tempo.

Era estranhamente reconfortante.

Njemile ligou a TV de novo, e Esperanza gemeu para ela.

– Ah, por favor – pediu Esperanza. – As notícias me deprimem.

– Só quero ver se falaram mais alguma coisa – disse Njemile. – É rapidinho, prometo.

Moss ergueu os pés para se sentar de pernas cruzadas no sofá agora que o assento da mãe estava vazio, virando o rosto para longe da televisão. Mas ele não conseguia manter sua atenção longe do noticiário, mesmo que assim o quisesse. Njemile aumentou o volume assim que uma imagem da escola deles apareceu na tela.

– É a gente! – disse ela, mas a sua animação logo evaporou.

O âncora leu a história sem nenhum interesse ou paixão.

– Residentes locais de West Oakland estão preocupados com a instalação de detectores de metal no Colégio West Oakland depois que uma falha no funcionamento feriu um aluno momentaneamente – disse o homem.

– Momentaneamente? – reclamou Njemile.

– Embora não tenhamos recebido nenhuma declaração do Distrito Escolar Unificado de Oakland, o Departamento de Polícia de Oakland declarou para a NBC4 que nenhum crime foi cometido, por isso, nenhuma prisão foi feita.

Os três gemeram, e Moss sentiu uma pontada no peito, uma fúria crescente.

– Droga – ele murmurou. – Claro que foram rápidos em dizer isso.

– Quero dizer, não estou surpresa – falou Njemile. – Do que você acusaria alguém? *Quem* você acusaria?

– Psiu – disse Esperanza. – Ainda não acabou.

Houve uma imagem dos degraus na frente da escola, fita amarela cruzando a entrada. O repórter continuou.

– Um funcionário da escola, que não quis se identificar, declarou que os detectores de metal foram instalados depois do início de uma briga no segundo dia de aula.

Então um vídeo apareceu na tela. Uma cadeira voando acima de uma multidão, e era impossível saber o que estava acontecendo. *A menos que a pessoa estivesse* lá, pensou Moss. Ele conseguia identificar uma fileira de armários e até mesmo viu Shawna por um breve instante, mas seu coração afundou. Isso não era uma resposta furiosa a uma colega sendo atacada; isso se parecia exatamente com aquilo que o âncora dizia que era.

– Não foi uma briga! – disse Njemile. – Por que eles estão fazendo parecer que foi?

– É mais fácil classificar desse jeito – Wanda falou da porta, alarmando todos eles.

– *Afff*, mãe, há quanto tempo está aí? – disse Moss, o coração batendo forte.

– Apenas alguns segundos, na verdade.

– Classificar como? – indagou Esperanza. – O que você quer dizer com isso?

– Note como eles chamam o que aconteceu à menina Meyers de "briga" – explicou ela. – E realmente se parece com uma, certo?

– Então, agora eles estabeleceram que há um perigo – disse Moss, seguindo a lógica materna – e fazem parecer que os detectores de metal eram necessários.

– Exatamente – disse Wanda, sorrindo para o filho.

– Você fez todas as suas ligações? – indagou Moss.

– Não, ainda faltam algumas – ela admitiu. – Mas tenho algo para todos vocês.

Esperanza sorriu.

– Ooh, uma surpresa?

– Um lugar para reuniões.

Primeiro ficaram sem palavras, e Njemile inclinou a cabeça, os olhos dela se estreitando em suspeita.

– Reunião do quê?

– Você se lembra daquela velha igreja que a gente costumava frequentar, Moss? – indagou Wanda. Quando ele assentiu, ela continuou. – Liguei para o reverendo, e ele falou que podemos usá-la.

– Para...? – disse Moss.

– Para nós. Os alunos, os pais, a comunidade. Qualquer um que queira impedir que isso aconteça de novo.

– Você tá falando sério mesmo, não é? – perguntou Esperanza, os olhos arregalados.

– Por que não estaria? – retrucou Wanda. – Meu filho não estava exagerando. Tenho contatos. Pessoas com as quais eu costumava protestar. Muita gente que nos ajudou quando as coisas deram errado.

– Mãe, isso é incrível – disse Moss, a tensão no peito lentamente retrocedendo. – Você acha que realmente pode conseguir a ajuda do pessoal?

– Sim – disse ela, assentindo para ele. – Você traz quem puder trazer, eu cuido do resto. – Ela se sentou no sofá e se inclinou adiante, a atenção pousada em Moss e nas amigas. – Então, o que vão fazer para alcançar mais gente?

– Estamos usando a internet na maior parte – disse Njemile. – Kaisha está cuidando disso, e vamos conversar com o pessoal na escola também. Mas estamos preocupadas com *como* mobilizar toda essa gente. Não podemos nos encontrar na escola; os funcionários ficariam nervosos. E seria bem óbvio.

Wanda concordou.

– Vocês precisam espalhar essa mensagem da forma mais clandestina possível – disse ela – sem que a administração saiba o que estão fazendo. Como vão se comunicar com as pessoas on-line?

– Estamos pensando em um grupo secreto no Facebook – disse Moss. – Isso foi ideia da Kaisha. Ela provavelmente já montou. – Ele riu. – Ela já está para lá de irritada. Não precisamos falar duas vezes.

– Bom – disse ela, os olhos brilhando de carinho ao olhar para Moss. – A fúria é um dom. Lembrem-se disso. – Ela ficou de pé. – Agarrem-se a ela, segurem com força e usem como munição. Usem essa raiva para fazer as coisas em vez de apenas se afogarem nela. – Ela suspirou. – Confiem em mim, pessoal.

Por um momento, ela ficou com o olhar vago e distante.

– Mãe? – chamou Moss.

– Quando Morris morreu – disse ela, ainda olhando para o longe –, houve dias em que eu nem conseguia sair da cama. Você se lembra disso, querido?

Ele assentiu.

– Perdi um dia de aula uma vez, na quinta série.

– E me senti tão mal por causa disso – ela admitiu, o olhar de volta em cima de Moss –, não porque eu estava triste ou com raiva. Mas porque não canalizei aquela raiva para *algo*. Só deixei aquilo crescer até me consumir.

– Ah, mãe – disse Moss, o coração apertado.

Ela sorriu gentilmente para ele.

– Não estou dizendo que a gente não deve passar pelo luto. Ou que deve apenas desistir e se consumir pela tristeza e a raiva. Mas o que vem depois disso?

– Foi aí que começou a organizar aqueles protestos, não foi? – perguntou Moss. – Eu me lembro. Você ficava acordada até tarde ligando para as pessoas. – Ele riu. – Eu costumava ficar sentado no chão do meu quarto, galera, o ouvido colado na porta. Dizia a mim mesmo que você estava conversando com o presidente.

Wanda ficou espantada.

– Sério? Você nunca me contou isso!

– Bem, é porque cresci e me dei conta de que você provavelmente não estava conversando com o Obama toda noite.

– Oh, Moss – falou Esperanza. – Você é a minha pessoa favorita no mundo.

– Então. Grupo do Facebook – Wanda mudou de assunto, limpando um olho marejado. – Como vão divulgar o grupo sem levantar suspeitas?

O rosto de Njemile se iluminou.

– Uma festa – disse ela.

– O que você quer dizer? – indagou Moss.

– Convidá-los para uma festa. Na sexta-feira à noite. Podemos falar para as pessoas *pessoalmente* o que há por trás dos convites, mas vamos fazer os cartões e o grupo no Facebook para que *pareça* uma festa de verdade.

Wanda assoviou.

– Isso é bom, Njemile. Muito bom.

– Vou conversar com a Kaisha sobre isso hoje à noite – disse Esperanza, ficando de pé. – Passo no hospital no meu caminho de volta pra casa. Os meus pais realmente esperam por mim em casa hoje à noite, então preciso estar lá.

– Diga para Rebecca e Jeff que mandei lembranças – disse Wanda. – E nos mantenha informados com relação ao Reg, ouviu?

– Pode deixar – respondeu Esperanza. Antes de sair ela estalou os dedos. – Venham na quarta-feira, Moss, Njemile – disse ela. – Chamem o resto do pessoal também. Vamos planejar mais um pouco.

– Na *sua* casa? – disse Moss. – Tem certeza de que os seus pais não vão se incomodar com isso?

– Sim – disse ela. – Quero dizer, eles são bem progressistas. Tenho certeza de que assim que souberem das notícias, eles mesmos vão querer se envolver.

– Tudo bem, mãe? – perguntou Moss.

– Claro, querido – ela respondeu.

– E traga o Javier – gritou Esperanza, e ela fechou a porta antes que Moss pudesse reclamar.

– Também tenho que ir – disse Njemile, se alongando antes de vestir o agasalho. – Obrigada por receber a gente, Wanda.

— Quando quiser, querida — disse ela, e apertou a amiga de Moss num abraço. — Avise Ekemeni que vou ao *suya* dela este fim de semana, ok? Sem falta. E mande um oi para Ogonna também!

Njemile riu e lançou um sorriso brilhante a Wanda, seu rosto iluminado de alegria.

— Pode deixar, garanto.

Ela deu um beijo na bochecha de Moss antes de sair, e a porta se fechou atrás dela.

Wanda se deixou cair no sofá ao lado de Moss, passando um braço ao redor dele.

— E como você está, Moss?

Ele suspirou.

— Honestamente, melhor. Tem sido um... dia estranho — ele admitiu. — Uma semana estranha, na verdade.

Ela ergueu a mão esquerda e acariciou seu couro cabeludo com as unhas e isso o acalmou no mesmo instante.

— Eu sei — ela disse. — Estranha e assustadora.

— Só estou feliz que Reg está bem. Quer dizer, mais ou menos bem, acho. — Fez uma pausa e olhou para Wanda. Os olhos dela se acenderam com afeição, adoração. — Por que você está entrando nessa com a gente?

Ela fez um cafuné nos cabelos curtos dele por alguns segundos antes de responder.

— Porque — disse ela — não vou perder alguém que amo mais uma vez.

Ela o beijou na têmpora, se levantou e foi para o outro aposento. Moss ficou sentado, ouvindo a mãe ligar para uma pessoa depois da outra, perguntando como estavam e se tinham algum tempo livre para ajudá-la na próxima sexta-feira. Ela ligou para Shamika. Depois para Martin. E, então, para Dawit. Ele ficou lá, sentado, a televisão no mudo, e ele se sentiu em casa de novo, uma sensação estranha depois de um dia tão intenso.

Pegou o celular e se sobressaltou com a notificação de chamada perdida de Javier. Nem sequer o havia sentido tocar! Abriu o aparelho e retornou a chamada, e Javier atendeu no segundo toque.

— Ei! — Javier falou e ele estava claramente sem fôlego. — Estou feliz que você me ligou de volta!

– Desculpe, eu só estava... entretido. Em uma conversa. Não senti o celular vibrar.

– Não se preocupe – ele disse. – Imaginei que estivesse ocupado.

Moss estancou ao ouvir aquilo.

– Por quê?

Javier respirou fundo.

– Vi as notícias. Sobre a sua escola. Aquele cara é seu amigo?

– Ah, *aquilo* – ele falou. – Sim, um grande amigo, na verdade.

– Eu sinto muito, cara. – Javier ficou em silêncio. – Olha, sei que pode não ser o melhor momento, mas estou no seu bairro. Um de meus parceiros de pedalada mora na rua 11. Posso passar aí?

Moss se animou com a oportunidade de sentir algo que não fosse pavor e medo.

– Claro, cara, chega aí. Qualquer coisa para tirar minha cabeça disso. Vou te mandar meu endereço por mensagem.

– Fechou. Até daqui a pouco!

Moss enviou o endereço, mas logo ficou na dúvida. Levantou do sofá e encontrou a mãe prestes a ligar para outro número.

– Ei, mãe...

Ela olhou.

– Conheço esse tom. – disse ela. – O que foi, Moss?

– Então, meio que não pensei direito no assunto – ele começou. – E provavelmente deveria ter te perguntado antes, maaas... – Ele suspirou. – Eu meio que acabei de convidar o Javier pra vir aqui?

Ela baixou o telefone.

– Tem certeza de que está pronto para isso, querido?

– Oh, céus, *sim*. – disse ele. – Mesmo se for puramente uma distração, só preciso... sei lá, que alguma coisa *boa* aconteça.

– Então se está bem para você, está bem para mim. – Ela se ergueu e alongou as mãos sobre a cabeça. – Vai ser ótimo conhecê-lo. – Ela sacudiu a cabeça. – *Já* conhecê-lo – acrescentou.

– Não se preocupe, Mama – Moss assegurou. – Eu e ele não estamos indo rápido demais. Prometo que ele não vai pedir sua permissão para se casar comigo na semana que vem.

Ela riu, bem na hora que uma batida veio da porta. *Isso foi rápido*, Moss pensou, e encontrou o caminho até a sala de estar o mais rápido que pôde. E lá estava Javier na varanda, um sorriso enorme no rosto.

– Eu estava na vizinhança *mesmo* – ele falou. – Onde posso deixar minha bike?

– Você pode deixar aqui na entrada – Wanda respondeu, vindo do outro aposento. – Não temos muito espaço e não aconselharia a deixar aí fora.

Javier riu, e Moss amava como todo seu rosto se iluminava quando o fazia. Era puro, verdadeiro.

– Não se preocupe Sra. Jeffries – ele disse. – Já roubaram uma bicicleta minha bem na frente do meu quintal uns anos atrás.

Ele esticou a mão.

– Javier. Prazer em conhecê-la.

Ela apertou a mão dele e sorriu de volta.

– Prazer em conhecê-lo também, Javier.

Javier alcançou o braço de Moss e o acariciou.

– Olá, *mi amigo*. Bom ver você também.

Aquele calor familiar subiu até sua face, e Moss gaguejou uma resposta.

– Di-digo o mesmo – falou.

Ele não conseguia acreditar que aquilo estava acontecendo e não havia se preparado para ter Javier e a mãe no mesmo ambiente.

– Você quer beber alguma coisa? – Wanda perguntou. – Venha para a sala de jantar.

– Só água – Javier respondeu. Quando Wanda se virou, ele deu um beijo apressado na bochecha de Moss. – Não queria perder a chance de fazer isso – ele falou baixinho.

Moss pegou na mão de Javier e o levou para o cômodo ao lado.

– O que você está fazendo no bairro, Javier? – Wanda indagou, entregando a ele um copo de água.

Ele a pegou e bebeu a metade em um único gole.

– Passei a tarde andando de bicicleta com meu amigo Jamal – explicou. – Acabei de deixar ele em casa na rua de baixo e decidi vir até aqui ver o Moss.

– Bem... tem sido um dia estranho.
– Sim, posso imaginar. Seu amigo está bem?
Moss deu de ombros.
– Ele já saiu da cirurgia. Só estou feliz que ele está vivo.
– Cara, que assustador – Javier falou. – Eu sabia que você estava preocupado com aquelas máquinas antes, mas agora eu estaria apavorado.
– Com sorte a escola não vai ligá-las novamente – disse Wanda. – Mas vamos ver.

Ela fez um gesto para que Javier se sentasse à mesa, e ele a acompanhou, sentando-se do outro lado.

– Na verdade, eu tinha algo para perguntar sobre amanhã.
Moss estremeceu.
– Não sei como será amanhã, com todas essas coisas rolando na escola.
– Acha que estará livre para o jantar?
Moss olhou para a mãe.
– Shamika não ia vir para jantar amanhã à noite? Não quero dar o bolo nela.
– Ah, quis dizer vocês dois.
Moss e Wanda olharam para Javier e depois trocaram olhares.
– Espera aí, como é que é? – Moss perguntou.
– Olha -- Javier começou. – Minha *mamá* tá empolgadíssima em relação a você, mas acho que se sentiria mais segura sobre nós dois se conhecesse sua família também. Falei que eram só vocês dois, e ela sugeriu preparar uma refeição pra gente.

Wanda escondeu uma risadinha, e Moss a encarou.
– Desculpe – ela disse. – É só que Moss estava falando que vocês dois estavam indo devagar, e aqui está você, nos convidando para um jantar na sua casa.
– Ah, desculpa – Javier falou, olhando para o chão. – Sabe, você está certa, talvez seja muito...
– É claro que iremos – Wanda interrompeu.
Moss ficou boquiaberto.
– Sério? Tá tudo bem pra você?

Ela assentiu.

– O que foi que você disse agora há pouco? Algo sobre querer que coisas boas aconteçam?

– Então, posso confirmar com *mamá*? – Javier perguntou, os olhos brilhando de empolgação.

Ele fica tão fofo quando faz isso, Moss pensou. Observou calado enquanto Javier ligava para a mãe e agradeceu ao universo em silêncio, para quem quer que estivesse ouvindo. Não estava esperando por aquele presente, mas também não o recusaria.

15

Moss não tinha certeza se o que percorria seu corpo era entusiasmo ou medo.

Estavam sentados na traseira do ônibus, aquele que descia a MacArthur ao lado da rodovia. A rua não era mais tão esburacada quanto costumava ser, então Moss não se preocupou de ficar com dor de cabeça. Ele estava bem, mas sentia um aperto no peito.

– Mãe, tô nervoso – disse Moss.

Ele se inclinou ao encontro do braço da mãe quando o ônibus fez uma curva um pouco rápido demais, e ela o enlaçou, segurando-o bem junto dela.

– Eu sei – ela respondeu. – Tenho certeza de que é constrangedor eu estar indo junto.

– Não, não é isso – ele disse, sorrindo. – Acho que você vai gostar da Sra. Perez. Ela é legal. E engraçada. Ela não se acha engraçada, mas ela é. Não a deixe te enganar.

– Então o que foi? – Wanda perguntou.

– Sei lá – Moss respondeu. – Talvez seja apenas nervosismo. Eu só quero que ele goste de você. – Fez uma pausa. – E de mim também.

– Ah, Moss, nada como ser jovem e estar apaixonado – ela disse.

Ele franziu o cenho.

– Não estou apaixonado, Mama. Ainda não, pelo menos.

– Eu sei, eu sei. É que me lembro de como tudo parecia descomunal quando eu tinha a sua idade. – Ela girou para o lado até ficar de frente para ele. –Tenho certeza de que isso parece um dos maiores momentos da sua vida, certo?

– É, acho que sim – Moss respondeu, o coração ainda acelerado.

— Ótimo. Não se esqueça disso. Esse tipo de euforia vai te manter alerta.

— Talvez – disse ele. – Mas queria conseguir me acalmar a respeito dessas coisas.

Ela franziu os lábios.

— Você conversou com Constance sobre isso?

Ele balançou a cabeça.

— Ainda não. Para ser sincero, tem sido difícil falar sobre isso com qualquer um. Fico encontrando motivos para evitar o assunto com Esperanza, e geralmente conto *tudo* pra ela, mãe.

Wanda se esticou para apertar o botão de parada.

— É algo novo pra você – ela falou. – Seu pai foi meu primeiro amor, você sabe. E mesmo que eu tente passar uma imagem calma e controlada, ele fazia meu coração entrar em parafuso. Não é algo fácil de lidar.

Eles se levantaram e foram até a porta traseira.

— Como assim? – Moss perguntou.

As portas se abriram, e Wanda acenou para o motorista, gritando um agradecimento. Eles saltaram na avenida MacArthur, o som do trânsito na rodovia próxima bramindo em seus ouvidos.

— Bem, você já sentiu como se Javier tivesse invadido seu coração e sua mente?

— Bem... sim – ele admitiu. – E parece estranho porque não sei se ele se sente da mesma forma. Ele sempre parece tão despreocupado quando estamos juntos, enquanto eu estou sempre morrendo de nervosismo.

Eles viraram à direita na rua Park e se dirigiram para a residência dos Perez.

— Sinceramente, isso pelo que você está passando é bem comum, Moss, garanto. E ele deve estar nervoso também, só demonstra de outra maneira.

— Acho que sim. – Sua cabeça estava baixa. – Obrigada por conversar comigo sobre isso. E por vir junto. Também espero que não seja esquisito para você.

— Ninguém nos conta esse tipo de coisa quando descobrimos que seremos mães – ela falou, soltando uma risada abafada. – Mas só quero que você seja feliz. Faço o que for preciso.

Não conversaram mais pelo restante da caminhada. Moss sentiu uma explosão de alívio, sabendo que sua mãe o apoiava. Ele sabia que os pais de Esperanza haviam reagido muito diferente quando ela contou que era lésbica. Na superfície, eles aceitavam, mas não pareciam querer *falar* sobre o interesse da filha em garotas. Desde que ela mantivesse os detalhes para si mesma, Esperanza era tolerável para eles.

Aquilo não parecia justo.

O alívio de Moss deu lugar a uma energia inquieta quando viraram na rua de Javier, e uma angústia o atravessou quando viu o conjunto de balanços enferrujados. De repente, ele se sentiu constrangido. Ficou preocupado de a mãe julgar o quintal, a falta de grama, a condição do bairro. Quando o homem no andar de baixo os cumprimentou com um aceno enquanto subiam as escadas, Moss ficou desesperado para saber o que a mãe sentia em relação àquilo. Mas ela permaneceu em silêncio atrás dele. Ela apenas colocou uma mão nas suas costas quando Moss tocou a campainha, e aquele gesto confortou seus nervos em frangalhos.

Eu vou ficar bem, Moss falou para si mesmo.

Eugenia abriu a porta e um sorriso se espalhou no rosto dela. Sempre que ela sorria, as linhas de expressão em sua testa se aprofundavam.

— Entrem, entrem — ela disse, dando um passo ao lado, e Moss entrou. — Eugenia Perez.

Ela se apresentou e estendeu a mão para apertar a da mãe dele.

— Wanda — ela disse, e o rosto de sua mãe brilhou quando ela o fez. — Prazer em finalmente conhecê-la.

Javier veio da cozinha, um pano de prato pendurado no ombro direito, e o coração de Moss se agitou ao ver como a camiseta branca se agarrava ao seu peito e ombros.

— Não se preocupem comigo — Javier falou, sorrindo para Moss. — Só vou me arrumar rapidinho.

Ele beijou a bochecha de Moss com carinho antes de ir para o quarto.

Sua mãe e Eugenia ficaram olhando para ele, e não havia pena ou tristeza nos olhos dela. Não, elas estavam *sorrindo*, os rostos brilhando de alegria. Já o rosto dele queimou de vergonha.

— Tá bom, tá bom — disse Moss. — O show acabou.

— Foi a mesma coisa da outra vez — Eugenia falou. — *Es tan fofo*. Wanda riu daquilo.

— Moss é muito emocional — disse ela. — É uma de suas maiores qualidades.

— Uau, vocês duas já estão falando de mim como se eu não estivesse presente — Moss falou. — Que ótimo.

Elas soltaram uma gargalhada estrondosa e passaram por ele em direção à cozinha para terminarem a refeição daquela noite. Moss se sentou e passou a mão pelo sofá, lembrando-se da última vez que esteve ali e da sensação das mãos de Javier em seu corpo. Por um momento, Moss relaxou. O apartamento estava vivo, sua mãe e Eugenia estavam se dando bem e sons de fofocas vinham da cozinha. Ele podia ouvir o som do chuveiro no final do corredor e, só de pensar em ver Javier novamente, ficava entusiasmado. Ele deixou esse sentimento tomar conta dele. Estava acostumado a ser traído por sua mente, que pegava momentos de alegria e transformava em dor e sofrimento, tomando conta de sua cabeça até aquilo ser tudo no que podia pensar.

A calmaria era uma novidade. E talvez um sinal de que as coisas ficariam bem.

A porta do banheiro se abriu, e Moss espiou o corredor. Javier apareceu com uma toalha cinza enrolada na cintura.

— Fico pronto em um minuto — ele disse, e Moss se perdeu nas gotas de água, na maneira que a pele marrom dele cintilou com a luz do corredor, a facilidade com que seus músculos se flexionaram.

Ele sumiu tão rápido quanto apareceu.

Moss não soube dizer se foi inveja ou tristeza que o atingiu, mas devem ter sido ambos. *Bem que eu queria ter um corpo daqueles*, pensou, e se sentiu patético imediatamente por se deixar pensar aquilo. *Você não pode dar brechas a esses pensamentos*, ele lembrou, então se levantou e disparou pelo corredor. A porta do quarto estava entreaberta, então Moss foi ao banheiro, a umidade grudando em sua pele. Ele fechou a porta e acendeu a luz.

O espelho estava embaçado. Ele pegou uma toalha de rosto no gancho à esquerda e passou pelo vidro, vendo seu reflexo pela faixa seca que se formou. Ele secou o suficiente para poder enxergar a parte de cima de seu corpo, e aquele sentimento horrível tomou conta dele mais uma vez.

– Você consegue – ele disse, pouco mais alto que um sussurro, e fez o ritual ensinado pela terapeuta. – Esse corpo é meu e ele é perfeitamente normal.

Ele inspirou profundamente.

– Eu não sou feio. Eu *não* sou feio.

Moss sorriu para si mesmo. Assim. Ele gostava de como seu rosto se curvava para cima, a largura de sua boca, a barba desalinhada que crescia ao redor do queixo e acima dos lábios, contrastando com sua pele escura. Constance o aconselhara a se apegar a momentos como aquele e valorizá-los, para lembrar a si mesmo de que seu cérebro estava *constantemente* tentando traí-lo. Se Moss pudesse se lembrar do bom, ele poderia começar a expulsar o ruim. Ele estufou o peito de leve, passou as mãos pelo torso, então puxou a camisa polo preta para baixo, por cima do cós da calça.

– Você consegue – ele repetiu, então ligou a água e borrifou na cara, grato pelo choque de prontidão que isso deu a ele.

Ele se secou com uma toalha de mão e tomou uma última golfada de ar antes de sair para jantar, para o seu destino.

Quando entrou na sala de jantar, todos estavam ali, sua mãe e Eugenia rindo de alguma piada que Moss tinha perdido, Javier terminando de ajeitar a mesa. Uma nova explosão de energia sacudiu Moss, mas foi um sentimento bom. Eletrizante. Intoxicante.

– Precisa de ajuda? – perguntou a Javier.

– Não, já tô quase acabando – ele respondeu, então gesticulou na direção de uma cadeira de frente a ele. – Senta aí.

O aroma da comida de Eugenia – *pollo guisado*, ela disse – o encheu de aconchego. Não entrou em pânico quando se sentou em frente a Javier. Em vez disso, sorriu quando a mãe apertou sua mão por debaixo da mesa em uma demonstração silenciosa de apoio. *Isso é real*, ele lembrou a si mesmo. *Eu não estaria aqui se não quisessem minha presença.*

Moss caiu de boca, sorvendo o cozido quente e ficou ouvindo Eugenia e sua mãe trocarem histórias, comparando suas vidas de maternidade solo, depois falarem sobre o aumento dos aluguéis em Oakland, e ele apenas assistiu, admirando como a conversa fluía fácil entre elas. Descobriram que Eugenia ajudava a administrar uma loja de produtos de beleza descendo a East Oakland, depois de Fruitvale, há mais de uma década. Moss estivera tão concentrado nela que se assustou quando sentiu o pé de Javier roçar em sua perna. Lançou um olhar a ele, e Javier fingiu inocência. Num surto de coragem, lançou uma piscadela para Javier.

– Vocês vão ter que me contar como se conheceram – pediu Eugenia, acariciando o braço do filho. – Javier não me falou nada.

– Sério? – disse Moss. – Estou surpreso. Geralmente ele é tão atrevido.

– Eu sou, é? – Javier respondeu, erguendo a sobrancelha.

Eugenia riu.

– Ah, você sabe que é verdade. – Então, se voltou para Wanda. – Ele sabe ser tão cheio de si de vez em quando. Não é verdade, *mi hijo?*

Ele fez um gesto com a mão, fazendo pouco-caso.

– Não foi nada demais. Eu o vi no metrô. A bike dele era bem da hora, então comentei isso com ele. Uma amiga dele, Esperanza, estava junto.

– Esperanza? – Eugenia repetiu. – Nome bonito.

– Garota bonita – Javier respondeu. – Até eu sei reconhecer isso.

Moss o cutucou.

– Ele veio chegando, pavoneando, todo se achando, e interrompeu nossa conversa só para flertar comigo.

Javier fingiu ofensa.

– Nada disso, não foi assim que...

– Só estou brincando – Moss riu. – Fico feliz que tenha vindo falar comigo. Mas você está certa, Sra. Perez, ele é muito cheio de si. Chegou junto e deu em cima de mim em menos de sessenta segundos.

– Ei, pelo menos eu não estava totalmente alheio ao fato de que estava sendo xavecado – disse Javier. – Você achou que eu era um garoto hétero qualquer até a primeira vez que saímos.

– Moss *pode* ser um pouco alheio – Wanda interveio.

Seu rosto se encheu de vergonha, mas não se importou. Wanda e Eugenia começaram a falar que ninguém nunca as havia ensinado a criar filhos gays e Moss percebeu como realmente era sortudo. A noite não estava sendo o pesadelo que achava que seria. Sua mãe e Eugenia pareciam genuinamente se dar bem e já estavam rindo juntas dentro de uma hora.

Moss aprendeu mais sobre Javier e Eugenia, sobre quando chegaram aos Estado Unidos e quanto tempo ela havia trabalhado em uma lavanderia antes de conseguir um emprego melhor na loja de produtos de beleza. Wanda compartilhou histórias sobre como foi crescer em Oakland, e durante todo o tempo Javier ficou roçando a perna contra a de Moss.

Eles trocaram olhares quando achavam que ninguém estaria olhando, mas, ao fim da noite, teve certeza de que foi pego pela mãe uma vez. Talvez duas.

Quando o jantar já havia acabado e estavam se despedindo da família Perez, Moss teve mais certeza do que nunca de que havia se deparado com algo bom. Era uma raridade, e ele queria aproveitar.

Deu um beijo de boa-noite em Javier no topo da escada. Ele teve certeza de que foi o caminho todo até em casa flutuando.

Naquela noite Moss acordou suando muito, sua mãe o embalava, acalmava e dizia que tudo iria ficar bem. Ele respirava com dificuldade, o coração acelerado, e a escuridão do quarto o sufocava. Mas em vez de lutar contra o ataque, deixou que seguisse seu curso e aquilo logo passou. O rosto da mãe era todo vincos e linhas de preocupação, e ele a acariciou.

– Por favor, mãe, eu tô bem – ele falou entre arquejos. – Obrigado.

– Aquele sonho de novo?

Era tudo que ela precisava falar. Ele fez que sim e, então, se sentou, secando o suor das têmporas.

– O mesmo.

Ela entregou um copo de água a ele, que o bebeu de um gole.

– Sinto muito, querido. Queria poder tirar esse sonho de dentro de você.

As imagens invadiram sua mente: os homens em uniformes pretos, as armas erguidas, entrando no quarto, arrastando-o para fora da cama, jurando terminar o serviço que haviam começado com seu pai. Sua mãe estava sempre lá no batente, gritando com eles, mas incapaz de impedi-los enquanto Moss era puxado pela janela, para longe dela, para longe da segurança. Já havia perdido a conta de quantas versões daquele mesmo sonho havia visto, e, mesmo que alguns detalhes mudassem, o efeito era sempre o mesmo. Ele acordava em pânico, os gritos e urros se derramando para o mundo real.

– Fazia um tempo que você não tinha esse sonho – Wanda comentou, colocando a mão na testa dele. – Será que teve algum gatilho desta vez?

Ele balançou a cabeça.

– Acho que não. Tive uma noite boa, mãe. Nem estava pensando naquilo. – Ele suspirou. – Talvez eu tenha sonhado por isso mesmo. Meu cérebro precisa me lembrar de que sou defeituoso.

Seus olhos ainda não haviam se acostumado com a escuridão, mas ele sabia que o olhar da mãe estaria cheio de tristeza.

– Ah, querido – ela disse. – Você sabe que isso não é verdade.

– Não consigo evitar de pensar isso – ele falou suavemente. – Como Javier vai gostar de mim quando descobrir como sou complicado?

– Isso não é justo – ela disse. – Nem com você nem com Javier. Tenho certeza de que terá de conversar com ele sobre essas coisas, mas, se ele se importar com você de verdade, vai aceitá-lo como é. É simples assim.

– Mesmo que isso signifique que posso acordá-lo no meio da noite com minha cabeça bagunçada?

Ele pôde vê-la assentir de leve.

– Sabe, seu pai roncava. Muito. Algumas noites eu só queria colocar uma bolha em volta dele para poder dormir. Mas ele não conseguia controlar. Não estava fazendo aquilo para me atormentar, e eu aceitava. O amor é isso, sabe? E, se Javier chegar a amar você, ele também vai amar sua mente como ela é.

Ele engoliu em seco. Esperava que ela estivesse certa. Mas ainda não conseguia acreditar naquilo. Então, com a mãe sentada ali, acariciando suas costas, ele percorreu suas memórias. Ele precisava daquilo e foi de uma para outra. *O formato de suas mãos. O cheiro do perfume que você usava quando fomos ao Teatro Grand Lake.* Conhecia essas memórias e, apesar de elas o confortarem, ainda não eram o bastante.

A bicicleta que ganhei no meu aniversário de 9 anos e o laço amarrado horrivelmente nela. Não, ainda não era essa. *A noite que você trouxe* arroz con pollo *para casa e derrubou tudo nos degraus de entrada.* Moss riu daquela memória, seu pai ficara furioso. E aquilo fez Moss se lembrar de algo no qual não havia pensado por anos, e finalmente foi o bastante: *Me lembro daquela vez que fomos ao Lago Merritt, e você foi espantar os gansos-do-canadá para longe do nosso piquenique, e eles correram atrás e você caiu no lago, achando que estava longe da borda. Passou dois dias fedendo a água parada e podridão, e você odiou aquilo.*

Moss ficou com aquelas memórias na cabeça enquanto pegava no sono, e sua mãe se aconchegou junto a ele.

16

Os detectores de metal ainda estavam desligados quando Moss chegou à escola na quarta-feira. O diretor não havia feito nenhum tipo de anúncio sobre eles no dia anterior, mas, naquela manhã, quando estava na sala de aula, ele finalmente tocou no assunto.

– Os aparelhos serão recalibrados e testados até a semana que vem. – A voz do Sr. Elliot vinha dos alto-falantes. – E, então, tentaremos de novo. Prometo que não teremos mais nenhum incidente lamentável como o de segunda-feira.

Aquilo provocou uma série de resmungos na turma de Moss, e o da Sra. Torrance foi o mais alto de todos. Quando alguns estudantes riram, ela respondeu asperamente:

– O que aconteceu com Sr. Phillips não é motivo de risada.

Ninguém falou mais nada.

No intervalo entre a primeira e segunda aula, Moss encontrou Kaisha no corredor. Ela parecia exausta e estava inerte em frente a seu armário aberto. O rosto dela se acendeu quando Moss apoiou a mão em seu ombro.

– Ei! – ela disse, caindo em si. – Reg já está em casa.

– Mesmo! Assim rápido?

Ela irradiou alegria.

– Aquele lá é um guerreiro – ela falou com orgulho na voz. – Eu o admiro muito.

– O que você quer dizer?

– Sabe como é, sei lá... – Ela se perdeu em pensamentos por um momento. – Acho que se fosse eu, já teria desistido – ela continuou. – Depois de quase perder meus pais num acidente de carro, ter a perna esmagada e o motorista fugir... e agora mais essa.

– É muita coisa para uma pessoa lidar sozinha – concordou Moss.
– Mas ele é tão cheio de energia, Moss! – Os olhos de Kaisha estavam arregalados. – Eu não entendo. Tudo que ele passou e... – Ela bateu a porta do armário e riu. – Como você consegue me fazer falar dessas coisas, Moss?

Saiu andando depois de fechar o armário, mas Moss gritou seu nome.
– Antes de você ir! – disse ele – Esta noite. Na casa de Esperanza. Às seis?
– A gente vai fazer isso mesmo? – ela perguntou.
Ele assentiu.
– Estarei lá – disse ela com um sorriso.

Moss encontrou-se com Rawiya no almoço, a atenção dela perdida em seu iPod, e confirmou a presença dela. Então, depois da aula, topou com Bits na biblioteca. Puxou uma cadeira para o seu lado, e compararam as anotações da aula de Biologia do Sr. Roberts.
– Você vai mais tarde? – Moss cochichou.
Bits assentiu sutilmente, sua atenção presa em um livro.
– Vou pegar Javier no caminho, então te vejo lá.

Bits inclinou a cabeça uma vez. Aquilo era tudo que bastava para Moss. Bits voltou para seus estudos, e não conversaram mais. Moss deu o seu melhor para manter a cabeça nas complicadas multiplicações celulares até as 16 horas, quando a Sra. Hernandez precisou fechar a biblioteca. Estava guardando seu caderno na mochila quando sentiu uma mão em seu ombro.
– Nós vamos resolver isso – disse Bits. – Todos nós, juntos.
Moss sorriu em concordância, e então Bits partiu.
Ele mandou uma mensagem para Javier:
Tô a caminho.

Passou a alça da mochila por cima da cabeça e a apoiou nas costas. Era um bom dia para pedalar e estava ansioso para voltar para sua bicicleta. Tinha feito frio em seu caminho até a escola pela manhã, e ele sabia que, em breve, o inverno chegaria à Baía de São Francisco. Queria aproveitar o céu claro e a luz do sol naquela tarde.

Moss se forçou a ir mais depressa, pedalando rumo ao Lago Merritt. Não havia muito trânsito na avenida Broadway aquele dia, então, ele foi para a pista, descendo a colina suavemente, o vento esfriando seu rosto e passando pelas entradas de ar em seu capacete. Ele parou na avenida Grand depois de tomar a pista da esquerda e sentiu o celular vibrar dentro da capinha protetora em seu ombro. Ele imaginou que Javier havia chegado primeiro ao ponto de encontro e não deu atenção ao celular, mantendo o foco no trânsito.

Quando chegou até o Parque Splash Pad, viu a bicicleta preta de Javier deitada de lado na grama e o rapaz pendurado em uma das barras de flexão, ao lado de um menino muito mais novo que estava sendo segurado por alguém mais velho.

– Você está pronto? – ele ouviu Javier dizer enquanto parava perto dele.

O menino assentiu com a cabeça. Moss não reconheceu nenhum dos dois, mas eles pareciam conhecer Javier bem.

– Três... dois... um! – Javier gritou, e os dois começaram a fazer barras.

O pai do garoto fez todo o trabalho para o filho e o ergueu em sincronia com Javier. Moss os observou, seus olhos foram para os bíceps de Javier, que se contraíam a cada subida e seu coração sacudiu no peito. Segundos depois, Javier desacelerou e começou a se esforçar para se erguer enquanto o menino ria.

– Estou ganhando, estou ganhando! – ele gritava entre as risadinhas.

No final, Javier soltou a barra, ofegando, o suor escorrendo pelas laterais do rosto.

– Você me venceu, Manuel – ele disse, sem ar.

O pai de Manuel o colocou no chão e gingou até Javier. Manuel ergueu a mão, e Javier o cumprimentou.

– Um dia eu vou ganhar de você, Manuel, juro.

– Bem que eu queria conseguir fazer isso – Moss falou quando Javier se virou para olhar para ele.

– Quer tentar? – Javier perguntou. Ele acenou um adeus para seus amigos quando eles partiram.

– Nem – Moss respondeu rapidamente. – Nós precisamos ir logo.

Javier se inclinou e beijou a bochecha de Moss.

– Então vamos.

Moss ficou olhando Javier pegar sua mochila e a bicicleta, uma após a outra, e ficou se perguntando quando ele descobriria qual era a pegadinha. Era inevitável, certo? Talvez Javier tivesse policiais na família e achasse que oficiais ruins eram coisa rara. Talvez a mãe dele fosse muito mais religiosa do que havia pensado. Ou Javier estava apenas esperando até eles transarem, e daí Moss nunca mais o veria.

Ele observou Javier enrolar uma corrente grossa e pesada na cintura.

– O que é essa coisa? – Moss perguntou.

– Meu cadeado – ele respondeu. – Ganhei de aniversário este ano.

– Você prende sua bicicleta com *isso*?

– Cara, é seguro! Ladrões não conseguem cortar essa coisa. Além disso, é muito elegante, você não acha? – ele fez uma pose com a mão na cintura. – Michael B. Jordan ficaria orgulhoso.

Moss montou em sua bicicleta, balançando a cabeça, e Javier desfilou antes de subir na sua. *Bem, pelo menos ele é* um pouquinho esquisito, Moss pensou. Então, Javier partiu, bem na frente de Moss, que teve que forçar os pedais para alcançá-lo.

Dando uma olhadela para trás, passou Javier, tomando a liderança enquanto os dois pedalavam suavemente pela Grand. Moss sugeriu que tomassem um caminho alternativo até Piedmont, já que o morro por lá não era tão inclinado quanto na rota mais rápida. Enquanto Moss pedalava, ele ficava olhando para ver se Javier ainda estava atrás dele, e, todas as vezes, Javier lançou um sorriso. *Talvez eu esteja pensando demais,* ele pensou. *Ele ainda parece querer ficar perto de mim.*

Eles encostaram na residência dos Miller alguns minutos depois. Javier habilmente passou sua perna direita por cima do banco e parou completamente, com a perna esquerda ainda no gradeado do pedal. Moss já havia visto outras pessoas fazendo aquilo (nem se dava ao trabalho de tentar), mas ver Javier fazê-lo... se sentiu inexplicavelmente atraído por ele. Javier se virou com um sorriso brincalhão no rosto, e Moss o desejou de forma tão intensa que ficou assustado. Moss havia cultivado paixões havia tanto tempo quanto podia se lembrar, mas, ao ver Javier removendo o cadeado da cintura com suor brilhando em seus braços, Moss desejou que aquela fosse verdadeira.

– Tudo certo? – Javier perguntou. – Você pode prender sua bike com a minha.

Moss assentiu.

– Sim, só estou viajando. – Ele puxou a mochila para frente do corpo e pegou a própria corrente. Javier agarrou a bicicleta de Moss e a deitou contra a sua.

Assim que Moss terminou, ele se ergueu para ver Javier encarando a residência dos Miller.

– Que casa enorme – Javier falou, sua voz cheia de admiração.

– Você não faz ideia – Moss respondeu. – Espere até ver por dentro.

Havia um senso de simetria, de ordem, nesta parte da cidade. As casas aqui se agigantavam sobre as pessoas. Achava o bairro pitoresco de um jeito particular, mas pensava que tudo parecia muito recatado. Não havia cores vivas em lugar algum, sem lotes de terra batida em vez de gramados, nenhuma cerca de arame telado enferrujada.

E a casa dos Miller era um belo exemplar daquilo. Era cinza-claro com as guarnições brancas e ângulos retos e a madeira pintada com perfeição.

O quintal da frente – uma coisa rara em *qualquer* casa no leste da Baía de São Francisco – havia sido recentemente cuidado, a grama cortada de maneira uniforme. As peônias e rosas se alinhavam nos canteiros paralelas umas às outras. Esperanza havia dito que um homem chamado Guillermo era o responsável; seus pais podiam até estudar a ciência por trás das plantas, mas eram péssimos em jardinagem.

– Pode ser intimidador – Moss admitiu. – Também sinto que deveria te avisar.

– Sobre?

– Esperanza é adotada. Os pais dela são brancos e eles... bem, eles são boas pessoas. Só um pouco intensas de vez em quando. Mas têm boas intenções.

– Saquei. Vou ficar bem, tenho certeza. – Javier sorriu. – Quero dizer, vou estar com você.

– Ah, para! – Moss exclamou, revirando os olhos, mas não pôde evitar de sorrir de volta.

Entraram, passando pela gigantesca porta de 2 m que parecia pesar uma tonelada. Moss foi para o lado da sala e tirou os sapatos e gesticulou para que Javier fizesse o mesmo. Três potes de plantas estavam pendurados no teto alto da sala de entrada, e isso tornava a casa surpreendentemente maior do que o lado de fora fazia acreditar. Moss podia ouvir vozes vindo de outro aposento e, sentindo-se ousado de forma incomum, ele pegou a mão de Javier antes de guiá-lo para a sala de jantar onde estavam os amigos. Javier olhou para ele, surpreso.

– Você vai ficar à vontade aqui? – Moss falou suavemente. – Sei que este lugar é ridículo.

Javier apertou a mão de Moss.

– Sim – ele respondeu. – Prometo.

Entraram na sala de jantar. Rawiya e Kaisha se alegraram quando os viram, e o resto do pessoal – Bits, Njemile e Esperanza – se virou para cumprimentar. Enquanto Esperanza se levantava, o olhar caindo apenas sobre Javier, Moss falou:

– Ei, galera. Este é o meu amigo, Javier. – Seu coração bateu mais depressa, um nervosismo correndo pelo corpo, mas, ao ver o tamanho da animação com a qual Javier foi recebido, viu que não havia motivos para se preocupar.

Esperanza se colocou perto dele, o rosto colado no dele.

– Ele ainda é gostoso – ela sussurrou.

– Não é? – Moss sussurrou de volta.

Ela sorriu para ele e voltou para a mesa. Moss e Javier tomaram os últimos assentos vazios, e a mãe de Esperanza veio da cozinha com uma grande panela de barro nas mãos. Bits se levantou para sair do caminho, e Rebecca Miller colocou a panela em cima da mesa.

– Já está todo mundo aqui? – ela perguntou para a filha. – Achei que seria uma boa hora para trazer o *chili* que fiz.

Ela sorriu para o pessoal, e os brincos balançantes de esmeralda brilharam juntamente com o sorriso dela. Ela mantinha o cabelo castanho amarrado, longe do rosto, e Moss achou que os brincos caíam bem nela.

– Vou pegar cumbucas e colheres – disse Esperanza, se erguendo da mesa e então fazendo uma contagem silenciosa das cabeças na mesa

Assim que ela saiu da sala, Rebecca sorriu para o grupo.

– Acho que já conheci todo mundo aqui em algum momento! – ela disse animada. – Se não, sou a mãe de Esperanza, podem me chamar de Rebecca, por favor.

Todo mundo balançou a cabeça ou falou olá para ela, exceto Kaisha, que tinha toda a sua atenção focada no *laptop*. Ela mal ergueu a mão para reconhecer a presença dela. Segundos depois, Esperanza voltou acompanhada do pai, Jeff, que carregou metade das cumbucas para a mesa. O cabelo dele era mais claro do que o de Rebecca, mas ambos se pareciam com os cientistas dos filmes de ficção científica a que Moss assistia quando criança. Ambos tinham cabelos longos jogados para trás e um senso de estilo que não era atualizado havia vinte anos.

– Olá, todo mundo – ele anunciou bem alto. – Bem-vindos a nossa casa!

Rebecca continuou a falar.

– Bem, eu não sabia do que todo mundo gostava, então achei que um pouco de *chili* seria bom. É vegetariano, então você pode comer, Rawiya.

Rawiya abriu um grande sorriso para ela.

– Obrigada por se lembrar.

– Temos um pouco de queijo e cebola picada se quiserem, e sintam-se à vontade para pedir o que for preciso. – Ela serviu o *chili* com uma concha e passou uma cumbuca fumegante para cada pessoa na mesa. Jeff tinha ido de novo até a cozinha e voltou com uma travessa de pão de milho. – Receita da minha mãe – ele explicou, sentando-se à mesa. – E ela cresceu no Sul, então juro que é dos bons.

– É isso que gosto de ouvir – disse Moss. – É bom ver vocês de novo. Parece que não te vejo há séculos, Jeff.

Jeff acenou uma mão de forma despreocupada.

– Você sabe como é o trabalho acadêmico. Consome a nossa vida.

Bits mal esperou a comida esfriar antes de enfiar uma colher cheia na boca. Moss observou Bits mastigar um pouco antes de falar.

– Não está muito apimentado – falou e então deu outra colherada de imediato.

– Você gostaria de um pouco de molho picante ou algo do tipo? – indagou Rebecca. – Me desculpe, não queria fazer nada muito apimentado.

Bits comprimiu os lábios.
– Você tem aquele molho de pimenta Crystal's?
Rebecca se animou.
– Sim! Vou pegar.
Bits sorriu para Esperanza.
– A sua mãe conhece a pimenta Crystal's – falou.
– Somos bobos apenas durante parte do dia – brincou Jeff. Ele se inclinou na direção da mesa. – Embora ela tenha pegado os hábitos culinários de mim – ele sussurrou.
Assim que o *chili* foi distribuído, Jeff ficou atrás da filha.
– Então, qual é o plano? Esperanza comentou com a gente sobre o que está acontecendo.
– E foi terrível o que aconteceu com o amigo de vocês no outro dia – acrescentou Rebecca, voltando com o molho de pimenta, que ela colocou ao lado de Bits. – Simplesmente terrível.
– Bem, a sua mãe te deu algum endereço? – perguntou Esperanza, olhando para Moss.
Moss tirou o celular do bolso da frente.
– Este aqui – respondeu, deslizando o aparelho para ela.
Esperanza pegou e balançou a cabeça.
– Aquela igreja na rua 27, não é? – perguntou.
Moss assentiu.
– Precisamos espalhar isso antes da sexta-feira, já que a reunião vai ser nessa noite. Kaisha?
Ela aceitou a deixa para parar de trabalhar.
– Certo – disse, virando o *laptop* para que todos pudessem ver enquanto puxava uma cumbuca de *chili* na sua direção. Ela enfiou uma colherada na boca. Engoliu e começou de novo. – O evento na página do Facebook está pronto e disfarçado do melhor jeito possível como um convite de festa.
Ela apontou na direção do computador, e todo mundo se inclinou para enxergar melhor.
– Então, convidamos todo mundo que a gente conhece para a festa? – indagou Njemile. – É só isso que vamos fazer?
– Não, mas é um começo – disse Kaisha. – Quero dizer... gostaria que todos vocês usassem o navegador Tor, talvez estabelecessem dupla

autenticação no celular, ou seja, tomassem algumas atitudes para proteger a privacidade de vocês.

Todos a encararam, em confusão silenciosa.

Kaisha suspirou.

– Um passo de cada vez – ela falou, mais para si do que para o grupo. – O evento é apenas para convidados; ninguém consegue encontrar a página a menos que tenha um convite. Eu e todos aqui somos administradores da página para podermos convidar as pessoas em quem confiamos.

– Como vamos saber em quem confiar? – indagou Bits.

– Você realmente acha que a administração vai ligar para isso? – indagou Rebecca. – *Eu* não tenho certeza de que entendo o que vocês estão planejando, e olha que estou aqui.

– A ideia é fazer todo mundo se encontrar na Igreja do Caminho Abençoado na noite de sexta – Moss explicou. – Ainda não vamos planejar o que fazer sobre os detectores de metal; temos esperança de fazer isso no encontro. E temos de fazer o possível para a escola não descobrir nada até que não possam mais nos ignorar.

– Pense nisso como uma reunião de espiões – Rawiya disse.

Quando todos se voltaram para olhá-la com deboche, ela acrescentou:

– O que foi? É empolgante pensar assim!

– Nós não somos espiões, Rawiya – Njemile falou. – Pelo menos não ainda.

Rawiya ergueu um dedo.

– Mas podemos ser – ela retorquiu.

– Nada, é mais como se fôssemos a Armada de Dumbledore – disse Kaisha. – Vocês sabem, nos organizando em segredo para lutar contra o Lorde das Trevas.

– Agora sim é uma boa analogia – Moss falou. – Espera, então qual de nós é Dumbledore?

– Eca, será que ninguém pode ser Dumbledore? – Rawiya perguntou. – Prefiro que nenhum de vocês planeje nos deixar morrer só para derrotar um fulano com cara de cobra.

Todos riram daquilo, e o pai de Esperanza deu um passo à frente.

– Por que não fazer uma reunião aberta?

— O elemento-surpresa – Kaisha respondeu. – A mãe de Moss estava certa sobre esse plano. Acho que será muito mais chocante se eles não souberem o que estamos planejando.

— Pensa em como acabam todos os protestos nessa cidade – Njemile continuou, olhando para a mãe de Esperanza. – A polícia descobre o que está acontecendo, eles aparecem em bando, dura uma hora e sempre termina de forma horrível.

— Você acha que a polícia vai aparecer? – Rebecca perguntou.

Moss ouviu algo na voz dela pela primeira vez naquela noite: incerteza.

— Não quero que você faça nada perigoso, Esperanza.

Esperanza franziu o cenho.

— O quanto exatamente você acha que essa reunião será perigosa?

Moss se intrometeu antes que Rebecca pudesse responder.

— É só uma reunião, galera, juro. Não é nem mesmo um protesto de verdade. Mesmo assim... vamos deixar para nos preocupar depois que soubermos exatamente o que esse protesto será.

Kaisha puxou seu *laptop* e o girou.

— Também fiz alguns convites com o endereço. Podemos imprimir e entregar na mão das pessoas – ela falou rapidamente, na esperança de encaminhar a conversa em outra direção. – Para qualquer um que não sabe do que se trata, vai parecer um convite de festa comum. É assim que vamos chegar em quem não está no Facebook.

— Lembra de mandar isso para o e-mail da minha mãe – disse Moss. – Ela pode pedir ao pessoal do bairro espalhar por aí.

— Ela não pode entregá-los na rota dos Correios? – Rawiya sugeriu.

Moss sacudiu a cabeça com veemência.

— Ah, não, não, não – disse ele. – Isso seria, tipo... superilegal. Não acho que minha mãe queira perder o emprego por causa disso.

A conversa do grupo mudou para como seria a logística de entregar os convites o mais rápido e eficiente possível, e Moss alcançou a mão de Javier por debaixo da mesa.

— Você tá bem? – cochichou para ele. – Você não está muito falante.

— Tô bem – Javier respondeu. – Só estou me acostumando com todo mundo. Assistindo. Observando.

Moss apertou a mão dele, e ele retornou o gesto. Quando Moss voltou sua atenção ao grupo, pegou Esperanza sorrindo; ela os estivera observando. Ele sentiu um calor inundar sua face, mas ficou satisfeito por aquilo não o incomodar.

A conversa mudou. Falaram um pouco sobre Reg, e Kaisha os atualizou sobre a melhora dele, o que não era muito diferente do que ouviram pela manhã. Mais terapia avultava-se no futuro dele.

– E quanto a Shawna? – Kaisha perguntou. – Não a vejo desde semana passada.

– Aparentemente o pai dela vai entrar com uma ação na semana que vem – respondeu Njemile.

– Boa – disse Rebecca. – Espero que recebam tudo que estão pedindo *e* mais.

– Amém – disse Bits.

– Esperanza – disse Jeff, e voltou a olhar para a filha como se estivesse pedindo permissão. – Se você não se importar...

– O que foi? – Ela tirou os óculos e os colocou na frente dela em cima da mesa. – Está ficando tarde?

– Não, com certeza não – disse ele. – Vocês podem ficar aqui por quanto tempo precisarem. Bom, ainda não conversei sobre isso com a sua mãe, mas... será que podemos ir a essa reunião?

Moss inclinou a cabeça.

– Sério? Vocês querem ajudar?

– Ficamos fora da cidade durante a maior parte do ano – Jeff explicou. – E isso parece uma boa oportunidade para nos envolvermos.

– Concordo – disse Rebecca. – Além disso, estou intrigada. Quero ajudar se puder.

Moss trocou olhares com o grupo. Kaisha assentiu sutilmente, e ninguém pareceu achar que era uma ideia ruim.

– Acho que seria legal – disse ele. E acrescentou: – Se você não tiver problemas com isso, Esperanza.

– Essa não é a luta de vocês – ela falou aos pais. – Vocês precisam entender isso.

– Mas nós também nos importamos, querida, e... – Rebecca começou.

Esperanza a cortou.

– Não estou dizendo que vocês não ligam. Só não quero um repeteco do meu projeto de Ciências da oitava série.

Moss tentou esconder uma risadinha, mas as cabeças se viraram na direção dele.

– Tá vendo? – exclamou Esperanza. – Moss sabe exatamente do que estou falando.

– Não me coloca no meio disso! – ele riu.

– Ah, Moss, se liga – disse ela, sorrindo. – Você provavelmente teria dito a mesma coisa a eles.

Javier ergueu a mão.

– Me desculpa, sou novo aqui – disse ele. – Do que vocês estão falando?

– É, nem *eu* sei dessa história – falou Kaisha. – O que aconteceu?

Moss nunca tinha visto os Millers agindo de forma tímida, mas eles olharam um para o outro, bochechas escarlates e lábios comprimidos, parecendo crianças envergonhadas.

– Talvez... talvez a gente tenha se empolgado com o projeto de Esperanza certa vez – Rebecca falou lentamente.

Jeff estremeceu.

– Talvez tenhamos colocado muito de nós mesmos naquilo.

– *Talvez?* – Esperanza suspirou. – Vocês tomaram o controle! Minha professora estava convencida de que eu tinha trapaceado durante todo o resto do ano!

– Eles estão sendo modestos – explicou Moss. – Aquela foi a exibição de Ciências sobre solo mais complicada na história do mundo.

– Mas estou falando sério – ela continuou. – Se os dois se envolverem, precisam se sentar no fundo e ouvir. Precisam estar cientes de que a conversa não tem a ver com vocês.

Moss experimentou um vislumbre de memória naquele momento: Esperanza, dias antes, fazendo a conversa sobre a feira universitária girar ao redor dela. *Ela é igual a eles e nem se dá conta*, ele pensou. Mas não falou nada.

Jeff estava com as mãos erguidas em reconciliação.

– Prometemos – disse ele. – Não vamos exagerar.

Rebecca fez uma cruz em cima do peito.

– Juro – disse ela.

– Obrigada – disse Esperanza. – Então, por favor, que alguém tenha alguma fofoca que não seja toda sobre assuntos sérios, porque tenho a *melhor* história de todas sobre um cara na minha aula de Álgebra II.

A conversa rodou a mesa enquanto Njemile, Kaisha, Rawiya e Esperanza trocavam as últimas informações sobre os seus respectivos colegas de turma. Jeff e Rebecca pareciam ter entendido que não havia muito com o que pudessem contribuir, saíram da mesa e foram para o andar de cima. Javier passou os dedos pela mão de Moss e se voltou para Esperanza, limpando a garganta.

– Desculpa interromper – ele disse. – Mas queria saber se posso, talvez, fazer uma pergunta.

– Que educado – Njemile falou. – Por favor, diga que você vai se casar com ele em breve.

Moss revirou os olhos.

– Você é a segunda pessoa a me dizer algo assim – disse ele.

– Segunda? – Javier perguntou. – Quem foi a primeira?

Ele fez um gesto para dispensar a pergunta, mas Esperanza se intrometeu.

– O que você queria saber?

– Bem, Moss aqui disse que sou ousado, então deixe-me cumprir meu destino: como é ter pais brancos?

Njemile sobressaltou-se da forma mais dramática possível.

– Javier! Você não pode perguntar para as pessoas por que elas têm pais brancos!

Ele riu.

– Não existe forma delicada de fazer essa pergunta. É que nunca conheci ninguém como você.

– Cara, você é realmente ousado. Muito respeito por isso – comentou Esperanza. Depois suspirou. – Bom, tem seus lados positivos e negativos. Fui adotada muito nova. Meus pais vieram para os Estados Unidos de forma ilegal antes de eu nascer, e... o pouco que sei é que fui separada deles pouco depois. Pelo... governo.

Javier sacudiu a cabeça.

– Deixa adivinhar. Departamento de Imigração?

Ela fez que sim.

– Como eu disse, não sei de muita coisa. Adoção apaga muito da história, em especial de gente como eu, que é colocada no sistema tão cedo. Mas meus pais me adotaram de uma agência estatal e são os únicos pais que já conheci. Eu os amo muito e sempre foram incríveis comigo.

– Sinto que tem um "mas" vindo aí – Javier falou.

Ela encolheu os ombros.

– Ah, eles podem ser ignorantes como qualquer branco e tive que aprender por mim mesma o espanhol tosco que sei. As pessoas questionam minha identidade o tempo todo por causa do meu sobrenome e a forma como eu falo, mas no fim das contas podia ser pior. Tenho sorte de tê-los.

– Legal – disse Javier. – Devo ser meio idiota por perguntar isso, então me desculpe por te colocar nessa situação.

– E, ainda por cima, ele pediu desculpas *antes* de reclamarem? – Njemile se espantou. – Moss, onde foi que *encontrou* esse ótimo espécime de homem?

– Para! – Moss exclamou.

Esperanza sorriu para Javier com uma expressão agradecida no rosto.

– Que nada, obrigada por perguntar – ela falou. – É complicado, mas *gosto* de falar sobre isso. – Ela se inclinou para frente. – E como são os *seus* pais?

– É, a gente não sabe praticamente *nada* sobre você – disse Kaisha, fuzilando Moss com o olhar.

– Minha mãe é ótima – Javier respondeu, sorrindo. – Meu pai nunca foi presente. Ele foi embora há muito tempo. É só eu e minha mãe. E ela simplesmente *ama* o Moss – ele acrescentou, acariciando-o nas costas.

Moss se afastou dele por um instante, envergonhado, mas foi o suficiente para que os outros notassem. As perguntas vieram em uma torrente.

– Então há *quanto* tempo têm saído juntos? – perguntou Kaisha, se inclinando para frente.

– Moss beija bem? – Rawiya indagou, os olhos cheios de humor.

– É verdade que ele gosta de cafuné? – perguntou Esperanza.

– Existe a possibilidade de casamento no futuro ou vocês estão apenas passando o tempo? – lançou Kaisha.

– Você vai partir o coração do Moss?

Todos se voltaram para Bits.

– O que foi? É uma pergunta importante.

Javier parecia não saber para quem olhar, e, mesmo assim, Moss se surpreendeu quando seus olhares se encontraram.

– Não vou – ele respondeu, caloroso. – Prometo.

E sem hesitar, Javier começou a falar com os amigos de Moss, respondendo suas perguntas na ordem que foram lançadas. Moss sabia que eles estavam sendo difíceis porque se importavam, mas Javier parecia não ligar. *Nossa, ele é tão atraente*, pensou.

O interrogatório ainda estava acontecendo quando Jeff e Rebecca voltaram. Moss já estava familiarizado com essa dança entre Esperanza e seus pais. Significava que eles achavam que era hora de os amigos dela irem embora, mas eram tão inacreditavelmente inábeis que não conseguiam dizer isso para não parecerem chatos. Entretanto, Moss sabia o que fazer.

Ele puxou seu celular e disse:

– Gente, preciso mesmo ir para casa. Mais alguém de saída?

Era como dar a largada. Dentro de poucos minutos, todos já haviam ajudado a limpar a mesa, Rebecca implorando para que não ficassem para lavar a louça.

– Deixem comigo, sério – ela disse, encaminhando-os para a porta da frente, mas se demorou enquanto todos juntavam suas coisas e olhou para Moss.

– Obrigada – ela disse, baixo o bastante para que ele soubesse que não foi para o grupo inteiro.

Ele se aproximou.

– Pelo quê?

– Por nos deixar ajudar – disse ela. – Sabe, a gente tenta se envolver com a comunidade, mas é difícil de encaixar na nossa agenda.

– De boas, tô animado que vocês queiram ajudar.

– E sinto muito por seu amigo Reg. Dê um oi a ele e diga que será sempre bem-vindo aqui.

Ele sorriu para Rebecca, agradecido. Era em momentos como aquele que Moss valorizava o quanto ela era amável.

Todos deram adeus para os Miller e começaram a se separar na calçada em frente à casa. Bits e Rawiya foram pegar o ônibus, e Kaisha e Njemile ficaram para trás.

– Bom, até que não foi um completo desastre – disse Javier. – Vocês têm o esquema do Facebook todo planejado e parece que definiram os detalhes. Se importam se eu falar com algumas pessoas da minha escola?

– Venha para o encontro – convidou Kaisha. – Na sexta. Ouça o que vamos planejar. Se você estiver dentro, então tudo bem.

– Você realmente quer ajudar? – Moss perguntou. – De verdade?

– Claro que sim, cara! EU não perderia por nada!

– Oh-oh! – Njemile exclamou. – Eles vão fazer coisas fofas. *Fujam todos!*

A risada nervosa ecoou pela rua, e Javier puxou Moss em sua direção e o beijou, com força e intensidade.

– Ao planejamento da sua própria rebelião – brindou ele.

Moss o beijou de volta por mais alguns segundos, expulsando o constrangimento que tentava tomar conta dele. Ele nunca havia beijado alguém na frente dos amigos, mas tentou apenas pensar em como aquilo o fazia sentir. Aquecido. Seguro. Admirado.

– Vou embora antes que vocês afofem ainda mais – Kaisha falou.

Moss acenou uma despedida para as amigas e passou a perna por cima da bicicleta.

– Você está pronto?

Javier assentiu.

– Já nasci pronto – disse ele. – Quer apostar corrida até a Grand?

Javier disparou antes que Moss tivesse tempo de aceitar e Moss o perseguiu pela rua, sentindo uma alegria enorme no coração.

17

A família de Moss nunca fora muito religiosa; costumavam frequentar a igreja quando o pai do garoto ainda estava vivo, mas, mesmo naquela época, era mais por obrigação do lado da família paterna do que qualquer outra coisa. Então, pisar em uma igreja era sempre uma experiência estranha para começo de conversa, mas aquele não era o motivo de ele estar tão aturdido. Quando empurrou as grandes portas de madeira da Igreja do Caminho Abençoado, foi saudado por uma enxurrada de sons que ecoavam do teto alto. A voz potente de Marvin Gaye vinha dos alto-falantes do palco. Deu um passo adiante, seus olhos indo de um lado para outro. Os vitrais sujos, ainda coloridos, porém embaçados de poeira; os arcos que se estendiam por toda a igreja, ansiosos para se encontrarem com as paredes; os pilares de concreto que sustentavam o teto cheio de teias de aranha; a lâmpada piscando à esquerda que fazia sombras dançarem na parede oposta.

E o lugar estava completamente cheio de pessoas.

Pensou ter escutado alguém gritar seu nome por cima do barulho, mas foi muito rápido. Viu Njemile conversar com alguém que ele não conhecia, ambos animados e expressivos. Havia pessoas de pé entre as fileiras de bancos, algumas nas laterais, praticamente todas engajadas em algum tipo de conversa. Ouviu focos de risadas e pensou ter ouvido a voz de Esperanza, mas, ao se apressar naquela direção, percebeu que era uma mulher chinesa mais velha com mechas cinza nos cabelos como listras, sua voz parecida com a da amiga.

Moss conhecia muitos dos rostos ali dentro. Pessoas que haviam ido às marchas e passeatas ao longo dos anos. Pessoas que protestaram quando o pai morreu. Pessoas que mantinham aquela comunidade viva. O homem que o havia abordado na estação West Oakland ergueu a mão, e Moss o cumprimentou de volta com um aceno de cabeça. Shamika se aproximou e o abraçou, mas antes que ele pudesse dizer algo, a Sra. Torrance esgueirou-se até ele.

– Que bom ver você aqui, Sr. Jeffries – disse ela. – Já conheceu meu parceiro, Walter?

Ao lado dela, o homem negro alto e de corpo troncudo vestia roupas relativamente conservadoras, pelo menos em comparação ao que a Sra. Torrance costumava vestir. Ela usava uma bata decorada com desenhos roxos, azuis e pretos por cima de calças brancas e estava linda.

Moss apertou a mão do parceiro dela.

– Prazer em conhecê-lo – disse ele, mas se voltou na direção da Sra. Torrance. – O que *você* está fazendo aqui? Não tem medo de ser vista?

Ela arqueou uma sobrancelha e riu.

– Nem um pouco, Moss. Sua mãe pediu que eu viesse, e não hesitei.

– Bom, não contarei para ninguém que veio aqui para quebrar as regras – ele provocou.

Ela apenas riu.

Atrás de Walter, Moss avistou Shawna, ao lado dos pais. Pediu licença e foi até lá. Já havia visto os pais de Shawna antes, mas ainda não os conhecera de fato. O pai dela acenou para Moss. *Bem, ele me reconhece.* Moss pensou bem, mesmo assim foi apertar a mão do Sr. Meyers.

– Bom ver que sua mãe ainda tem as manhas – o homem falou. – Acho que ainda não havíamos nos conhecido formalmente. Franklin Meyers. Esta é minha esposa, Teresa. – Ele fez uma pausa e franziu os lábios. – Obrigado. Por minha filha. Você a conhece bem?

– Um pouco – Moss respondeu, apertando a mão de Franklin. Ele olhou para Shawna e sorriu. – E sem problemas. Não foi nada demais.

– Sinto muito por seu amigo – Shawna disse. – Acho que estamos no mesmo barco.

Moss suspirou.

– Sim, é... lamentável. – A palavra ainda parecia a errada. Ele se voltou para Franklin. – Como você ficou sabendo da reunião? Pela minha mãe?

– Com toda certeza – ele confirmou. – Minha esposa a conhece também.

– De onde?

Teresa riu.

– De vários lugares – respondeu ela. – Na verdade, fizemos o Ensino Médio juntas. Colégio West Oakland também. Solidariedade é importante.

Os olhos dela brilharam quando disse aquilo. Ali, Moss viu a mesma avidez que via em sua mãe, uma fome que estava aprendendo a entender também.

Empolgado, Moss passou por eles, esbarrando contra as pessoas no caminho apinhado de gente, e cortou caminho por entre os bancos até o centro da igreja. Olhou lá para frente e achou sua mãe, mas apenas por um instante. Passou por baixo dos braços estendidos de alguém, cumprimentou Dawit rapidamente, gritou para Rawiya e tropeçou até o palco onde a mãe estava, ajudando alguém a desatar os nós de cabos elétricos.

– Mãe, o que você está fazendo? – Moss perguntou ao se aproximar, sem fôlego.

Ela o alcançou e o puxou para bem perto, beijando a bochecha dele.

– Veio bastante gente, né?

– Isso é um eufemismo – disse ele. – Acho que não esperava que você ainda tivesse tanta influência.

– Para ser honesta, eu também não – ela falou, desfazendo outro nó no cabo que segurava. – Já faz anos que não organizo nada.

– Você claramente ainda é boa nisso – disse Moss. Andou até a borda do palco e olhou para a multidão mais uma vez, viu seus amigos e vários colegas de classe conversando com pessoas que não via desde que o pai fora morto. *O encontro de dois mundos,* pensou ele. Ele nunca pensou na possibilidade desses dois grupos de pessoas se conhecerem, mas aqui estavam, todos para apoiar Shawna e Reg e os jovens do Colégio West Oakland.

Wanda veio para o lado de Moss com uma expressão de travessura no rosto.

– Falei para você que ia ajudar – ela disse.

– Ajudar? Isso é muito mais que uma ajuda, mãe. – Ele a enlaçou. – Obrigado. Mesmo.

Wanda beijou a testa do filho.

– Não os deixaremos sair impunes – assegurou.

E com isso, ela se afastou e desceu as escadas, parando para conversar com o reverendo David Okonjo, que gerenciava a Caminho Abençoado desde que Moss se entendia por gente. Tanto ele quanto Wanda tinham raízes na Nigéria e muitos dos amigos da mãe de Moss brincavam que o reverendo poderia ter sido o pai dela em outra vida. Enquanto o reverendo Okonjo e Wanda se afastavam em meio à multidão, uma energia preencheu Moss. *Isso realmente está acontecendo.*

Ele pulou do palco, na esperança de encontrar alguém que conhecesse. O reverendo Okonjo estendeu a mão, e Moss a aceitou. Então, passou pelo reverendo na direção de alguém que achou parecido com Reg. Mas, antes que pudesse atravessar a igreja para cumprimentá-lo, sentiu um toque no braço.

– Moss! – Esperanza exclamou. – Olha quanta gente tem aqui!

Ela o puxou para um abraço, assim como muitos outros haviam feito.

– Sério, minha mãe realmente mandou bem – ele disse, e falar aquilo em voz alta o fez se sentir melhor em relação ao futuro. – Tem certeza de que quer fazer isso?

– Não se preocupe comigo – ela falou, fazendo um gesto com a mão. – Então, precisamos agradecer a Kaisha e sua mãe, porque tenho certeza de que não teríamos conseguido sem elas.

– Ah, vou agradecer, sim – disse ele. – Onde estão seus pais?

Ela apontou para trás.

– Em algum lugar dos fundos, conversando com alguém. Pelo jeito, eles *realmente* têm amigos fora da universidade de Berkeley.

– Você não está preocupada? – perguntou ele, com dificuldades de ser ouvido na barulheira.

– Preocupada com o quê? – ela replicou.

– Bom... de seus pais estarem aqui. Deles se envolverem.

– Talvez um pouquinho. Tive uma conversa com eles no caminho até aqui e acho que entendem que estão aqui para demonstrar apoio a todos vocês, e não para transformar isso aqui em algum tipo de cruzada.

– Só espero poder contar com todos aqui – ele disse, coçando a cabeça de nervosismo. – Digo, como podemos ter certeza de que essas pessoas estão aqui para ajudar?

— Imagino que não sabemos. Mas é pra isso que serve isso tudo, certo?

— Acho que sim — falou Moss. — Mas ainda nem sei o que estamos planejando fazer. Quer dizer, a maioria das pessoas que está aqui nem vai mais pra escola, então como eles vão ajudar?

Esperanza fez um carinho no braço de Moss, tentando confortá-lo.

— Olha, acho que você está fazendo boas perguntas, mas *está* bem nervoso. Não quero te falar que você ficou preocupado por nada, mas espero que sua mãe possa ajudar a direcionar todo esse caos. Ela se voluntariou, não?

— Verdade — ele respondeu. Moss a levou até onde havia visto sua mãe por último. — Acho que só não quero mais uma derrota — ele acrescentou, mais para si mesmo do que para Esperanza. Porém, a amiga não o ouviu por causa do barulho. Ela se apressou até Wanda, sua voz animada e despreocupada, e Moss aproveitou para olhar o salão da igreja. A porta se abriu e mais pessoas entraram e se apertaram, preenchendo o espaço em volta dos bancos e nos fundos.

Javier gritou uma saudação, e Moss não conseguiu segurar o grande sorriso que surgiu em seu rosto. Uma alegria tomou conta dele, uma fagulha que não carregava as preocupações que sentia naquele lugar. Beijou Javier na bochecha quando se abraçaram.

— Depressa — disse Moss e guiou Javier para um ponto à direita, perto do palco. — Tá quase começando.

— Ainda bem que cheguei na hora certa — disse Javier. — Ei, antes que isso fique fora de controle... — Fez uma pausa, baixou os olhos e depois levantou-se para fitar Moss. — Você estará ocupado domingo de manhã?

— Acho que não. Por quê?

— Venha tomar café da manhã comigo. Já foi no restaurante Brown Sugar Kitchen?

Moss fez um som de escárnio.

— Vou deixar essa ofensa de lado por um momento. Como você *ousa* supor que nunca fui? — Ele o beijou na bochecha mais uma vez. — Mas, sim. Deixe-me perguntar para minha mãe se tá tudo bem primeiro, mas adoraria ir.

Ele queria continuar a conversa, mas sua mãe subiu os degraus até o palco, o reverendo Okonjo logo atrás dela. Wanda permitiu que o reverendo Okonjo passasse por ela e subisse ao púlpito, e, enquanto ele o fazia, o salão se aquietou quase imediatamente.

A força daquele momento fez Moss se arrepiar todo e ele observou o ambiente mudar. As pessoas se sentaram, rápida e silenciosamente. As brincadeiras pararam, as risadas cessaram. Toda a multidão estava agora focada no homem no palco. Moss se moveu para não bloquear a visão de ninguém, e Javier entrelaçou seus dedos com os dele. *Isso é bom*, ele pensou, e apertou aquela mão com propósito e felicidade.

– Obrigado a todos por virem esta noite – agradeceu o reverendo Okonjo, sua voz ecoando pela igreja. – Sei que temos muito o que falar. Pedi a Jermaine ali – e apontou a ala central, na direção de um homem negro e magro que ajeitava um tripé – que pusesse um microfone para que todos possam falar com a Sra. Jeffries. Para que *nós* pudéssemos ter uma conversa sobre nossa comunidade. – Olhou para a mãe de Moss e sorriu. – A Sra. Jeffries é residente de Oakland há muito tempo, nascida e criada aqui, e escolheu criar o filho dela aqui também. Nós nos conhecemos faz muito tempo.

O comentário arrancou risadinhas da multidão.

– Estamos nessa comunidade, tentando melhorá-la, há muito, muito tempo – prosseguiu o reverendo. – Então, quando ela me procurou com uma história sobre um de nós, o Sr. Reginald Phillips, um jovem brilhante que frequenta esta mesma igreja, sabia que precisava ajudar. A família Phillips não pôde vir esta noite; estão cuidando do filho, fazendo-o se sentir amado. É nosso trabalho, meus amigos, carregar esse fardo quando eles não podem. É nosso dever carregá-los nos nossos ombros e ajudá-los a superar as circunstâncias.

Algumas pessoas gritaram e aplaudiram. Moss estava concentrado.

– Vejo muitos rostos familiares aqui essa noite – o reverendo Okonjo continuou. – Vejo Martin Tremaine, que foi responsável pela campanha de alimentação no ano passado, para ajudar aqueles que não podiam pagar por uma ceia nas festas de fim de ano. – Uma grande parte da multidão aplaudiu. – Vejo Tenaya lá atrás! – E acenou para ela. – Ela foi a responsável por ajudar a Câmara Municipal na aprovação daquela iniciativa contra violência doméstica durante a primavera. – Mais aplausos. – Vejo uma comunidade que se importa com aqueles à sua volta, então, eu peço que todos vocês escutem a Sra. Jeffries. Escutem-na e façam suas perguntas. Digam o que estão pensando. Honestidade e integridade vão nos guiar, como sempre o fizeram.

Ele ergueu as mãos, e a maior parte dos presentes baixou a cabeça. Moss manteve a dele erguida, os olhos abertos.

– Senhor, por favor, nos guie hoje enquanto buscamos a verdade – rezou o reverendo. – Ajude-nos a conhecer o seu caminho. Ensine-nos o seu caminho. Guie-nos na sua verdade e nos ensine, pois és o Senhor da nossa salvação e por vós esperaremos. Amém.

A multidão ecoou o "amém", e o reverendo Okonjo se colocou de lado, oferecendo o púlpito para a mãe de Moss. Wanda olhou para o filho antes de começar a falar, e uma onda de afeição o varreu quando ela sorriu. Ele sabia que o sorriso era apenas para ele.

– Boa noite, pessoal – Wanda cumprimentou, e algumas pessoas murmuram uma resposta ou acenaram para ela, algumas se mexendo nos bancos, e a movimentação ecoou audivelmente na igreja outrora silenciosa.

A mãe de Moss continuou e se apresentou, falou dos anos que tinha passado em Oakland, e o olhar de Moss foi para a multidão em si. A mãe dele sempre tinha sido muito boa nesse tipo de coisa. Ela nunca parecia hesitar, como se sempre tivesse as palavras certas na ponta da língua. Mas um formigamento correu pela pele dele ao observar o povo na igreja, a atenção de todos focada na mãe dele, todo mundo esperando por aquilo que ela diria.

O pessoal balançava a cabeça quando ela falava dos problemas pelos quais o bairro tinha passado antes. Quando ela mencionou como combateram o último aumento no preço da passagem do metrô alguns anos antes, um grupo de pessoas gritou e aplaudiu em resposta. Ninguém pareceu entediado ou desinteressado no que ela tinha a dizer. Moss estava tão acostumado com a atenção fugaz dos colegas de escola que aquele fenômeno o emocionou. Ele não sentia nada parecido com o que Esperanza devia sentir com relação aos pais dela; ele estava agradecido pelo fato de a sua mãe ser tão envolvida na vida dele daquele jeito. Aquela dúvida debilitante, aquele medo mortal, tudo começou a sumir.

Ele virou o seu olhar para a mãe enquanto ela falava.

— Gostaria de pedir um momento para passar a palavra a alguém mais qualificado para contar essa história — ela falou, olhando para a direita.

Moss olhou para trás, para um lado e para outro, e viu Kaisha se afastando. Soltou a mão de Javier e se aproximou dela.

— Como está Reg? — ele sussurrou, depois de abraçá-la.

— Bem — ela respondeu perto do ouvido dele. — Já está em casa. Ele ia vir aqui hoje para falar, mas o médico não queria que ele gastasse energia esta noite.

— Então quem vai falar por ele?

Foi aí que Moss sentiu o silêncio no salão, consciente de que sua mãe olhava na sua direção.

— Eu vou — Kaisha disse, se afastando dele depois de apertar seu braço.

Ela subiu no palco sob aplausos dispersos, cada passo cheio de propósito. Estava claro que os presentes não sabiam se deveriam ou não aplaudir naquele momento, então o som foi minguando à medida que Kaisha se aproximava do microfone. Ela abraçou Wanda e pegou o celular, colocando-o no púlpito à sua frente, sugando ar numa inspiração profunda antes de olhar para a multidão. Moss podia vê-la agarrar os cantos do púlpito, seus dedos tensos e rígidos, e ele voltou para o lado de Javier.

— Meu nome é Kaisha Gordon — ela disse, sua voz tremulando ao falar o sobrenome. Ela inspirou mais uma vez, e Wanda se aproximou, uma mão nas costas dela.

Moss viu sua mãe cochichar algo no ouvido de Kaisha, que assentiu.

— Me desculpem, só estou um pouco nervosa — ela explicou, se inclinando na direção do microfone. — Estou acostumada a fazer isso on-line, e ninguém fica nos encarando enquanto estamos digitando.

Algumas pessoas riram, e a energia nervosa se dissipou. *Você consegue,* Moss pensou.

— Eu estava no Colégio West Oakland quando meu namorado, Reginald Phillips, foi brutalmente ferido por detectores de metais instalados recentemente — ela disse com clareza, e sua voz trêmula começou a normalizar. — Ele está em casa com a família neste momento, mas queria muito estar aqui. E gostaria que eu lesse algo que escreveu para vocês, e espero que escutem.

Ela parou por um instante, seus olhos indo até Moss, que fez um gesto com a cabeça para encorajá-la. A única vez em que havia visto Kaisha falar em público fora em uma apresentação da aula de Literatura um ano antes. Ela passara o tempo todo com os olhos grudados em um papel, sua voz monótona e apressada e depois confessara a Moss que aquilo a fez sentir terrível. Ele podia ver o seu olhar descendo para o celular e sabia que ela estava tentando. Uma mulher nos fundos gritou para ela, "Vamos lá, querida!". Isso fez uma série de gritos e aplausos subirem da multidão, e ela sorriu brevemente em resposta. Então, olhou fixo para o celular.

– "A meus amigos, minha família e comunidade de Oakland" – ela começou, lendo o celular. – "Não foi fácil escrever isso, mas queria que Kaisha tivesse algo a dizer sobre o que aconteceu comigo. Ela também me ajudou com a escrita, já que não sou muito bom nisso."

A multidão riu e Kaisha inspirou.

– "Quando acordei naquela manhã, só queria chegar logo à aula de Artes da Srta. Edmund, porque amo desenhar. Sou bom nisso, e a Srta. Edmund faz eu me sentir bem, também. Quando tentei entrar na escola naquele dia, acabei passando pela pior experiência da minha vida."

Kaisha fez uma pequena pausa.

– "Quando eu tinha 14 anos, um motorista embriagado bateu em nosso carro e quase perdi meus pais. Minha perna foi destruída e tenho feito fisioterapia esse tempo todo, para melhorar. Neste verão, consegui até mesmo começar a andar de muletas algumas vezes por semana. Estava orgulhoso do meu progresso."

Ela virou a cabeça, e Moss viu lágrimas descendo pelo rosto de Kaisha.

– "Então, o que aconteceu comigo" – ela disse, a voz falhando – "arruinou minhas chances. Os médicos acreditam que, depois do estrago nos meus músculos e ossos, eu nunca mais vou conseguir andar normalmente."

O público arquejou, mas Kaisha ergueu a cabeça e lançou um olhar feroz para os espectadores.

– Por favor, não sintam pena – disse ela, e Moss sabia que ela não estava lendo suas anotações. – Ele não quer a piedade de vocês, e sim sua *fúria*.

Um clamado veio do fundo da plateia.

– É isso aí! – a voz gritou.

Ela baixou a cabeça e continuou a leitura. Sua voz se transportou pelo aposento e as palavras de Reg, simples e diretas, os cativaram. Mas foi a forma de falar de Kaisha, tão inquieta e sincera, que partiu o coração de Moss. *Ela realmente o ama*, Moss percebeu, e ele entendeu que toda aquela situação também havia pesado sobre Kaisha. Quantas vezes ela havia priorizado Reg? Como *ela* estava lidando com aquele pesadelo?

Ele olhou para sua mãe, cujos braços estavam ao redor do reverendo Okonjo, a cabeça erguida, o rosto orgulhoso. *Quero deixá-la orgulhosa também*. O pensamento veio à mente de Moss, e ele sentiu uma determinação se espalhar por seu peito.

Kaisha desligou o celular e o colocou de lado no púlpito.

– Sei que vocês todos não me conhecem – ela disse.

Ela não estava mais de cabeça baixa. Os olhos dela pulavam de pessoa por pessoa. Deu uma olhadela para Moss e sorriu.

– E muitos de vocês também não conhecem o Reg. Mas nós só queremos ir pra *escola*. – A voz dela falhou mais uma vez. – Eu tenho 16 anos. Não deveria ter que implorar por isso. Mas nós só queremos ir para aula sem ter que temer pelas nossas vidas.

Ela desceu do púlpito sob aplausos, mas não eram de comemoração. Moss sentiu a atmosfera da multidão. Raiva. *Fúria*.

Sua mãe tomou o lugar de Kaisha quando a garota veio para o lado de Moss. Ela a puxou de lado para um abraço.

– Você foi muito bem – ele disse o mais rápido que pôde.

Ela secou uma lágrima da bochecha.

– Obrigada – ela falou.

– Gostaria de trazer outra jovem para falar com vocês – disse Wanda, e desta vez, ela gesticulou para a plateia.

Moss observou Shawna se levantar, viu sua família e seus conhecidos a animando. Ela tirou o gorro enquanto subia no palco, e Moss se deu conta de que nunca a havia visto sem ele. O cabelo dela era curtinho como o dele, e ela parecia incrível com aquele corte *fade*. Shawna agarrou as bordas do púlpito assim como Kaisha havia feito, mas a pobre garota parecia ainda mais nervosa.

— E aííííí — ela disse no microfone e então deu uma risada nervosa. — Foi mal, não faço essas merdas com frequência — Então, ela tapou a boca com a mão. — Ah, porra, cara, desculpa, reverendo.

Aquilo trouxe mais uma onda de risadas da multidão, e o reverendo Okonjo sorriu.

— Continue, Srta. Meyers — pediu ele.

Ela respirou fundo, perto demais do microfone que estourou.

— Meu nome é Shawna Meyers — falou. — Também estudo no Colégio West Oakland. Eu não estava lá quando Reg foi ferido, mas também fui vítima das políticas de minha escola.

Ela olhou para a multidão, e Moss viu que ela prendeu o olhar no pai, que gesticulou para que ela continuasse. Outra inspiração profunda, outra bufada no microfone.

— Os detectores de metal foram instalados por minha causa — ela continuou. — Mas é importante que vocês saibam que não foi minha culpa. Quando um dos policiais do campus perdeu o controle e me atacou, os outros alunos vieram para me defender.

Shawna lançou um olhar para onde Moss, Kaisha e Javier estavam.

— Sabem, eu me sinto da mesma forma — ela disse e estava falando com eles. — Só quero ir para a escola. Ir para o basquete, *jogar*. E agora preciso me preocupar com policiais andando numa boa pela escola. Quantos de nós sabiam que o policial Hull era pavio curto?

A resposta dos alunos foi instantânea, com berros estridentes e gritos de raiva.

— E parece que esse outro policial que machucou Reg tinha o mesmo temperamento. Então, quando é que nós vamos dar um *basta* nisso?

Mais aplausos, mais raiva. O coração de Moss *disparou*.

— É tudo que eu tenho pra falar — disse Shawna. Pulou do palco e voltou para sua família, que a recebeu de braços abertos.

O reverendo Okonjo subiu ao púlpito bem quando o público começou uma salva de palmas e gritos, o grupo agitado e sedento por fazer alguma coisa, *qualquer* coisa.

— O que vamos fazer? — um homem gritou, e Moss nem sequer conseguiu distinguir de onde veio.

O reverendo Okonjo ergueu as mãos enquanto as pessoas gritavam sugestões.

— Meus amigos, precisamos falar um por vez — disse ele, e aquilo pareceu funcionar.

A multidão silenciou até o único som ser a respiração do reverendo, amplificada pelo microfone à sua frente. Ele baixou as mãos e agarrou as bordas do púlpito.

— Gostaria que a Sra. Jeffries liderasse essa parte — falou, inclinando a cabeça na direção de Wanda.

Ela andou até ele sem hesitar. O reverendo desceu e Wanda tomou conta de todo o ambiente.

Ela convocava as pessoas, as chamava pelo primeiro nome, às vezes até com o sobrenome se o primeiro fosse comum demais, e ela parecia saber quem era *todo mundo*. Eles berravam, davam opiniões e sugestões e aí se sentavam, a multidão bramia, quer concordassem ou não com o que alguém havia dito. E, mesmo assim, a mãe de Moss sempre dava um jeito de fazê-los se aquietarem o bastante para que a próxima pessoa pudesse ter sua vez de falar.

As sugestões das pessoas da comunidade vieram em enxurradas. Boicotes. Apresentações. Cartas. Alguém sugeriu que algum dos membros mais ativos da comunidade "desinstalasse" as máquinas quando ninguém estivesse olhando. Wanda pôs fim naquela ideia depressa, já que a escola provavelmente teria segurança extra após o expediente.

— E se levarmos a história para o noticiário? — sugeriu uma mulher que segurava um recém-nascido na fileira da frente, embalando a criança para que se acalmasse. — Já está sendo divulgada.

— Eles não estarão do nosso lado — Njemile gritou. Wanda concordou com a cabeça, um gesto que dizia a Njemile que continuasse. — Vocês viram as histórias que *já* estão sendo veiculadas desde o acontecimento? — ela perguntou em voz alta. — Viram como já estão nos culpando?

— Talvez a culpa esteja exatamente onde deve estar — falou alto um homem mais velho, lá do outro lado do salão.

Aquela resposta fez um murmúrio se espalhar pela multidão, mas se aquietaram ao ver a mão do reverendo se erguer. Moss tentou enxergar quem havia dito algo tão horrível, mas viera de muito longe.

O homem limpou a garganta.

— Eu só não entendo por que essa geração de jovens não pode simplesmente respeitar as regras — falou, e *aquilo* foi recebido com vaias.

Moss apertou os olhos, tentando enxergar na escuridão que estava nos fundos da igreja. A pessoa se levantou, e ele se diferenciava por apenas um motivo: era um dos poucos homens brancos ali dentro. O homem era alto, e um de seus braços estava erguido acima da cabeça.

— Por que estamos falando sobre isso?

Wanda não hesitou nem por um instante.

— Porque nos importamos com o que acontece nesta comunidade — ela devolveu. — O Colégio West Oakland fica *nesta* comunidade. É nossa escola, cheia de nossos estudantes, um dos quais por acaso é meu filho. Então, acho que é bem relevante que falemos sobre isso.

— E qual é o problema de *falar* sobre isso? — Moss viu quem se levantou para falar aquilo: Shamika. — Só estamos conversando.

— Sobre o quê? — O homem havia se movido para o corredor. — Por que estamos presumindo que alguma coisa de errada foi feita? Não foi apenas um acidente?

— O que a gente faz quando o próximo acidente acontecer? — Shamika perguntou. — E aí? A gente vai chamar sempre de "acidente"?

— Se for — disse ele. — Se for um serviço de preto, a gente diz que é serviço de preto.

A multidão resmungou mais uma vez, alguns com raiva, outros com frustração, mas Moss ficou perturbado de ver alguns concordarem.

— Você realmente vai usar *essa* frase? — Shamika indagou.

— Será que eu posso? — Moss olhou para o púlpito e viu que Kaisha havia retornado. Wanda fez um gesto para que ela tomasse seu lugar e ajustou o microfone. — Já que vocês estão falando do meu amigo, talvez eu devesse explicar.

— Olha, sinto muito que seu amigo tenha se machucado — o homem gritou, sacudindo a cabeça. — Mas foi um acidente. Qual o problema?

— O problema é que uma situação como essa nunca nem deveria ter acontecido — ela respondeu, a fúria criando linhas em sua testa. — Por que nossa escola precisa de detector de metais?

— Não é essa a questão... — ele começou, mas Kaisha o interrompeu.

— Não, essa é *exatamente* a questão. Por que minha escola *tem* detectores de metal?

Ele não respondeu prontamente. Ele trocou o peso de um pé para o outro.

— Por segurança — ele disse, suas palavras ecoando pela igreja. — Especialmente depois daquela briga em que seus amigos se meteram semana passada.

Mais vozes em concordância desta vez. Moss sentiu a raiva se agitar sob a superfície, e ele invejou a calma de Kaisha lá em cima. Ela inspirou fundo e sorriu, e ele sabia exatamente o que estava prestes a acontecer: ela iria partir para o ataque.

— Você frequenta a minha escola, senhor?

A pergunta foi recebida com silêncio. O homem fez um som em zombaria, dando de ombros, e ele olhou para o público como se precisasse de validação de que Kaisha estava sendo absurda. Ninguém disse nada, então ele se voltou para ela.

— Você está falando sério?

— Com certeza.

— Não — ele respondeu. — É claro que não!

— Então, já que não frequenta, não teria como saber que na semana passada, Shawna Meyers, que você acabou de ouvir falar, foi atacada pelo policial Frank Hull, que suspeitou que ela estivesse trazendo drogas para o campus. Em vez de perder *cinco segundos* para descobrir que aquilo era *a medicação* dela, ele quase a matou. Seja lá qual for o vídeo que você viu, foi tirado de contexto. A reação dos alunos foi excessiva? Provavelmente. — Ela fez uma pausa e balançou a cabeça. — Eu não sei quem foi que atirou aquela cadeira, mas tinha uma mira *terrível*.

Alguns riram daquilo. Kaisha continuou.

— Só estou dizendo que entendo *por que* aquilo aconteceu. Foi a gota d'água. Nós estamos *cansados*, senhor, e o que você viu foi uma reação a isso.

Ele começou a gaguejar uma resposta, mas ela ergueu um dedo.

– Não, senhor, ainda não terminei.

Algumas pessoas da plateia riram ou se assustaram com aquilo, mas Kaisha continuou.

– Vamos supor que esteja certo, que *tenha* ocorrido uma briga e que *não* tenha sido em reação a um segurança estrangulando uma aluna contra os armários. Nenhuma arma foi usada naquele conflito. Não existe um histórico de armas sendo levadas para o campus. Não há nada que possivelmente justifique o Sr. Elliot e o resto da administração a trazer o Departamento de Polícia de Oakland para andar livremente por nossa escola. *Nada*. E é esse o problema que não consegue enxergar. Para você, é uma resposta; para nós, é uma pergunta que nunca sequer existiu, para começo de conversa.

Ela suspirou e massageou as têmporas com a mão esquerda.

– Estou tentando não levar para o lado pessoal, mas é difícil. Foi meu namorado quem teve a perna machucada. É o *meu* namorado que vai precisar lidar com anos de trauma. E alguns de nós estudamos naquela escola e vamos nos perguntar todos os dias se seremos os próximos. *Somos* os próximos?

Moss se levantou, a energia das palavras de Kaisha fluindo através dele.

– E por que deveríamos nos preocupar com uma coisa dessas só para poder ir à aula?

– Qual o problema de nos preocuparmos com a segurança de nossos filhos? – Uma mulher próxima ao homem sem nome se ergueu, as mãos nos quadris. – Por que estamos demonizando esse homem por falar o que pensa?

– Quem está fazendo isso? – Moss perguntou. – Ninguém fez nada disso.

– Meu filho vai para a mesma escola, e ouço as coisas que ele traz para casa! – ela gritou. – A música, a linguagem, a forma que vocês vestem as suas roupas. Acho bom que alguém esteja disposto a protegê-lo de vândalos como você e seus amigos.

O caos que sucedeu abafou as respostas; pessoas se ergueram, gritando respostas raivosas à mulher e conversas paralelas começaram a surgir também. Mas Moss manteve seu foco nela.

— Ela parece bem fofa — Javier cochichou em seu ouvido.

— Por favor, *por favor* — o reverendo Okonjo pediu, e sua voz se elevou sobre a de todos os outros. — Por favor, precisamos falar um de cada vez.

A multidão começou a se acalmar e voltar a seus lugares, mas Moss permaneceu de pé, encarando a mulher que falara, torcendo para que ela pudesse ver o olhar que estava recebendo dele.

O reverendo continuou.

— Também espero que possamos não insultar outras pessoas da comunidade. Queremos que todos possam falar, mas não podemos tratar uns aos outros com desconfiança e raiva. *Por favor*. Wanda, gostaria de continuar?

Ela subiu de volta ao microfone.

— Sei que não deveria me surpreender, mas não achei que nenhum de nós precisasse justificar nossos sentimentos em relação a esse novo programa de segurança da escola. — Ela deu batidinhas na lateral do púlpito ao observar a multidão. — Há um histórico nessa cidade, que todos vocês deveriam conhecer, de agentes da força policial tratando nossos jovens com desrespeito, desdenho e desconfiança. Agora, podemos discutir a noite toda sobre o que achamos da polícia, mas não é por isso que estamos aqui. Espero que todos concordem que queremos esses detectores de metal fora da escola o mais rápido possível, quer a polícia esteja envolvida ou não.

Uma salva de palmas se ergueu do público, e Wanda sorriu.

— Então, voltemos ao assunto da noite. O que faremos acerca disso?

— Bom, eu trabalho na sede local da estação NBC — disse uma mulher indiana à esquerda do palco, sua mão no ar. — Conheço alguns dos redatores de lá.

Wanda fez que sim com a cabeça.

— Venha falar conosco — Wanda fez um gesto, apontando o reverendo e a si própria — quando terminarmos. Qual seu nome?

— Kripa! — ela gritou.

A mulher se sentou, e Wanda fez a conversa continuar. Era um espetáculo para Moss, ver os olhos de sua mãe banharem as pessoas da igreja, pulando de uma mão erguida para a próxima, sempre sabendo quando dar a fala para outra pessoa. Esperanza se aproximou do palco para se juntar a ele quando se sentou na beirada e deitou a cabeça no ombro dele. Javier a imitou e se aconchegou a ele sem dizer nada. Moss pôs a mão esquerda na perna dele, e Javier entrelaçou seus dedos nos dele. Uma eletricidade nervosa o preencheu; ele nunca ficara de mãos dadas com alguém na frente de tanta gente antes.

Mas aquilo pareceu correto.

Os três observaram Wanda por um tempo, concentrados. As sugestões vinham sem parar. Uma mulher disse conhecer alguém próximo de um dos gerentes do distrito de escolas de Oakland, o que abriu uma possibilidade administrativa que não haviam considerado. Um casal haitiano – que vivia algumas quadras depois de Moss e tinha um gato siamês que intimidava pedestres pela janela –, a esposa sugeriu que dessem um jeito de retirar a licença da escola, para que *tivessem* que manter os detectores de metais desligados.

Mas o consenso foi definido através daquela conversa: a comunidade precisava encenar uma demonstração fora do campus *durante* o horário das aulas, algo que seria dramático, disruptivo e impossível de ser ignorado.

— Tem aquele estacionamento de estudantes do outro lado da rua — Bits sugeriu quando subiu ao microfone, a voz alta e precisa. — E se pedirmos para o pessoal deixar algumas fileiras da frente livres para que possamos nos reunir lá no fim da tarde?

Wanda fez que sim com a cabeça.

— Boa ideia, Bits. — Ela se voltou para Kaisha. — Podemos usar o grupo do Facebook pra avisar os alunos, certo? — Kaisha confirmou, animada. — Então, qual o melhor horário para um protesto?

— Acho que tem que ser antes do fim das aulas — Bits comentou. — A maioria das aulas acaba às 15 horas, mas não vai ser eficaz esperar depois desse horário.

A ideia veio a Moss de repente, e ele ergueu a mão na lateral do palco.

— Mãe – chamou, e ela baixou a cabeça gentilmente e ele continuou, o mais alto que pode –, nós deveríamos fazer uma greve.

Havia muita gente falando depois disso, e ele sentiu aquela energia passando por ele de novo. A mãe dele fez um gesto para que todo mundo se aquietasse, e eles a obedeceram.

– Venha até aqui, querido – disse ela.

Ele olhou para Javier, cuja face era puro ânimo. *Vai*, ele mexeu a boca. Moss foi para o lado dela e ela abriu caminho para que ele tivesse o microfone. Seu coração saltou ao olhar para todas as pessoas cujas atenções agora estavam miradas nele. Ele limpou a garganta, e o microfone carregou o barulho pelo espaço.

– Acho que, se a gente for fazer algo, temos que fazer a escola inteira pensar duas vezes com relação a esses detectores de metal. Precisamos incomodar as aulas. Tipo, *realmente* perturbar as coisas.

Mais murmúrios da multidão. Mais farfalhar vindo daqueles que se mexiam. Moss estava tocando num ponto complicado, e por isso continuou, mais certo do que jamais esteve de que esta era a melhor ideia.

– Acho que precisamos organizar um horário para que todo o corpo estudantil saia da sala durante a próxima semana. Em algum momento no meio do dia. Todo mundo pega as suas coisas e vai embora. Vai ser assustador, né?

Ele olhou para a multidão.

– Já aconteceu antes, não foi? Talvez não aqui, mas em outras escolas. Greves são bem eficientes, não são?

Sua mãe iluminou-se de admiração para com ele, e ela quase perdeu o controle de novo. Moss sentiu como se fosse um fogo se acendendo e, à medida que as pessoas na Igreja do Sagrado Caminho começaram a discutir estratégias e logísticas, olhou para Esperanza. Para a mãe dele. Para Javier. Os amigos espalhados pelo lugar. Toda a raiva e a ansiedade deram lugar para algo novo: esperança. Talvez não fosse durar muito, mas ele não lutaria contra o sentimento. Não agora.

18

— Você está ansioso? – indagou Javier.

Ele colocou o celular de volta no bolso e sentou-se ao lado de Moss no banco do lado de fora do restaurante Brown Sugar Kitchen. Havia pelo menos alguns grupos na frente deles, por isso se prepararam para uma longa espera antes de encontrar um lugar ali dentro.

— Sei que não me conhece há muito tempo – disse Moss –, mas sou um cara bem ansioso no geral. Você vai precisar ser um pouco mais específico.

Javier riu.

— Acabei de receber uma mensagem no Facebook de um amigo lá em Eastside. Aparentemente as notícias do seu pequeno protesto chegaram lá.

— Ah, *isso*. Nem faz um dia e meio que já ganhou vida própria. – Moss pegou o próprio celular. – Você não está no Twitter, está?

— Não é o meu lance. Snapchat, sabe.

— Já percebi. Você posta *tudo* no Snapchat, cara. Estou surpreso de você ainda não ter me mandado nada do banho.

As sobrancelhas de Javier se curvaram.

— Você gostaria que eu mandasse?

— Podemos falar sobre isso mais tarde – Moss respondeu e, então, riu. – E sim, talvez.

— Você é tão safado, Moss. Se as pessoas ao menos soubessem!

Moss revirou os olhos para ele, então rolou a sua *timeline* do Twitter.

— Kaisha criou uma hashtag ótima. "TodoMundoAndaEmOakland". É bem legal. Todo mundo falando sobre uma caminhada para fora da escola, mas sem ser específico.

— Bem esperta – admitiu Javier. – Então, você ficou surpreso com o tamanho que isso tomou?

— Não sei. Acho que não estou acostumado com as pessoas se importando. Essas coisas vêm em ondas, sabe?

— Quais coisas?

— Olha, minha mãe se envolveu com muita coisa ao longo dos anos. Protestos, comícios, esse tipo de coisa. E isso foi *antes* do meu pai também. Tenho certeza de que os pais dela se envolveram com os Panteras Negras aqui em Oakland. E não é que não me importe com nada disso, porque me importo. Até demais.

— Mas isso vem e vai, certo? – disse Javier, franzindo o rosto. – É, eu entendo.

— Sei que você não vai se lembrar disso, mas a morte do meu pai também foi uma fase – disse Moss, e ele ficou surpreso com como era fácil conversar com Javier. – Não para mim, claro, mas a maior parte das pessoas parou de se importar depois de um tempo. Ele se tornou apenas mais uma história, outro trecho de uma história infeliz. – Moss fez uma pausa, o olhar focado na calçada. – Você sabe o que é ser uma estatística? Ou parte de uma?

Javier suspirou.

— Talvez não do mesmo jeito que você, mas, sim. Minha mãe veio para cá quando eu tinha... 8 anos? Pouco depois do meu pai desaparecer. Até hoje não sei para onde ele foi. Ele apenas foi embora uma noite. Minha mãe acha que ele a deixou por alguém mais jovem. – Ele sacudiu a cabeça. – Não é importante, mas o lance é que não tenho cidadania. Nunca conseguimos, nenhum de nós.

Moss não sabia como responder àquilo, e simplesmente falou:

— Eu não fazia ideia.

— Está tudo bem – disse Javier. – Não é uma coisa que deva alardear, sabe?

— E a sua escola não tem problemas com isso?

— Haha! – Javier bateu no próprio joelho. – Se tivessem, teriam que expulsar metade do corpo estudantil. Muitos jovens por lá são que nem eu.

— Uau – disse Moss, se inclinando para trás no banco. – Sinto como se eu tivesse descoberto o seu segredo mais profundo e sombrio.

— Ah, você não faz ideia — brincou Javier. — Um imigrante gay da Guatemala. Espere até ver os meus planos.

Moss riu, e isso encheu o seu espírito com uma alegria que não sentia havia muito tempo. Esticou a mão, segurou na mão de Javier e levou até os lábios. Plantou um beijo ali, delicado, mas cheio de propósito.

— Você é um tesouro nacional, cara.

— Obrigado, Moss. O sentimento é mútuo.

Moss sorriu ao ouvir aquilo, e uma coragem tomou conta dele.

— É sim, não é? — disse ele.

Javier se chocou ao ouvir aquilo, e levantou a sobrancelha esquerda. *Gente, eu amo quando ele faz isso.* Javier estudou o rosto dele.

— Cara, você tá falando sério?

— É, tô, sim. Você faz ideia de como é difícil acreditar que você queira passar tempo comigo?

— Percebi — respondeu Javier. — Por quê? Por que eu iria querer passar tempo com você se não gostasse de você?

— Não sei — disse Moss, se inclinando para Javier. — Talvez só me quisesse para sexo. Somos gays. Isso não seria um pensamento totalmente inacreditável.

— É, mas também não fiz sexo ainda. Estou no mesmo barco que você.

— O navio *Frustração Sexual*?

— Hahaha — riu Javier. — A gente *poderia* dar um jeito nisso se quiser.

Moss estremeceu.

— Não sei. Não sei se estou pronto.

— Tudo bem. Não sei se estou preparado também. Mas isso não tem a ver só com sexo, não é? Você sempre pareceu meio chocado de eu te achar atraente.

— É. — Ele observou um casal sendo guiado restaurante adentro, e a recepcionista fez um sinal para ele e Javier, indicando que eram os próximos. Acenou para ela e olhou de volta para Javier. Sobrancelha erguida. *Ele realmente é o máximo.* — Que foi? Por que tá me olhando desse jeito?

— Você está evitando a conversa? Usando obrigações sociais para ignorar o assunto incômodo?

— Talvez! Também estou com fome e realmente preciso de um pouco de galinha e *waffles* no meu estômago agora.

Javier se reclinou e encostou na parede.

— Então, qual é o problema?

— Acho que é difícil falar sobre isso — admitiu Moss. — Mas realmente sou mais cínico do que as pessoas acham. Pelo menos na minha cabeça.

— Entendo isso. De novo: somos homens gays. E não somos brancos.

— Isso é parte disso, mas... — Moss quase deixou de lado o que queria falar, mas se virou, posicionando o corpo na direção de Javier. *Precisava* ser honesto com ele, e agora parecia ser a melhor chance que teria. — Eu só vou dizer, cara.

— Dizer o quê? — Javier falou.

Moss viu a preocupação tomar conta dele.

— Você alguma vez já, meio que ... namorou um cara preto?

Ele franziu o cenho primeiro, olhou para longe, então, de volta para Moss.

— Hum... bem, não namorar. Eu estava conversando com um cara no início do ano. Não rolou nada.

— Sei que é uma pergunta constrangedora, mas é algo no qual preciso pensar. O tempo todo.

Javier estava assentindo.

— Justo — disse ele. — Não imagino que seja fácil. Sabe, fazer a pergunta *ou* ter que se preocupar com ela.

— Preciso perguntar porque... bem, não é só uma coisa de branco, sabe, se isso faz sentido. Pessoas que não eram pretas já falaram coisas assustadoras para mim, e preciso me proteger.

— Para você não se sentir um fetiche, certo? Como se fosse só um experimento ou coisa do tipo? — Ele sacudiu a cabeça. — Por favor, me diga se eu não estiver entendendo direito.

— É bem isso — disse Moss. — Cara, isso é constrangedor. Me desculpa.

— *Nah*, não se desculpe — disse ele e segurou na mão de Moss. — Você não é o primeiro, acho, mas ainda assim, vou fazer o meu melhor para te tratar bem.

– Obrigado – agradeceu Moss. – É um dos motivos de eu ter achado tão difícil acreditar que você gostava de mim, mas não é o único – ele admitiu. – O meu cérebro meio que... não coopera.

– Você está falando de autoestima?

– É, tipo isso. Imagine que, não importa o que você veja ou ouça, sua mente interpreta errado. É contra isso que eu tenho que lutar. Tipo, você pode me dizer que me acha gostoso, e meu cérebro literalmente vai dizer que não está falando sério, que está mentindo para mim, que só está me manipulando para me magoar depois.

Javier não disse nada de primeira, e o silêncio foi pior do que se ele tivesse dito algo horrível. Ele fixou o olhar a sua frente, imóvel, a não ser pelo movimento da respiração. *Oh, não*, Moss pensou. *Será que cheguei ao limite? Será que é agora que ele me larga?*

Mas antes que o pânico pudesse tomar conta dele, Javier apertou a mão de Moss, e a levantou e a beijou, assim como Moss havia feito minutos antes.

– Isso me ajuda a entender você – disse ele. – E eu *quero* entendê-lo melhor.

– Mesmo? – Moss virou a cabeça, olhou para Javier e nem mesmo sua mente cínica poderia desmentir o que viu. Os olhos de Javier estavam brilhando com interesse. Era genuíno. *Verdadeiro*.

– Se você precisa que eu te diga de novo e de novo, eu digo – Javier se levantou então, as mãos ainda entrelaçadas com as de Moss ao puxá-lo para um abraço. – Mesmo que isso seja brega – ele falou no ouvido de Moss e o beijou na bochecha. – Mesmo se for repetitivo – ele beijou do outro lado. – Morris Jeffries Jr., eu te acho muito incrível.

Moss não se importou de que havia outras pessoas ali esperando para almoçar, de que alguns estavam encarando os dois, de que em qualquer outra situação estaria morto de vergonha. Ele beijou Javier com intensidade por alguns segundos, e então se afastou.

– Obrigado – falou. – Significa muito pra mim.

– Excelente – disse Javier. – E bem na hora também. Acho que seu nome é o próximo.

Moss olhou para trás e viu, a recepcionista acenar em sua direção.

–Vamos lá então.

– Está pronto para nosso primeiro encontro oficial? – Javier provocou. – Vou anotar essa data no meu calendário. Vou celebrá-la todo ano.

Um ano. Era uma noção nova para Moss, e isso o assustou um pouco. Mas ele se sentou em frente a Javier em uma pequena mesa e pôde se imaginar fazendo aquilo de novo e de novo. *Talvez seja disso que minha mãe estava falando,* ele pensou. *Talvez o amor seja isso.*

Ele com certeza esperava que sim.

Fizeram seus pedidos alguns minutos depois – Moss pediu o de sempre, *waffle* de fubá e frango frito, e Javier decidiu provar o camarão assado com polenta de queijo – e deixaram o caos de ruídos se instalar ao redor deles. A única vez que Moss havia estado nesse restaurante e não estava lotado foi em um dia de semana, no verão, bem cedo em um dia de folga da mãe. Mas em geral a espera valia a pena, e ele começou a salivar ao ver os pratos sendo entregues nas outras mesas.

– Você já tinha ido em um encontro antes? – Javier perguntou enquanto Moss olhava com inveja para um prato de polenta com queijo.

– Eu? – Ele balançou a cabeça. – Nunca cheguei a esse ponto com ninguém antes.

– Ninguém? Acho difícil acreditar nisso.

Moss enrubesceu enquanto a garçonete colocava mais água em seu copo.

– Pois é. Teve um cara da escola ano passado. Tive uma queda por ele durante quase todo o primeiro ano, e ele saiu do armário no começo do segundo ano.

– E aí você falou com ele, certo?

– Oh, *deus*, não – Moss respondeu, rindo. – Fiquei quieto e apavorado por um mês até falar com ele.

– E como foi? – Javier perguntou.

Moss fez uma careta.

– Bem, vamos dizer que ele não estava interessado em um cara com a minha cor de pele *exuberante*.

– Você tá brincando – disse Javier. Então, balançou a cabeça. – Claro que não está.

– Bem-vindo à Baía de São Francisco – falou Moss. – O bastião liberal do progresso.

– Vários caras já fizeram piada de taco para mim, ou pediram para ver o meu... *aham* – ele pigarreou e olhou para as mesas em volta, então se inclinou para se aproximar de Moss e cochichar – meu *burrito*.

Os olhos de Moss se apertaram.

– Não entendi – falou. – Eles achavam que você carregava um... – Os olhos dele se arregalaram. – Ah. *Ah não.*

– Pois é – disse Javier. – Não foi meu momento mais digno.

Um prato de pãezinhos e geleia foi deixado na mesa, e Moss o puxou para si.

– Foi mal, estou *morrendo* de fome – falou, passando um pouco de geleia de amora em um pãozinho quente. – Acho que algumas pessoas pensam que ser gay aqui nessa região faz com que todos os seus problemas estejam resolvidos.

– Isso é porque eles não nos veem como nada além disso – disse Javier, pegando o outro pãozinho e passando manteiga nele. – É como se fôssemos uma identidade única e singular e nada mais. O mundo é complicado demais! É mais complexo que isso!

– Amém – falou Moss, limpando os farelos da barba desigual. – A propósito, eu poderia comer isso todos os dias e nunca enjoar.

– Já eu preciso da comida da minha mãe. Não consigo viver sem.

Moss colocou os cotovelos na mesa e se apoiou sobre eles, um sorriso crescendo enquanto examinava o rosto de Javier.

– Obrigado – disse. – E digo isso não apenas pelo encontro.

– Sem problemas, cara – ele respondeu, sorrindo de volta. – Essas últimas semanas têm sido loucas.

– Você tá ligado que, tipo, nós pulamos aquelas merdas constrangedoras todas de início de namoro, né?

Javier colocou a outra metade do pãozinho em sua boca e mastigou por alguns segundos.

– O que você quer dizer?

– Você sabe... do tipo, "Oi, o que você curte? O que faz no seu tempo livre?".

– Eca – Javier gemeu. – "O que você curte?", odeio essa pergunta. Você sabe que indiretamente estão tentando te perguntar sobre sexo.

— Né? Assim que você chama atenção dos caras com relação a isso, eles ficam super na defensiva. — Moss se inclinou para trás na cadeira e esticou as pernas, esfregando-as contra as de Javier, que lançou um sorriso pretensioso a Moss. — Bem, eu curto videogames. Histórias em quadrinhos. Ler. Achar um disco legal e ficar curtindo. Odeio longas caminhadas na praia. Toda aquela areia maldita no sapato — ele deu de ombros.

— Você lê quadrinhos? — Javier perguntando, apontando a faca de manteiga para ele. — Você não havia dito isso.

— Alguns. É difícil acompanhar tudo e ficam estragando as coisas que gosto. Tipo o Capitão América ou Miles Morales.

— Nem fale — retrucou Javier. — Eu leio muita coisa independente, na maior parte das vezes. Muitos quadrinhos on-line — ele pausou, franziu os lábios.

— O que foi?

Parecia que Javier havia feito uma careta.

— Eu meio que gosto de *desenhar* meus próprios quadrinhos — falou, a voz ainda mais baixa que antes.

Moss ficou empolgado.

— Fala sério? — disse. — Me deixe ver algum! Tem alguma coisa aí no seu celular?

Então, se espalhou por todo o rosto de Javier: vermelhidão. *Ele está enrubescendo.* De repente, Moss não se sentiu mais tão mal por ser sensível e facilmente irritável. Ele se esticou para alcançar a mão de Javier. — Cara, foi mal, você não precisa me mostrar nada. Tudo bem.

— *Nah*, eu quero — ele falou, seus olhos se voltando para Moss e então de volta para a mesa. — É só que ainda estou aprendendo. Não sou muito bom.

— Miga, mal consigo desenhar uma *casinha*. Tenho certeza de que você tem muito talento.

Javier por fim olhou diretamente para Moss.

— Ok, em breve, então. Meu amigo Carlos está me ensinando algumas coisas. Esse cara é *muito* bom — os olhos dele brilharam novamente, a vergonha, desaparecida do rosto. — Tenho que apresentar vocês dois. Ele é um carinha baixinho do Chile; os pais dele vieram para cá pouco depois de minha *mamá* e eu. Calado à beça, mas consegue fazer uns desenhos incríveis. Os professores pediram que ele pintasse um mural na nossa escola!

— Sabe — disse Moss. — Na verdade, eu tô bastante empolgado com a ideia de conhecer seus amigos. Não posso dizer que esperava por isso.

— Bom, eu não esperava conhecer alguém como você — falou Javier. — Você é tão fofo! E se importa com o mundo também. Isso é... bem, isso é raro.

A garçonete voltou e colocou dois pratos de comida fumegantes em frente a eles, e o aroma das especiarias do frango subiu, e a fome atingiu Moss mais uma vez. Mas não chegava nem perto do surto de afeto que sentiu por Javier.

— Precisam de mais alguma coisa? Talvez um pouco mais de caldo? — A garçonete perguntou.

— Por favor — disse Moss.

Javier assentiu e agradeceu a ela, então se voltou a Moss. Ele ergueu seu copo de suco de laranja.

— Sei que fizemos um brinde naquela noite fora da casa da Esperanza, mas não tínhamos bebidas nas mãos, então não conta.

Moss ergueu seu copo de água.

— Às... novas possibilidades — disse.

— À comida boa e companhia ainda melhor — falou Javier.

— E a acabar com o sistema de violência na minha escola — Moss brincou, e eles tocaram seus copos e riram.

Caíram de boca na comida, e Moss saboreou a mistura dos *waffles* de fubá com o caldo adocicado, o gosto forte do frango, e observou os olhos de Javier se arregalarem quando deu a primeira mordida na polenta com queijo. Eles devoraram a comida rápida e silenciosamente, mas o momento parecia durar para sempre. Moss não teria se importado se nunca acabasse. Poderia ficar naquele restaurante em frente àquele garoto lindo pela eternidade.

19

As notícias se espalharam de um em um.

Ao chegar à escola na segunda-feira, Moss viu as pessoas cochichando na sala de aula, uma delas era a garota por quem Esperanza estava apaixonada; dois caras do time de futebol americano no lado oposto da sala olharam para Moss e desviaram seus olhares depressa, com as vozes baixas e roucas. Srta. Torrance ergueu as sobrancelhas quando ele olhou na direção dela. Será que o plano chegaria aos outros professores em algum momento? Srta. Torrance estivera na igreja, mas e se a administração, menos interessada, ficasse sabendo antes?

Pare de pensar o pior, Moss disse a si mesmo ao se sentar. *Vamos lidar com isso se acontecer.* Olhou para Njemile, e ela já estava sorrindo para ele.

– Que foi? – Moss perguntou.

Ela balançou a cabeça.

– É legal, né? Como todos parecem empolgados.

– Espero que estejam empolgados – Moss falou. – Ainda não acredito que isso esteja acontecendo.

– Ah, Moss – ela disse. – Você tem tão pouca fé nos outros.

– E você pode me culpar? Não sobrou muita fé em mim nestes últimos tempos, com o mundo todo se acabando à nossa volta.

– Sabe, às vezes parece *mesmo* que estamos em um daqueles livros distópicos da moda – ela admitiu. – Só que bem menos branco.

Ele riu, mas a Sra. Torrance pigarreou, e ele não pode continuar. A turma prestou atenção enquanto ela fazia a chamada. Quando a Sra. Torrance chegou no nome de Moss, ele pôde jurar que ela piscou para ele.

Esta vai ser uma semana estranhíssima, ele percebeu.

Terça-feira de manhã. Um sol escaldante tomava conta do céu, e Moss limpou o suor antes de colocar o boné de aba reta.

– Você está pronto? – Moss perguntou.

Reg se remexeu na cadeira, a mão direita massageando a coxa em um ponto acima de onde a gaze terminava.

– Espero que sim – Reg respondeu. – Não quero mais ficar parado em casa.

– Estamos aqui com você – disse Kaisha. – Para tudo que precisar.

– Só estou feliz que os detectores estejam desligados – ele disse, e então suspirou alto. – Mas queria que eles nem estivessem mais aqui.

– Talvez eles caiam na real – falou Moss – e se *livrem* deles.

Kaisha e Reg fizeram cara de dúvida simultaneamente e depois deram risadinhas. *Esses dois foram feitos um para o outro,* pensou Moss.

– Bem, não há motivos para ficar se demorando – disse Reg. Ele pôs as mãos nas rodas de ambos os lados da cadeira e se empurrou para frente. Kaisha ficou atrás para ajudá-lo a subir a rampa improvisada e Moss permaneceu à direita. Uma multidão de alunos ainda perambulava no gramado em frente ao campus, mas Reg preferia ter tempo de sobra para entrar, caso precisasse.

Ele nunca chegou na rampa. Moss ouviu os aplausos primeiro; então alguém gritou o nome de Reg. Os alunos do Colégio West Oakland convergiram até Reg e, antes que Moss pudesse reagir, agarraram a cadeira de rodas.

– O que estão fazendo? – Reg berrou, mas foi abafado pelos gritos de seu nome sendo repetido de novo e de novo. Ele foi erguido e colocado no topo das escadas e aí os aplausos soaram mais uma vez.

Moss subiu as escadas atrás dele, se enfiando entre pessoas com as quais nunca havia interagido na escola. Estavam dando tapinhas nas costas de Reg.

– Bem-vindo de volta – um dos caras disse antes de entrar no prédio.

Outra pessoa subiu as escadas depressa para se aproximar de Reg.

– Vamos lutar por você – falou e daí desapareceu.

– Nossa, não esperava por isso – disse Kaisha com a respiração entrecortada. – Pelo menos sabemos que estão do lado dele!

Reg alcançou a mão de Kaisha, mas não disse nada a ela. Moss o observou cumprimentar cada pessoa que se aproximava dele nos corredores enquanto deslizava em direção à sala.

Talvez esse resultado não seja tão ruim, pensou Moss. Dada as circunstâncias, era estranhamente reconfortante, e Moss já se sentia melhor ao entrar na sala de aula da Sra. Torrance.

– Desculpe, não consegui preparar nada para esta noite – sua mãe disse, abrindo a sacola plástica do *delivery* daquela noite. – Não esperava que essa divulgação fosse sugar tanto do meu tempo.

Moss pegou o *curry* avermelhado e uma caixa de arroz jasmim.

– Não se preocupe, mãe – falou, indo para a mesa na sala de jantar. – Fico surpreso de você ter tempo e energia para cozinhar.

– Finalmente alguém reconhece meu esforço – disse ela. – Shamika está com as mãos atadas com um cliente grande e Ogonna disse que tem que passar a noite ligando para as pessoas para o protesto, então estamos por nossa conta. – Ela pegou o *pad thai* e abriu a caixa. O vapor subiu rapidamente e ela inspirou o aroma forte. – Você sabe aquela mulher da rua Adeline de quem estou sempre falando?

Ele gemeu.

– Oh céus, aquela que sempre se irrita com a correspondência que você entrega?

Ela remexeu seu *pad thai* com os pauzinhos.

– É, essa mesma. Adivinha por que ela gritou hoje?

Moss foi dar uma colherada no *curry*, mas acabou derramando. Estava quente demais.

– Sei lá – ele disse. – As possibilidades são infinitas.

– Você pode até achar que sim, Moss, mas não. Hoje ela passou cinco minutos fazendo um escândalo por causa de folhetos de mala direta. Porque eu entrego. Que eu *pessoalmente* derrubo árvores e destruo o mundo. Tudo euzinha, Moss!

– É bom saber que você está acabando com o universo, mãe. Talvez a gente precise mesmo recomeçar do zero.

Ela riu e abocanhou o macarrão, sugando um dos fios.

– Céus, acho que nunca vou enjoar desse restaurante – ela falou. – Incentivando a minha preguiça, um macarrão por vez.

– Disse a mulher que trabalhou doze horas hoje.

Ela gemeu em resposta àquilo.

– Nem me lembre. Meus pés já estão fazendo isso por mim.

A conversa parou quando os dois continuaram a comer. Moss já havia quase terminado o *curry* quando sua mãe apontou os pauzinhos para ele.

– Estava querendo te contar uma coisa – disse ela entre uma mordida e outra. – Falei com muita gente desde o fim de semana. Acho que a administração da sua escola vai ter muito com que lidar na sexta-feira.

– O que quer dizer? – Moss perguntou. Ele virou a cumbuca e bebeu o *curry* até a última gota.

– Bem, Martin, Dawit e Shamika estão contando sobre o protesto a todos onde trabalham. E falei com vários dos meus amigos ativistas das antigas. Eles vão também.

– Sério? – Moss exclamou. – Eles querem ajudar?

– Querem, sim. Essa comunidade importa para eles também.

– Parece que sim – disse Moss, empurrando os recipientes de comida para longe. – Só é estranho pensar que as pessoas se preocupem com alguém que nem conhecem.

Wanda raspou o molho que havia sobrado.

– Eu sei – falou. – Mas o que aconteceu com Reg e Shawna... Fico preocupada com o que pode vir a seguir. O que pode acontecer se não colocarmos um fim nisso agora.

– Você realmente acha que pode piorar?

Ela arqueou uma sobrancelha.

– Se a sua escola não tem nenhum problema em ficar maltratando os próprios alunos, não vão aprender nunca.

– Bem, então precisamos dar uma lição neles – disse Moss, se levantando para tirar a mesa. – E logo.

Só mais três dias, ele pensou. Seus nervos agitaram o estômago de repente, mas conseguiu controlar. Respirou fundo. *Isso vai mesmo acontecer,* ele falou para si mesmo. Não poderia impedir mesmo se tentasse e sabia que precisava apenas se deixar levar.

Sua mãe o beijou na testa enquanto ele jogava os recipientes vazios no lixo.

– Seu pai teria muito orgulho de você – ela disse antes de desaparecer na sala de estar.

Moss acreditou.

20

Moss futucou o degrau da escadaria do Colégio West Oakland na quarta-feira de tarde.

– O que *seus* pais acham disso tudo?

Rawiya se apoiou para trás nos cotovelos e suspirou.

– Sabe, meu pai tava empolgadíssimo para se mudar para cá ano passado – disse. – Moramos em Detroit por tanto tempo, ele só queria se mudar para um lugar quente.

– É por isso que vocês foram para o deserto em *agosto*? – Moss perguntou, rindo.

– Uuuuuuurgh! – ela resmungou. – Nem me lembre. Papai amou tanto, e eu só queria estar em *qualquer* outro lugar que não fosse o deserto bem no auge do verão.

– Então o que eles disseram sobre o ato de sair da escola em protesto? – Você contou a eles, certo?

– Claro. Não consigo guardar segredos da minha mãe. Aquela mulher lê a minha mente. – Ela fez uma pausa. – Eles estão... nervosos. E sei que você entende, mas eles só não querem que eu me meta em problemas.

– Sério mesmo – ele falou. – Você não precisa tentar me convencer.

– Meu pai tá preocupado porque aqui não é o lugar que achamos que seria – ela falou e se inclinou para frente, os cotovelos nos joelhos e as mãos no queixo. – Tipo assim, essa não deveria ser uma das cidades mais progressistas do mundo?

– Nossa, eu tava *mesmo* falando disso com Javier esse fim de semana! – Moss exclamou. – Uma loucura, não é?

– Ele ainda vem? – Rawiya perguntou. – Acabou que não consegui conversar com ele na casa de Esperanza.

Moss assentiu.

– Sim, vamos tomar um *bubble tea* na rua 40. Quer ir também?

– Putz, tenho que ir pra casa – disse ela e se levantou e limpou a saia. – Tenho um trabalho para a aula do Sr. Riordan para entregar na segunda-feira. Já! O ano *acabou* de começar. – Rawiya voltou a se sentar e suspirou. – É, meus pais estão felizes que estou me envolvendo em algo, mas também estão convencidos de que serei perseguida pela escola.

– Bem, não é um pensamento tão irracional assim – Moss admitiu. – O Sr. Elliot já fez isso uma vez.

Ela balançou a cabeça.

– Eu sei, eu sei. Você tenta ser você mesma e levar a vida, mas sempre tem um imbecil para te irritar. – Ela lançou um olhar de preocupação a ele. – Como você faz, Moss?

– Como eu faço o quê?

– Existir. Quando o mundo te odeia tanto.

Ele assoviou.

– Nossa, gata, que pergunta, hein? O que é isso, uma entrevista na rádio NPR?

Ela riu e segurou um microfone imaginário em frente a Moss.

– Nossos ouvintes gostariam de saber o que você, um adolescente gay e negro, faz para levar seus dias. Por favor, Morris Jeffries Jr., descreva com detalhes tudo pelo qual você precisa passar.

– Bom – começou ele, dramaticamente –, se isso for aplacar seus ouvintes brancos e fazer com que eles não se sintam cúmplices de nenhum sistema corrupto, então por que eu *sonharia* em manter a minha vida só para mim?

Eles caíram na risada.

– Qual é a graça? – Javier perguntou, se aproximando. – Perdi alguma coisa?

– Ah, você precisa ver isso – disse Rawiya. – Estamos praticando para a inevitável entrevista de Moss para NPR. Ele vai virar um superastro das Olimpíadas do Sofrimento.

– Pagando bem, que mal tem? – Javier deu de ombros. – Vá atrás daquele dinheiro branco, Moss.

Moss se levantou e beijou Javier.

– Como você tá, gato!

Javier sorriu.

– Eu sou gato agora?

– Podemos falar sobre isso mais tarde – respondeu Moss, piscando para ele.

Javier se virou e olhou para o outro lado da rua.

– Então é ali que vai ser o protesto, não é? No estacionamento?

Rawiya fez que sim.

– Estranho pensar nisso, né?

– E vocês todos vão sair aqui pela frente?

– Isso – disse Moss. – Às 14 horas em ponto.

– Não sei como vamos aguentar as aulas na sexta-feira – disse Rawiya. – Eu *já* estou impaciente.

– Podem contar comigo – disse Javier. – Eu e alguns amigos vamos matar aula para vir apoiar vocês.

– Espera, *sério*? – Moss colocou uma mão sobre o peito.

– Moss, esse cara é muito punk! – exclamou Rawiya. – Respeito. De fé.

– Você tá falando sério? – Moss perguntou de novo.

– Sim! É claro – Javier se remexeu no lugar. – Olha, eu me importo com você, e meus amigos e eu achamos uma bosta o que aconteceu com Reg e Shawna. Então... estaremos aqui.

– Você já pediu esse cara em casamento? – Rawiya perguntou. – Sei que eu sou, tipo, a milionésima pessoa a dizer isso, mas vocês dois deveriam se juntar o mais rápido possível.

– *Cala a boca*, Rawiya – Moss falou, mas de forma brincalhona. Olhou para Javier, viu aquela linda sinceridade no rosto dele e soube que não trocaria aquilo por nada. – Vamos lá. Vamos pegar nosso *bubble tea*.

Deram adeus para Rawiya e a deixaram para trás. Javier e Moss se deram as mãos e se afastaram do campus, o impossível agora real. Essa era a sua vida agora.

Nada mal, Moss pensou. Agora só precisaria aguentar as aulas de quinta e sexta, mas, com Javier ao seu lado, tudo parecia possível.

21

Quando chegou a sexta-feira, aquela esperança havia desaparecido.
— Odeio como estou me sentindo — Moss falou para Njemile. — Como se tudo fosse dar errado.

Viram Kaisha no final do quarteirão, vindo na direção deles com o rosto enterrado no celular, e Moss não sabia se queria falar sobre suas inseguranças na frente dela. Ele imaginava que aquela semana já havia sido ruim o bastante para ela. Kaisha havia passado muito tempo com Reg e a família dele, cuidando das tarefas quando eles não podiam e ficando ao lado de Reg no restante do tempo. *Ela deve estar exausta*, pensou. Mas lá estava ela, digitando feito doida no celular, parecendo mais enérgica do que nunca. Moss não queria tirar isso dela, apesar do desespero que havia se infiltrado nele.

Deveria estar estampado no rosto dele. Kaisha sorriu para ele.

— Tenho certeza de que tudo vai dar certo — ela disse, as mãos enroladas nas alças da mochila. Cumprimentou a amiga e continuou. — Convencemos um monte de gente a comparecer. Você deveria estar orgulhoso disso.

— Mal posso acreditar — Moss falou, tirando o boné para secar o suor. — Acho que só vou acreditar vendo. Cadê o Reg?

— A mãe dele o trouxe mais cedo — ela falou. — Ele quis evitar todo o estresse de chegar ao campus.

Eles se encaminharam para a escola, e Moss ficou feliz de ver Memo, o cara que vendia salada de frutas em um carrinho na MacArthur. Njemile foi até lá aos pulos e o cumprimentou em espanhol e logo a parte favorita de Moss começou. Memo picou manga, melão, morangos e laranjas, alguns de formatos intrincados. Cobriu tudo com um pouco de pimenta vermelha em pó e os arrumou delicadamente em uma tigela de papel. Havia obstinação na forma com que ele se movia, como se fosse de sua natureza fazer aquilo, e Moss admirava o fato de ele conseguir cortar os pedaços de fruta tão rápido.

– Juro, aquele cara é um artista – disse Kaisha. – Você se importa se eu tirar uma foto pro Instagram?

Njemile ficou mais do que contente:

– Apenas certifique-se de creditar o Memo! E talvez mencionar que ele fica na Praça Jack London nos fins de semana.

– Tranquilo – disse Kaisha. – Sempre dou crédito.

Quando terminaram a sessão de fotos improvisada, Bits e Rawiya já tinham chegado. Trocaram cumprimentos, mas a conversa foi picotada. Esporádica. A tensão fluía entre todos, e por isso a caminhada até a escola não foi alegre ou sociável como de costume. O temor começava a preencher o vácuo. E se fosse um erro? E se viessem a se arrepender?

Moss não verbalizou suas preocupações, por medo de fazer com que todo mundo se sentisse tão mal quanto ele. No entanto, ao ver o campus, não precisou mais se preocupar: a imagem diante deles garantia que não ficaria sozinho em seu mal-estar.

– Estamos ferrados – disse Njemile.

Dois homens em uniformes pretos estavam revistando um estudante logo na entrada dos detectores de metal. Não havia pele exposta em nenhum dos homens. As luvas eram pretas, as camisetas de manga longa se esticavam sobre braços largos, e as botas brilhavam, mesmo na sombra. Na cabeça, capacetes pretos foscos que lembraram a Moss de um daqueles militares em jogos de tiros. Usavam cintos de utilidades feitos de couro ao redor da cintura, e Moss não conseguia reconhecer nenhum objeto pendurado ali. Achou ter visto um cassetete, mas era muito pequeno, muito fino. Depois ele viu o coldre, e a ansiedade correu pelas veias, pulsando do peito até a garganta, e ele não conseguia respirar. Armas. Várias delas. Cada policial tinha uma. A mente de Moss pegou a imagem e o transportou de volta para a loja de Dawit, para as armas apontadas para o pai, e ele congelou. O medo era um bloco de cimento nos seus pés.

Ele conseguia ler DEPARTAMENTO DE POLÍCIA DE OAKLAND nas costas de um dos uniformes. E soube naquele momento que tudo estava acabado.

O zumbir dos detectores de metal podia ser ouvido dos primeiros degraus. A máquina no lado direito soltou um berro alto e claro depois que uma menina negra – uma caloura que ele só tinha visto algumas vezes – passou. Em poucos segundos ela foi puxada para o canto e empurrada contra a parede, as pernas separadas, os braços presos, os policiais ignorando seus gritos de protesto.

– Oh, não – disse Kaisha.

Moss podia ouvir o terror na voz dela também.

– O que foi? – perguntou Moss. – O quê?

Kaisha enfiou o telefone no bolso.

– Eles sabem.

– O quê? – exclamou Njemile. – O que você quer dizer?

– Eles sabem – ela repetiu. – Eles descobriram.

– Mas *como*? – indagou Njemile. – Como poderiam saber?

– Não sei, mas eles sabem sobre o nosso protesto. Devem estar aqui por causa disso. Estão só tentando nos intimidar. Não é?

Houve uma pausa constrangedora, bem no momento que Moss ouviu um aluno gritar bem alto.

– Cara, para de encostar em mim!

A gritaria continuou – era Lewis, um dos zagueiros do time de futebol americano. Lewis afastou a mão de um deles com um tapa ao mesmo tempo em que o outro policial avançava para suas pernas.

– Não faz isso, cara. *Não*.

As mãos de Lewis foram forçadas para trás de suas costas num instante. Dois policiais o algemaram pouco depois, e ele foi empurrado para a diretoria.

-- Cara, me deixa em paz! – ouviram Lewis gritar, e daí ele sumiu.

– Bem, isso parece ruim – disse Njemile. Ela sugou uma golfada de ar nos pulmões e soltou com força. – Mas não ligo. Temos que fazer isso.

– Eu também não vou deixar que me impeçam – disse Kaisha, e marchou para os degraus, desafiadora.

Moss olhou para Bits, que deu de ombros e foi atrás dela.

Rawiya prendeu seu braço no de Moss e o guiou adiante. O coração acelerado, um golpear constante no esterno, e ele sentiu os *waffles* que a mãe tinha feito naquela manhã subindo até a garganta.

Moss queria ligar para ela agora e pedir que viesse buscá-lo, mas por algum motivo o pensamento o enchia de um estranho sentimento de vergonha. Seria ele um covarde por querer fugir? Seria ele um fraco por causa do terror que tomava conta sempre que via um policial ou uma arma? As pernas estremeceram ao dar outro passo na direção da escola.

— Você consegue — Rawiya falou, e ela o guiou para mais perto.

Olhou para Kaisha. Ela parecia tão destemida, e ele admirava isso. Ela soltou a bolsa sobre uma mesa dobrável e os policiais imediatamente começaram a vasculhá-la. Ela passou sem dar um pio, mas o policial do outro lado ergueu a mão.

— Revista adicional — disse ele.

Kaisha lançou um dos olhares mais ferozes que Moss já vira, mas não falou nada. Kaisha ergueu as mãos acima da cabeça, o rosto uma máscara de desinteresse e raiva silenciosa. Todo mundo assistiu ao policial passando as mãos de forma rude pelo corpo de Kaisha, levando mais tempo do que deveria no peito e nas pernas. Mas os homens não disseram nada, e a estranheza da semelhança deles finalmente se infiltrou sob a pele de Moss. Todos pareciam ser a mesma pessoa. A constituição deles era idêntica, todos tinham um 1,80 m de altura, e não havia um único detalhe que qualquer pessoa pudesse usar para diferenciá-los. Nenhum distintivo. Nenhum nome. Nenhum número.

E Moss se deu conta de que provavelmente era de propósito.

Kaisha pegou a bolsa furiosamente sem dizer uma só palavra e ficou parada alguns metros atrás da linha policial, esperando pelo restante do pessoal. Njemile foi a próxima, e um dos policiais a mandou tirar a peruca para mostrar o que estava por baixo. Quando ela se recusou, eles tentaram algemá-la também, até o momento em que Kaisha gritou furiosa com eles:

— Não é uma peruca, seus porcos! Vocês não entendem nada de cabelo?

O mesmo policial que tinha revistado Kaisha liberou Njemile e se virou para olhar para Kaisha, e, por um momento, Moss pensou que as coisas fossem desandar. Mas o homem não falou nada e voltou a apalpar a pessoa seguinte.

Moss respirou, aliviado, mas ainda se sentindo péssimo. Por fim, aproximou-se do detector, colocou a sua mochila na mesinha e passou pela máquina sem qualquer problema. O policial deteve Moss e fez um sinal para que ele levantasse os braços. Ele ergueu as mãos, e o policial o revistou. Uma memória surgiu em sua mente: a Feira Agrícola de Alameda. Moss tinha 8 anos, e o pai o levara para ver a avaliação dos animais, e Moss lembrou-se de ter chorado porque as pessoas eram muito violentas com os porcos e as ovelhas. Ele não pensava naquela memória havia tempos e não estava animado pelo fato de que este tenha sido o momento escolhido pela mente dele para voltar até aquela página do seu ficheiro rotativo mental.

Moss sentiu as mãos enluvadas passarem pelo peito, pelas laterais do corpo, e então sua camisa foi erguida, expondo a barriga a todos, e ele sentiu a vergonha e o terror o varrerem de novo. Suas mãos se moveram instintivamente para baixar a camisa, mas Moss as deteve no meio do caminho, erguendo-as novamente. *Não chame a atenção para si mesmo*, pensou com raiva.

Os olhos marejaram quando o policial passou um dedo pela circunferência de seu abdômen, *do lado de dentro* da faixa da cintura de Moss, esfregando contra a parte da barriga que saltava por cima do cinto. O policial baixou a camisa de Moss e se ajoelhou ao lado dele, correndo as mãos por cada perna, começando no alto, a meros centímetros da virilha, apertando aqui e ali.

– Tire os sapatos.

Moss pensou ter imaginado ao ouvir isso. O homem falou de novo, dessa vez mais firme.

– Falei para tirar os sapatos. Você é surdo por acaso?

A raiva tomou conta de tudo naquele momento, empurrando a ansiedade e o medo para longe, correndo pelas suas veias.

– Não – falou Moss.

O policial ficou de pé e se colocou na frente de Moss.

– O que você falou?

– Não – repetiu Moss, os olhos pregados no visor tingido do guarda. Ele se concentrou, esperando que pudesse ver *alguma coisa* por trás daquilo. – Não tem necessidade disso.

O homem esticou a mão mais rápido do que Moss esperava, agarrou o colarinho de Moss e o ergueu. Moss não era um cara pequeno, um fato que frequentemente lamentava para si mesmo, mas ficou chocado ao ver os próprios pés balançando no ar, incapazes de tocar o chão. Levou a mão direita até o pescoço para se libertar, mas o policial afastou a mão com um golpe. Moss estava ciente da própria respiração – lutando para escapar, lutando para entrar – e a gritaria ao seu redor. Era Njemile? Kaisha? Ele não conseguia discernir e isso o assustava, o medo aumentando em seu coração. Quem estava gritando? O que diziam?

Ele foi baixado lentamente de volta ao concreto, e a pressão no seu pescoço desapareceu. Moss lutou em busca de ar e o rosto de Rawiya apareceu na frente dele, borrado inicialmente, então focado. Ela segurou o rosto dele entre as mãos, acariciando, e o puxou num abraço.

– Apenas respire, Moss – disse ela. – Você está bem.

– O que você acha que está fazendo? – A voz era alta, acima de Moss e para a esquerda. Ele e Rawiya se viraram ao mesmo tempo para ver o Sr. Jacobs ficar cara a cara com o policial, o nariz dele a centímetros do capacete. Os olhos dele vermelhos de cólera ao gritar com o homem. – Você não vai agredir os meus alunos! Não precisamos que tirem os sapatos a menos que tenhamos algum motivo para suspeitar que tenha algo *dentro* dos sapatos. – Ele pausou, e Moss viu o peito do homem subir e descer com força. – A tela mostrou que o aluno tinha algo suspeito ali?

Houve um longo silêncio.

– Vou perguntar de novo: havia algum motivo para pedir a este cavalheiro que tirasse os sapatos?

Outra pausa. O policial não se mexeu; ficou parado feito uma estátua.

– Não, não havia.

O Sr. Jacobs se virou para Moss, colocando uma mão no ombro dele. Os seus olhos mudaram, irradiando carinho e preocupação.

– Você está bem? Precisa de alguma coisa? Gostaria de ver a enfermeira?

As perguntas saíram do Sr. Jacobs rapidamente, e Moss lutou para encontrar a voz necessária para respondê-las.

— Acho que estou bem — falou rouco, ficando de pé. Os colegas e uma multidão de alunos estavam atrás do vice-diretor, os rostos numa mistura de choque e preocupação. — Vou ficar bem — falou, mais calmo desta vez, e os seus olhos foram de um aluno para o outro.

Quantos o observavam? Cem? Mais? Estavam aglomerados no corredor, tentando subir uns nos outros para conseguir uma vista melhor, alguns na ponta dos pés. Havia celulares no alto também, espiando por cima do público, os donos desesperados para conseguir um bom ângulo.

— Você precisa ver a enfermeira? — O Sr. Jacobs repetiu e tentou levar Moss pelo ombro até a entrada do escritório principal na entrada. Rawiya, que segurava o outro braço de Moss, o puxou de volta, e o Sr. Jacobs ergueu as mãos em desistência. — Por favor, se precisar de qualquer coisa, você pode vir conversar comigo.

Rawiya guiou Moss até os amigos adiante, e, enquanto ela o puxava, Moss virou a cabeça para ver o Sr. Jacobs conversando com o policial, que continuava tão parado e impassível quanto antes. Não podia ouvir uma palavra que saía da boca do homem, mas Moss podia ver que ele não estava satisfeito. Mas era de pouco conforto para ele. Engoliu em seco, a garganta ainda em carne viva e dolorida, e isso o lembrou de que não seria o único aluno a ser importunado naquele dia. Como eles descobriram? Quanto tempo tinham tido para preparar tudo? Será que alguém *conseguiria* sair do campus naquela tarde?

Kaisha avançou e o abraçou, com força.

— Tem certeza de que está bem?

— Sim, sim. Precisamos fazer isso — anunciou, esfregando a lateral do pescoço. — Precisamos sair da aula.

— Conta comigo — afirmou Kaisha. — De jeito nenhum vou deixá-los impunes. — Ergueu o celular e sacudiu a cabeça. — Me desculpa, não gravei nada. Meu celular está agindo de forma estranha. Estava tentando postar no Snapchat, mas não consigo abrir nenhum aplicativo. Que esquisito.

Njemile se colocou ao lado dela.

— O meu está do mesmo jeito — disse ela. — Ele parece ter desligado e não volta a ligar. Mas contem comigo. Ninguém vai me deter.

— O mesmo aqui — Bits falou.

Moss apertou a mão de Rawiya.

– Obrigado por aquilo. Minha garota até a morte – acrescentou e soltaram uma risada, tanto uma reação nervosa quanto um ato de desespero.

Moss olhou para o grupo reunido. Alguns eram mais novos, outros mais velhos. Ouviu vários deles dizendo a mesma coisa: Sairiam às 14 horas também. Outros confirmaram com acenos de cabeça e batidas nos ombros. Moss ainda tinha um fogo nervoso correndo dentro de si por causa do confronto, mas não conseguia processar aquilo. Era como se o incidente tivesse acontecido com outra pessoa. Mas *tinha* acontecido com ele, aquelas pessoas tinham testemunhado isso, e *ainda assim* queriam arriscar a própria segurança, tudo por um ideal. E o que conquistariam hoje? Moss não tinha certeza; o medo o atingiu quando o seu cérebro dizia que tudo isso seria inútil, que nunca conseguiriam nada.

– Preciso fazer isso – ele falou em voz alta. – Não posso deixar que me detenham.

O grupo foi para as aulas matinais, cada um em direção da sua sala de aula. Algumas pessoas se despediram de Moss e o reasseguraram do compromisso com o protesto, enquanto outros simplesmente foram embora. Ao chegarem no corredor em que Rawiya e Moss teriam que se separar, ela segurou no braço dele de novo.

– Isso agora tem a ver com você também – disse ela.

– Não deveria ser assim – disse ele, baixando a cabeça.

– Mas é. Vamos fazer isso por Reg, por Shawna e por você e por todo mundo que vai ter que lidar com essa merda toda. Por todos nós.

Ele sorriu, grato pelo apoio.

– Obrigado.

– Vamos te deixar orgulhoso – disse ela e saiu andando para a sala. Moss ficou parado ali por alguns segundos, a mente nadando em pensamentos e ansiedades.

O sinal tocou alto acima dele, e ele correu pelo corredor até a sala da Sra. Torrance. *Espero que isso funcione*, pensou, o pescoço ainda dolorido e o coração ainda acelerado.

22

Eram 13h46.

Na aula de Biologia, Moss sentou-se não muito longe de Rawiya, que olhava para o relógio sem parar enquanto anotava a matéria. Ele não entendia como a amiga podia se manter concentrada por tanto tempo. Seus pensamentos variavam entre pânico e esperança, medo e animação. Olhou pela janela, a atenção presa nos estudantes correndo e caminhando ao redor da pista depois da quadra de basquete. Moss não sentiu inveja deles ao secar uma gota de suor que escorria lentamente pela têmpora direita. O ar-condicionado não estivera ligado em nenhuma das aulas que teve naquele dia. Nenhum dos professores sabia o motivo. Quando chegou na aula da Sra. Torrance, ela havia ligado seu pequeno ventilador de mesa e o virado para as carteiras. Não ajudou muito. O calor grudou em sua pele de tal jeito que foi difícil escutar a aula do Sr. Roberts.

Moss suspeitou de que isso também fosse intencional. Os alunos estavam inquietos, e mesmo o Sr. Roberts parava de vez em quando para secar a testa com um lenço branco antes de voltar a ensinar biodiversidade aos alunos desinteressados e superaquecidos. Havia suor brilhando na careca dele também. A barba escura era rente, e, com frequência, Moss sentia pequenas explosões de desejo ao passar muito tempo olhando para o rosto do homem. Na aula de Astronomia do último ano, garotas davam risadinhas e perguntavam qualquer coisa boba só para que ele falasse com elas. Mas Moss não estava sonhando acordado com o professor naquele dia. Em vez disso, seus olhos se voltavam constantemente para o relógio com esperança de que mais tempo havia passado além do que Moss esperava.

Eram 13h48.

Ele olhou para Rawiya novamente e ela lançou um rápido sorriso a ele antes de anotar algo. Ele não tinha outros amigos naquela aula, mas Moss ainda deixou sua atenção vagar, desesperado para sair daquela sala. Ele observou Carmela passar um bilhete a uma de suas amigas, uma garota de pele clara cujo nome Moss nunca soube. As duas o pegaram vendo, mas não desviaram o olhar. As duas acenaram, sorrindo, e a mensagem foi clara. *Estamos contigo. Como elas sabiam?*, ele se perguntou. Será que Kaisha havia chegado nelas? Boca a boca?

Um pedaço de papel dobrado – parecia ser o mesmo de Carmela – chegou até sua mesa, e Moss rapidamente o escondeu fora da vista de Sr. Roberts, que tagarelava sobre a floresta tropical da Amazônia. Ele desdobrou o mais rápido que pôde e leu:

Você está bem? Vimos aquele cara te machucar. Vamos sair da aula às 2.

Moss olhou para elas e fez que sim com a cabeça. *Obrigado*, ele disse, movendo a boca sem emitir nenhum som.

Eram 13h50.

Ele se remexeu na cadeira e examinou as unhas, então passou a mão por cima do vergão que se formara em torno do pescoço. Ele não conseguia parar de tocá-lo, a pele inchada e sensível. Doía para engolir, mas não tinha como evitar. Ficou com vontade de avisar a mãe por mensagem para que ela não ficasse tão surpresa ao vê-lo às 14 horas. O celular dele, assim como o de muitos outros, estava sem sinal. Quando tentava abrir a câmera, o aplicativo travava e precisava reiniciar. E depois acontecia de novo. Será que aquilo também era intencional?

Moss odiava aquele pensamento. Sua boca secava depressa e sempre que olhava para o relógio, ficava nervoso. *Não olhe de novo*, ele disse a si mesmo. *Você só vai piorar a situação.* Então, ele tentou focar a atenção no professor, mas não conseguia distinguir as palavras ditas. Elas eram todas angulosas e ásperas, e logo sentiu a língua colar no céu da boca, seca novamente. Por que não trouxe nenhuma água? Olhou mais uma vez para o relógio.

Eram 13h52.

Foi o alvoroço no corredor que tirou sua atenção da jornada entediante do segundo período. Moss ouviu o rangido de tênis no piso e depois vozes alarmadas, incoerentes e agudas. Em seguida, a classe ouviu uma pancada, e o Sr. Roberts parou de falar, todos os olhos agora voltados para a porta da sala de aula. Pela janelinha de vidro, podiam ver pessoas passando depressa em borrões de cores e sombras.

– Mas o que, em nome de Deus... – começou o Sr. Roberts.

Sua exclamação morreu enquanto ele andava para a porta. Quando a abriu, puderam ver os estudantes correndo, muitos deles gritando uns com os outros.

– Se mexe, se mexe! – um jovem gritou, e Moss e vários outros da sala se levantaram das cadeiras. Mas ninguém se movimentou para sair.

– O que está acontecendo? – o professor gritou no corredor, seu próprio corpo posicionado para manter a porta aberta.

Moss não sabia com *quem* ele estava gritando, já que os estudantes passavam tão depressa que era impossível chamar atenção de alguém.

– Isso é aquela passeata ou coisa assim? – perguntou o professor para eles.

– Você sabe sobre isso? – Alguém na frente da sala retrucou com um sobressalto.

– Bem... sim – o Sr. Roberts respondeu, afastando-se da porta e fechando-a com uma batida.

Mais gritos vieram do corredor, mas o professor os ignorou. Remexeu em uma pilha de papéis bagunçados da mesa e achou um memorando amarelo.

– Eles nos enviaram isso hoje de manhã, jogaram em nossos escaninhos. – Ergueu o papel e leu. – "Por favor, estejam cientes de que muitos alunos planejam uma manifestação às 14 horas. Vocês não devem deixar que saiam da sala a não ser em caso de emergência."

Moss sentiu o coração gelar e saltar de encontro a sua garganta irritada. *Oh, não, eles realmente vão nos impedir,* pensou.

– Você não vai nos deixar sair, Sr. Roberts? – Rawiya perguntou, com a mão levantada tremendo.

O Sr. Roberts olhou para ela com um brilho nos olhos escuros. Passou a mão pela cabeça, um tique que fazia quando a pergunta de um estudante era mais complicada que o esperado. Observou os alunos depois de se sentar na beirada da mesa, segurando o memorando. Olhou para o papel, e o amassou. Jogou-o na lixeira e voltou para o seu lugar.

– Não recebi nenhum aviso sobre o que vai acontecer hoje – anunciou. – Por isso não há motivo nenhum para impedi-los de fazer o que bem entenderem.

Num instante, a classe começou a se mexer, mas não para *fora* da sala. Moss percebeu que todos haviam se voltado para ele, como se devesse liderá-los.

– Moss? – chamou Carmela. – O que faremos?

– Sei lá – ele respondeu com rispidez. – Não organizei isso.

– Você ajudou – Rawiya falou em voz baixa.

– E estamos fazendo isso por você, Reg e Shawna – outra pessoa disse, um garoto negro atrás deles, cujo nome Moss não sabia, mas que reconheceu ao falar o nome de Reg. Eles eram primos? James? Jerome? Moss não tinha certeza, mas se sentiu responsável mesmo assim.

Ele pensou em seu amigo, que estivera tão perto de atingir sua meta da reabilitação, então se levantou.

– Vamos agora – ele disse. – Pelo menos podemos pegá-los de surpresa.

A atmosfera mudou; alunos se apressaram para recolher seus pertences e dispararam para fora da sala. O Sr. Roberts gritou para que tomassem cuidado, mas seu pedido foi abafado quando os alunos restantes se uniram ao fluxo de pessoas se dirigindo à entrada principal do prédio. Algumas pessoas passaram e deram tapinhas nas costas de Moss enquanto outros maldisseram a própria existência da escola.

– Conseguimos um dia de folga! – alguém gritou ao passar, e Moss franziu o cenho para ele.

Era inevitável que algumas pessoas só estivessem procurando uma oportunidade para matar aula, mas ele supunha que aquilo não importava no fim das contas. A ideia não era sair da escola todos juntos? Não era aquele o objetivo?

Rawiya deu o braço a ele enquanto se encaminhavam pelo corredor, passando por outras salas de aula, estudantes fluindo para a correnteza como no rompimento de uma barragem. Alguém gritou e pulou nas costas de Moss, e ele carregou a pessoa por alguns metros antes que ela descesse.

– A gente realmente tá fazendo isso!

Moss não conhecia quem tinha exclamado isso e avançou adiante, perdido no fluxo. Rawiya e Moss se encontraram com Reg quando viraram à direita no corredor que levava até a porta principal. Ele estava na porta de uma das salas de Literatura, os olhos arregalados em choque, Kaisha atrás da cadeira de rodas, um sorriso no rosto.

Moss bateu nas costas dele.

– Isso é para você – disse ele, orgulho na voz.

– E para você também, pelo que ouvi – disse Reg, o lábio se curvando num sorriso bobo. – Ao que parece esses imbecis não conseguem manter as mãos longe das pessoas.

Moss levou a mão ao pescoço.

– Vou ficar bem – disse. – E acho que isso ajudou a convocar mais gente para a nossa causa. – Olhou para Kaisha. – Queria te agradecer. De verdade. A gente não teria feito isso sem você.

– Você sabe que pode contar comigo – ela respondeu. – Você está bem?

A mão de Moss voltou para o pescoço automaticamente.

– Sim. Vocês estão prontos?

Reg se reclinou na cadeira. Colocou a mão direita na mão esquerda de Kaisha, passeando pela pele dela e entrelaçando os dedos.

– Desde que ela esteja.

Kaisha sorriu e pegou na mão dele.

– Vamos – disse ela.

Os quatro andaram juntos pelo corredor, Kaisha e Reg na frente, Rawiya e Moss sincronizados atrás. Reg se impelia suavemente na direção da frente da escola, e Moss se deu conta de que a maioria dos colegas já tinha saído das salas. Alguns professores estavam na porta das salas, fascinados com o espaço vazio. O grupo de amigos passou pela sala da Sra. Torrance, e ela não disse nada. Em vez disso, ela ofereceu o seu orgulho a eles. A mão dela estava colada ao peito e o rosto brilhava.

Foi então que o coração de Moss parou. Uma grande concentração de alunos entupia a porta onde estavam os detectores de metal. As pessoas estavam empurrando ou dando um jeito de conseguir uma vista melhor, e os quatro pararam onde estavam.

– Ah, mas o que está acontecendo *agora*? – perguntou Rawiya.

– Um gargalo? – Kaisha retrucou. – Talvez seja impossível de todo mundo sair ao mesmo tempo.

– Um engarrafamento – acrescentou Reg, sorrindo. – Legal.

Moss riu, mas foi interrompido pelo som que surgiu agudo na frente deles. Era difícil discernir frases ou palavras depois do estampido que ecoou pelo longo corredor, mas eles sabiam que algo tinha dado muito errado quando os jovens se viraram e começaram a correr na direção deles.

– Ah, mer... – Moss murmurou antes de sentir alguém o puxar para dentro de um escritório nas proximidades.

Ele caiu no chão, batendo o cotovelo no piso de azulejo. A dor desceu pelo braço até os dedos.

– Desculpa! – gritou Rawiya.

Moss praguejou e se levantou a tempo de ver Kaisha empurrar a cadeira de Reg dentro da sala depois deles, no momento que o primeiro grupo de adolescentes em debandada passava. Ele não conseguia distinguir o barulho que rugia nos seus ouvidos. Pés no azulejo. Gritos e uivos. Brados de animação, terror. Moss e os amigos observaram, congelados, enquanto dois policiais vestidos de preto perseguiam os alunos em fuga, um deles com um cassetete erguido no ar.

Outra pessoa tropeçou para dentro da sala, ficou de pé e fechou a porta. Moss demorou alguns segundos para se dar conta de que era Njemile. Ela se sentou de costas para a porta, a respiração pesada, o peito subindo e descendo. Quando Moss deu um passo adiante, ela ergueu uma mão.

– Não – disse ela. – Não. Não vá lá fora.

– O que está acontecendo? – perguntou Rawiya, as mãos na cabeça, o terror nos olhos. – O que está acontecendo?

– Eles sabiam – disse Njemile. – *Eles sabiam*.

– Bem, isso não é surpresa – disse Kaisha. – Adivinhamos isso hoje de manhã quando aqueles Stormtroopers foram colocados na frente da escola.

— Mas eles sabiam quando faríamos a caminhada... qual saída tomaríamos! – gritou Njemile. – Tinha tantos deles, alinhados na frente da entrada, e acho que apenas algumas pessoas passaram por eles antes que começassem a atirar.

— *Atirar?* – exclamou Moss.

— Não sei o que foi – disse ela. – Não é uma arma ou qualquer coisa que eu já tenha visto antes. Machuca tanto.

Njemile ergueu a mão, o braço dela inteiro tremendo, e todos viram que o dorso da mão dela estava alto e inchado. Rawiya gritou alarmada e correu para o lado dela, mas Njemile afastou a amiga com um gesto.

— Não, não, não encoste em mim! – falou energicamente. – Era algum tipo de líquido e queima muito.

Moss desabou numa cadeira colocada na frente da mesa. Devia ser o escritório de algum dos conselheiros e olhou ao redor em busca de qualquer coisa que pudessem usar para sair dali. Empurrou papéis pela mesa, ficou de pé e deu a volta nela, abrindo uma gaveta. Um grampeador. *Post-its*. Canetas. Materiais comuns de escritório.

— O que você tá fazendo, Moss? – disse Reg, a voz dele tremendo em medo.

— Não sei, cara, não sei. Procurando qualquer coisa. – Espiou um pequeno vidrinho de álcool em gel no lado direito da mesa e pegou. Jogou para Njemile, que pegou com a mão boa. – Não sei se isso vai funcionar, mas não dá para piorar, né?

Njemile lutou para abrir o recipiente antes de Rawiya tomar dela, abrindo a tampa e despejando livremente o conteúdo na mão inchada da outra garota. Njemile gritou no início, tremendo em dor, mas deu um respiro de alívio.

— Tá funcionando – disse ela. – Não sei como, nem ligo.

Kaisha estava com o rosto enfiado no celular, e os dedos dela voavam pela tela. Sem olhar para Moss, ela falou:

— Estou contando para todo mundo o que está acontecendo. Sabe, atualizando o Twitter e a página do Facebook que...

Ela começou a bater na tela cada vez mais forte.

— Não, não, não! – ela gritou. – Não agora, *por favor*, agora não!

– O que foi? – indagou Reg, o rosto marcado de preocupação.
– *Claro* que bem agora não tem sinal. Claro!
Rawiya se levantou e entregou o próprio celular para Kaisha.
– Um, zero, dois, sete – disse ela.
Kaisha mal tinha colocado a senha quando praguejou mais alto do que Moss já a tinha ouvido falar antes.
– Sem sinal no seu – disse ela.
Reg enfiou a mão no bolso e examinou o seu celular também. Não falou nada, apenas sacudiu a cabeça para todos. Moss sabia o que o aparelho dele indicaria, mas ainda assim o tirou do bolso, a mão tremendo.
SEM SERVIÇO.
Todos ficaram em silêncio por alguns segundos, os sons de alunos correndo e gritando fora do escritório os assombravam.
– O que tá acontecendo? – falou Rawiya, a voz baixa e assustada.
Moss viu lágrimas surgirem nos olhos da amiga. Também surgiram nos dele, a mente de Moss preenchendo as lacunas. *Está acontecendo de novo. Vão fazer a mesma coisa com a gente.*
– Era exatamente com isso que meus pais estavam preocupados – disse Rawiya.
Moss se afastou da mesa, o coração batendo forte, a mente girando, e a solução veio para ele de repente.
– Temos que sair daqui *agora* – declarou.
– Por que diabos faríamos isso? – disse Njemile. – Estamos mais seguros aqui.
– Não, não estamos – insistiu Moss. – Eles virão pelo corredor, abrirão a porta, e verão cinco alunos *invadindo* a sala do conselheiro. O que você acha que farão com a gente?
– Mas como vamos passar por eles? – indagou Reg.
– Não vamos. Vamos sair pelos fundos – disse Moss.
– O quê? – Rawiya falou. – Fundos de onde?
– Sabe aquele corredor perto dos laboratórios de Ciências? Aquele assustador para onde os jogadores de futebol levam as namoradas para ficarem se pegando?
Enquanto a maioria balançava a cabeça, Njemile se levantou rapidamente.

— Tem uma saída por lá para os zeladores — ela falou animada. — É um acesso que fica depois das lixeiras.

— Exato — disse Moss. — Nem vamos tentar passar pela frente.

— Mas e aquelas *coisas* que eles têm? — indagou Kaisha. — Eu é que não quero ser atingida por aquilo que usaram em Njemile.

Moss rapidamente olhou pela sala, e começou a arrancar os pôsteres da parede. Entregou um para Reg, que inspecionou a frente.

— "Cinco formas de saber se você está deprimido"? — leu Reg. — Tá falando sério, cara?

— Tá, não é a melhor ideia, mas pode funcionar como escudo — explicou Moss.

Pegou um pouco de fita adesiva da mesa e começou a criar alças improvisadas amarradas nas costas do pôster.

— Não vou me arriscar de novo — disse Njemile, arrancando um cartaz sobre os estágios do luto. — Sou mais alta, então deixe-me ir na frente.

— Fico na retaguarda — disse Moss. Terminou de enrolar uma argola na parte de trás do primeiro pôster e entregou para Kaisha. — Você se lembra de como chegar lá, Njemile?

Ela assentiu. O barulho do lado de fora do corredor não era mais um rugido, então, depois de se alinharem numa fila improvisada — Njemile, Reg, Kaisha, Rawiya e Moss —, Njemile abriu a porta com cuidado. Espiou do lado de fora, e se voltou para os outros.

— Ainda tem alguns alunos na saída da frente, gritando e coisas do tipo. Precisamos ir *agora*.

Njemile deslizou para fora da porta, e o resto do pessoal a seguiu. Moss deixou a porta aberta, sem querer arriscar que ela fizesse barulho ao se fechar. Avançaram pelo corredor e se voltaram para a ala das turmas de Literatura. Moss achou enervante o fato de toda sala pela qual passava estar completamente vazia ou fechada. Onde estava todo mundo? Os professores? Para onde tinham ido? Torceu para ver a Sra. Torrance, mas a sala dela estava tão vazia quanto as outras.

Viraram para a esquerda na ala seguinte e se depararam com o caos. Os alunos corriam de um corredor para o outro — Moss se deu conta de que eles deviam estar cientes de que era inútil sair da escola pela porta da frente. Duas alunas – uma delas Carmela – estavam sentadas perto de uma porta, lágrimas correndo pelos rostos inchados. Moss queria parar e ajudá-las, mas Rawiya o puxou sem hesitação.

– Continue andando! – Ela só olhou brevemente para Moss ao gritar, então continuou a correr.

Olhou de volta para Carmela. O rosto dela estava errado, disforme. O que diabos causava aquilo?

Passaram por várias pessoas, agachadas nos corredores ou perto das portas, os corpos vermelhos, alguns olhos selados pelo inchaço, enquanto outros abraçavam braços e pernas, gritando em terror. Quando chegaram à sala do Sr. Roberts, o viram ajoelhado no chão, a boca sobre o rosto de alguém, então se afastando, as mãos no peito do jovem, empurrando para cima e para baixo. Ele ergueu a cabeça, o rosto coberto de suor, a careca brilhando.

– Saiam! – gritou. – Saiam daqui agora!

Eles se afastaram da porta e aumentaram o ritmo. Kaisha agora empurrava Reg o mais rápido que podia, mas estava se afastando de Njemile.

– Deixe-me ajudar – disse Rawiya ao segurar um lado da cadeira de Reg.

Juntas, voaram na direção do fim da ala de Ciências enquanto Moss lutava para acompanhar.

– Moss!

Ele quase tropeçou tentando parar. Virou-se e viu a cabeça entoucada de Javier emergir de um dos laboratórios.

– Javier?! – ele exclamou. Gritou de volta para o grupo: – Esperem!

Moss correu de volta até a sala, a confusão segurando os seus passos.

– Pensei que você fosse se encontrar com a gente no lugar marcado – disse ele. – Como entrou aqui?

– Despistei – disse Javier, o rosto uma visão de alegria ao sorrir. Beijou Moss, com força e rapidamente. – A gente ia topar com vocês do lado de fora, o portão de trás não estava fechado. Achamos que seria uma boa surpresa. Nós encontramos o seu pessoal pelo caminho, aliás!

Nós?

Javier entrou na sala, e ele entendeu o que significava. Bits e Shawna estavam num canto no fundo da sala e se animaram ao ver Moss, correndo para junto dele. Enquanto o abraçavam e gritavam cumprimentos, Moss viu outras três pessoas inquietas na sala.

— Quem são? — Moss indagou assim que as suas amizades deram espaço para que respirasse.

— Amigos — respondeu Javier, se afastando. — Eu faria as devidas apresentações, mas tenho a impressão de que precisamos sair daqui *agora*.

Moss olhou para o resto do pessoal, vindos de Eastside. Tinha uma garota negra baixa, o cabelo trançado, a mão entrelaçada na de outra pessoa. Eram das Filipinas, pele escura, cabelos pretos sedosos. E, atrás de Javier, um garoto tímido, jovem e magricela, de cabelo preto, a pele de um marrom leve, olhando para Moss. Ele balançou a cabeça.

— Olá — disse o garoto, tão baixo que Moss mal o ouviu. — Javi falou muito bem de você.

Esse deve ser Carlos, pensou.

Assustado como estava, ainda assim sentiu a afeição por Javier o preencher por inteiro. Moss olhou para o garoto por quem tinha se apaixonado tanto, e de repente sentiu que tudo valia a pena.

— Obrigado — Moss murmurou, a emoção o dominando. — Por isso.

Javier sorriu e deu um beijo na bochecha dele.

— Qualquer coisa por você. — Ele se virou para gesticular para sua companhia. — Ok, este é o Carlos, aquela é a Chandra e aqui temos Sam, que namora com ela.

— Isso é tudo muito fofo — disse Rawiya, parada na porta —, mas será que dá para gente ir?

Moss riu para ela, um grande sorriso se espalhando pelo seu rosto.

— Estamos quase lá, pessoal — anunciou. — No fim do corredor, sigam os outros pela saída de serviço. É uma corrida curta até o portão dos fundos.

— Não se movam!

Moss nem sequer tinha visto o policial se aproximar por trás de Rawiya. O homem a empurrou para dentro da sala.

— Todos vocês, no chão, agora! — ele ordenou, a voz abafada pelo capacete. — Agora! — o policial repetiu.

Moss permaneceu tão parado quanto pode, mas fez um sinal para que Rawiya se aproximasse. Ele sabia que aquele era o maior medo dela. Era o dele também, mas Moss *precisava* ajudar a amiga.

O policial a empurrou para frente, e ela cambaleou algumas vezes antes de recuperar o equilíbrio. Ele alcançou um megafone pendurado no lado direito do cinto e o ergueu na frente dele.

– Protejam-se! – gritou Njemile, e instintivamente alguns deles levantaram os escudos de cartolina patéticos que ainda carregavam.

Moss caiu agachado atrás de uma carteira bem na hora que o policial apertou um botão na frente do dispositivo, e ele fechou os olhos com força, torcendo para que o que quer que fosse sair daquilo não o machucasse.

Nada aconteceu.

Ele abriu os olhos depois de alguns segundos, e foi então que um dos amigos de Javier gemeu e caiu de joelhos.

– Chandra!

Sam se apressou para o lado dela, mas caiu também, gemendo, as mãos agarrando a cabeça, o cabelo preto roçando o chão.

– Pare com isso! – gritaram.

– Parar com o quê? – Bits gritou. Ainda estava nos fundos da sala, o rosto em uma expressão de perplexidade.

Chandra vomitou. Foi violento, barulhento, e a dor dela fez com que Sam vomitasse também, nos cabelos, por todo o chão.

Moss se levantou, olhando para Chandra e Sam que se contorciam e vomitavam no chão.

– O que você fez? – ele gritou para o policial, avançando sobre ele.

O homem ergueu o dispositivo e apontou diretamente para Moss. Mesmo que tentasse parecer corajoso, Moss vacilou. O homem continuou a apontar contra ele...

Mas nada aconteceu.

O policial segurou o equipamento diante do rosto para inspecioná-lo.

– Não, essa coisa deveria *funcionar* – ele disse. – Por que não está funcionando?

Ele bateu contra a mão algumas vezes e a jogou no chão. Levou a mão ao cinto de utilidades e puxou uma lata. Ele se atrapalhou, a deixou escapar das mãos, deixando-a cair. A tampa saiu voando e retiniu pelo chão. O policial deu um passo à frente, mas a lata havia rolado em sua direção, e ele pisou sobre ela, escorregou, foi lançado para cima por um instante. Moss sabia que seria a única chance deles.

– Vai, vai, vai! – Moss gritou, e seus pés obedeceram às próprias ordens.

Disparou na direção da porta, enquanto o guarda, atordoado pelo choque da queda, se esforçava para se colocar de pé. Tentou alcançar Moss, que se esquivou.

Todos correram. Seus passos ecoaram pelo corredor vazio, os gemidos cada vez mais suaves atrás deles. Moss olhou para o lado para ver que Javier o mantinha o ritmo.

– Essa foi por pouco – disse Javier, entre respirações.

Correram na direção da porta que Rawiya mantinha aberta, e Moss irrompeu na luz do sol, seus olhos cegados pela luminosidade repentina. Moss parou e descansou, apoiado no depósito de lixo, ávido por recuperar o ar enquanto os amigos saíam pela porta. Njemile, e então Reg e Kaisha. A risada de Reg foi contagiante ao ser empurrado para fora por Kaisha.

– Você viu aquele otário cair no chão? – Reg perguntou. – Eu estaria morrendo de vergonha se fosse ele.

Depois vieram Rawiya e Carlos, depois todos os outros em uma pequena inundação de pânico. Todos haviam conseguido sair de lá, menos Chandra e Sam. Ficaram para trás.

– Devemos voltar? – Javier perguntou, a mão de Moss ainda presa na dele.

Mais estudantes saíram pela porta, o silêncio era terrível.

– Não – um garoto respondeu, a pele dele mais escura que a de Moss, a respiração ofegante. – Aquele cara tá vindo, mano. Temos que continuar andando.

Ninguém falou mais nada; apenas se viraram e andaram até as quadras através do beco entre dois blocos da escola. Ao longe, uma multidão se agrupava do outro lado do portão dos fundos. Quem eram? Será que o protesto já havia começado?

Moss foi sacudido pela empolgação quando apertaram o passo e atravessaram a quadra de basquete. Eles se agacharam para passar através da cerca de arame que a circundava. Moss olhou pelo ombro rapidamente. Viu mais alguns estudantes saindo de partes diferentes do prédio e teve certeza de ter visto alguém passar por uma janela do primeiro andar. Mas nem sinal do policial que os havia encurralado, então continuou em frente. Estavam a menos de 30 metros do portão dos fundos, a menos de 30 metros da liberdade.

Não era uma entrada nada elegante, mas Moss ainda sentiu uma grandeza ao ver tanta gente lá fora, entupindo toda a quadra que ficava atrás do Colégio West Oakland. Tantos rostos tentavam enxergar alguém conhecido que Moss mesmo não conseguiu reconhecer ninguém. Alguns deles seguravam placas: escola sem detectores, uma dizia. Um longo banner ilustrado com algemas preso a duas grandes estacas dizia: parem de criminalizar estudantes. Pessoas estavam gritando, mas Moss não conseguia entender as palavras. Estava concentrado no grupo de pessoas que não conseguira ver de longe: uma linha imponente de policiais com equipamentos antimotim parados em frente ao portão. Por *dentro*. Moss fez uma contagem rápida: oito deles, cassetetes prontos para serem usados, seus rostos invisíveis, seus motivos desconhecidos. Será que ousariam machucar alguém na frente de tantas testemunhas?

Moss diminuiu o passo até parar, e todos os estudantes atrás dele fizeram o mesmo. Javier apertou a mão de Moss.

– Cara, o que a gente faz? – perguntou.

– Não sei – Moss respondeu. Mais alto, acrescentou – Alguém tem alguma ideia?

– Vocês não vão a lugar algum – disse uma voz atrás dele, e Moss se virou a tempo de o cassetete atingir seu ombro, em vez de outro lugar muito mais dolorido.

O policial de antes empurrou Moss ao chão, e o rugido de todos ao redor deles era ensurdecedor. Moss ouviu Rawiya gritar.

– Deixa ele em paz, seu cuzão!

E sentiu as mãos de Javier o agarrando por baixo dos braços para deixá-lo de pé. Um vulto veio da escola correndo até eles, as mãos para cima. Moss não conseguia ouvir – era o Sr. Jacobs? – porque tinha muito barulho ao redor.

– Tire as mãos dele! – o policial gritou para Javier. – Ele é meu!

Javier riu, a voz cheia de escárnio.

– Você não pode fazer nada comigo – ele falou, divertido. – Eu nem estudo aqui.

O policial inclinou a cabeça para o lado, e um gemido escapou dos lábios de Moss.

– Ah, *não* – Javier disse, e Moss sentiu Javier se encostar contra ele.

O policial cobriu os últimos metros de distância.

– Como é que é? – ele perguntou, apontando o cassetete para o rosto de Javier.

Moss se colocou na frente de Javier, suas mãos ainda entrelaçadas.

– O que foi que você disse?

– Pare, pare! – o Sr. Jacobs gritava ao chegar, seu rosto suado e vermelho. – Você tem que parar com isso!

– Eu não trabalho para você *ou* para esta escola – o policial zombou. Ele apontou o cassetete para o Sr. Jacobs desta vez. – E já me cansei da sua interferência.

Moss sentiu Javier puxá-lo para trás gentilmente e obedeceu, percebendo que aquela deveria ser a única chance que teriam para escapar. Seu olhar encontrou o de seus amigos, e ficou claro que todos pensaram a mesma coisa. Começaram a recuar devagar, e Moss esperava desesperadamente que pudessem encontrar um caminho através dos guardas que formavam a fila, imóveis em frente ao portão.

– O Sr. Elliot já declarou que isso aqui foi um fracasso – o Sr. Jacobs insistiu, ainda sem ar. – E agradeceria muito se você tirasse essa coisa da minha cara.

Não houve hesitação antes da reação. O cassetete girou com força e acertou o Sr. Jacobs na mandíbula. O arquejo coletivo que os amigos de Moss não conseguiram segurar traiu a fuga deles, e o policial se voltou para vê-los escapando. Correu atrás deles. O policial parecia tão estranho com todo aquele equipamento, Moss pensou, mas seu cérebro não teria reagido se fosse diferente. Moss também queria fugir, mas suas pernas viraram geleia, trêmulas e incertas.

O cassetete se ergueu. Moss reagiu, se encolhendo na frente do homem e foi a reação errada. O cassetete começou a descer, mas então ele mergulhou para o lado. O cassetete atingiu o joelho esquerdo de Moss, fazendo-o desabar no chão num instante, cheio de dor, vergonha, a agonia lacerante. O cassetete foi para cima mais uma vez, e Moss não teve tempo de bloqueá-lo. A pancada no queixo o fez gritar de dor e ele se encolheu, uma reação instintiva, uma tentativa de fazer seu corpo parecer ainda menor. Mas Moss se sentiu enorme. Sentiu-se o alvo mais óbvio do mundo.

Javier estava ali, tentando ajudar, então a próxima pancada atingiu uma das mãos dele. Javier xingou, mas não se moveu. Ele estava encobrindo Moss, usando seu próprio corpo de escudo, e foi o único conforto que Moss encontrou naquele momento.

– Você está bem? – perguntou Javier, bem perto do ouvido dele, e Moss virou o seu rosto manchado de lágrimas para Javier.

A expressão de Javier partiu o coração de Moss. Por que Javier tinha que o ver desse jeito?

– A gente precisa ir! – Rawiya gritou – Eles estão chegando!

Ambos olharam para a mesma direção que Rawiya. A fileira de policiais agora avançava contra eles em bloco. Moss lançou um olhar para trás. O Sr. Jacobs estava no chão, gemendo algo terrível com a mão no rosto. O policial que o atingira estava parado, indeciso. Olhou para o Sr. Jacobs, então de volta para Moss, então de volta para o vice-diretor. Por quê? Por que o policial tinha parado de bater neles?

O policial soltou algo parecido com um gemido. Era como se ele estivesse frustrado. Arrancou o seu capacete, atirando-o contra Moss, mas errando.

– Daley, não! – gritou alguém atrás de Moss.

Arriscou um olhar; era um dos policiais que avançavam, as mãos erguidas, o foco não nos alunos, mas em Daley.

Daley tinha o rosto cheio de raiva. A sua feição enrugada no meio, e as bochechas eram da cor de uma beterraba, o suor escorrendo pelo rosto. Moss se deu conta de que devia ser agonizante usar aquelas roupas quentes, mas não tinha o menor tempo para sentir empatia por esse homem. O policial rosnou para Moss, lutando para desprender algo do cinto.

– Seus merdinhas, vocês nunca aprendem – ele resmungou, puxando um objeto robusto e retangular do coldre. – Não respeitam ninguém, não é mesmo?

Daley xingou quando algo caiu no chão. *Era um* taser?, Moss se perguntou, e foi tomado por uma necessidade gigantesca de se mover. A relutância, o medo, o terror, tudo isso sumiu num instante. Moss sempre ouvira falar sobre instinto de lutar ou correr, mas nunca o tinha experimentado; a sua mente sempre transformava o seu medo em imobilidade. Agora outra coisa tomava o controle do seu corpo. Ele precisava fugir. Ele tinha que sobreviver.

Moss deu um jeito de ficar de pé. Iria tentar correr. Arriscaria tudo para escapar daquele homem, para fugir do espírito de vingança que irradiava do corpo dele. Olhou para Daley ao se levantar. A fúria brilhou nos olhos de Daley, o estômago de Moss gelou.

Moss puxou Javier para junto de si, mantendo os olhos nos policiais que avançavam, mas Javier parou. Moss viu os olhos de Javier se arregalarem, viu a boca se abrir ligeiramente. No entanto, o olhar dele não estava posto sobre Moss. Estava atrás dele. Moss girou.

O policial com rosto de beterraba tinha uma arma apontada para Javier. Então, a disparou.

Não foi a primeira vez que Moss ouviu o estampido de uma arma. Nem foi a primeira vez que ouviu o som doentio do ar abandonando o corpo de alguém. O barulho que indicava o pior. Javier se dobrou; as mãos marrons segurando o peito, o sangue escorrendo por entre os dedos. Moss vociferou, de novo e de novo, e se impeliu adiante enquanto Javier tombava no chão, a vida se esvaindo dele com rapidez demasiada.

– Não, não, não!

Moss gritou, as mãos pressionando o buraco no peito de Javier, o sangue gorgolejando na garganta dele, o líquido quente borrifando para todos os lados, e Rawiya estava ali e também gritava, assim como Njemile e depois outra pessoa, e por fim houve um rugido infernal vindo do portão, mas Moss não conseguia olhar para nada daquilo. Ele assistia aos olhos de Javier se revirarem, tentando focar em alguma coisa, qualquer coisa.

– Por favor, fique comigo – implorou Moss. – Por favor, não me abandone agora.

Alguém gritou o nome do policial, e Moss não queria desviar o olhar, mas não conseguiu evitar. O homem estava num canto, a arma ainda na mão, apenas olhando. Ele não falou nada. Não fez nada. Não mostrou reação nenhuma.

Moss olhou de volta para os policiais que se aproximavam.

– Alguém nos ajude! – Moss gritou tão alto que sua voz falhou. – Por favor, *ajudem ele!*

Nenhum deles veio ao seu auxílio. Um dos policiais estava com as mãos na cabeça e xingava de novo e de novo. Outro corria na direção de Daley, suas mãos para a frente, gritando:

– Guarde sua arma, Daley!

Javier respirava com dificuldade e gemia. Mas não disse nada, sua garganta não tinha palavras para oferecer. A boca estava entreaberta, e o sangue jorrava dele cada vez mais lentamente. Moss não conseguia parar de gritar.

– Alguém, por favor, ajude!

A cor se esvaía do rosto de Javier, seus lábios estavam da cor errada, estavam tão errados, tudo estava errado. Moss apertou o ferimento com mais força, e Rawiya colocou a mão dela por cima das dele.

– Continue pressionando! – Rawiya gritou. – E não desista!

Não desista, Moss implorou. *Por favor, não desista, Javier.*

Javier parou de se debater. Parou de olhar para Moss. Seu gorro saiu, caindo desamparado ao lado de sua cabeça. Não havia mais vida em seus olhos. Moss sabia que Javier tinha partido.

Tinha acontecido de novo.

Moss caiu para trás, e um enjoo lhe subiu pela garganta. Viu um par de botas pretas se aproximar e olhou para cima.

Daley havia colocado a arma de volta no coldre e encarava o corpo do garoto em que atirara. Estava com a cabeça inclinada para o lado, como um cachorro faz quando alguém diz algo que ele não entende. Sem palavra alguma, o homem virou e andou para longe.

Moss agarrou o gorro de Javier e apertou com força; então caiu sobre o corpo de Javier e o sacudiu, implorando para que ele voltasse.

De novo. De novo. De novo.

Mas ele não respondeu.

23

Ele lavou as mãos.

De novo.

A água quente estava ligada no máximo, e Moss deixou as mãos debaixo dela, o calor picando a sua pele. Ele não se mexeu. Deixou-as ali e as encarou, como se estivessem presas a outro corpo em algum outro lugar.

Ainda havia sangue. Ao redor das cutículas, enfiado no canto do polegar e do indicador esquerdos. Puxou as mãos para trás e se agachou, abrindo o armário debaixo da pia. Encontrou uma esponja no fundo, apanhou-a e se levantou. O vapor subia da pia, fazendo Moss suar, mas ele não podia parar. Começou a esfregar as mãos, passando o lado áspero da esponja nos dedos. Aquilo doía. Ele começou a esfregar com mais força, mas não conseguia fazer com que a mancha de sangue sumisse. Precisava fazê-la desaparecer, para que não se lembrasse de tudo outra vez.

A mancha ficava maior. Ela florescia, descendo pelos seus dedos, e havia ainda mais vermelhão que não parava de surgir. Pingava na pia, vermelho no branco, se espalhando na água que jorrava da torneira. Moss largou a esponja e segurou a mão sangrando, observando as gotas desaparecerem pelo ralo, desejando que pudesse segui-las e desaparecer também.

Não podia. Não podia desaparecer. Não agora. Não importava o quanto quisesse.

Ele removeu o sangue da melhor forma que pôde, fechou a torneira e enrolou a toalha de rosto no dedo. Precisava encará-los, sabia disso. Suas pernas estavam pesadas, mas fez com que se movessem, uma depois da outra, seguindo pelo corredor e na direção da sala de estar. Ouviu o repórter falando. Alguma coisa sobre o trânsito. Um tossido constrangedor. O ranger do couro do sofá. E havia um silêncio insustentável pairando acima de tudo, um grande buraco que ninguém queria encarar.

Mas precisavam fazer isso.

Moss entrou na sala de estar e olhou ao redor. Sua mãe. Esperanza. Reg. Kaisha. Njemile. Rawiya. Eles olharam de volta, mas só por um instante. Evitavam encará-lo por muito tempo, e Moss odiava isso. Estava acontecendo de novo. Todo mundo o tratando como se ele fosse algo frágil, como se fosse desabar a qualquer minuto.

E Moss desprezava a si mesmo, porque era verdade.

Mancou até o sofá e sentou-se. Esperanza lhe lançou um olhar, mas Moss não o retribuiu. A mãe entrelaçou os dedos com os dele e deu um aperto, mas ele estava perdido no noticiário. A mesma notícia passava de novo e de novo, e Moss não conseguia desviar a atenção daquilo. A imagem aérea da escola, os portões com faixas policiais amarelas que pareciam serpentinas de festa, as imagens de alunos amontoados e chorando nos degraus da entrada. As mesmas imagens repetidas, e os âncoras falando as mesmas besteiras. Ninguém sabia muito do que tinha acontecido, não a menos que tivesse estado lá e visto aquele homem erguer a arma dele e disparar contra Javier e visto Javier cair e depois...

As imagens na TV ficaram borradas, e os olhos de Moss se encheram de lágrimas. Ele nem se preocupou em limpá-las.

A mãe fez isso por ele.

— Vou fazer um pouco de chá para você — ela anunciou, se levantando do sofá e o soltando. — Alguém mais quer?

— Eu aceito, se você não se importar — disse Esperanza.

Ninguém mais respondeu, então Wanda foi para a cozinha. Moss ouviu a água correr; ouviu a batida de um armário se fechando; ouviu o assovio gentil da chaleira alguns minutos depois, conforme a água fervia. A mãe dele voltou com algumas canecas fumegantes. Moss olhou para ela. Uma expressão de dor cruzou o rosto dela por um momento, que ele reconheceu de antes, dos degraus da loja de Dawit, quando ela lhe explicou que o pai não voltaria. Lembrou-se de como ela tinha ficado em silêncio enquanto Moss gritava de raiva e luto, caindo no concreto frio. Moss queria arrancar aquele cartão do seu fichário mental e rasgá-lo em pedacinhos.

Ele ainda não tinha sucumbido. Tinha certeza de que a mãe temia que isso acontecesse. Era por isso que pairava tão perto dele, o motivo de ela nunca se afastar muito, o motivo de sempre mantê-lo em sua visão periférica. *Talvez seja como o frio na barriga antes de entrar no palco*, pensou, então desejou fazer a piada em voz alta, mas nada parecia certo.

Moss passou a mão sobre os calombos nas pernas. Ainda estavam quentes, febris. Aquele no queixo latejava e pulsava, mesmo quando ele não se movia, então se concentrou naquilo. Começou a contar cada vez que sentia o sangue pulsando e passando por ali. Um. Dois. Três. Quatro.

— Encontraram o policial? – indagou Reg com suavidade, quebrando a concentração de Moss.

Moss sacudiu a cabeça.

— Não. Ele desapareceu depois do... do... – permitiu que a frase se dissipasse.

A mãe passou a mão pelo braço dele. *Você ainda está aqui*, ela parecia dizer a cada toque. *Você está aqui e está vivo.*

— Como pode alguém simplesmente desaparecer assim? – indagou Reg, enquanto o jornal reportava as condições do trânsito, um alívio bem-vindo. – Tinha tanta gente lá.

— Juro, ele estava parado lá enquanto a gente tentava levantar o Moss – acrescentou Kaisha. – E depois *sumiu*.

— Tinha muita coisa acontecendo – disse Rawiya. – Talvez a gente não estivesse prestando atenção quando ele foi embora.

— Ele não deveria abandonar a cena do crime, deveria? – perguntou Kaisha. Ela sacudiu a cabeça e suspirou. – Já sei a resposta.

— O que eram aquelas... aquelas *coisas*? – perguntou Reg. Sacudiu a cabeça. – Cara, tenho tantas perguntas.

— O que a gente vai fazer agora? – indagou Esperanza. Ela soava preocupada, assustada. – Quero dizer, agora o programa inteiro vai ter que acabar, não é?

— Não precisamos falar sobre isso – falou Wanda, e apertou a mão de Moss. – Moss, querido, podemos assistir a outra coisa. Falar sobre outra coisa.

Ele deu de ombros. Estava grato por ela se importar com o quanto aquela conversa poderia ser difícil, mas não conseguia sentir nada.

– Está tudo bem. De verdade. Não sei o que fazer.

– É só me falar quando não quiser mais – disse a mãe dele, ela olhou de volta para Esperanza. – O que você estava dizendo?

Esperanza sorriu fracamente para Moss; ele não tinha energias para corresponder.

– Bem, só estava me perguntando se isso significa o fim do programa como um todo na escola. Deveria ser, não é?

– Você ficaria surpresa com até onde as pessoas vão para evitar a responsabilidade – Wanda respondeu, e a voz dela era rouca, mas firme. Esperanza começou a dizer outra coisa, mas Wanda ergueu a mão para ela. – Só estou dizendo que eles já estão manipulando isso nos noticiários, não estão? Escuta só a porcaria do fraseado. É tudo tão *passivo*. Um policial "disparou" uma arma. Um aluno foi "fatalmente ferido". Parecem eventos separados, sabe? E é assim que começa.

– Começa o quê?

– A mudança na percepção das pessoas. Se o evento for apresentado para gente de forma que faça parecer um acidente, então a maior parte das pessoas não vai considerar a escola como culpada. Se a passeata for mostrada como uma revolta caótica, como já está sendo, a maior parte das pessoas vai aceitar que a escola precisava fazer *alguma coisa*. Claro, vão balançar a cabeça e dizer que foi uma tristeza um jovem ter sido morto, mas não vão se importar muito mais que isso.

– Javier – Moss disse baixinho.

– O que foi, querido? – Wanda perguntou, acariciando a mão dele.

– O nome dele é Javier. – Engoliu em seco com força. – Era. É. Não sei.

Ela balançou a cabeça.

– Eles não usarão o nome de Javier, pelo menos não de forma positiva. Perceba como vão se referir a ele como "suspeito" ou "estudante invasor" em vez de usar o nome dele.

– E nem estão falando sobre o que fizeram com a gente – disse Njemile. – Não vi nenhuma notícia sobre aquele negócio que atiraram em mim. Ou aquela coisa que fez os amigos de Javier vomitarem.

Kaisha esfregou o braço de Reg.

— Eu estava fazendo uma pesquisa antes de vir para cá – disse ela – e... bem, nada disso é novidade.

— O que você quer dizer? – perguntou Moss, tentando acompanhar a conversa, lutando contra o tremor nas pernas. – Não entendi.

— Existe todo tipo de tecnologia por aí – disse Wanda, se inclinando para frente. – Coisas que eu costumava ver nos protestos antes de vocês nascerem. *Tasers*. Dispositivos que emitem sons altos e penetrantes.

— Queria estar com o meu celular – disse Kaisha. – Encontrei muita coisa on-line sobre as armas que usam contra manifestantes. Tenho certeza de que os policiais usaram um negócio chamado Mosquito contra a gente.

— Incrível – disse Njemile. – Pelo nome, não parece *nem um pouco* assustador.

— Sabe – disse Kaisha, a voz baixando –, eles vão culpar a gente. Vão culpar o pessoal de Eastside também. Vão dizer que foi por nossa causa.

O rosto de Wanda sentiu tudo aquilo, e a frase seguinte a sair da boca dela foi pouco mais que um sussurro.

— Isso me lembra de todas as pessoas que culparam o meu marido pela morte dele.

— Mas não é *exatamente* a mesma coisa, né? – disse Esperanza. – O pai de Moss era inocente!

— Você está dizendo que Javier não era?

Moss falou aquilo, e Esperanza sacudiu a cabeça.

— Não, não, claro que não – disse ela, rapidamente. – Só quis dizer que foi bem óbvio com o seu pai. Ninguém questionou se foi certo ou errado.

— Você não estava lá – disse Moss. – Você não viu todas as notícias na época.

Wanda assentiu.

— Ele está certo, Esperanza. Tinha todo tipo de figurão na TV, falando que o bairro era perigoso, que se ele tivesse erguido as mãos ao receber a ordem aquilo não teria acontecido.

— O que eles sempre falam – acrescentou Reg. – Dizem que não respeitamos os policiais. Mas as mãos dele estavam ocupadas, lembram?

— Mas como podem fazer isso? — Esperanza indagou, a frustração na voz. — Como podem culpar uma pessoa por algo que não é culpa dela?

— Porque eles sempre saem impunes — Moss disparou de volta. — Sempre.

— Não pode ser tão simples assim — disse Esperanza.

Todos lançaram olhares na direção dela. Moss viu a mãe começar a dizer alguma coisa, mas depois ficou calada, franzindo os lábios.

Esperanza tentou se recuperar.

— Mas como podemos chegar a esse ponto, em que algo assim simplesmente *acontece*. Primeiro Shawna foi atacada, então Reg, e agora Javier... como? Não faz sentido para mim.

— É uma coisa traiçoeira — Wanda respondeu. — Nunca acontece da noite para o dia. Esse tipo de coisa rastejou para dentro da nossa comunidade há muito tempo. Já está arraigada e se alimenta de preconceito. Egoísmo. Da incapacidade das pessoas de enxergarem a vida pelos olhos dos outros. E cresceu, mais e mais, até chegarmos ao ponto em que as pessoas nem se questionam por que um policial pode atirar primeiro e perguntar depois.

Esperanza ficou quieta, o olhar no próprio colo. Parecia incapaz de olhar para qualquer um deles e aquilo fez uma onda de fúria preencher Moss. Um pensamento veio a sua cabeça. *Isso não tem nada a ver com você*. Mas não falou em voz alta.

— Essa é nossa realidade — Wanda falou suavemente. — Era quando Morris foi morto, e é agora. Os detalhes são outros, mas é exatamente a mesma coisa.

Ela queria dizer mais alguma coisa. Moss podia ver. Ela secou os olhos, mas permaneceu em silêncio.

— Me desculpa — disse Esperanza. — Eu realmente gostava de Javier.

A voz dela falhou ao dizer o nome dele, e Moss sentiu a parede dentro de si ruir. As lágrimas vieram livremente, e um caroço se formou no fundo da garganta.

— Eu sei — ele chorou. — Eu também.

Os olhos de Reg estavam vermelhos e brilhantes.

— Sei que já disse isso, cara, mas sinto muito — ele disse. — É tão injusto.

– Odeio saber que esse assassino vai sair impune – Kaisha acrescentou.

– Você realmente acha que isso vai acontecer? – Esperanza perguntou, fungando.

– Com que frequência policiais mataram pessoas na nossa cidade? No nosso *país*? – Kaisha indagou. – Quantas vezes se livraram disso?

– Muitas – ela admitiu. – Praticamente todas as vezes.

– E por que você acha que isso acontece regularmente? – Kaisha perguntou. – Quem está permitindo que pessoas morram desse jeito?

– Não sei – respondeu Esperanza. – O departamento de polícia. Talvez pessoas do governo municipal.

– É mais profundo que isso – Wanda falou. – Quantas pessoas estão sentadas em casa agora, assistindo a esse mesmo noticiário e pensando que tudo se justifica? Achando que Javier merecia morrer?

– Quando fui para casa, entrei no Facebook e... tá um caos – Kaisha disse. – Já tive que deletar algumas pessoas porque querem acreditar que ninguém fez nada de errado. Bem, ninguém, com exceção de Javier. – Ela suspirou. – Não consigo mostrar para vocês, meu celular ainda tá estragado. O de vocês também?

Reg, Moss e Esperanza, todos grunhiram uma resposta afirmativa, e Rawiya ergueu o dela.

– Completamente estragado.

O celular de Moss nem sequer ligava e torcia para que não tivesse perdido nenhuma das mensagens de texto antigas. Aquele pensamento deixou Moss à beira de um ataque de pânico. Sua mãe começou a passar os dedos por sua cabeça entre seus cabelos, acalmando-o o máximo que pode.

– Quando meu marido foi morto – Wanda falou –, as pessoas nos abordavam sempre. No mercado, no shopping, no ponto de ônibus. E vinham dizer que sentiam muito, que estavam tristes por Morris ter morrido, mas, olha, vocês acham justo culpar a polícia?

O queixo de Esperanza caiu.

– Espera, sério? – perguntou, encarando Moss.

– Sim – ele respondeu, a voz rouca. – O tempo todo, Esperanza. Acho que a coisa mais horrível sobre como meu pai morreu é que a coisa toda *foi* culpa da polícia. Eles não estavam nem mesmo na loja certa e pensaram que meu pai era outra pessoa. Se alguém estava no lugar errado na hora errada, não foi meu pai, foi a polícia.

– Mas como eles saíram impunes? – Esperanza perguntou.

– Você acha que a polícia não tem a capacidade de inventar umas merdas? – Kaisha retrucou, a raiva preenchendo sua voz.

– Claro, não foi isso que eu quis dizer – ela falou. – O que quero dizer é que não pode ser assim tão fácil *mentir* sobre as pessoas na cara dura.

– Mas mentem, e com frequência – disse Wanda. – Todos os relatórios disseram que ele estava armado e que o policial atirou nele em legítima defesa. Mesmo depois que Dawit vazou o vídeo da câmera de segurança.

– Meses – Moss falou, a voz falhando. – Meses ouvindo falar que ele era um indivíduo perigoso. Meses daqueles cuzões de Piedmont me provocando na escola, dizendo que ele merecera porque era um bandido e que as ruas estavam mais limpas sem ele. *Meses* – ele disse, com ênfase.

Esperanza torceu as mãos unidas.

– Oh, meu deus – ela disse, sem olhar para ele. – Não sabia que tinha sido assim tão ruim.

Moss deu de ombros, mas não ofereceu mais nada. Esperanza sempre tinha lidado bem com a ansiedade e a depressão dele ao longo dos anos, mas ele sabia que essa era uma das grandes coisas que ela nunca conseguira entender. Mais do que nunca, desejou que ela conseguisse entender as coisas sem que tivessem que explicar tudo.

– Vocês conseguem imaginar como vai ser pro Javier? – Kaisha perguntou e parou de franzir o cenho. – Não quero nem pensar.

– Oh, não – Moss grunhiu. – Ele nem é daqui. Vão usar isso.

As sobrancelhas de Wanda se uniram.

– O que você quer dizer, Moss?

– Javier me disse uma vez que ele e a mãe não vieram para cá legalmente. Ele não tem cidadania.

Moss encarou Esperanza. Viu ela se dar conta. Ela virou a cabeça para o outro lado, secou as lágrimas.

Ele parou de falar e assistiu à previsão do tempo, observando cada detalhe possível. O pequeno broche que a repórter usava. Era uma coruja? Não dava para ver. Notou que o cabelo castanho-escuro dela se enrolava nas pontas e que os cachos se moviam toda vez que ela virava a cabeça para olhar a câmera. Observou-a gesticular sobre um mapa da península, tagarelando sobre os vários locais e as temperaturas. Ele assistiu aos âncoras brincarem entre si. Queria poder fazer piadas das roupas deles com Javier.

Não vou vê-lo rir nunca mais, Moss pensou. Seu coração parecia ter virado chumbo, pesando em seu peito, e era como estivesse puxando-o na direção do chão. Ele só queria dormir e nunca mais acordar. Aí a dor nas pernas e no peito iria embora, e aí nunca mais precisaria se preocupar com ele mesmo, com a mãe ou os amigos.

Mas sua mãe se encostou nele, e os pensamentos foram embora depressa. O grupo na sala de estar assistiu à televisão em silêncio. Moss usou o braço da cadeira para conseguir se erguer e ficar de pé, estremecendo quando a perna esquerda doeu.

– Querido, aonde vai? – Wanda perguntou, ajudando-o a se levantar.

– Não consigo mais assistir a isso – ele disse em voz baixa, e ele mancou na direção do seu quarto. – Vocês todos podem ficar aí, ou ir embora, não ligo.

Não falou mais nada, e notou o olhar de Kaisha antes de sair. Os olhos dela estavam arregalados, vulneráveis, e desviaram dele no mesmo instante.

Sua mãe estava logo atrás, seguindo-o da mesma forma que o *pit bull* do vizinho fazia sempre que Moss passava pelo quintal. Moss não se deu ao trabalho de fechar a porta do quarto. Mancou até a cama e se jogou nela, enterrando a cabeça no travesseiro. Wanda se sentou ao seu lado e passou a mão nas costas dele com carinho.

– Ah, Moss, querido, sinto muito – ela disse.

Ele odiava como a voz dela soava magoada.

– Eu sei – ele falou no travesseiro. Ele virou a cabeça para a direita e inspirou profundamente. – Estou cansado de você sentir muito.

A mão dela parou no meio das costas dele.

– Também estou cansada – ele a ouviu dizer. – Cansada de uma porção de coisas. – Outra pausa. – Sinto muito que você tenha que passar por isso. – Pausa. – De novo.

Moss sentiu a garganta se fechar ao pensar em outra pessoa partindo deste mundo, sendo esquecida, porque sabia que era isso que aconteceria com Javier em breve. E se ele não fosse mais do que apenas uma estatística ou uma *hashtag* on-line? E se extirpassem do nome dele todas as memórias incríveis que Moss estivera colecionando? Era a última coisa que Moss queria. Queria se lembrar de Javier roçando os lábios pelo seu rosto. Queria se lembrar da última vez que pedalaram juntos, um sorriso bobo gravado no rosto de Javier quando Moss o ultrapassava. E todas as vezes que Moss tentava centrar seus pensamentos em uma dessas memórias, em vez disso o que vinha era o disparo da arma, Javier agarrando o peito, o sangue vermelho pingando.

– O que está acontecendo com o mundo, mãe? – Moss perguntou, a voz falhando na última palavra. – Por que isso continua acontecendo?

– Bem – ela disse, a testa franzida de preocupação. – Porque as pessoas continuam saindo impunes.

– Ele vai sair impune, não vai? – ele perguntou, e as lágrimas escorreram por seu rosto.

Wanda ergueu a mão para limpar algumas delas, mas aquilo só fez Moss chorar ainda mais. Ela o puxou para seu colo e Moss a agarrou com força, como se ela fosse capaz de desaparecer a qualquer segundo. Os soluços balançavam seu corpo, mas sua mãe não disse nada. Ela segurou Moss com um carinho que ele desejava, que ele precisava mais do que tudo no mundo.

Ele finalmente se sentou, fungando de vez em quando, a congestão nasal o derrotando. Ele atravessou o quarto e pegou um lenço da escrivaninha para assoar o nariz. Quando enfim olhou para a mãe, lágrimas também estavam descendo pelo rosto dela.

– Me desculpa, mãe – Moss falou –, não queria te deixar triste.

– Querido, você sabe que pode sempre contar comigo – ela insistiu. – Não é culpa *sua* eu me sentir assim.

– É só que... – a voz dele falhou de novo, e sentiu a garganta se fechar ao segurar o ímpeto de começar a gritar. – É só que eu acho... que poderia tê-lo amado, mãe.

Ela se levantou da cama e foi até ele, os braços abertos, e ele a deixou envolvê-lo de novo. Gostava da sensação das mãos dela acariciando suas costas, então se aconchegou a ela, o mais perto que pôde.

– Eu meio que sabia – ela disse. – Dava para ver que você sentia algo por aquele rapaz.

– Só quero ele de volta – disse Moss, então soube que era algo patético de se dizer.

– Eu também – ela falou, depois se afastou gentilmente. – Você sabe que não podemos parar.

– Parar o quê?

– O que começamos. É mais importante que nunca. Precisamos de justiça por Javier.

– Ah, droga – disse Moss, fungando mais uma vez. – Nós temos que ir falar com a mãe dele. Eu esqueci completamente.

– Eu sei, querido. Eu entendo. Você está lidando com muita coisa, sabe.

– Mas o que mais podemos fazer? – ele perguntou. – Nem sei por onde começar.

– Comece pelas coisas pequenas. Visite a mãe de Javier. Certifique-se de que ela está sendo bem cuidada. Você lembra como um funeral é caro? – Ele fez que sim. – Deve ser ainda mais caro hoje em dia. Então precisamos que a comunidade ajude a arrecadar algum dinheiro. E aí... vamos acertar todo mundo no ponto fraco. Precisamos organizar alguma coisa, ainda não sei o que, para que saibam que isso *nunca* mais pode acontecer.

Ela se afastou dele e começou a andar para lá e para cá no quarto.

– Precisamos achar uma maneira de atingi-los. De uma forma que não possam ignorar. – Wanda ficou quieta mais uma vez, então andou até a porta, parando antes de sair do quarto. – Vou agendar outra reunião – ela anunciou, e então secou o rosto. – Deixe essa parte comigo.

Sua mãe saiu do quarto e Moss se deitou na cama, os olhos no teto, o coração vazio. Naquele momento, estava mais do que disposto a deixar alguém fazer o trabalho.

24

Moss não deu conta de subir as escadas quando chegaram à casa da Sra. Perez. Tudo se tornaria real. *Se eu ficar aqui,* pensou, *ainda posso imaginar que ele está em casa.*

O homem do andar de baixo espiou pela fresta. A porta de tela rangeu, e o olhar de Moss cruzou com o dele. O homem estava imóvel, tristeza por todo o rosto. Ele já deve saber. Moss se deu conta de que nem sequer sabia o nome do homem. Ele era só o "pai do andar de baixo". Faria diferença? Será que Moss teria motivos para voltar ali mais uma vez?

O homem baixou a cabeça. Ele não disse nada. A porta fechou, rangendo.

– Moss, querido, estou aqui.

Ele encheu os pulmões de ar, e seu olhar flutuou para o topo das escadas. A memória de Moss preencheu os buracos: Javier estava no alto daqueles degraus. Pularia porta afora e ficaria ali, esperando por Moss, aquele sorriso bobo moldando seus lábios, e, quando Moss chegasse ao topo, ele se ofereceria para guardar a bicicleta, mas primeiro lhe daria um daqueles adoráveis beijos na bochecha. Um beijo. Moss queria sentir os lábios de Javier outra vez, e o pensamento foi uma lança em seu peito. Perdeu o equilíbrio, mas encontrou a mão da mãe em suas costas, e ela o firmou. Bem quando ele sentiu uma fraqueza nos joelhos, ouviu a porta no andar de cima se abrir. Sem pensar em mais nada, Moss disparou escada acima, as pernas eram uma massa trêmula de nervos e dor, o coração repleto de esperança desorientada. *Javier,* Moss pensou. *Será como das outras vezes.*

– Moss! – A mãe chamou, mas era tarde demais.

Moss chegou ao topo segundos depois, abriu a porta telada, e deu de cara com a mãe de Javier. Ao olhar para aquele rosto varado pela dor, a vermelhidão nos olhos, sua mente se perdeu em memórias do passado. Era apenas isso. Uma memória. Um momento no tempo. Nunca aconteceria de novo.

Eugenia os chamou para dentro com um gesto, seus lábios apertados. Ele a abraçou com força sem dizer uma palavra, esperando que fosse o bastante. Por sobre o ombro dela, viu a mesa repleta de flores e balões. *Já?*, pensou. Um dos balões flutuava estranhamente acima de um vaso brilhante cheio de íris. Era como se dissesse "Desejo melhoras!", tão terrivelmente inapropriado que Moss foi obrigado a sufocar uma risada. Aquela emoção não fazia sentido. De onde viera aquela frivolidade? Talvez fosse a ironia. Será que algum deles um dia ficaria *bem* de novo?

Ele soltou a mãe de Javier e entrou na sala, dando a sua mãe uma chance de dizer oi. Elas se abraçaram, e Eugenia sucumbiu aos soluços que sacudiam seu corpo. Moss podia ver o rosto da mãe sobre o ombro de Eugenia. Lágrimas desciam por suas bochechas, mas os olhos delas estavam vazios. *Merda*, Moss pensou. *Isso deve lembrá-la de papai, também.*

As duas mulheres se sentaram no sofá, e a mente de Moss pulou de volta para aquela tarde. *Overwatch*. O beijo, seus corpos tão próximos. Moss se afastou e foi até a cozinha, colocando as mãos na bancada para se firmar. Ele sentia a garganta se fechar novamente e tentou se concentrar, sabendo que aquilo o mantinha inteiro enquanto estava ali.

– Querido, quer se juntar a nós?

Ele ouviu a voz de sua mãe, mas sabia que nem sequer conseguiria se virar para encará-las. O que aconteceria com o quarto de Javier agora que ele se fora? O que a Sra. Perez faria?

Os braços de sua mãe envolveram seu tronco, e aquilo o levou ao limite. Suas lágrimas caíram na bancada, e ele disse:

– Não é justo.

– Nunca é – ela respondeu. – Nunca.

– Só quero ele aqui, mãe. Bem aqui.

Ele se afastou dela e virou o corpo. Viu a Sra. Perez torcer as mãos unidas no sofá, o rosto dela também molhado com as lágrimas. Havia uma coisa que ele podia fazer por ela, porém. Atravessou o aposento, tirando o gorro de Javier do bolso de trás. Quando se sentou no sofá ao lado da Sra. Perez, entregou-o a ela. Ela olhou para o gorro, e depois para os olhos vermelhos de Moss, e então o pegou com cuidado, como se fosse virar pó se ela o tocasse. Ela o acariciou antes de levar ao rosto.

– Ainda tem o cheiro dele – ela disse.

Moss assentiu. Ele queria ter ficado com o gorro, para ter algo que o lembrasse de como era ficar aconchegado nos braços de Javier, mas não era certo. Ela precisava daquilo mais do que Moss.

– Eles não me deixaram vê-lo – ela disse, o sotaque ainda mais acentuado agora. – Disseram que precisam fazer a autópsia primeiro.

As palavras dela se transformaram em outro soluço, e ela caiu para o lado, bem nos braços de Moss. Ele a confortou como podia enquanto sua mãe observava em silêncio.

Eugenia se levantou repentinamente, e foi em linha reta para o quarto de Javier. Ela voltou momentos depois com a mochila que ele usava quando andava de bicicleta e a entregou a Moss. Estava pesada; sua corrente enorme deveria estar ali dentro.

Era uma oferenda. Moss a aceitou, contente de ter uma parte de Javier para si.

Mas ainda não parecia real, como ele achou que aconteceria. Nada parecia real. Moss olhou de relance para o corredor e viu que a luz do quarto de Javier estava acesa. Um pânico veio até ele, um truque de sua mente. Ele acreditou, por um único segundo, que Javier ainda estava em casa, que tudo aquilo não passava de uma piada cruel. A cena se desenrolou em sua cabeça. Ele gritaria com Javier, o repreendendo por fazer uma piada tão perversa com todos. Javier sorriria, aquele sorriso diabólico no rosto, e Moss o perdoaria.

Independentemente do que fizesse nos dias que viriam, de quais manifestações frequentasse, sem importar qual vingança conseguisse, Javier não voltaria. Não poderia, ele se corrigiu. Ele não poderia voltar.

– Pode ir – disse Eugenia.

Ele balançou a cabeça.

– Desculpe?

– Pode ir até o quarto dele – ela explicou. – Escolha alguma coisa. E fique com ela. – Ela fungou. – *Recuérdalo*.

Wanda assentiu para Moss, que atravessou o carpete devagar, suas pernas pareciam não se mover sem comando. Quando abriu a porta, deu-se conta de que era a primeira vez que ele via o quarto de Javier. A lâmpada no canto lançava uma palidez amarelada, uma vibração doentia que pesava nos olhos de Moss, mas havia tantas cores vibrantes espalhadas por tudo que subjugavam a luz sinistra. Havia pôsteres na parede, muitos deles, como se Javier tivesse tentado cobrir todas as superfícies com algo de que ele gostasse. Havia um pôster da Mulher-Maravilha sobre a cama, colocado por cima de um da Selena. Havia folhetos de shows colados abaixo dele, e Moss queria ficar ali, passar horas lendo cada um deles para ver se já estiveram no mesmo show sem saber.

Havia um pôster de um filme chamado *Nunca fui santa*, em que uma jovem garota branca olhava para Moss com uma expressão pensativa no rosto. Não havia assistido ao filme, mas parecia uma escolha tão estranha no meio de todo o resto. *Talvez eu assista*, pensou, e foi até a pequena escrivaninha no canto à sua esquerda. Em cima dela, havia papéis e cadernos espalhados, assim como alguns lápis de cor e canetinhas de ponta fina. Ele remexeu nas folhas, pegou um caderno Moleskine preto e o abriu.

Moss estava olhando para a história em quadrinhos de Javier.

A colorização era clara, um rascunho das cenas e posições de objetos. Seus olhos iam de uma cena a outra, para o super-herói de roupa roxa e capa vermelha. Voltou para a primeira página, passou o dedo por uma lista de anotações e parou em uma delas:

"Nomear o personagem... El Gran Misterio? Eca, por que, qual é o mistério".

Então, duas linhas abaixo:

"E se ele for feito de NÉVOA ou algo assim".

Javier havia riscado aquela.

Folheou as páginas, admirando o uso da cor, a forma como Javier sabia organizar as cenas em todas aquelas molduras quadradas e retangulares. Viu uma cena em que alguém pulava de um prédio e notou que Javier havia apagado uma parte da perna de El Gran Misterio várias vezes, tentando desenhá-la direito.

Mas ele estava tentando. Moss folheou mais um pouco. El Gran Misterio estava tirando seu uniforme, pendurando no armário, e Moss riu. O protagonista se parecia muito com Javier, e a risada o sufocou quando a garganta se fechou mais uma vez. *Não posso nem tirar sarro dele por criar um cara perfeito.*

Ele virou a página. Suas lágrimas caíram no papel e borraram o desenho da cama, e ele viu que El Gran Misterio não era mais um super-herói, não era mais o homem de roupa roxa e capa vermelha, mas um homem na cama com outro homem, cuja pele era de um marrom escuro e profundo e que se parecia...

Não, por favor, não permita que isso seja assim, Moss pensou, e então foi totalmente incapaz de olhar para o desenho de Javier, incapaz de imaginar um mundo onde tanto potencial havia sido apagado, incapaz de querer qualquer outra coisa que não fosse Javier ali e agora. Fechou o caderno e o apertou contra o peito, caindo na cama de Javier.

Elas deviam tê-lo ouvido. Wanda entrou no quarto primeiro, Eugenia logo atrás. Sua mãe se sentou na beirada da cama, passou a mão pelo braço dele, mas parecia relutar. Incerta. Até ela estava perdida, e aquilo o fez surtar ainda mais. Estavam todos perdidos.

Eugenia estava a seu lado. Ela colocou a mão na lateral do rosto dele, tocando-o gentilmente.

– Você tem que pegá-lo. – Ela engasgou, então removeu a mão depressa e limpou o nariz. – Por favor.

– Pegar quem? – Moss perguntou. Ele viu na expressão dela o coração partido. *Será que ela está falando de Javier?*

– Pegar o *diablo* que fez isso – ela implorou. – Me prometa que vai pegá-lo.

Era um objetivo. Algo no qual Moss poderia se concentrar, para fazê-lo esquecer de que Javier não estava mais aqui.

Moss assentiu.

– Você tem minha palavra – ele disse. – Vamos pegá-lo.

Sua mãe não reagiu. Ficaram ali em silêncio pelo resto da noite.

25

— Você ouviu isso, Sr. Jeffries?

Moss olhou para a Sra. Torrance. Os olhos dela estavam vermelhos. A cabeça de Moss latejava de maneira terrível, a dor se escondendo atrás dos olhos e nos seios nasais. Estava claro demais naquele ambiente.

– Desculpe – ele disse baixinho. – O que foi que disse?

Ela suspirou.

– Não temos que fazer isso se você não estiver a fim – ela disse. – Você pode sair quando quiser.

Ele balançou a cabeça.

– Não, é importante – ele falou. E pela primeira vez naquela manhã, ele sorriu. – Nós todos precisamos saber.

Ela fez um gesto afirmativo com a cabeça.

– As aulas da manhã foram alteradas. – Ela se levantou, andando de um lado para o outro. – Estamos com horários reduzidos até o almoço. Esta manhã nossa aula terá duas horas, e daí terão as aulas de um a quatro por apenas meia hora cada. O Sr. Jacobs, nosso vice-diretor, quis garantir que os alunos tivessem tempo de processar o que aconteceu na sexta-feira e conversar com os professores sobre isso. – Ela andou até a mesa e pegou um pedaço de papel amarelo. – Eu deveria ler esta declaração do Sr. Elliot, mas imagino que só vai deixá-los ainda mais furiosos.

– Ah, então você *definitivamente* deve ler – Njemile falou, cheia de escárnio. – Por favor. Leia de forma *dramática*, Sra. Torrance.

Houve murmúrios e resmungos pela sala de aula.

A Sra. Torrance deu uma risadinha.

– Bem, é curto – ela disse. – Imagino que os advogados da escola não estão deixando a administração dizer muitas coisas.

— Típico – comentou Njemile. – Bem, o que o bilhete diz?

— "Ao estimado corpo de estudantes do Colégio West Oakland" – ela começou, fazendo um som de zombaria ao olhar para o papel. – *Agora* ele acha que vocês são estimados? Que legal.

Houve uma risada dispersa pela sala, mais constrangedora que qualquer coisa.

Ela continuou.

— "Estamos todos profundamente tristes com o que ocorreu aqui no campus na tarde de sexta-feira. A administração do Colégio West Oakland pede a sua paciência e compreensão enquanto tentamos lidar com essa situação o melhor que podemos. Para o momento, nossa parceria com o Departamento de Polícia de Oakland foi suspensa, e os detectores de metal foram desativados. Haverá uma declaração mais detalhada no final desta semana."

— Bem, até que não foi tão ruim – disse Larry. – Falso à beça, mas não é a pior coisa que já ouvi.

— Ainda não terminei, Sr. Jackson – falou a Sra. Torrance.

Ele gemeu.

— Por que fui abrir a boca?

Ela fez uma careta enquanto lia o resto do bilhete em silêncio. Ela exalou.

— "Gostaria de pessoalmente relembrar aos estudantes que invasão de propriedade não é tolerada no campus. Se houver qualquer incidente disruptivo no campus esta semana, será objeto da aplicação rigorosa da nossa política disciplinar."

Moss sentiu o estômago afundar bem quando a classe irrompeu em resposta. Ouviu alguns alunos xingando, o que a Sra. Torrance geralmente não tolerava. Mas o rosto dela estava perdido e exausto. Ela soltou o bilhete sobre a mesa, ergueu as mãos e esperou a classe se aquietar.

— Eu sei, eu sei – disse ela. – É tudo muito confuso e profundamente perturbador.

— Isso é eufemismo – disse Moss.

As palavras saíram com amargura, e ele se encolheu de vergonha. Mas a Sra. Torrance estava olhando para ele. Ele viu novamente: a empatia nos olhos, pena no rosto.

– O corpo docente não foi informado de nada – disse ela. – Então, tudo o que sei é o que vi e o que outros me disseram ter visto. E, do lado de cá, foi bem ruim.

Kaisha levantou a mão.

– Peço permissão para usar meu celular – falou. Quando a Sra. Torrance fez que sim, ela acrescentou: – Meu celular *novo*, já que o antigo nem funciona mais. O celular de mais alguém estragou na sexta-feira?

Quase todas as mãos na sala se levantaram, incluindo a de Moss. Ele não havia tido tempo de conseguir um novo ou descobrir se as informações do antigo poderiam ser recuperadas.

– Não acho que isso seja acidental – a Sra. Torrance disse. – Mas não sei qual a explicação. Eles não contaram nada ao corpo docente.

– Bem, tenho acompanhado tudo – Kaisha falou, rolando a tela do celular. – Se você não se importa. – A Sra. Torrance assentiu em silêncio. – Bem, aqui está o que sabemos. A contagem final: 117 estudantes foram feridos no total.

O silêncio foi doloroso. Foi pior para Moss porque seu medo tinha acabado de se tornar real. Javier se tornara um número, não mencionado na contagem, mas ainda parte dela. Ele seria para sempre parte de uma estatística, um fato lido em voz alta para chocar os outros, uma parte de uma história fraturada. Enquanto Kaisha começou a falar sobre os ferimentos, enquanto ela compartilhava declarações do Departamento de Polícia de Oakland, de especialistas e blogs on-line, enquanto outros estudantes começaram a contar as próprias histórias, mostrar seus machucados e feridas, a atenção de Moss divagou. Ele não conseguia mais ouvir aquilo. Nada daquilo era novidade. Ninguém queria levar a culpa. Ninguém queria se responsabilizar. E, quanto mais ele ouvia que o distrito escolar estava se distanciando do que havia acontecido, mais ele tinha certeza de que nada nunca melhoraria. Eles todos sairiam impunes. Todos eles poderiam viver a vida, voltar para casa e ficar com a família.

Todos, menos Javier.

Foi Larry quem trouxe Moss de volta. No silêncio doloroso que se fez quando Kaisha parou de ler, ele pigarreou alto.

— Sra. Torrance — O tom de voz derrotado e com medo. — Eu não entendo. Como podem fazer isso? Eles mataram alguém. O que nós deveríamos fazer agora?

A Sra. Torrance se sentou na ponta da mesa e baixou a cabeça, seus *dreads* caindo pelas laterais do rosto.

— Não sei, Sr. Jackson — ela respondeu.

Não havia convicção na voz. Ela geralmente era tão segura, tão determinada, tão cheia de propósito e com a resposta na ponta da língua. Mas agora ela soava como todos os colegas de Moss, e aquilo fez Moss se sentir mais abatido que antes.

O que eles deveriam fazer a seguir?

26

Os dias se passaram. Moss estava alheio a tudo. Saiu da aula de Biologia na quarta-feira à tarde, andou pelo corredor que usaram para escapar de Daley depois do seu tropeço. Viu um garoto com um gorro preto na cabeça, torto, inclinado para o lado, e a mente dele o enganou por apenas um segundo.

Moss virou no corredor. Era um calouro; não se parecia nada com Javier.

Ele viu um fantasma de Javier novamente no metrô aquela noite. Um homem alto com o mesmo tom de pele, sua bicicleta preta encostada nele. Moss olhou de novo. O homem apenas o encarou de volta, pendendo o corpo para longe de Moss.

Seu cérebro continuou preenchendo as lacunas, o buraco que tinha sido deixado para trás. No jantar daquela noite, sua mãe remexeu o *pad thai* no recipiente de isopor. Ficou lá parado até o vapor parar de subir, até o aroma, geralmente delicioso, desaparecer.

— Vou na casa de Eugenia esta noite — Wanda fechou a tampa, empurrou a caixa para longe de si. — Quer vir?

Seu coração pulou. Javier estaria lá, será que ele...

Ele balançou a cabeça.

— Eu não consigo — falou. — Ainda não.

Ela assentiu.

— Estou organizando outra reunião no domingo. Para a igreja. Quer ir?

Ele suspirou.

— Sim — ele falou, por fim. — É importante.

– Você não precisa falar nem nada se não quiser.
– Eu sei. Mas eu deveria.
Ela o alcançou, colocando sua mão sobre a dele.
– Vai ficar mais fácil um dia – disse ela.
Esse dia parecia bem longe de chegar.

27

Era noite de domingo, e a Igreja do Caminho Abençoado estava lotada. Moss viu Martin na entrada principal, conversando com aqueles que lutavam para entrar, mas era em vão. Deveria ter pelo menos umas cem pessoas nos degraus e escorrendo pelos lados do prédio. Moss terminou de trancar sua bicicleta e se encaminhou diretamente para o barbeiro.

– Estamos instalando caixas de som! – Martin gritou para a multidão e lançou uma piscadela para Moss. – Prometo que vocês todos serão capazes de ouvir tudo daqui de fora!

Martin esticou a mão e puxou Moss através da multidão.

– Bom ver você, cara – ele disse, abraçando Moss. Segurou-o por alguns segundos antes de empurrá-lo na direção das portas. – Sua mãe está quase começando, é melhor você se apressar.

– Obrigado – Moss falou, a voz embotada e sem vida.

Ele mergulhou para dentro o mais rápido possível, ávido por evitar qualquer socialização. A empolgação e paciência que Moss observara no primeiro encontro haviam desaparecido. As pessoas falavam alto, eram grosseiras umas com as outras, e uma energia inquieta preenchia o ambiente, como se a qualquer segundo uma fagulha pudesse inflamar toda a aglomeração. Estavam bravos, assustados. Abriu caminho até a frente do salão, parando para cumprimentar algumas pessoas que reconheceu. Os Meyers estavam lá. A Sra. Torrance e seu parceiro. Shamika, Dawit e Bits estavam próximos do palco, então andou na direção deles. Moss viu Rawiya perdida em uma conversa com o Sr. Roberts. Acenou para eles ao passar.

– Não esperava ver você aqui – disse ele a seu professor de Biologia.

– Muitos de nós estamos insatisfeitos – o Sr. Roberts declarou, franzindo o cenho. Ele apontou com a cabeça para um lugar atrás de

Moss. A enfermeira da escola, a secretária e dois orientadores conversavam não muito longe dali.

Viu mais pessoas que não esperava. Tariq e Eloisa. (Sem o cachorro.) Jasmine acenou para ele do lado oposto de uma das fileiras de bancos. Perto dela havia um grupo de crianças pequenas que seguravam um banner. ASIÁTICOS AMERICANOS EM SOLIDARIEDADE, dizia, e ele sentiu uma explosão de gratidão. Passou. Ele parecia incapaz de se apegar a alguma coisa por mais do que alguns segundos.

Moss subiu os degraus do palco e encontrou a mãe agachada atrás do púlpito.

– Veio bastante gente, hein? – ela comentou ao se levantar.

– Sim, tem gente pra caramba. Bem mais que eu imaginava.

– É uma grande noite, querido. Estou orgulhosa de você, sabe.

– Por quê?

– Por estar disposto a vir aqui e falar – ela falou e o beijou na têmpora. – Será de grande ajuda para nós.

– O que você quer que eu diga esta noite? – ele perguntou, inseguro.

– Qualquer coisa que tenha vontade. De verdade. Moss, isso dói, e sei que não é divertido falar do assunto. E você sabe que não quero ninguém explorando essa tragédia só pelo ativismo.

– Também não – disse Moss. Ele inspirou profundamente. – Mas acho que preciso. Para me sentir melhor. – Olhou para a multidão massiva. – Parece o certo a fazer.

Ela sorriu.

– Eu te amo, Moss – sua mãe falou, a voz baixa, mas orgulhosa.

E, com aquilo, ela se afastou na direção do reverendo Okonjo. Moveu-se até o lado direito do palco onde alguém havia organizado uma mesa com alguns microfones. Eugenia estava sentada na ponta, longe de Moss, e Reg estava lá também. Moss se inclinou e deu um beijo na bochecha da mãe de Javier, e ela sorriu. Cumprimentou Reg com um grande abraço.

– Bom te ver, Moss – disse Reg. – Viu a Kaisha por aí? Ela deveria estar aqui, também.

Moss sacudiu a cabeça.

– Não, mas tá difícil achar qualquer um aqui. Não esperava que estivesse tão lotado.

Reg secou o suor da testa.

– Estou um pouco nervoso, cara. O que estamos tentando fazer?

Moss se sentou ao lado dele.

– Sei lá. Vou deixar minha mãe liderar o show. Ela é tão boa nisso.

– É, eu sei. Olha ali a Esperanza!

Reg apontou para alguém vindo da ala central, que subiu as escadas e sufocou Moss com um abraço apertado. Ele sorriu, um sorriso genuíno, agradecido por ela estar ali.

– Você está bem? Sinto que não conversamos muito esta semana.

– Estou bem, dentro do possível. Triste o tempo todo, mas tem seus altos e baixos, sabe?

– Sei. Meus pais estão confusos com toda essa coisa. Eles não entendem o que aconteceu, e para ser honesta... nem sei como explicar para eles.

– Eles não estão aqui?

Esperanza apontou para um canto, bem nos fundos da igreja. Rebecca e Jeff imediatamente ergueram as mãos, acenando para Moss. Ele devolveu o gesto com um ligeiro aceno.

– Bem, pelo menos eles não transformaram isso em uma das cruzadas deles – ela falou.

Moss deu de ombros.

– Não é como se eles pudessem fazer algo pra ajudar.

– Pelo menos eles estão tentando?

Esperanza não parecia convencida do que estava dizendo.

– Talvez, mas seus pais parecem bem sem noção de vez em quando.

Esperanza franziu o cenho para ele, depois suspirou.

– Odeio concordar com você. Parece uma traição a eles.

O barulho de retorno dos microfones no centro no palco os distraiu. O reverendo Okonjo e Wanda foram ao púlpito juntos, e a presença dos dois unidos foi o bastante para inspirar o público a se calar. Esperanza desceu para seu lugar. Kaisha conseguiu subir no palco e beijou Reg no topo da cabeça antes de se sentar entre ele e a Sra. Perez.

O reverendo Okonjo ergueu as mãos, e as poucas pessoas que ainda falavam e fofocavam, ficaram em silêncio. Dava para ouvir cada rangido de assento na igreja, cada tossida, cada fungada.

A voz do reverendo ecoou pelo salão.

– Temos uma tarefa difícil à nossa frente. Estamos com raiva. – Houve gritos afirmativos. – Estamos de luto. Estamos *cansados*.

Alguns disseram "amém!" em resposta e ele continuou.

– Nessas horas, pedimos compaixão. Compreensão. Empatia. – O reverendo lançou um olhar na direção de Moss, que inclinou a cabeça. – Será muito fácil nós todos sermos consumidos por raiva pelo que aconteceu nesta comunidade. E não culpo ninguém por sentir desespero e fúria. Não estou aqui para dizer a vocês o que sentir. Tudo o que peço a todos – e gesticulou na direção do salão com os braços bem abertos – é que tenham paciência. Só por agora. Só pelas próximas poucas horas. Deem ouvidos solidários uns aos outros e deixem que falem aqueles que querem falar.

Moss olhou para o mar de pessoas. Professores. Estudantes. Pais e mães. Administradores. Contadores e barbeiros, donos de loja de conveniência e donas de casa. Eles cochichavam uns com os outros. As mãos para cima como a de estudantes ávidos em salas de aula.

– Sei que muitos de vocês estão doidos para falar – o reverendo reconheceu. – Mas gostaria que a Sra. Wanda Jeffries dissesse algumas palavras antes de começarmos. Ela vai liderar a conversa, então gostaríamos de explicar as regras.

Ele saiu do caminho, e a mãe de Moss tomou seu lugar no púlpito. Ela se portava com firmeza, direta e autoritária. Não falou nada de pronto; em vez disso, lançou um olhar poderoso aos espectadores, observando cada rosto possível.

– Gostaria de começar agradecendo a cada um de vocês por ter vindo – começou ela, por fim, as mãos segurando suavemente as laterais do púlpito, os músculos do braço tensionados. – Vocês são parte de algo especial e, neste momento, nossa comunidade precisa disso. – Ela esperou passar o burburinho que se seguiu às suas palavras. – Podemos nos sentir fragilizados e desesperados neste momento, mas acredito que, através de uma conversa entre *todos* nós, podemos encontrar uma solução para este… este…

No curto silêncio que se formou entre as palavras dela, alguém completou.

– Pesadelo.

Wanda assentiu.

– Então vamos falar um de cada vez, como no outro dia. Não é bom para ninguém se falarmos um por cima do outro, mesmo em concordância. Por favor, portem-se de maneira respeitosa e, prometo, vamos ouvir todos. Jermaine preparou um microfone de novo, e pedimos que formem uma fila atrás dele se quiserem falar.

Então, ela se voltou para as quatro pessoas sentadas à mesa.

– Também quero apresentá-los a algumas pessoas que não vão só falar nesta noite, mas também responder a seus questionamentos, caso precisem. Tenho certeza de que todos se lembram do meu filho, Morris Jeffries Jr., ou Moss, como é conhecido.

Moss não soube o que fazer. Ergueu a mão para a multidão, constrangido. *Por que não ensinam isso na escola?*

– Ao lado dele está Reg Phillips, que foi o motivo de nossa última reunião aqui. Muitos de vocês se lembram da namorada dele, Kaisha, daquela noite também. Mas, se não se importarem, gostaria que a Sra. Eugenia Perez tivesse a palavra primeiro. – Wanda gesticulou para ela. – Vá em frente.

Eugenia tirou um pedaço de papel do bolso. Enquanto desdobrava, o som ecoou pela igreja, amplificado pelo microfone, e cada ruído pareceu alto e estranho.

– Obrigada, Wanda – disse ela, olhando a mãe de Moss. – E obrigada, Moss, por... amar meu filho.

Ele esperava poder se manter firme durante toda a reunião, apresentar-se com confiança e convicção, ser o tipo de pessoa com a qual a comunidade podia contar. Queria ser como a mãe. Mas Moss nunca havia dito a ninguém que amava Javier, nem sequer uma vez, para ninguém, e mesmo assim, quando Eugenia o disse, ele soube que era verdade. Amava Javier. A pedra em sua garganta voltou, tão repentinamente que não soube se conseguiria aguentar.

– Perdi meu filho há uma semana – ela disse, sem se importar em limpar as lágrimas. Elas pingavam na mesa, na anotação que havia escrito à mão, dobrado e levado com ela. – Ele foi tirado de mim por um homem que desapareceu, que nem sequer mostra a cara para admitir que atirou no meu... meu...

Ela tossiu, alto demais, e foi como se tivesse diminuído na frente de todos eles, tivesse se tornado uma pessoa menor de alguma forma. Ela estava jogando sua alma no mundo, sem saber se um dia a conseguiria de volta.

– Não sei o que fazer sem ele. Estou aqui para pedir ajuda a vocês.

Ela começou a chorar, e Moss se levantou e arrastou sua cadeira consigo, o som dela se arrastando pelo chão do palco era alto e desagradável, mas não se importou.

Ele se sentou ao lado da mãe de Javier e passou o braço pelo ombro dela, e ela continuou.

– Eles nem sequer liberaram o corpo dele para mim. Ainda estão com ele. Não posso enterrá-lo. Não sei o que fazer.

Ela colocou o papel de volta na mesa e o empurrou.

– Por favor, me ajudem a fazer alguma coisa. – Ela implorou com os olhos na multidão. – Me ajudem a fazer *qualquer* coisa.

Martin se aproximou e colocou uma caixa de lenços de papel e uma jarra de água na mesa antes de sair. Moss entregou um lenço para Eugenia, e ela assoou o nariz.

– Me desculpem – ela disse. – Isso é difícil demais.

Ela se levantou, a cadeira arranhando no chão como a de Moss havia feito e saiu do palco, caindo nos braços de um homem. Moss voltou o olhar para a multidão e viu muitas pessoas chorando. *Aguente firme*, Moss disse a si mesmo. *Você precisa ser forte por eles.* Ele se lembrou daquela manhã no pátio em que ele enterrou seu pavor pelo bem de Shawna. *Faça a mesma coisa mais uma vez.*

– Então, o que vamos fazer pela Sra. Perez? – Wanda perguntou para a multidão. Ela fez um gesto na direção da mesa. – Algum de vocês?

Moss sentiu os olhos de todos no salão se voltarem para ele. Foi instantâneo e não entendeu como a mãe não desmoronava sob aquele tipo de pressão.

– Eu não sei – ele disse, o rosto perto demais do microfone, que apitou. Ele se afastou. – Como podemos fazer com que James Daley seja punido? É isso que eu quero. – Ele olhou para o público, viu Eugenia, ainda tomada pela dor. – Acho que isso é o que todos nós queremos.

Houve um movimento nos fundos da igreja, e uma mão se ergueu no ar segurando uma folha de papel branca.

– Talvez eu possa ajudar!

Uma voz cortou o tumulto, e Moss apertou os olhos para observar a mulher de cabelos loiros curtos se espremer entre as pessoas agrupadas na nave. Ela tropeçou ao subir as escadas, mas se recuperou e foi direto ao púlpito onde estavam Wanda e o reverendo Okonjo. Ela se vestia de maneira conservadora, calça social, uma blusa azul-clara e o cabelo delicadamente penteado para trás. Ela estendeu a mão para Wanda, que a encarou, confusa.

– Desculpe, mas quem é você?

– Rachel Madsen – disse ela e sorriu, sem mostrar os dentes. – Gerente de Relações Públicas do Departamento de Polícia de Oakland.

Foi como se alguém tivesse socado todo o salão no estômago. Moss se levantou e seu coração pulou para a garganta.

– O que você está fazendo aqui? – ele gritou. – Essa reunião não é para *você*.

As palavras pareceram cortá-la profundamente. Ele viu a decepção passar pelo rosto dela por apenas um segundo, e então o sorriso voltou.

– Entendo que você talvez esteja transtornado, mas garanto...

– *Talvez* esteja transtornado? – Ele agarrou o encosto da cadeira para firmar as pernas, que tremiam de pavor. – Eles mataram o filho dela! – E apontou para a mãe de Javier.

– Eu vim porque tenho um comunicado do Departamento de Polícia de Oakland que gostaria de ler. Acreditamos que é melhor que ouçam por nós antes que seja liberado para o público.

Houve silêncio. Foi doloroso. Moss olhou para a mãe, cujas sobrancelhas estavam unidas de preocupação. Ela balançou a cabeça devagar, mas Rachel Madsen ainda assim subiu ao púlpito. Colocou o papel sobre ele e alisou-o com a mão. Olhou para a multidão, que permanecia petrificada em um silêncio horrorizado. Viu Esperanza na fileira da frente, boquiaberta, o corpo na ponta da cadeira. Moss só queria afundar, mas se recusou a parecer fraco. *Agora não*, ele disse a si mesmo. *Não dê na cara.*

Rachel pigarreou e deu mais um sorriso inexpressivo.

– "Na sexta-feira, dia 21 de setembro, às 2h21 da tarde, o Departamento de Polícia de Oakland respondeu ao chamado de que havia um motim acontecendo no Colégio West Oakland após estudantes supostamente tentarem sair do campus."

– Você sabe que isso é mentira – Kaisha interrompeu, usando o próprio microfone. – Como a polícia pode ter *respondido* a algo que eles mesmos começaram?

– Se me deixar ler o comunicado... – respondeu Rachel.

– Não, não vou deixá-la ler – Kaisha retrucou. – Achei que tinha dito que talvez pudesse ajudar.

Rachel apertou os lábios, mas não falou nada de início.

– Estou aqui para responder às alegações de que o Departamento de Polícia de Oakland agiu fora dos limites de sua...

A multidão ficou inquieta, e Moss perdeu a paciência.

– Por que... você... está... aqui?

Ele bateu palmas a cada palavra, evitando o microfone, gritando o mais alto que podia.

Rachel estremeceu, e fitou Moss. Baixou o olhar para o comunicado, então olhou de volta para Moss, e depois de volta para o papel. Ela limpou a garganta de novo.

– "O policial James Daley encontrou Javier Perez, um aluno do Colégio Eastside, que estava invadindo..."

Ela não terminou. Moss pegou sua cadeira e a lançou ao fundo do palco, a fúria correndo pelas veias. O público ficou de pé e começou a gritar. Kaisha estava do lado de Moss e o segurou enquanto ele encarava Rachel, que dobrou o papel. Aquele mesmo sorriso apareceu de novo, aquele no qual ela não mostrava os dentes, aquele no qual ela comprimia os lábios numa linha fina, e isso fez a raiva ferver dentro dele, rodopiar no peito e pulsar por cada centímetro do corpo. Mas Kaisha segurou na sua mão e sussurrou:

– Agora não.

Assistiram a Rachel passar por eles. Ela evitou os olhares e avançou para as sombras atrás do palco.

O reverendo Okonjo subiu no púlpito e já parecia cansado.

– Por favor – pediu ele, e o microfone carregou a voz dele pelo salão. – Por favor, sentem-se.

Wanda puxou Moss para um abraço.

– Lamento, lamento tanto – disse ela, e apertou-o com força. – Não deveria tê-la deixado falar. Fiquei tão... chocada.

Moss se afastou dela, o coração disparado.

– Não é sua culpa, mãe – disse Moss. Sentiu uma tontura tomando conta dele, assim como tinha acontecido na casa de Eugenia na outra noite. – Bem, admito que não estava esperando por aquilo.

A mãe dele revirou os olhos, mas a tristeza tinha desaparecido. Foi como se a mulher tivesse dado um choque de energia em todos para capturar a atenção deles.

– É, achei que o DPO fosse ter um pouco mais de tato.

– Wanda? – O reverendo Okonjo gesticulou para ela. – Quer continuar?

Ela beijou a testa de Moss e voltou para o púlpito. Moss sentou-se na cadeira que tinha sido utilizada por Eugenia, olhando para o público que tentava se acomodar. Observou a mãe retomar a sala com graciosidade.

– Bem, isso foi interessante, não foi? – disse Wanda, rindo.

Algumas pessoas responderam com xingamentos. Uma negra alta, no primeiro lugar da fila que aguardava para falar, bateu no microfone.

– Se você não se importar? – ela perguntou.

– Fale, Lanessa – disse Wanda.

– Acho que já percebemos como eles serão rápidos para culpar outras pessoas pelo que fizeram – disse ela.

– Isso! – alguém na multidão gritou.

– Não tenho respostas, mas coordeno um espaço de trabalho comunitário na rua 14, no centro – ela continuou – e gostaria de lhes oferecer um lugar. Um local para vocês imprimirem cartazes, planejar protestos, qualquer coisa. Qualquer um do Colégio West Oakland pode vir, mostrar o RG e usar o espaço de graça pelo tempo que precisar.

Houve muitos aplausos, e Wanda agradeceu a Lanessa. A mulher deu um passo para o lado, e o coração de Moss saltou. Rebecca estava no microfone, e ela o pegou para ajustar, o colocando mais alto. Moss olhou para Esperanza, que digitava no telefone. Ele estalou os dedos

uma vez, e o olhar dela voou para ele. Ele apontou para a mãe dela com o queixo, e ela se virou. Naquele silêncio constrangedor, ele ouviu Esperanza dizer:
— Ah, não...
Rebecca limpou a garganta.
— Olá, Wanda, Moss — disse ela, sorrindo de orelha a orelha.
Wanda assentiu para ela.
— Bom te ver, Sra. Miller. Você teve alguma ideia?
Ela sacudiu a cabeça.
— É mais uma pergunta acerca de como nós com mais privilégios podemos ajudar — ela respondeu. — Porque *queremos* ajudar, mesmo que isso não tenha acontecido no nosso bairro ou com a nossa filha. E muita gente em Piedmont quer ajudar, mas não sabe exatamente o que fazer de útil.
Alguns poucos aplausos de apreciação pelas palavras dela.
— Essa é uma boa pergunta, Rebecca — disse Wanda. — Não posso falar por todos, mas a resposta mais fácil que posso dar é que precisamos arrecadar fundos para ajudar a Sra. Perez com os custos do funeral.
Isso arrancou aplausos mais altos, e Rebecca assentiu ao ouvir aquilo.
— Há alguma coisa que possamos fazer com a administração? Fazer pressão em cima deles?
— Talvez — disse Wanda —, mas provavelmente é melhor a gente esperar até que tenhamos um plano mais concreto antes que qualquer um de nós converse com qualquer pessoa na escola.
— Bem, gostaria de me oferecer, se estiver tudo bem.
Rebecca parecia animada por ter uma forma de contribuir. Ela encheu o peito, sorrindo na direção do palco. Moss pegou um revirar de olhos de Esperanza e abafou uma risada.
— Claro — disse Wanda. — Podemos conversar mais tarde.
Ela fez um gesto como se estivesse dizendo a Rebecca para deixar outra pessoa falar.
Mas Rebecca não se afastou do microfone.
— É só que eu meio que tenho contato com uma das pessoas que gerencia o Colégio West Oakland — disse ela. — Na verdade, eu fui professora do filho do diretor alguns anos atrás.

Moss olhou de volta para Esperanza, cuja face estava enrugada de confusão. Ela sacudiu a cabeça para Moss e murmurou *Eu não sei*.

– Certo – falou Wanda, a voz hesitante, incerta. – Se a gente precisar, te aviso.

– Bem, já conversei sobre o assunto com ele uma vez.

Os suspiros de choque foram audíveis. Moss sentiu o seu coração descer para o estômago, e Esperanza gritou:

– O quê? Do que você está falando, mãe?

– Nada demais – disse ela. – Só liguei para ele alguns dias atrás para conversar sobre a manifestação, para me certificar de que ele estava ciente da seriedade com a qual os jovens estavam lidando com as novas iniciativas.

Moss se levantou devagar, o horror subindo por ele, se alojando no peito, ameaçando entrar em erupção pela boca. A mãe dele já tinha a pergunta pronta, e a soltou.

– *Quando* exatamente você conversou com o Sr. Elliot?

A resposta inicial de Rebecca foi dar um passo para longe do microfone, e, de repente, ela pareceu ciente de que todos os olhos do lugar estavam postos sobre ela. Ela limpou a garganta. De novo.

– Na tarde de quarta-feira – ela respondeu, e desta vez quem se levantou foi Esperanza.

– Mãe, do que a senhora está falando? Falei para você não se envolver!

– Eu só queria ter certeza de que nenhum dos seus amigos iria se machucar! – Rebecca disparou de volta, a confusão saindo junto.

– Você contou para eles – disse Moss, primeiro para si mesmo, e o barulho na igreja começou a subir, então as palavras que saíram a seguir foram com toda a força: – *VOCÊ CONTOU PARA ELES, PORRA!*

A boca dela estava aberta. A multidão em silêncio.

– O quê? – disse Rebecca. – Do que você está falando?

– Eles sabiam de *tudo*! – exclamou Kaisha. – Sabiam sobre a passeata, quando iríamos sair da classe, e *você* contou pra eles? Como pôde fazer isso?

Ela gaguejou por alguns segundos.

– Parecia que ele já *sabia* – disse ela. Ela se virou para olhar um canto distante, mas Jeff estava tentando esconder o rosto. – Ele sabia, querido, não sabia?

O coração de Moss despencou até o pé, e a náusea subiu em seu lugar. Ouviu Kaisha e Reg falando alguma coisa para ele, mas não conseguia identificar as palavras, e era como se todo o oxigênio do lugar tivesse sido sugado. Sentiu a escuridão outra vez, os pontos escuros no canto da visão.

– Por favor, diga que você está brincando – ele murmurou, mas saiu mais alto do que pretendia, e a sua voz tremida voou pela igreja.

– Achei que estava *ajudando* – disse ela, e a pior parte, Moss sabia, era que ela acreditava nisso. – Não queria que tivessem uma reação exagerada e machucassem alguém.

– Olha só o que você fez! – Moss berrou. – Você contou os nossos planos para o diretor, e ele envolveu a polícia, e agora Javier está *morto*, e a culpa é *sua*!

Rebecca ficou arrasada depois disso, a multidão gritando contra ela, e Moss reconheceu o início de uma onda de pânico na mãe de Esperanza. Rebecca deu um passo na direção do microfone para dizer alguma coisa, mas Moss não conseguia ficar parado ali. Não conseguia ouvi-la. Ele titubeou de início, e a mão de Reg se esticou e segurou o braço dele, tentando aprumá-lo, mas o embalo carregou o corpo de Moss na direção da lateral do palco. Ele se afastou da mesa, devagar no início, mas então desceu os degraus num ritmo veloz, e não conseguiu se forçar a olhar para Esperanza, ainda que ela estivesse gritando seu nome. Passou por todo mundo e abriu as portas do fundo, a luz invadindo o espaço tenso. Era uma noite fria, e a sensação foi agradável no seu rosto em chamas, mas a vergonha voltou ligeira quando Moss notou quantas pessoas o encaravam.

Havia centenas de pessoas perto das portas da igreja. Algumas sentadas nos degraus. Viu Shamika, o choque no rosto dela. Dawit se levantou e o chamou, mas Moss o ignorou também. Simplesmente começou a caminhar para longe, empurrando todos pelo caminho, muitos dos quais tinham concluído que ele era o garoto no palco, aquele cuja vida tinha acabado de se despedaçar. Ele sabia disso porque a expressão no rosto de todos era de pena. Moss odiava isso e só queria fugir de todo mundo.

As memórias ruins voltaram numa inundação. Os repórteres do lado de fora da loja de Dawit, se aglomerando ao redor de Moss poucos dias após a morte do pai, os microfones na cara dele.

– Você acha que o seu pai deveria ter erguido as mãos?

Moss não conseguiu falar naquela época e também não conseguia falar agora.

O fichário na sua cabeça girou de novo. Ele e a mãe na feira de orgânicos, perto da Praça Jack London. Uma mulher se aproximou tão depressa que ninguém percebeu.

– Estou feliz que o seu pai tenha morrido – ela falou para Moss. – Menos lixo nas ruas.

De novo.

Francis. No parquinho durante o recreio. Ele tinha derrubado Moss na quadra de basquete, e as suas mãos doeram por vários dias.

– Meu pai é policial – ele falou ao pairar acima de Moss, as mãos fechadas em punhos. – Vou mandar ele atirar em você da próxima vez.

De novo. E de novo. Todas as pessoas que tinham dito a ele e à mãe que Morris teve o que mereceu. Era o mesmo pesadelo mais uma vez.

Mas ele não estava dormindo.

Fez uma curva acentuada para a direita no fim do prédio, e sentiu o chão se mover debaixo de si. Apoiou a mão contra a fachada de pedra da igreja para se equilibrar, para impedir que a escuridão o engolisse por inteiro. Moss se agachou, para ficar mais perto do chão, e se encolheu ali. Os joelhos raspando contra o concreto, e a breve inflamação de dor pareceu libertadora. Tudo doía. Era tão solitário pensar nisso, mas era a verdade dele. Aquela verdade o engoliu por inteiro.

Javier tinha morrido, e não havia nada que pudesse fazer acerca disso.

Nenhum discurso sagaz faria com que Moss se sentisse melhor. Nenhum plano para enfrentar o Departamento de Polícia de Oakland acalmaria o seu coração. As lágrimas desceram livremente pelo seu rosto. Elas pareciam imensas em suas bochechas, como se de alguma forma ele estivesse chorando mais do que era humanamente possível. Chorou por um minuto, dois, talvez dez, e não se importou. Moss se engasgou com cuspe e congestão nasal e depois sentiu uma mão nas costas.

Olhou para o alto e viu o rosto de Bits, cujos olhos estavam vermelhos.

– Ei. Estava te observando. Não sabia se era uma boa hora para interromper.

Moss limpou o rosto com as costas da mão e limpou a garganta.

– Está tudo bem – disse ele. Sentou-se e apoiou as costas contra a igreja, mas não conseguia olhar para Bits. Há quanto tempo estava ali? Será que tinha chorado alto? – Está tudo bem lá dentro?

– Acho que sim – falou Bits. – Mas tá bem intenso. Tem gente concordando com a mãe da Esperanza e tentando argumentar que o fato de o protesto ter dado tão errado foi culpa nossa. – Fez uma pausa. – Alguém mencionou a cidadania do Javier. Honestamente, é um pesadelo.

Moss praguejou baixinho.

– A minha mãe está bem?

Bits sorriu e sentou-se ao lado do amigo.

– A sua mãe está sempre bem, Moss. Ela está no habitat natural dela ali.

Ele fungou algumas vezes, tentando limpar o rosto.

– É, espero que sim.

– Ela tentou sair para te buscar – disse Bits. – Falei pra ela ficar e que eu cuidaria disso.

– Sério? – respondeu Moss. – Valeu.

Bits pareceu se dar conta de que talvez Moss não quisesse conversar, e isso o confortava.

Moss apertou a mão de Bits.

– Valeu por estar aqui.

– Você sabe que também perdi o meu pai, né?

Moss sacudiu a cabeça ao ouvir aquilo. Podia ver que Bits estava tentando segurar uma torrente de lágrimas, por isso desviou o olhar rapidamente, para a mão que segurava a sua. A mão de Bits era áspera, não muito mais leve que a sua.

– Já faz um tempo – falou. – Tipo, no fim da quinta série. – E riu, um barulho pesaroso. – Na verdade, foi pouco depois de eu conhecer a Njemile.

– Como é que nunca soube disso? – indagou Moss.

Bits sacudiu a cabeça.

— Tipo, não falo dessas coisas. Alguém passou de carro atirando na rua Campbell. "Dano colateral", foi o que disseram. – Bits limpou um dos olhos. – Ele nem chegou na ambulância.

— Nossa – disse Moss. – Lamento.

Bits sorriu.

— Está tudo bem. Você não sabia. A minha cabeça ficou bem fodida depois disso. Entrei pra gangue da rua Willow pouco depois, fiz coisas das quais não me orgulho. Eu era novo, talvez, e não sabia com o que estava mexendo. Onde tinha me metido.

— Você? – Moss falou, chocado. – Numa gangue?

— É, eu sei, eu sei. Surpreendente, né? Me pegaram de pancada uma vez, por volta dos 12 anos. Parei de falar muito depois daquilo. Senti vergonha de não saber me defender, como se eu fosse uma decepção. Parei de falar com Njemile naquela época, mas ela nunca deixou de ser minha amiga. – Abriu as mãos em sua frente de forma dramática. – É daí que vem essa coisa de "pedaços", ou melhor, Bits.

— Não acredito que eu não sabia disso.

— Só falo quando quero falar – disse Bits. – Sou muito mais cuidadoso comigo mesmo nesses últimos tempos.

— Bem, me sinto lisonjeado – Moss falou e apertou a mão de Bits mais uma vez. – Obrigado.

Moss soltou a mão de Bits e colocou o braço em volta de seu ombro, puxando Bits para mais perto.

— Eu mal conheci Javier – Bits disse. – Você gostava muito dele, né?

Moss assentiu, sua garganta se fechando mais uma vez com o pensamento. Suas palavras pareciam pequenas demais.

— Sim. Muito.

— É difícil gostar de alguém. Eu tento evitar.

Bits se apoiou em Moss, e assim ficaram por mais meia hora, em silêncio, mas na calmaria que uma presença oferecia à outra. Observaram os carros passando pela rua 23, ouviram o som das vozes amplificadas da igreja, sentiram o ar frio do outono descendo a rua. E Moss permaneceu parado, imóvel, mas perto do corpo quente e reconfortante de Bits.

Uma balbúrdia se espalhou pela esquina, e Moss se apoiou no braço para se erguer do chão. Ajudou Bits a se levantar, e observaram as pessoas se espalharem pelas ruas.

– Deve ter acabado – Moss falou. Deixa eu achar minha mãe. Você vai ficar por aqui, né?

Bits assentiu, e Moss o puxou para um abraço rápido antes de correr dali. Deu a volta na multidão que se formava nos degraus e se espremeu para dentro da igreja. As pessoas ainda estavam saindo, e imaginou que ainda levaria um tempo para encontrar a mãe. Mas ela estava parada perto do púlpito com o reverendo Okonjo, Martin, Esperanza e alguém de moletom azul-marinho que estava de costas para Moss. Tentou ser rápido para cumprimentar todos os conhecidos por quem passava, mas era difícil. Shawna o parou para expressar sua gratidão mais uma vez e dizer que sentia muito pelo que ocorrera com Javier. A Sra. Torrance o puxou de lado em um momento, mas ela pôde ver que ele estava preocupado.

– Te vejo na aula segunda, Sr. Jeffries. Todos estamos com você.

Ele ficou agradecido.

Subiu os degraus depressa, e Martin deu espaço para que Moss se juntasse ao grupo em volta do púlpito. Quando o fez, o homem de moletom se virou para olhá-lo, sorrindo sem jeito.

Era o Sr. Jacobs.

– O que você está fazendo aqui? – Moss perguntou.

– Não tão alto, querido – Wanda pediu e ela dirigiu o grupo para a área esquerda do palco.

Ela focou o olhar em Moss.

– Você está bem?

– Eu tô, acho – disse ele, dispensando a mãe e se dirigindo ao vice-diretor. – Um pouco chocado por vê-lo aqui. Como está sua mandíbula?

O Sr. Jacobs ergueu a mão para o hematoma no rosto.

– Já tive dias melhores – admitiu. Ele suspirou. – Sei que não quer dizer muito, mas sinto muito pelo que aconteceu com seu amigo.

Outras pessoas estavam sentadas na beirada do palco, e Moss observou quando Esperanza se aproximou. *Não posso falar com ela agora ou vou explodir.*

Em vez disso, Moss olhou diretamente para Wanda.
– O que está acontecendo, mãe? Eu não entendo. Só quero ajudar.
– Eu sei – ela falou. – E você fez um trabalho fantástico esta noite.
– Então por que esse segredo todo? O que está havendo?
Desta vez, o Sr. Jacobs deu um passo para perto dele.
– Tive a oportunidade de falar com sua mãe antes da reunião começar, Morris, e...
– Moss – Wanda corrigiu.
– Desculpe. Sim, é claro. De qualquer forma, gostaria de ajudar, porque o que aconteceu na semana passada foi horrível, realmente horrível.
– Eu sei – disse Moss, o rosto queimando enquanto a fúria acendia nele mais uma vez. – Você não precisa me dizer. *De novo.*

Ficaram em silêncio por um instante antes de o Sr. Jacobs continuar, deixando o constrangimento para trás.
– Olha, sei mais sobre isso do que acredita que eu sei. Contei à sua mãe tudo que podia, e ela decidiu que era melhor compartilhar o que sei com alguns... poucos escolhidos.
– Alguns poucos escolhidos? – Moss se voltou para a mãe. – Que escolhidos?
– Pessoas em quem eu confio – respondeu ela. – E acho que alguns dos seus amigos merecem vir junto. Vocês fizeram o trabalho que nos fez chegar até aqui.

Rawiya se juntou a Moss.
– Tá, agora eu também tô confusa – disse. – O que você sabe?
O Sr. Jacobs pigarreou.
– Eu sei de tudo – falou e fez uma pausa. – E sei onde James Daley está.

Martin assoviou, e os outros ficaram boquiabertos, olhando para o Sr. Jacobs em choque. Moss riu em silêncio, apenas porque já havia se chocado tantas vezes naquela noite que não havia mais surpresa dentro dele.
– Bem – disse Moss. – Melhor você começar a falar.

28

Sentaram-se nos bancos antes de o Sr. Jacobs começar a falar. Moss se encolheu ao lado da mãe e reclinou a cabeça no ombro dela, e Bits encontrou um lugar atrás deles. Rawiya se sentou na fileira diante deles com os pais. Moss nunca os tinha visto, e se maravilhou ao perceber como a mãe era alta e como o pai era baixinho. Ele se deu conta de que Rawiya devia ser a exata média entre eles, e isso o entreteve.

Reg e Kaisha ficaram para trás, com Martin, Shamika, Njemile e as mães de Njemile, mas Moss cruzou os braços ao ver que Esperanza não tinha ido embora.

– Não – disse ele. – Eu te amo, e sei que não é culpa sua, mas não pode ficar aqui.

– Moss – censurou Wanda, uma aspereza surgindo no tom dela.

– E se ela disser alguma coisa para os pais e eles forem fofocar para o Sr. Elliot de novo?

Wanda fez uma careta.

– Realmente não consigo argumentar contra isso – disse ela. – Esperanza...

A garota ergueu as mãos.

– Estou tão irritada quanto todos vocês. Acreditem em mim, não vou conversar com os meus pais por um bom tempo e juro que nada do que for dito aqui vai chegar neles.

Moss suspirou. Talvez fosse a chance de Esperanza enfrentar os pais, fazê-los compreender que nem tudo tinha a ver com eles.

– Certo. Podemos conversar sobre isso mais tarde – disse ele, relutante. Olhou para o Sr. Jacobs. – É melhor valer a pena.

O Sr. Jacobs sacudiu a cabeça no início.

– Realmente não achei que as coisas fossem sair tanto do controle – declarou, se mexendo para cruzar a outra perna. Ele parecia tão constrangido ao falar, o olhar saltando de uma pessoa para a outra. – Eu só queria...

– Queria o quê? – questionou Njemile, a ira nas palavras. – Estou muito interessada em ouvir o que você tem a dizer sobre o que fez com a gente.

– Njemile. – A voz de Wanda era clara e cortante, e Moss só a tinha ouvido soar assim raras vezes, quando tentava dar uma de esperto pra cima dela. Se a atmosfera não estivesse tão tensa, ele teria rido ao ver os ombros de Njemile caírem. Moss ocultou um sorriso dentro de um bocejo enquanto a mãe falava. – Sei que você está com raiva. Todo mundo está. Mas primeiro vamos deixá-lo falar.

– Obrigado – agradeceu o Sr. Jacobs.

– Você ainda não se safou – Wanda disparou de volta. – Conte para eles o que me disse antes.

O Sr. Jacobs, envergonhadamente, pegou a bolsa que estava no chão à frente dele, abriu-a devagar e tirou uma pilha de pastas de arquivo cheias de papéis.

– Fiz cópias, tantas quanto pude, antes de sair do escritório hoje – disse ele, entregando-as para Wanda.

Ela pegou as pastas, mas colocou-as de lado.

– O que vamos encontrar aqui dentro?

O Sr. Jacobs suspirou.

– Não sei se muita coisa vai fazer sentido. Tem muitas informações sobre o nosso contrato com o Departamento de Polícia de Oakland, assim como projetos e detalhes dos detectores de metal. Isso deve fornecer algum tipo de resposta com relação ao que está acontecendo na escola.

Wanda folheou uma das pastas, e um livrinho fino caiu de uma delas. Kaisha se adiantou tão rápida que a mãe de Moss não conseguiu detê-la. Ela abriu o volume e começou a examinar o índice.

– É isso aqui que eu queria ver – disse ela, passando os dedos pela página.

– É só um... – o Sr. Jacobs começou a dizer.

– O que foi? – perguntou Shamika, o foco dela em Kaisha.

Kaisha passou para uma página que continha um diagrama desenhado.

— Eles mentiram para a gente – disse ela. – Aquilo não é um detector de metal.

— *O quê?* – exclamou Esperanza, e todos se juntaram ao redor de Kaisha.

— Olha, não sou especialista, mas aqui tem um ímã gigante – disse ela e passou os dedos ao longo do desenho da máquina. – Não só. E o que é *isso* aqui?

Moss olhou para onde ela apontava.

— Placa de imagem endobiológica – leu em voz alta.

— O que isso quer dizer? – perguntou Wanda.

O grupo olhou para o Sr. Jacobs, que tremia sob o olhar coletivo.

— Faz parte da captação de imagens da máquina – explicou. – Para que possamos ver mais do que apenas aquilo que a pessoa carrega.

— Tipo o quê? – indagou Moss, e uma veia disparou na garganta. – Foi por isso que os nossos celulares não funcionaram? Ainda não consigo conectar o meu.

O Sr. Jacobs assentiu.

— Foi por causa da onda magnética que a sua amiga apontou ali – disse ele. – A menos que seja um modelo mais antigo, a máquina destrói o interior de qualquer celular.

Wanda soltou um palavrão, que ecoou pela igreja.

— Não repitam isso, nenhum de vocês – disse ela.

No entanto, o Sr. Jacobs não deixou que ninguém tivesse tempo para se recuperar.

— Essa não foi a pior parte. As placas de imagens permitem que a escola escaneie corpos.

— O que isso significa? – disse Martin, que tinha ficado quieto durante todo esse tempo. – Esse negócio já não escaneia corpos?

— Podemos escanear por dentro deles.

O silêncio que se seguiu fez um calafrio subir a espinha de Moss. Ele estremeceu enquanto a mãe se levantava.

— Por dentro? Sr. Jacobs, como isso é possível? – ela demandou. – Você se dá conta de que é uma grave violação de privacidade?

— Vocês não entendem. O Departamento de Polícia de Oakland tem acesso a coisas que eu nem sabia que existiam. Eles dizem que conseguem muita coisa com o governo federal. Sobras dos gastos militares ou coisa assim.

— Tipo... armas *de guerra* de verdade? – perguntou Esperanza.

— Você está falando de todas aquelas coisas que usaram na gente? – questionou Njemile. – Era tudo *de guerra*?

— Não é conversa incomum nos círculos ativistas – disse Ekemeni, o queixo dela na mão, a cabeça balançando de um lado para o outro. – Mas nunca tinha ouvido falar disso sendo usado numa *escola*.

— O que você quer dizer? – O pai de Rawiya olhou para Ekemeni com pânico no rosto. – Me desculpa por interromper, mas não moramos aqui há muito tempo. Hishaam, Afnan – apresentou-se, apontando para si e depois para a esposa. – Que tipo de coisa?

— Você se lembra daqueles protestos por causa da tarifa do metrô no ano passado? – indagou Wanda.

Hishaam olhou para a esposa.

— Afnan, você se lembra?

Ela inclinou a cabeça para o lado.

— Aquela vez em que trouxeram um tanque de guerra?

— Não, isso foi por causa do tiroteio policial dois anos atrás – disse Martin.

— Espera, foi daquela vez em que a Guarda Nacional foi chamada? – lembrou-se Afnan.

— Não. Essa vez aí foi por causa do fechamento das escolas em East Oakland – explicou Kaisha.

— *Wallahi*, essa cidade é um caos – disse Rawiya. – Acho que entendo o que você quer dizer.

— Você queria saber de onde veio tudo isso – disse o Sr. Jacobs. – E o que aconteceu na semana passada. Bem, é pior do que imaginava.

— Mas ele não nos falou nada, mãe. Não descobrimos muita coisa nova com o que ele falou – disse Moss. Ficou de pé e entrelaçou as mãos. Andou pelo corredor, de um banco para outro. Lançou um olhar fixo para o vice-diretor. – Nos diga alguma coisa nova, Sr. Jacobs. Estamos ouvindo.

O Sr. Jacobs engoliu em seco.

– Bem, sei que a escola estava procurando uma desculpa para dar início ao programa piloto, e o ataque contra Shawna foi usado como forma de justificar o uso.

– Sabemos disso – disse Kaisha. – Ficou óbvio para qualquer pessoa da escola que este era o caso.

– Você sabe mesmo *alguma coisa*? – perguntou Moss. – Ou só está desperdiçando o nosso tempo?

– Juro que não estou! – exclamou o Sr. Jacobs e se mexeu nervoso no assento outra vez. – É só que... Olha, não sei em que tipo de enrascada estou me metendo por causa disso. Não só por conversar com vocês, mas de contar tudo que sei.

– Ninguém te reconheceu, não foi? – indagou Kaisha, a mão dela em cima da de Reg. – Então com o que você está preocupado?

– Tudo isso foi feito *de propósito* – disse o Sr. Jacobs. – Nada disso foi acidente. Nada.

– O que *isso* quer dizer? – indagou Wanda.

Ele suspirou de novo.

– Sabíamos que os detectores de metal eram de uma potência superior, que eram feitos para checagens de alto nível em fronteiras. No *Afeganistão*. Deveria ser usado para detectar *terroristas*. Sabíamos que a passeata iria acontecer, graças ao telefonema da Sra. Miller. Foi bem constrangedor, na verdade; o Sr. Elliot ficou tão contente consigo mesmo por ter obtido "informação privilegiada", como ele colocou.

Moss lançou um olhar a Esperanza, e ela se recusou a olhar de volta. A fúria voltou, e naquele momento ele teve certeza de que nunca mais conversaria com Rebecca ou Jeff de novo.

– Sabíamos para quando o protesto estava planejado e sabíamos que o Departamento de Polícia de Oakland usaria todo o seu arsenal antimotim para impedir.

– O que você quer dizer com "todo o seu arsenal antimotim", Sr. Jacobs? – indagou Afnan. – O que ouvimos da nossa filha fez parecer que um filme de ficção científica estava se desenrolando na escola.

Ele esfregou as têmporas com os dedos da mão direita.

– Assim que o Sr. Elliot entrou em contato com o Departamento de Polícia de Oakland, o pessoal deles veio se encontrar com a gente na noite da quinta-feira, depois que todo mundo tinha ido embora.

E não estou falando de funcionários ou sargentos de patente baixa ou coisa do tipo. Eram medalhões. Gente que ganha três ou quatro vezes mais do que meu salário de uma vida inteira. Recebemos um detalhamento completo de quantos policiais estariam no campus e o que estariam carregando. Disseram que os detectores de metal estariam ligados e que a onda magnética estaria no máximo para destruir os celulares de vocês.

– Espera aí – disse Reg. – Você está me dizendo que eles *sabiam* que aqueles ímãs estavam lá? O tempo todo?

Foi só aí que a ficha caiu para o Sr. Jacobs.

– Ah, droga – disse ele. – A sua perna.

– É, a minha *perna*. Agora estou de volta nessa cadeira, provavelmente para sempre, por causa do que aquelas coisas fizeram comigo!

– Eu sei, eu sei. E me sinto mal por isso, de verdade!

– Cara, tô ficando cansado mesmo de você se sentindo mal – disse Moss. A mãe dele se virou para dizer alguma coisa, mas ele a cortou. – Eu sei, Mama, sei que ele deveria estar aqui para nos ajudar, mas quanto tempo ele teve para se sentir mal antes de fazer alguma coisa? Reg e Shawna terem se machucado não foi o bastante? Precisou o Javier *morrer* para esse homem fazer *alguma* coisa?

As palavras acertaram o alvo, e ele sabia disso. O Sr. Jacobs baixou o olhar e não falou nada por alguns segundos. O coração de Moss em fúria dentro dele, então ele se sentou de novo ao lado da mãe.

– Estou cansado – disse. – De verdade.

– Bem, eu também tenho algumas perguntas – disse Njemile – e também estou ficando entediada com o Sr. Jacobs aqui fingindo estar em conflito por contar a verdade.

– Não estou *fingindo* – disse ele, os olhos arregalados de choque. – Eu juro! Só estou preocupado porque... posso perder meu emprego por causa disso.

– E a minha perna? – perguntou Reg. – Valeu a pena manter o seu emprego mesmo assim?

– Javier perdeu a vida – zombou Moss. – Você se sente melhor?

– Por favor – disse Wanda, as mãos erguidas para calá-los. – Njemile falou que tinha perguntas, e francamente tenho algumas também. Deixem-no falar.

O Sr. Jacobs não a agradeceu desta vez. Comprimiu os lábios, então se virou para Njemile.

– O que fez o rosto de todo mundo inchar? – começou Njemile, fechando a cara.

– Uma combinação de spray de pimenta e gás lacrimogênio – disse o Sr. Jacobs. – Liberado com latas de aerossol. E... granadas portáteis.

– *Granadas*? – Isso veio de Afnan. – Por favor, diga que está brincando.

– O que eram aquelas outras coisas que eles tinham? – indagou Njemile. – Que pareciam megafones.

O Sr. Jacobs suspirou.

– O quanto vocês sabem de fisiologia humana?

Ele recebeu o silêncio em resposta. Fez um gesto para que Wanda devolvesse as pastas que estavam do lado dela. Moss observou enquanto ele as examinava, puxando um punhado de papéis do amontoado.

– Eu mesmo não acreditava até ver aquilo em ação – falou e dobrou uma das páginas e a ergueu.

Lá, no papel, estava o diagrama de uma das armas que tinha sido apontada para Moss e seus amigos no laboratório de Ciências.

– É isso – disse Moss. – A coisa que fez algumas pessoas vomitarem!

– Aparentemente existe uma frequência que a maioria dos adultos não consegue ouvir – explicou o Sr. Jacobs, entregando o documento para Afnan, que começou a examiná-lo. – Perdemos a habilidade conforme a idade passa. Uma parte natural do envelhecimento, creio.

– Certo, mas o que aquela coisa *fazia*? – retrucou Wanda.

– O que é isso? – indagou Afnan, o medo na voz dela. – Hishaam, você viu isso?

Ela entregou as páginas para o marido.

– Isso embaralha o ouvido – explicou o Sr. Jacobs. – É bem interessante de uma forma assustadora, acho. Afeta a noção de equilíbrio, aparentemente, tudo isso através de um barulho de alta frequência que a maioria dos adultos não consegue ouvir. Geralmente causa náusea em pessoas jovens. O cara que me mostrou falou que às vezes usam isso em protestos para lidar com a multidão.

O Sr. Jacobs falava que nem um médico citando sintomas de rotina, e Moss estremeceu. *Isso não pode estar acontecendo*, disse a si mesmo. Esticou a mão e segurou na da mãe, e ela apertou a dele. Com força.

— Você está falando que usaram essa *coisa* contra a minha filha? – Hishaam falou em voz alta.

— Mas não funcionou direito – exclamou Njemile. – Lembra, Moss?

Moss assentiu.

— É. Na verdade, apenas algumas pessoas passaram mal naquela sala. Foi assim que saímos. Daley se distraiu *porque* aquela coisa não funcionou.

— A sua geração é a dos fones de ouvido – disse o Sr. Jacobs. – Isso quer dizer que a maior parte de vocês já danificou bastante a audição a ponto de isso não funcionar. – Ele deu um sorrisinho. – Ainda bem que existem iPods, né?

Isso não é real para ele. O pensamento atingiu Moss de repente, fazendo tanto sentido que ele mal podia acreditar que não tinha se dado conta disso antes. O Sr. Jacobs falava de longe, uma combinação de medo e humor que só se centrava nele. *Ele nem consegue imaginar isso acontecendo com ele*, pensou Moss. É como se estivesse contando uma história.

Moss se remexeu no assento, a epifania incômoda ainda se espalhando por ele. Será que aquele homem salvaria a sua carreira ao custo de todos eles? Moss se levantou de novo, desta vez caminhando até o Sr. Jacobs e pegando os arquivos restantes enquanto o homem explicava outro diagrama.

— Acho que você deveria ir embora – disse ele.

— Moss! – disse Wanda, se levantando. – Temos mais perguntas para ele...

— E será que ele vai nos contar alguma coisa que a gente não possa descobrir sozinhos? – Moss disparou de volta. – Ele fica sentado aqui todo se achando, fazendo piadinhas sobre iPods e falando que ele está *com medo* de perder o emprego, mas será que está realmente ajudando? – Ele se virou para o Sr. Jacobs, o coração em chamas. – Nós mesmos podemos ler isso. É melhor você ir embora antes que alguém te veja aqui.

– Ah, Moss, vamos lá – disse Esperanza, se levantando para pegar no braço dele. – Você deveria deixá-lo falar. É justo.

Moss puxou o braço.

– Você está do lado de quem, Esperanza? *Justo*? Você vem me falar do que é *justo*?

O Sr. Jacobs gaguejou, incapaz de formar uma frase.

– Não, eu só... – Ele suspirou de novo. – É só que...

Kaisha riu.

– Sr. Jacobs, você realmente não entende, não é, cara?

– Claro que não entende – disse Reg, sacudindo a cabeça. – Você espera que a gente te agradeça por isso?

O vice-diretor ergueu as mãos para o alto.

– Por que precisam ser tão difíceis? Estou *tentando* ajudar vocês.

– Bem, então pare de *tentar* e comece a *fazer* alguma coisa! – gritou Moss, e o sangue subiu pelo seu rosto de novo, o calor aumentando nas bochechas. – Ele *morreu*, Sr. Jacobs! Ele está morto e não vai voltar, e *você não fez nada para impedir isso*!

A voz de Moss ecoou pela igreja, e o silêncio que se seguiu pareceu infinito. Ele sabia que todos olhavam para ele e não se importou. Segurou os arquivos na mão esquerda.

– A nossa vida *sempre* foi assim, Sr. Jacobs. A polícia *nunca* esteve do nosso lado. E daí se a tecnologia é nova? E daí se está na nossa escola agora? Esse pessoal matou o meu pai anos atrás, espalhou mentiras, acobertou tudo, e quando a verdade veio à luz eles nem se desculparam comigo ou com a minha mãe.

Moss olhou para Shamika e Martin, que estavam juntos, as cabeças balançando para cima e para baixo. Eles estavam lá. Eles *sabiam*.

E ele deu um passo para mais perto do Sr. Jacobs, olhando o homem de cima.

– Você acha que sou o único? Ou que Javier é o único jovem que foi tirado do mundo por esses monstros?

– Não, nunca falei que... – o Sr. Jacobs falou e se afastou de Moss.

– Vá olhar em edições antigas do *jornal*. Ou procure na internet sobre a última pessoa morta pelo Departamento de Polícia de Oakland.

Você não vai precisar procurar muito. Aposto que pode encontrar pelo menos alguns neste verão.

– Não entendo o que isso tem a ver comigo – disse o Sr. Jacobs. – Não fiz nada disso! Por que você não pode simplesmente me agradecer por isso aqui?

– Porque você os deixou entrar no nosso campus! – gritou Moss. – Deixou que nos atacassem e foi só depois que alguém *morreu* que sentiu a necessidade de dizer alguma coisa. – Fez uma pausa, a fúria na garganta. – Você deveria ser um adulto, cara. Deveria cuidar da gente. Somos apenas *crianças*. Javier nem tinha feito 17 anos e agora está morto, e cá está você preocupado com o seu emprego. Ele nunca *terá* um!

Moss ergueu os documentos acima da cabeça e os atirou no chão. Era petulante, ele sabia, mas ainda assim os viu se espalhando pelo chão, o conteúdo se espalhando para todo canto, e isso o presenteou com um sentimento de satisfação momentânea.

– Não precisamos da sua ajuda – disse Moss. – Vá embora.

O rosto dele estava molhado. Quando tinha começado a chorar? Ele tinha chorado tanto nos últimos dias. Moss esfregou as bochechas e não sabia se já tinha se sentido tão furioso em toda a vida. Aquele homem estava sentado ali, seu rosto pálido e acovardado cheio de arrependimento e medo e, mesmo assim, no fim do dia, ele iria para casa. E ainda teria um emprego e uma vida e objetivos e sonhos e esperanças, e o que tinha Moss?

Sentiu uma mão na dele. Os olhos de Bits presos nos seus. Nenhuma pena. Nenhuma tristeza. Olhou de novo para o Sr. Jacobs, que se levantou envergonhado, as pernas tremendo. O homem não falou mais nada, apenas pegou a jaqueta no banco na frente e caminhou rapidamente pelo corredor. Quando a porta se fechou atrás dele, o silêncio engoliu a todos.

Moss fungou.

– Talvez eu tenha passado da conta ali – disse ele e deu uma risadinha enquanto um raio de energia constrangedora explodia no peito.

Wanda estava do lado dele.

– Não, você não passou da conta – disse ela. – Bem, talvez atirar todos aqueles papéis tenha sido um pouco dramático.

— Moss? *Dramático?* – ironizou Rawiya. – Não me diga!

Uma onda de risadas nervosas percorreu a igreja, uma catarse para Moss. Soltou a mão de Bits e se ajoelhou, juntando as páginas espalhadas aos seus pés.

Sua mãe se ajoelhou ao lado dele para ajudar enquanto os outros conversavam sobre o que tinha acabado de acontecer.

— Eu não tinha me dado conta de como isso seria incômodo para você – Wanda falou baixinho e passou as mãos pelas costas dele. – Eu deveria ter controlado melhor a situação.

Ele sorriu para ela, mas sacudiu a cabeça.

— Não, está tudo bem. Preciso aprender a lidar melhor com a minha fúria.

Ela entregou a ele um punhado de páginas.

— Será mesmo? – indagou Wanda. – O Sr. Jacobs precisava mesmo ouvir aquilo.

Ele parou.

— Você acha?

— Acho – disse Rawiya, que chegou carregando outra pilha. – Assim como os meus pais.

Ele olhou para Afnan e Hishaam, que sorriam para ele.

— Aquele homem era um babaca pomposo – disse Afnan. – Aposto que ninguém nunca o contrariou.

Wanda assentiu.

— É, ele podia estar querendo ajudar, mas por que esperar tanto tempo? É como se estivesse esperando que a gente lhe desse os parabéns.

Ele lançou um olhar para Esperanza. Ela o estava evitando, mas não deixaria que sua irritação o distraísse.

— Então *o que* a gente vai fazer com tudo isso? – Moss perguntou. – A gente nem sabe o que são todas essas coisas.

— Posso começar a ler – ofereceu-se Kaisha. – Deve ter alguma coisa aqui que a gente possa usar.

Ela tomou a pilha de Moss e sentou-se perto dele. Sem outra palavra, ela começou a olhar os documentos que o Sr. Jacobs trouxera.

— Mas para *quê?* – Moss coçou a cabeça. – Nem sei qual deve ser o próximo passo.

— Bem, a gente precisa começar a planejar – disse Wanda. – Fazer algo grande.

— Mas e o Daley? A gente ainda não sabe onde ele está. – Moss gemeu. – O Sr. Jacobs falou que sabia, e eu o mandei embora.

— Não se preocupe com isso – disse Martin. – Não é como se a gente fosse lá sequestrá-lo ou coisa do tipo. – Os olhos dele se arregalaram. – Ou *talvez* a gente devesse...

Shamika socou o braço dele de brincadeira.

— Cala a boca, cara – disse ela. – Está tentando fazer com que todo mundo seja preso com os seus planos de *sequestrar um policial*.

— Bem – disse Moss –, quanto mais a gente esperar, mais provável é que ele saia impune.

— Talvez – disse Wanda. – Mas precisamos ser pacientes e cuidadosos com isso tudo. Estamos lidando com gente poderosa, Moss.

— Não é a primeira vez que o pessoal da cidade vai atrás da polícia – disse Shamika. – É só perguntar para sua mãe qual é o preço disso.

Ele viu a mãe lançar um olhar agudo para Shamika, e Shamika ergueu a mão à boca e fez uma careta.

— Espera, o preço do *quê*?

— Não é importante – disse a mãe. – Me pergunta mais tarde.

Ela virou as costas para ele e foi até Kaisha.

Ele nunca tinha visto a mãe agir de forma tão resguardada com nada.

— Não, eu vi isso – disse ele. – Você acabou de dar *aquela olhada* para Shamika. Aquela que me dá quando falo demais e você quer que eu pare.

Ela suspirou.

— Olha, Moss, não é a hora disso – disse ela, erguendo brevemente o olhar dos arquivos. – Precisamos ler tudo isso para que saibamos o que temos. – A mãe pegou algumas pastas na pilha. – Quem mais tem tempo para ler?

Njemile pegou algumas, e Rawiya e os pais dela pegaram outra. Logo, cada pessoa no grupo tinha uma parte, com exceção de Moss, que ainda estava de pé no corredor, uma suspeita o invadindo.

— Você quer alguma coisa para ler, Moss? – Wanda perguntou.

— Mãe, o que você não está me contando? – O nervosismo voltou, e a ansiedade começou a escalar o seu corpo. – Não gosto disso.

– Você precisa ser paciente, querido – disse ela. – Vamos resolver isso aqui e descobrir o que fazer, e então a gente conversa. Só nós dois.

– Não – retrucou diretamente, sem hesitação. – Não, quero saber agora.

Ele viu a exasperação se espalhar pela mãe, viu o abismo crescer entre eles.

– Moss, eu prometo, agora não é hora. Por favor, sente-se e ajude.

– Não, mãe. Não até você começar a falar.

– Isso não pode esperar até mais tarde? – disse Esperanza. – Parece ser uma coisa pessoal, Moss, e tenho certeza de que a sua mãe tem os motivos dela para não compartilhar.

Olhou para Esperanza e, pela primeira vez durante todos os anos de amizade, ele a odiou. Era uma sensação amarga, um azedume na boca e no coração, e ele sabia que estava por todo o seu rosto.

– Você não é a melhor pessoa para dar conselhos quando se trata de questionar os pais – disse ele e sabia que era uma coisa mesquinha e dissimulada de se dizer.

– Moss, *por favor* – disse ela. – Pais são complicados, só isso.

– Então essa é a sua justificativa pelo fato de a sua mãe ser culpada pela morte do Javier?

A raiva se espalhou por ela desta vez.

– Minha mãe não tem culpa – disse ela – e você deveria retirar o que disse.

– Não. Eu *odeio* a sua mãe, e, se a bunda branca e enxerida dela não tivesse ligado para o Sr. Elliot, o Javier estaria vivo hoje. No que ela estava pensando, se intrometendo daquele jeito? – Apontou um dedo para ela. – Você mesma falou. Os seus pais não conseguem evitar se tornarem o centro de tudo.

Ela fez uma careta.

– Moss, você está irritado, eu entendo. Mas não precisa descontar em mim. Eu não sou a vilã aqui.

Ele nem chegou a pensar no que dizia enquanto as palavras saíam.

– Você soa bastante como os seus pais.

Esperanza abriu a boca, depois a fechou, com força. Pegou a bolsa e saiu da sala pisando duro, sem dizer mais nenhuma palavra.

Moss viu todos os olhos em cima dele. Em outra situação, teria ficado constrangido, mas a raiva o impelia.

– Por que ninguém quer me contar a verdade?

Wanda ficou de pé e ergueu uma mão na frente dela, na direção de Moss.

– Querido, por favor – ela pediu, a voz tremida e incerta. – Me desculpa, eu deveria ter sido mais atenciosa...

Ele deu um passo para longe.

– Quanto tempo vou ter que esperar?

Olhou para cada um dos presentes, mas ninguém falou nada de início.

– Talvez a gente devesse focar em uma coisa de cada vez – disse Shamika, os olhos dela para baixo, a vergonha na voz.

– É isso o que todos vocês acham? – indagou Moss, e as mãos dele tremeram ao lado do corpo. Ele fechou os punhos, abriu, fechou de novo.

– Não sei, cara – disse Reg. – Às vezes pode ser muita coisa para lidar, e talvez a gente devesse meio que... sei lá. Deixar a sua mãe fazer do jeito dela.

– Esse negócio todo me assusta – confessou Kaisha. – Talvez devêssemos confiar nos adultos aqui.

– Não é uma má ideia – interferiu Rawiya. – Eles têm experiência com esse tipo de coisa. Deveríamos deixá-los fazer isso.

– Fazer *o quê*? – Moss disparou de volta. – Não temos um plano. E vocês têm todos esses segredos que não estão me contando. E como *eu* me sinto?

– Ninguém está dizendo que você não pode sentir alguma coisa – disse Martin. – Mas a sua mãe tem mais experiência com isso, então talvez a gente devesse...

Moss não permitiu que ele terminasse.

– Espera aí. Espera. É isso mesmo que todos vão dizer? – Começou a se afastar do grupo, um medo florescendo no silêncio que se seguiu. – Estou esperando há anos que alguém seja responsabilizado pela morte do meu pai. Esperei que a escola melhorasse. Esperei que meu cérebro parasse de dar pane. Vou ter que esperar esta maldita cidade fazer alguma coisa a respeito de Javier. E agora ainda tenho que esperar minha própria mãe ser *honesta* comigo?

Foi de costas até sua mochila, rapidamente se ajoelhou e a pegou. Viu sua mãe tentar saltar por sobre a perna de Njemile, e Moss se afastou deles.

– Cansei de esperar – disse ele, a raiva escorrendo, o consumindo, e ele disparou para as portas da Igreja do Caminho Abençoado e saiu de lá com um empurrão.

Moss correu até a esquina e destrancou a bicicleta o mais rápido que pôde, enfiando a corrente de Javier na mochila e não olhou para trás para ver se alguém o seguia. Apenas pedalou.

29

Ele pedalou. Foi em direção ao lago por nenhum motivo especial, só porque estava à sua frente e precisava continuar a se mover. A brisa batia em seu rosto, e lágrimas brotavam em seus olhos. A visão da cidade ficou borrada, cada uma das luzes se transformou em um brilho, as arestas afiadas. O holofote na Grand piscou verde, e ele se apressou, girando as pernas mais rápido, curtindo o sentimento de queimação nas coxas. Fazia com que se esquecesse da dor nos joelhos e no queixo.

Alguém gritou com ele ao passar. Ignorou. Sentia-se revigorado, mesmo que aquilo não fosse mais que uma distração. Ele ultrapassou o sinal da rua 20. Um carro derrapou para parar, a buzina apitando, e Moss nem olhou. *E se tivessem me atropelado?* Moss se perguntou. *Talvez o pesadelo acabasse.*

Mas ele já havia passado por aquilo antes e sabia o que aconteceria depois. Não seria sempre da mesma forma? Puxou os freios e eles guincharam em protesto. Moss parou perto de um ponto de ônibus próximo da Jackson e deixou a bicicleta cair a seu lado. Estava cheio de pesar e fúria e permitiu que o mundo o puxasse na direção da calçada.

Estava cansado de chorar, cansado de se sentir triste, mas agora aquilo já fazia parte dele. O que ele deveria fazer? O que poderia fazer para que aquilo parecesse certo? Não funcionou quando seu pai morreu; por que agora seria diferente?

A lua se refletiu no lago, que estava imóvel na escuridão noturna. Moss estremeceu e se lembrou: a sensação de Javier deitado em seu peito, no sofá, em seus braços, um corpo que de alguma forma era mais frio que o dele. Moss odiava como era quente, quantas vezes acordava de noite coberto de suor, e era como se Javier fosse feito para ele. A temperatura perfeita para balancear a sua. Mas o mundo mostrara a Moss que ele não fora feito para Javier. Do contrário, por que Javier havia partido? Foi consumido por soluços mais uma vez. Moss não queria nada mais além de que Javier o abraçasse, ver o rosto bobo de Javier, passar a mão pelo braço dele. A finitude daquilo tudo era esmagadora. *Preciso aceitar ou nunca vou superar.*

Moss se colocou de pé na calçada e tossiu. Secando as lágrimas e limpando o nariz, fechou os olhos e inspirou profundamente, expirou. Uma. Duas. Três vezes. Continuou fazendo aquilo até o coração se acalmar antes de abrir os olhos.

O lago ainda brilhava com calma, indiferente a ele. O mundo ainda estava aqui. *Ele* ainda estava aqui. Sugou mais uma golfada gélida, sentiu o ar o preencher.

Ainda estava vivo.

Moss se abaixou e pegou a bicicleta. Não poderia voltar para a igreja, pelo menos não tão cedo. Não poderia encarar Esperanza, e a vergonha de gritar com a mãe – Moss sabia que não devia ter feito aquilo – o entorpeceu. Pelo menos aquela emoção era nova, algo em que ele poderia se concentrar.

Retornou pela Jackson e foi na direção da rua 14, pedalando morro acima. Moss sabia que teria que se desculpar com sua mãe pelo comportamento, no mínimo. Sobre Esperanza... ainda não sabia. Sentia que tinham se afastado mais e mais nas últimas semanas. Eles precisariam conversar, mais cedo ou mais tarde, mas podia deixá-la remoer a frustração por mais um tempo.

Mas quando Moss parou na rua 14, não teve tanta certeza de que sua explosão de raiva tivesse sido apenas uma birra.

Já havia passado por aquele ciclo com seu pai uma vez, e era verdade que Moss nunca ficara em paz com o assunto. Quantas vezes fora provocado pela morte de Morris? Quantas pessoas haviam dito que seu pai merecera? Depois de tantos anos, não estava nem um pouco mais perto de conseguir justiça, estava? Não parecia um desfecho realista, só uma ideia nebulosa dita por pessoas que nunca haviam experimentado esse tipo de dor. Desta vez, o terror de Javier era diferente de que forma? Não importava quanta evidência existisse; não importava que, ao se esconder, Daley meio que confirmava ser culpado. Mesmo que Daley se entregasse, faria diferença?

Moss desejava poder cobrar o Departamento de Polícia de Oakland mais do que tudo naquele momento. A manifestação na escola havia sido um fracasso, e não sabia quantas pessoas seriam desencorajadas de protestos futuros por causa do que acontecera no campus. Eles haviam vencido, não? Outra manifestação não teria força. A polícia iria apenas fazer a mesma merda tudo de novo, o ciclo continuaria e afetaria outra família assim que a polícia matasse outra pessoa.

O sinal ficou verde, e Moss atravessou a encruzilhada. Um casal de caras andando de mãos dadas passou por Moss, ambos negros, com sorrisos enormes no rosto. O mais alto deles jogou a cabeça para trás e deu uma gargalhada. Moss esticou o pescoço para observá-los. Será que eram recém-apaixonados? Será que estavam juntos por anos? Parecia injusto ver duas pessoas tão unidas quando Moss não tinha nada. Sabia que era injusto julgá-los por um único momento. Eles haviam encontrado algo um no outro, e não era culpa deles que Moss sentisse tanta dor.

Não é culpa deles. Ele pensou, então disse em voz alta.

– Não é culpa deles.

Eles não eram responsáveis pelo que estava sentindo. Pedalou com mais força, uma ideia se formando em sua mente, algo que parecia grande e bobo e absurdo. Uma descarga elétrica balançou seu corpo, enviando calafrios por sua pele, os pelos se arrepiando nos braços. *Quem é realmente responsável?* Moss se perguntou. *Quem fez isso conosco?*

Ele dobrou uma curva à direita ao passar por Madison Park. Já estivera ali, anos atrás. Nos fins de semana, um homem vendia pãezinhos cantoneses recheados com churrasco de porco em um carrinho, e seu pai o levara ali depois de uma manhã no Museu de Oakland. Ele comera quatro deles, um depois do outro, o pai rira quando Moss comeu o último mais devagar do que os outros.

– Os seus olhos são maiores que a barriga, *mi hijo* – dissera ele.

Moss arquivou a memória, mas pareceu um sinal. Ele tinha se lembrado de algo novo e permitiu que isso tomasse conta dele. É isso que preciso fazer, pensou, e pedalou mais rápido pela rua 8 afora, passando por Chinatown, que estava quieta na maior parte. Algumas pessoas estavam paradas do lado de fora de um dos restaurantes abertos até tarde nos fins de semana, esperando uma mesa, mas a maioria das lojas estava escura, a fachada nada além de metal gradeado e silêncio. Era a hora perfeita, ele se deu conta. Ninguém poderia traí-lo. Os pais de Esperanza não poderiam intervir de forma estúpida. A mãe dele não poderia impedi-lo. Era uma ideia dele e apenas ele poderia executá-la.

A luz ficou verde na Broadway. Fez uma curva para a esquerda, e o prédio apareceu diante dele, uma monstruosidade cinza, branca e preta. Furou o sinal na rua 7 e parou na frente daquilo. Ele odiava a placa que repousava acima da porta: um grande distintivo prateado com uma estrela azulada menor no centro. Tão chamativo e desnecessário.

Moss estacionou a bicicleta num suporte na calçada e a prendeu. Então, girou a mochila para trás e parou ao lado do mastro de bandeiras que ficava na frente do prédio. Ergueu o olhar para a placa. Seria isso um prédio administrativo? Uma delegacia? Não tinha certeza, mas ficava perto da via expressa e na rua mais movimentada da cidade. Era perfeito, não?

Soltou a mochila e a abriu. Pegou a corrente de bicicleta que tinha herdado de Javier, e o seu coração saltou ao ouvir o som dos pesados elos de metal batendo uns nos outros. Olhou de novo para o prédio, que agora estava nas costas dele. Não havia ninguém por perto. Soltou a mochila perto do mastro e respirou fundo. *Faça isso*, pensou. *No mínimo eles vão te notar, certeza.*

Passou a corrente ao redor do mastro, então se virou para pressionar as costas contra ele. Estava gelado, mas a sua temperatura corporal iria aquecê-lo. Levou as duas pontas da corrente para a frente do corpo e deslizou a ponta aberta para dentro da grande tranca amarela na outra ponta. Ficou parado ali por um tempo antes de fechar. Era isso que queria?

Moss não hesitou outra vez. Baixou a corrente de forma que estivesse próxima da cintura. Ficava um pouco apertada, mas não impedia a sua respiração. Pela primeira vez ele tinha o tamanho certo no meio da cintura. Moss fechou a tranca, então deslizou pelo mastro lentamente, os pés plantados tão firmes que poderia muito bem começar a fazer agachamentos. Teve um pouco de dificuldades mais para baixo, as coxas ainda queimando por causa da jornada até ali, mas se equilibrou como pôde, empurrando os pés até que as pernas descansassem contra o concreto gelado, e então se sentou.

Moss não iria se mexer até que o Departamento de Polícia de Oakland entregasse James Daley.

30

Ele não sabia o que esperar ao se sentar ali, mas nos primeiros dez minutos nada aconteceu. Já era tarde da noite, mas as pessoas ainda não tinham saído dos bares ao sul de onde estava, lá para os lados da Praça Jack London. Moss desejou ter tido tempo para substituir o celular, embora ainda se preocupasse em perder todas as suas mensagens. Enfiou a mão na mochila e tirou o aparelho, a tela ainda rachada, incapaz de ligar. Queria poder ler tudo o que Javier tinha enviado para ele. Talvez um celular novo fosse ajudar a passar o tempo mais depressa. *Até o quê?*, pensou. *O que vem a seguir?*

Outros minutos se passaram. O seu coração ainda estava disparado por causa do frêmito de tudo aquilo, e isso o deixava mais alerta, quente. Seria apenas uma questão de minutos até que alguém o visse, e então seria inevitável. Mais gente iria descobrir, e perguntariam o que estava fazendo. Moss começou a repassar o texto na cabeça. Precisava ter a coisa certa para dizer! Imaginou a si mesmo na frente de um repórter, estoico, um olhar orgulhoso no rosto.

– Estou protestando contra a morte injusta de Javier Perez – diria, a certeza inabalável. – Eu me recuso a sair daqui até que James Daley seja preso pelo assassinato do meu amigo.

Não, não, não estava certo. Javier era mais do que um amigo. Namorado? Não, isso era demais; nem chegaram a ter *essa* conversa antes de ele ser morto. A animação de Moss foi lentamente eclipsada pela tristeza. Se Javier tivesse sobrevivido, ainda teria ficado com Moss? Afastou o pensamento como pôde. *Não*, falou para si mesmo, *você precisa se concentrar. Você está aqui por um motivo.*

Então o que diria? Amante? *Aff*, pensou, *isso parece tão coisa de gente branca.* Não, teria que dizer "amigo" mesmo. E era verdade. Melhor amigo, talvez?

Então, pensou em Esperanza. Em Njemile e Bits e Reg e Kaisha e Rawiya. O que estavam fazendo? Será que a mãe dele estava entrando em pânico? Será que Esperanza ainda estava irritada com ele? *Talvez devesse checar minhas mensagens*, pensou, e então se lembrou de como isso era fútil. *Vai ser um hábito muito difícil de mudar.*

Ouviu um som farfalhante no lado esquerdo. Tomou um susto com o homem de calça jeans e camisa de flanela, o cabelo castanho bagunçado, a mão no bolso direito, fuçando. Tirou algo do bolso e jogou para Moss, que se esquivou. Moedas tilintaram ao bater no concreto.

– Foi mal – disse o cara, sorrindo. – É tudo que tenho.

Ele saiu andando na direção da Praça Jack London. Moss ficou boquiaberto. *Ele achou que eu era um sem-teto?* Havia duas moedas de vinte e cinco e uma de dez centavos ao lado dele no chão. *Ele não viu a corrente?*

Um pânico passou por ele. E se ninguém notasse que estava ali? E se ficasse ali a noite inteira e ninguém parasse para perguntar o que era aquilo? É um plano terrível! *Terrível, terrível, no que você estava pensando?* Enfiou a mão no bolso e os dedos roçaram na chave, mas se deteve. *Não, você precisa fazer isso!*

A ansiedade se alongou dentro dele, como se estivesse se preparando para ir até o fim, se espalhando do peito para cima e descendo pelo torso. Ele não tinha se preparado para *nada* disso! A impulsividade da ideia tinha parecido tão atraente vinte minutos antes, mas agora parecia boba. Comum. Sem sentido. Como iria sobreviver à noite? E se isso durasse dias? Semanas? Será que demoraria tanto para alguém reagir?

– Cometi um erro – sussurrou, imaginando que, se dissesse em voz alta, teria mais certeza.

Mas não enfiou a mão no bolso para pegar a chave. Não tentou se levantar. Permaneceu exatamente onde estava.

– Eu consigo fazer isso – disse ele, não num sussurro, mas num volume confiante.

– O que você está fazendo?

A voz surgiu atrás dele, e Moss descobriu que, na posição onde estava, não tinha muito como se virar. Por isso, parou de tentar e firmou o olhar adiante.

— Vou ficar aqui — disse ele, e a sua voz não mais soava confiante. — Não vou me mexer até que... até que...

— Você está preso no poste ou coisa parecida?

Moss ergueu o olhar para a direita, e o terror tomou conta do seu corpo. Um policial de Oakland estava parado acima dele, a confusão contorcendo o seu rosto. Ele era de meia-idade, um homem grande que parecia um gigante do ponto de vista de Moss. Passou uma mão pelo cabelo loiro, então colocou a mão na cintura e analisou Moss.

— Precisa de uma ajuda aí, jovem?

Moss sacudiu a cabeça.

— Estou muito bem aqui, senhor.

Ouviu o farfalhar de roupas, o arrastar de uma bota no concreto.

— Os seus pais sabem que você está na rua tarde da noite?

— A minha mãe confia em mim — respondeu Moss.

Não era bem uma mentira, pensou.

Mais um farfalhar.

— Filho, o que você tá fazendo?

Moss olhou de volta para ele.

— Estou protestando. Vou ficar aqui até que as minhas exigências sejam atendidas. — Engoliu em seco. — Senhor.

Moss não reconheceu o som a princípio. Pensou que o policial estivesse limpando a garganta, mas o sorrisinho revelava o que era. Uma risada.

— Você está falando sério, meu jovem? Contra o que diabos você poderia estar protestando?

— Claro que estou falando sério — Moss disparou de volta. — Por que me prenderia neste poste se não estivesse?

O policial se moveu para trás de Moss e, segundos depois, ele sentiu um leve puxar na corrente. Ela se afundou na sua cintura. O policial caminhou outra vez até a frente dele, e o divertimento ainda estava no seu rosto.

— Isso é um cadeado de verdade?

Moss assentiu.

— E você está fazendo isso por quê?

Engoliu em seco.

– Um de vocês matou o meu amigo. – Ele falou com a certeza que desejara em sua voz mais cedo. – E, até o assassino ser preso, vou ficar bem aqui.

O policial deu uma risadinha novamente.

– Ok, como preferir – ele resmungou. – Quer que eu ligue para seus pais?

– Não – Moss respondeu. – Mas você pode trazer James Daley.

O efeito foi instantâneo. O sorrisinho desapareceu do rosto do policial.

– O que foi que disse?

– James Daley matou meu amigo, Javier Perez, então não vou sair daqui até que ele seja preso.

O policial não falou mais nada. Moss ouviu os passos se movendo depressa para longe dali. Uma porta próxima se fechou com uma batida.

E o silêncio foi assustador, fechando-se ao redor de Moss. Estava acontecendo e não podia mudar de ideia. Sua mente rodopiou com as terríveis possibilidades, com o medo de que acabaria logo. Será que já havia estragado suas chances? Será que cortariam a corrente e o tirariam dali? E o prenderiam? Algo pior? O medo pulsou em sua garganta e foi difícil engolir, e ele estava tentado. Tentado a se destrancar, subir na bicicleta e começar a pedalar, sem nunca olhar para trás. Seria muito mais fácil, não seria?

A porta se abriu com um rangido, e Moss pensou que iria vomitar. Havia mais sons de passos desta vez, e ele se preparou. Inspire profundamente, pensou, e encheu os pulmões de ar, deixando escapar devagar. Não desista.

Dois policiais ficaram na frente dele. Eram quase da mesma altura; um era branco, mas não o mesmo de antes, e o outro era negro. Inspecionaram Moss, olhando-o de alto a baixo, e ele se sentiu constrangido, como se estivessem julgando sua aparência. Resistiu ao ímpeto de encará-los e, em vez disso, manteve o olhar em frente, nas pernas deles. Os homens não disseram nada por alguns segundos. O que estavam fazendo? Por que não estavam dizendo nada?

– Qual seu nome, filho?

Foi só então que Moss olhou para cima.

— Moss.

Era o policial negro falando.

— Falamos com nosso colega alguns minutos atrás. — A voz gentil, seus olhos escuros e reconfortantes. — Ele disse que você está aqui por causa do seu amigo. É verdade?

Moss fez que sim.

— Sim, senhor. E não vou embora.

Os policiais trocaram um olhar, mas Moss não conseguiu ler as expressões faciais.

— Meu nome é sargento Moore e esse é meu parceiro, policial Vincent Childs — ele falou, apontando o policial branco. — Me desculpe se soar arrogante, te garanto que não é isso... mas você está mesmo preso a esse poste?

— Sim — Moss respondeu, e a voz tremeu. Por que se sentia tão confuso com aquilo?

— Olha, preciso falar... tem uma primeira vez para tudo — disse Moore. — Você já viu algo assim, Vincent?

O parceiro balançou a cabeça.

— Nunca, em todos meus anos aqui. E nós dois já vimos algumas coisas bem estranhas.

Moore concordou.

— E você realmente planeja ficar aqui?

— Sim.

— A noite toda?

— O tempo que for preciso.

— Até o quê? — Vincent falou. — Me desculpe, não consigo entender seu objetivo... Moss, não é?

Moss baixou a cabeça. Seu plano parecia tão ambíguo e sem sentido agora na frente daqueles homens uniformizados. Como eles poderiam entender o que estava passando? Por que não o estavam levando a sério? Limpou a garganta, a tristeza o pressionando.

— Ele matou Javier bem na minha frente — disse baixinho. — Vocês sabiam?

Moss ergueu os olhos para os dois policiais, e queria muito ser valente e calmo, mas sua visão borrou de novo. A vergonha o preencheu mais uma vez; sentiu-se mais como uma criança naquele momento do que havia se sentido quando toda aquela bagunça começara.

– Não sabíamos – Moore disse. – Sinto muito que tenha visto isso. Nunca é fácil.

Moss deu uma risada de escárnio.

– Eu vi Daley atirar nele, e Javier não estava armado. Daley atirou nele por birra. E agora Javier se foi porque alguém não conseguiu controlar seu temperamento. Você sabe o que é isso?

Nenhum dos homens disse nada, e Moss sentiu uma lágrima correr dos olhos. Ele continuou.

– A mãe dele está sozinha. Ela não sabe mais o que fazer. Eu perdi alguém que poderia ter amado. E ele se esconde de nós. Ele não pediu desculpas nem nada.

Vincent girou nos calcanhares, e Moss pôde dizer que ele preferiria estar em qualquer lugar que não fosse ali.

– Bem, não acho que tenha nada que possamos fazer – disse ele. – Seu amigo não deveria estar invadindo propriedade privada.

O ar fugiu de Moss, e com ele se foi toda a mágoa que estivera escorrendo para fora de seu corpo. Em seu lugar, veio a fúria, e ele riu dos policiais parados ali.

– Vocês são tão previsíveis – disse Moss, e sua raiva deu a ele a coragem que estava procurando. – Sabia que seria questão de tempo até culparem Javier.

– Calma lá, filho – Moore falou, erguendo as mãos em um gesto de inocência. Suas sobrancelhas grossas estavam curvadas sobre os olhos escuros. – Não estamos culpando ninguém. O que meu parceiro estava tentando dizer é que as coisas não são tão simples.

– Talvez não para você – Moss disse. – Parece bem simples do lado de cá. Seu amigo atirou em alguém e o matou e não havia nenhuma justificativa para isso para início de conversa. É simples assim.

Moore baixou as mãos, mas a boca permaneceu fechada. Ele trocou outro olhar com o parceiro; desta vez, Moss pôde ver a preocupação.

– Você realmente não vai embora, né? – Moore perguntou.

– Não, não vou.

– Jesus – Vincent murmurou.

Os dois ficaram ali por mais alguns segundos e depois se afastaram sem dizer nada. Foi então que Moss percebeu o que os corpos dos dois policiais estiveram bloqueando.

Uma pequena multidão. Ele os contou, doze pessoas, e viu celulares erguidos em frente a alguns deles. Quando a porta atrás de Moss se fechou, duas das pessoas correram atravessando a Broadway. Uma delas, uma mulher branca e magra com o cabelo preso, baixou o celular ao se aproximar de Moss.

– Você está bem? – A mulher parou na sarjeta, o celular do lado. – Você precisa de ajuda?

– Acho que estou bem – Moss respondeu. – Só um pouco tenso, só isso.

A outra pessoa, um homem marrom de cabelos pretos que batiam nas costas, estava balançando a cabeça. Ele ergueu um skate e o encaixou atrás da cabeça.

– Estão te perturbando por alguma coisa, cara? Precisa de apoio?

– Apoio? – Moss balançou a cabeça – Não, acho que tô bem.

O homem se ajoelhou ao lado dele e esticou a mão com delicadeza, passando os dedos pelos grossos elos da corrente.

– Espera, foram eles que fizeram isso contigo?

Moss riu, agradecido pelo alívio que a risada trouxe.

– Não, não, não mesmo. Eu fiz isso sozinho.

– Mas por quê? – A mulher perguntou.

Moss inspirou fundo.

– Javier... meu amigo, é o garoto que foi morto semana passada na minha escola. Durante uma manifestação.

– Oh, meu Deus – disse ela, e então se sentou ao lado dele e passou o braço por seu pescoço, o puxando para um estranho abraço. – Sinto muito. Li sobre isso na internet.

–- Você está protestando, cara? – Os olhos do homem ficaram maiores quando fez a pergunta. – Ah, cara, que coragem. Respeito. – Ele ergueu o punho para um cumprimento, e Moss sorriu, dando um soquinho.

– Obrigado, acho – disse Moss. – Eu tinha que fazer algo. Eles não podem ficar impunes.

– Então vou ficar aqui com você – o outro homem respondeu e logo se sentou em seu skate à direita de Moss. – Meu nome é Enrique.

– Moss. E você não precisa ficar, cara. É problema meu. Preciso fazer isso sozinho.

– Bom, vou ficar também – a mulher disse e esticou a mão. – Hayley. Prazer em conhecê-lo, Moss.

– Você está brincando – disse ao apertar a mão dela. – Sério, você não precisa ficar aqui.

Hayley se apoiou nele, e Moss não teve tempo de posar para a selfie que ela tirou.

– Se não se importar, vou postar isso no Twitter. Mais pessoas precisam saber.

Sua boca se abriu.

– O que, sério?

– Cara, que ideia boa! – disse Enrique, puxando o próprio celular. – Tudo bem por você?

A cabeça de Moss girou, chocada pelo desenrolar dos eventos.

– Sim... acho que sim, cara. Não tinha pensado tão longe.

Enrique riu.

– Você precisa usar as redes sociais, *amigo*! Como as pessoas iriam descobrir o que você está fazendo aqui?

Amigo. Ele se lembrou de Javier falando desse jeito com ele, mas Hayley interrompeu os seus pensamentos.

– Já estou recebendo respostas – disse Hayley e virou a tela para que Moss pudesse ver as notificações chegando. – Há quanto tempo você está aqui?

– Não sei. Uma hora? Meio que perdi noção do tempo.

Ergueu os olhos então, e as pessoas agora estavam paradas na frente dele na rua, tirando fotos. Uma mulher estava gravando um vídeo, e, ao se aproximar, Moss ouviu o que ela dizia. Ela estava *narrando*.

– E eu estava andando pela rua, indo tomar alguma coisa com os meus amigos, e é *isso* que eu vejo. – Ela apontou a câmera para o rosto de Moss, e ele fez uma careta. – Os policiais estavam incomodando, mas ele está bem agora. Não está?

– Hum... estou bem, sim – disse Moss.

– Por que você está aqui?

Moss engoliu em seco. Teria que se acostumar a repetir tudo.

– Estou em busca de justiça por Javier Perez – falou, grato por não tropeçar nas palavras desta vez. – Ele foi baleado e morto pelo Departamento de Polícia de Oakland no Colégio West Oakland durante um protesto pacífico.

A mulher apertou algo na tela do celular e o baixou.

– Estou postando no Snapchat – ela explicou. – Obrigada pelo que você está fazendo. De verdade. Já estava na hora de alguém enfrentá-los.

Moss queria dizer: "Mas ainda não estou fazendo nada!". Mas ela já tinha ido embora, e a multidão ao redor dele tinha crescido. De onde vinha tanta gente?

Outro celular foi enfiado na cara dele, e o *flash* brilhou.

– Ei, cuidado! – disse Enrique. – Não seja que nem os paparazzi. Não é o intuito disso aqui.

– Será que dá pra todo mundo dar um passo para trás? – pediu Moss. – É demais. Estou me sentindo meio sufocado.

Hayley se levantou então, os braços esticados de forma protetora na frente dela.

– Todo mundo para a calçada! – ela ordenou, gesticulando para que todos saíssem da rua. – Por favor, o jovem precisa de um pouco de espaço.

– Como é que isso tá acontecendo? – Moss falou baixinho, observando enquanto as pessoas saíam da estrada.

– Você achou que ninguém iria te notar aqui? – disse Enrique.

– Não, claro que iam. Só não achei que aconteceria tão rapidamente.

– Pode ser de noite, mas você iria ganhar um pouco de atenção mesmo assim – disse Hayley. – Foi um bom plano, Moss.

Se ao menos tivesse planejado isso com antecedência, pensou, mas não falou nada. Um casal se aproximou para perguntar o que ele estava fazendo. Conversou com eles por alguns minutos antes de se dar conta de que era o mesmo casal que tinha visto no trajeto até ali. *Talvez isso não acabe tão mal*, pensou, *e talvez eu não precise ser tão negativo*.

Perdeu a noção do tempo. Enrique era conversador, cheio de histórias sobre ter crescido em East Oakland. Contou a Moss sobre o tio dele que morreu num tiroteio e que a polícia atirou no irmão dele numa parada de semáforo.

– Eles nunca protegeram o nosso bairro – explicou Enrique. – Nunca. Sabe, fomos roubados uma vez, e a minha *mamá* ficou assustada pra caralho. Uns caras usando máscaras de esqui invadiram a nossa casa, e eu a encontrei chorando quando cheguei. Acho que eu não os vi por pouco.

– Ela te pediu para ligar para a polícia?

Ele assentiu.

– Isso, e falei para ela que não era uma boa ideia, não depois do que tinha acontecido com o meu irmão, mas ela queria se sentir segura.

– O que aconteceu? – indagou Hayley.

– Eles apareceram seis horas depois. Às quatro da manhã. Bateram na porta como se estivessem invadindo uma boca de fumo. Assustaram a gente pra caralho.

– Deixa adivinhar – disse Moss. – Eles não foram muito prestativos.

– Nada, cara! Tentaram dizer que era culpa nossa por morar num bairro ruim e que deveríamos ter uma tranca melhor na porta.

– Aê, foi a mesma coisa que disseram pro meu coroa – disse um dos recém-chegados que estava atrás de Enrique. Ele era bonito, e Moss admirava quem quer que tenha feito as tranças dele. – Com a diferença de que disseram que o carro dele chamava atenção demais.

– Eles me disseram que o meu vestido era curto demais.

Todo mundo olhou para Hayley, cujos olhos pareciam distantes e vagos.

– Aconteceu no verão passado – ela explicou. – Um cara, muito bêbado, frequentava a Universidade da Califórnia, você conhece o tipo, me encurralou num bar lá na avenida Telegraph. Tentou colocar a mão debaixo da minha saia. Bati na cabeça dele, e ele chamou a polícia. Adivinha do lado de quem eles ficaram?

Enrique praguejou alto, e Moss esticou a mão e apertou a de Hayley.

– Lamento – disse ele. – Provavelmente não ajuda, mas, se fizer diferença, fico feliz que você esteja aqui.

– Claro que faz – disse ela, e um sorriso apareceu nos lábios dela. – Todos nós temos os nossos motivos para estar aqui. Então, fico feliz que *você* esteja aqui.

– Acho que ainda não acredito que tanta gente tenha ficado por causa disso – Moss admitiu. – Sei lá, achei que fosse ficar sozinho aqui a noite toda. Que seria tudo em vão.

– A maior parte das pessoas não liga – disse o cara com tranças. – É bem mais fácil fingir que o mundo continua girando.

Moss se mexeu. O mastro nas suas costas começava a parecer mais duro. Esticou as pernas e se inclinou um pouco para frente, esperando que pudesse dar uma boa esticada nas pernas. Naquele momento ele ficou consciente de como o seu corpo se sentia naquele momento: cheio de câimbras e aprisionado. Engoliu em seco com força, a garganta estava seca, então puxou a mochila para pegar um pouco de água. Ao fazer isso um carro parou cantando pneus alguns metros acima da multidão, e Moss reconheceu o Toyota azul. O carro de Martin. A porta do passageiro foi aberta com violência, e a sua mãe apareceu, a boca aberta, e Moss largou a bolsa do seu lado. *Ah, não.* Não tinha pensado no que diria para ela.

No entanto, ao se aproximar, não havia raiva no rosto dela. Ela avançou, devagar e decidida, e os olhos dela dançaram de uma pessoa para a outra. Ela olhou para um grupo de garotas negras que tinha chegado minutos antes; elas seguravam cartazes que diziam #JustiçaParaJavier. Elas ficaram perto de um grupo de homens mais velhos que montaram uma mesinha para jogar damas, os mesmos homens sempre jogavam no Parque Lowell. A maioria das pessoas era de completos estranhos para Moss, e ele viu algo na mãe que reconhecia. Deve ter sido assim que o rosto dele ficou ao entrar na Igreja do Sagrado Caminho ao ver o que a mãe tinha feito.

Estava ansioso com o que a mãe diria, mas um orgulho crescente devorou a ansiedade.

– Oi, mãe – disse ele, e o seu rosto se iluminou para ela, esperando que isso fosse amenizar a estranheza que pairava sobre tudo. – Acho que parei de esperar.

Hayley saiu do caminho assim que Wanda se agachou. Ela pegou na mão dele e a acariciou, e lançou um olhar que ele nunca tinha visto antes. O que era? Raiva? Preocupação? Outra coisa?

– Morris Jeffries Jr. – disse ela, suave e maravilhada –, o que você começou?

Sentiu uma onda de timidez passando por cima dele.

– Não sei, mãe. Eu não sei.

– Essa é a sua mãe? – Enrique perguntou, e um grande sorriso iluminou o rosto dele. – *Buenas noches*. O seu filho é bem incrível.

– Sim – disse ela. – Ele é.

31

— Como você descobriu onde eu estava? – indagou Moss enquanto a mãe se sentava perto dele. – Eu provavelmente deveria ter dito alguma coisa, mas foi meio que... uma inspiração momentânea.

— Você estava triste – disse Wanda. – Não te culpo por fugir. E foi Kaisha quem me contou.

— Kaisha?

— É – disse Martin, que tinha caminhado até eles. Ao lado dele estava Shamika, que olhava para a multidão com admiração nos olhos. – Você sabe que ela está ligada em todo esse negócio on-line.

— Negócio on-line? – Ele se virou para a mãe. – Do que ele está falando?

— Querido, você está *em todos os lugares* – respondeu Wanda, e ele viu um brilho nos olhos dela. Ela estava falando sério.

— É, Moss – disse Shamika, sorrindo, os brincos de argola reluzindo as luzes dos postes. – Você é o motivo de todo esse lance de "Justiça Para Javier" estar acontecendo.

— Você tá brincando, né? – perguntou Moss.

Wanda sacudiu a cabeça.

— A Kaisha encontrou a *hashtag* na página de mais comentados do Twitter. Foi minutos antes de descobrir que você estava aqui.

— Mandou bem, cara – disse Martin e esfregou a cabeça de Moss. – Olha só quanta gente aqui. E em poucas horas.

— Não é tanta gente – disse Moss. – Umas trinta mais ou menos.

— Tá brincando? – Martin riu. – Mano, tem algumas *centenas* de pessoas aqui já.

— Imagina, cara. Isso não é possível!

– Talvez você não consiga ver de onde está – disse a mãe. – Vamos, deixa a gente te ajudar a se levantar.

Wanda e Martin pegaram por baixo dos braços de Moss, e a mãe ajudou a guiar a corrente pelo mastro. Quando conseguiu ficar de pé, viu para além das pessoas que estavam de pé ao redor dele. A multidão se esticava pela Broadway, quase até a rampa da rodovia interestadual. Olhou para o outro lado e viu a aglomeração à sua esquerda, que ia diminuindo perto da rua 8. Ouviu as vozes atrás dele e girou o pescoço. Nem conseguia vislumbrar a porta de entrada da delegacia.

– Você fez tudo isso, Moss – disse Wanda e beijou a testa dele. – Mas, talvez, da próxima vez, conte para a sua mãe o que está planejando.

Ele enrubesceu.

– Me desculpa, mesmo. Fiquei meio tomado pelo momento, só isso.

– Mas a gente precisa conversar. Logo. Tenho algumas coisas para te contar. Eu só estava preocupada em não ser a hora certa.

Moss mudou o apoio de um pé para o outro, esperando que a dormência desaparecesse. Ele queria dizer tanta coisa a ela, mas a multidão na frente dele se abriu, e uma mulher latina muito bonita veio andando, diretamente para Moss. Ela esticou a mão, e Moss a aceitou com timidez.

– Sophia Morales – disse ela. – Me desculpa por invadir aqui, mas fiquei sabendo do seu protesto pelo Twitter.

– Quem é você? – disse Moss, um pouco assustado com a chegada repentina.

Shamika bateu de leve no braço dele.

– Moss, ela é da NBC. Sabe, uma daquelas repórteres famosas?

Ele achou mesmo que ela parecia familiar. A ansiedade dele aumentou.

– O que você quer?

– Você não precisa falar comigo se não quiser – disse ela. – Não posso dizer a mesma coisa sobre as outras pessoas que inevitavelmente vão aparecer. Mas quero ouvir o que você tem a dizer. Seu protesto já recebeu bastante atenção.

Ela lançou um olhar a Wanda.

– Acredito que você seja a mãe. Não vou entrevistá-lo se um de vocês não quiser.

Wanda olhou para Moss. Ele deu de ombros.

– Eu quero fazer isso – explicou. – Suspeitei que se as coisas dessem certo a mídia iria aparecer.

A mãe comprimiu os lábios.

– Mas, quando você quiser parar, fale para ela. Ou olhe para mim. – Ela se virou para Sophia. – Não mexa com o meu menino.

– Não vou, prometo – disse Sophia, então gesticulou para o cara da câmera, que esperava fora da multidão.

Ele caminhou até eles enquanto Wanda se afastava. Moss espremeu os olhos à medida que a luz no topo da câmera brilhava. *Você consegue*, falou para si mesmo. *Apenas seja honesto.*

Os outros se afastaram dele, e ele viu Enrique balançando a cabeça na sua direção.

– Você consegue, cara – disse ele, o skate do lado.

Sophia se colocou ao lado de Moss enquanto o câmera fazia alguns testes de luz.

– Você prefere ser chamado de Moss? – indagou Sophia.

Ele assentiu.

– Isso. Você pode me chamar de Moss Jeffries, se quiser.

– Você já foi filmado assim antes?

– Não, não mesmo. Estou um pouco nervoso.

– Tudo bem – ela falou. – Vou manter você focado. Isso vai soar estranho, mas tente falar comigo como se a câmera nem estivesse lá. Vou ficar aqui e me virar na sua direção, então fale comigo, não com o Tyree ali.

Tyree entregou a Sophia um microfone de lapela. Ela prendeu uma das pontas na gola de Moss e passou o cabo para trás, pondo o transmissor no bolso de trás dele.

– Fale normalmente – ela explicou. – Não precisa falar no microfone. Ele vai captar todo o som.

– Poderia falar algumas coisas, Moss? – Tyree perguntou.

Moss olhou para o câmera e ficou com inveja da barba densa dele.

Limpou a garganta.

– Ah... sim. Testando. Som. Som. Meu nome é Moss. Moro em West Oakland.

Tyree ergueu o dedão em sinal positivo.

– Agora, o vídeo é para uma transmissão que vai ao ar perto das 23h20 – Sophia continuou. – Não se preocupe com essa coisa de ser ao vivo. Vou apresentar a história, depois vou me virar para você e perguntar por que está aqui. Vou tentar não o surpreender demais, fazer apenas perguntas abertas para você falar.

– Certo, certo – disse ele, esfregando as mãos.

A temperatura havia caído ainda mais na última hora, mas estivera tão ocupado que não teve chance de pensar nisso. Cobriu a boca com as mãos, soltou uma baforada quente nelas e, então, foi atingido por uma onda de ansiedade.

– Espera, o que faço com as minhas mãos?

Ela riu para ele.

– Todo mundo tem esse problema. Até eu tinha quando comecei. Pode deixá-las no bolso no início, mas se você for expressivo e gostar de falar com as mãos, tudo bem também. Só não acerte o microfone, é bastante sensível.

Moss respirou fundo e olhou para a mãe. Ela lançou um sorriso rápido e grande, inclinando a cabeça uma vez.

– Eu consigo, eu consigo – Moss disse a si mesmo.

– Você vai ficar bem, Moss, garanto – Sophia falou.

– Sessenta segundos para a transmissão – disse Tyree. – Moss, você poderia girar seu corpo um pouquinho para a direita até ficar de frente para a Srta. Morales?

Ele se abaixou e segurou a corrente enquanto se virava. Ela raspou contra o poste, e ele viu Tyree estremecer com o som.

– É, tente não se mexer muito. Não queremos que o microfone capte isso – ele olhou para o relógio. – Trinta segundos.

Era como se seu coração nunca tivesse batido tão rápido em toda a vida. Começou a olhar em volta na multidão: sua mãe, Shamika e Martin, Enrique e Hayley, o cara com as tranças, para os rostos sem nome cujos olhos estavam focados nele. Sophia ergueu o braço, tocando-o de leve no ombro.

– Eles não – pediu ela. – Olhe só para mim. Você vai se sair bem.

Ela se endireitou, e Moss observou Tyree fazer uma contagem regressiva com os dedos. Quando ele indicou a ela que começasse, ela sorriu para a câmera.

– Obrigada, Ross, e sim, é uma cena muito interessante esta que temos aqui no centro de Oakland. Há uma hora apenas, ficamos sabendo que havia um manifestante fora do prédio administrativo do Departamento de Polícia de Oakland, no centro. Quando chegamos aqui, mal pude acreditar em meus olhos.

Tyree girou a câmera lentamente, e Moss endireitou o corpo como pôde, tirando os olhos de Tyree, mantendo a atenção em Sophia, assim como haviam pedido.

– Estou aqui com Moss Jeffries e gostaria de dar uma exclusiva para os nossos telespectadores. Sr. Jeffries, quando vimos as fotos no Twitter e Instagram, achamos que era alguma pegadinha. Mas você *realmente* se acorrentou a esse poste, não foi?

Ele fez que sim.

– Sim, senhora – disse ele. – O que estou fazendo não é uma brincadeira.

– Por que você decidiu fazer isso? E por que aqui, do lado de fora desse prédio?

Sua garganta parecia pequena, contraída, mas aquilo não o impediria.

– Semana passada, Javier Perez foi baleado e morto por James Daley, um policial de Oakland que fazia parte de um ataque antiético em minha escola. – As palavras pareciam certeiras e se deu tapinhas nas costas imaginários por pensar em "ataque" no último segundo.

– O que quer dizer com isso? O que aconteceu em sua escola?

– Eu estudo no Colégio West Oakland – começou ele. A voz tremeu por um segundo, mas respirou fundo e continuou. – É uma escola mais ou menos. Talvez não seja a melhor, mas a gente faz o que pode. Muitos alunos por lá fazem o que podem. Mas a administração da nossa escola assinou um contrato com o Departamento de Polícia de Oakland para colocar policiais no campus e nos fazer passar por detectores de metais e isso está atrapalhando nossas aulas. Não conseguimos nos concentrar. Não conseguimos mais curtir o aprendizado.

Sophia se voltou para a câmera.

– Para nossos telespectadores que talvez não saibam, essa é a mesma escola onde Reginald Phillips foi ferido por um detector de metal instalado pela escola há pouco tempo. Sr. Jeffries, você conhece o Sr. Phillips?

— Sim, claro – disse Moss. – Um dos meus melhores amigos. É por isso que decidimos fazer um protesto pacífico contra a presença da polícia no nosso campus. Para que mais ninguém fosse ferido.

— E você estava lá, não estava, quando o Sr. Perez foi baleado?

Moss sabia que teria que falar sobre Javier, mas a forma que ela falava o fez vacilar. Parecia tão oficial, tão *imparcial*. Seu olhar caiu, mas Sophia passou a mão pelo braço dele.

— Desculpe, Moss, sei que isso deve ser difícil para você.

— É – disse ele, e não estava olhando para ela, mas continuou falando. – Aconteceu bem na minha frente. James Daley foi quem atirou nele. Bem no peito.

— É por isso que você está aqui – ela falou. – Mas por que assim? Para que se acorrentar ao poste?

— Para falar a verdade, foi algo de última hora. – Ele fez uma pausa; seu coração batia contra o peito. Não havia preparado nada para dizer, então apenas falou a verdade. – James Daley desapareceu. A polícia não falou com nenhum de nós que estávamos lá, apesar de termos testemunhado um assassinato. Isso parece ridículo. Isso não é, tipo, justamente a coisa que deveriam fazer?

— Espere – Sophia disse, o rosto dela contorcido em uma mistura de horror e nojo. – Você está dizendo que *nenhum* de vocês foi contatado pelo Departamento de Polícia de Oakland a respeito da morte do Sr. Perez?

Ele ergueu uma sobrancelha.

— Não, senhora, nenhum de nós. Ao que parece, não podemos dar nossa versão da história.

— Então o que você espera conseguir com este protesto, Moss? O que você quer que aconteça?

— Eu não sei, não tenho um plano de longo prazo, sabe? – disse Moss. – Ainda nem me formei no Ensino Médio, e esse é o tipo de coisa com que já temos que lidar. – Ele suspirou. – Srta. Morales, você já foi na minha escola?

Ele percebeu que ela foi pega desprevenida. Estava tão acostumada a fazer as perguntas que ela inclinou a cabeça para o lado.

— Não, não posso dizer que já fui.

– Você deveria ir um dia – disse Moss e sentiu algo crescer dentro dele, então aproveitou. – Você vai ver que a pintura está descascada ao redor da porta de entrada. Ou quantos azulejos do teto estão faltando. – Ele fez mais uma pausa. – Posso te mostrar uma coisa? Prometo que é importante.

Ela olhou para Tyree, e ele gesticulou para que continuasse.

– Certamente, Sr. Jeffries.

Ele gesticulou para sua mochila no chão perto dos pés de Martin. Ele a pegou e a atirou para Moss, que a apanhou com a mão esquerda.

– Este é o livro que estamos lendo para a aula de Literatura da Sra. Torrance – ele falou, procurando na mochila. Puxou o exemplar de *O mundo se despedaça* e a capa ficou presa em algo e se rasgou. – Droga – ele disse. Segurou o resto do livro na frente dele. – É isso que tenho que usar para estudar. Nossa escola está caindo aos pedaços, Srta. Morales, e, em vez de nos ajudarem, conseguindo livros, eles instalaram detectores de metais. Eles machucam e assustam meus amigos. Eles trouxeram a polícia e nos brutalizaram. Como não protestar contra isso?

Moss havia se esquecido da multidão, mas alguns dos presentes bateram palmas. Sophia estava com a mão no ouvido, e Moss percebeu que ela estava ouvindo alguma coisa no ponto.

– Ok, entendido, Ross – disse ela e olhou de novo para Moss. – Meus colegas querem saber sobre a sua conexão com este local. É verdade que seu próprio pai foi baleado e morto pela polícia de Oakland?

Ao dizer isso, ela deve ter visto a expressão de Moss se alterar. Deve ter ouvido os arquejos e suspiros coletivos na multidão.

– Que maldade – alguém disse.

A boca de Moss se abriu, apenas um pouco, e foi como se o coração tivesse parado. Como se o mundo congelasse.

– Ah... oh, meu Deus, me desculpe – Sophia estava dizendo, a mão para cima. – Só estava repetindo o que me disseram e...

Wanda se colocou na frente de Moss.

– Esta entrevista chegou ao fim – ela disse e bloqueou a visão de Tyree por um momento, mas o homem desligou a luz, baixou a câmera e ficou boquiaberto. Ele parecia enjoado, a boca aberta de horror.

Sophia pôs as mãos no rosto, e Moss se sentiu cair.

– Sinto muito – ela repetiu. – Não deveria ter perguntado isso. Foi insensível, mil desculpas.

A cabeça de Moss girou. *Pense, pense*, ele disse a si mesmo. *Se controle, não deixe que isso o perturbe.* Ele folheou o fichário enquanto tentava encher os pulmões de ar, mas eles pareciam blocos de concreto no peito. Sua mãe estava lá, as mãos dela acariciando seu rosto, dizendo que ele estava bem, que ela não sairia dali, que o que ele estava fazendo era valente e corajoso e que Morris teria orgulho dele.

Ele perambulou pelos cartões mentais. *Aquela noite em Mosswood Park*. Não, não, já pensava naquilo o tempo todo. *As piraguas*. Não, ainda não. *As pupusas na Missão. A bicicleta de Natal.*

– Não, não, não – disse ele, em voz baixa, e então aumentando o volume. – Não consigo, não consigo.

– Não consegue o que, querido? – A mãe passou os dedos pela cabeça dele, até seu rosto.

O piquenique no lago. O primeiro dia de escola. As viagens de ônibus até Fremont.

– Não, não, não! – Moss gritou e o pânico subiu por sua garganta, explodiu pelos olhos, apertou seu coração. – Mãe, não consigo lembrar. Não consigo me lembrar de nada novo.

Ela parou. Olhou nos olhos dele, e Moss a viu examinar seu rosto. Ela estava com medo. Aquilo o aterrorizava.

Sophia se afastou. Ainda pedia desculpas. Tyree a puxou através da multidão, e Moss viu as expressões em seus rostos. Tristeza. Pena.

Estavam com pena dele. Ele caiu e se enroscou no chão. Nunca se odiou tanto.

32

—Estraguei tudo, não foi? Ele jogou a pergunta para a mãe, mas ela já estava negando, a cabeça balançado furiosamente de um lado para o outro.

— Não, é claro que não, querido. — Ela o acariciou de novo. — Você foi *incrível*, Moss. Foi culpa daquela repórter por te surpreender daquele jeito.

— Não seja tão duro consigo mesmo — Shamika falou e se abaixou para se sentar à direita de Moss. — Você ouviu como a multidão reagiu. Eles também ficaram surpresos. Foi um golpe baixo.

Ele continuou a fazer seus exercícios de respiração e seus batimentos cardíacos começaram a se acalmar depois da agitação dos últimos minutos. Naquele momento, as pessoas ao redor pareciam estar dando espaço a ele, então aproveitou a oportunidade para fazer uma pergunta à mãe.

— Você acha que fui bem?

— Sim, com certeza — Wanda falou e sorriu para ele. — Muito bem.

— Você parecia a sua mãe por um minuto — disse Martin, sorrindo também. — Você puxou a ela. O que me lembra. — Ele se voltou para Shamika, que entregou a ele um saco de papel. — Isso é para você.

Moss pegou o saco e olhou o conteúdo. Colocou a mão dentro e tirou o que havia lá: uma garrafa de água, um saco de amêndoas, uma maçã e uma garrafa vazia de energético.

— Para que isso? — Moss perguntou, segurando o recipiente vazio.

— Bem — disse Martin. — Pensei em uma coisa. Você vai ficar aqui um tempo, não é?

Moss fez que sim.

— Eu acho. Parece que sim.

— Bem, imagino que em breve vai precisar... Hum... bem, você vai precisar encher essa garrafa vazia com... hum...

— Caramba, Martin, só diga logo! – Shamika gritou, então se virou para Moss com um sorriso gigante no rosto. – Uma hora ou outra você vai ter que dar uma *mijada.*

— Soa tão bobo! – Martin falou. – Em minha defesa, eu trouxe a garrafa. Meu trabalho está feito.

— Não, não está – disse Moss. – Você vai me ajudar a fazer uma barreira à minha volta, se for o caso. E alguém vai ter que esvaziar depois.

— Eu não me ofereço – Shamika falou. – Já troquei suas fraldas quando era bebê.

Moss enrubesceu.

— Por favor, me diga que isso não é verdade.

— Seu pai era *horrível* nesse quesito – disse Wanda. – Shamika ajudava bastante quando nós dois tínhamos que trabalhar no mesmo período.

Ele encarou a mãe. Sabia que Shamika era uma amiga de longa data, mas supunha que ela havia se aproximado de Wanda depois da morte de Morris.

— Não fazia ideia – ele disse, em voz baixa. – Parece que não sei de muita coisa.

Martin assoviou ao ouvir aquilo. Os outros ficaram em silêncio; até sua mãe desviou o olhar.

— Ah, desculpa – disse Moss. – Não estava sendo passivo-agressivo, mãe. Só foi um dia muito longo. Meu cérebro não está funcionado direito.

— Tudo bem – disse Wanda. – E parece que temos uma longa noite a nossa frente, então seria bom matar o tempo. – Ela respirou fundo. Ele a observou olhar para os três melhores amigos dela. – Então, o que você quer saber, Moss?

Ele examinou o rosto dela, viu que ela o olhava desprovida das defesas de sempre. Estava vulnerável. Aberta. E sincera.

— Você sabe que tem só uma coisa que eu realmente quero saber – ele falou.

— É minha culpa – disse Shamika. – Eu e minha boca grande.

– O que aconteceu? – Moss perguntou. – Shamika disse que esta não é a primeira vez que nosso pessoal ficou contra a polícia. Ela tava falando da gente e do papai?

– Bem, quase isso – Wanda falou. – De forma indireta. Tem um motivo para eu ter parado de organizar manifestações. Parado de ir aos protestos. Acabei me perdendo no trabalho e em você.

– Você tá falando do final do Ensino Fundamental? Daquela época?

– Pouco tempo antes – ela admitiu e apertou os lábios. Ela pegou a mão de Moss. – Tive vergonha de admitir, mas fiquei com medo. *Muito* medo.

– Todos nós ficamos. – Martin se agachou na frente de Moss. – Acredite quando dissemos que, por um tempo, parecia que tinha uma força perversa nesta cidade, pronta para fazer o que fosse para permanecer no poder.

– Tá, agora está *me* assustando – disse Moss, tremendo com uma combinação de frio e da sensação de medo que o atingiu. – Do que vocês estão falando?

– Sei que isso não é novidade para você, mas há uma história longa e violenta de resistência contra a polícia nesta cidade – Wanda falou e apertou a mão dele. – Desde os Panteras Negras. Talvez mais antiga ainda.

– E obviamente não só aqui – acrescentou Martin. – Mas no país inteiro.

Wanda assentiu em concordância.

– Mas aqui essa luta é uma parte inegável da estrutura de Oakland. Desde que me lembro por gente, sempre teve gente aqui pronta para ficar de olho na polícia, para mantê-los na linha, para lembrá-los de que devem servir à população; não o contrário.

– Não parece ter funcionado – disse Moss. – Digo, nunca soube de nada assim.

– Bem, talvez não, mas muitos de nós tentaram – disse Wanda. – O pessoal de hoje em dia, inclusive. Sabe, foi assim que conheci a sua professora, a Sra. Torrance.

– Ah! – Moss exclamou. – Bem, isso explica algumas coisas.

– Oh, Moss, deveria ter visto algumas das merdas em que sua mãe se metia! – Shamika riu. – Antes de você nascer, ela e Morris eram *enormes* nesta comunidade. Organizando manifestações. Ajudando a protestar toda vez que a polícia baleava e matava alguém. Ela foi presa. *Várias* vezes.

– Isso eu já imaginava – Moss falou. – Quer dizer, já ouvi falar tanto sobre as pessoas presas em protestos que fazia sentido que você tivesse sido presa também. Mas... foi mais do que isso, não é?

Wanda não reagiu a princípio. Ela ficou imóvel, sua mão na de Moss, e aquilo lhe deu calafrios. Sua mãe era sempre tão segura de si, tão certa, e ele viu a incerteza se apoderar dela. *Por que incerteza?*, Moss pensou.

– Muito mais do que isso – ela disse, então ficou calada. Pequena. Sua mãe, que era sempre tão vivaz, agora parecia diminuir perante Moss. – Acho que você tinha 4 anos quando aconteceu. O nome dela era... – Ela deixou a frase morrer e então olhou para os amigos.

– Sherelle – Martin falou suavemente. – Não consigo nem lembrar o sobrenome dela. Deus, já faz tanto tempo assim?

– Foram *tantos* que não conseguimos nem lembrar? – Shamika indagou. – Céus.

– Mãe. Quem foi Sherelle?

– Ela foi baleada na rua da nossa casa – Wanda respondeu. – Os policiais pararam o carro dela. Aí você sabe como funciona. Falaram que estava brandindo uma arma e atiraram. Ela morreu no carro. Não deixaram nem que os paramédicos a vissem.

– Que horror – disse Moss.

– É, e eu vi tudo – sua mãe falou. – Porque eu filmei tudo.

– Ah, não – Moss disse, as palavras saindo como se fossem ritualísticas. Ele sabia o resto da história sem que ela precisasse terminar. – O que fizeram com você?

– Nada, no começo – ela falou. – Até alguns dias depois, nem sabiam que *alguém* poderia desmentir a história deles. Dei a fita para a imprensa depois que descobri... quando nós...

O coração dele parou. Ela tinha lágrimas nos olhos. Wanda olhou para Shamika, e Moss a fitou. Ela estava balançando a cabeça.

– Moss, ela estava grávida de dois meses quando a mataram.

Quando olhou para a mãe, viu-a estremecer, então soltou sua mão e a puxou para perto, mas ela resistiu e se afastou dele.

– Não, ainda não – ela disse. – Você precisa ouvir tudo antes de decidir qualquer coisa.

Ele odiava o incômodo que sentia.

– Como assim, mãe? Decidir *o quê?* Não entendo.

Moss voltou sua atenção para Martin e Shamika, mas nenhum deles fez contato visual. Estavam de cabeça baixa, o olhar perdido.

– Mãe, o que *aconteceu?*

Ela fungou.

– O departamento me visitou. Depois dos noticiários com meu vídeo, que mostrava que ela nunca pegara arma alguma, que nunca fez nada que justificasse o uso de força, que eles apenas a *assassinaram*. Foi tipo, um mês depois.

Ela parou novamente. Moss nunca a tinha visto daquela forma. Nunca estivera tão relutante para falar. Qual era o significado daquilo?

– Eu nunca soube o nome deles. Não usavam a tarja de identificação. Três deles apareceram, disseram que era melhor eu tomar cuidado, que havia pintado um alvo nas minhas costas, nas costas de toda a minha família.

Ele sentiu crescer dentro dele: a raiva, a ira, a fúria que ele tanto tentava controlar.

– Mãe, você fez a coisa certa – disse ele, desesperado para se livrar da fervura em seu sangue. – Por favor, não se sinta mal.

– Vi um deles de novo, querido, anos depois. Não o reconheci de primeira.

Moss estava sacudindo a cabeça.

– Não entendi.

Ela olhou para Martin, e ele disse o que ela não foi capaz de dizer.

– Ela o viu do lado de fora da loja do Dawit. Sobre o corpo do seu pai.

Ela se recusava a olhar para ele. Sentiu um pavor crescer em si e ele estava chorando quando Wanda voltou a falar.

– Eu não sabia na época, mas o reconheci aquele dia em frente à loja do Dawit. E não consigo provar, nem para a lei nem para o público. Mas sei, no fundo do meu peito, por que aquele homem puxou o gatilho aquele dia.

Moss olhou para os outros, desesperado. Martin não o olhava de volta, e o rímel de Shamika estava escorrendo.

– Até quando você pretendia esconder isso de mim? – disse Moss, e as palavras saíram feito adagas, ásperas e cheias de propósito. – Até quando?

– A gente não sabia como – disse Martin. – Como alguém pode começar uma conversa dessas?

Ele se obrigou a olhar para a mãe. Os lábios dela tremiam, os medos caindo.

– Por favor – disse ela e parecia uma criança pedindo perdão para os pais. – Não me odeie.

Ele engoliu em seco.

– Que droga, mãe, eu nunca poderia te odiar – disse ele, secando a umidade do rosto. – Nem sonharia em te culpar pelo que aconteceu com o papai. Nunca.

– Sério? – Wanda falou, o alívio se espalhando pelas suas feições.

– Eu só queria a *verdade* – disse ele. – Só queria saber contra o que estou lutando. E não me sentir como se fosse uma criança enfrentando mais do que consegue.

– Bem, isso provavelmente iria acontecer de qualquer forma – disse a mãe. – Pelo menos quando se está enfrentando gente tão poderosa. Mas você está certo. Você merece saber a verdade. É injusto. E lamento.

Ela não resistiu quando ele a puxou para perto. Moss a abraçou com força.

– Me desculpa também – ele falou. – Não fazia ideia de que a morte de Papa pudesse tê-la magoado mais do que eu imaginava.

– Sei que é irracional – disse a mãe. – Esses dois vêm me falando isso há anos e não consigo acreditar neles. Mas me sinto responsável.

– Não – respondeu Moss. – O responsável é o homem que puxou o gatilho.

– Amém – disse Martin.

– E fico contente de termos tirado isso do caminho – disse Moss e fez um movimento pedindo para que Martin e Wanda o ajudassem a se levantar. – Porque preciso muito mijar.

— Oh, eu que não vou ficar aqui para ver isso — falou Shamika, se levantando. — Alguém aí quer um café? Tem uma loja na rua 19 que fica aberta 24 horas.

Enquanto as pessoas gritavam seus pedidos, Moss era ajudado a se levantar. Sorriu para a mãe, certo de que a amava agora mais do que nunca. Ele recusou toda e qualquer raiva direcionada a ela; rejeitou-a porque não podia ficar bravo com a pessoa errada. Ele estava agora mais determinado do que nunca a obter justiça para Javier, Reg e Shawna e cada pessoa que já tivesse sido prejudicada pelos monstros que trabalhavam no prédio atrás dele.

Martin declarou que se sacrificaria pelo bem coletivo, e Moss o observou se afastar com uma garrafa praticamente cheia de urina para despejar em algum lugar discreto. A multidão havia crescido ainda mais, mesmo já passando da meia-noite. Ao chegarem, muitas pessoas vinham até Moss para dizer oi, apertar sua mão, parabenizá-lo pelo que havia conquistado. Alguns tiraram selfies; um fotógrafo da Associated Press pediu permissão a Moss para tirar algumas fotos e então também agradeceu o que estava fazendo.

Foi um sentimento bom. Surpreendente. As pernas dele doíam de vez em quando, e a corrente começou a machucar o quadril. Era desconfortável, mas já havia valido a pena. *Como pode ter tanta gente aqui?*, Moss pensou. *Como será durante a manhã?*

Eles chegaram pouco depois da 1 hora da manhã. Moss não os reconheceu de imediato, achou estranho como se demoraram ao redor da multidão. Uma garota negra de tranças perfeitas, duas pessoas encolhidas atrás dela. Foi quando Carlos espiou por detrás de Chandra que Moss sorriu.

— Carlos?! É você?

O sorriso de Carlos acendeu uma alegria no rosto dele. Ele correu até Moss, que ainda estava de pé, e se jogou em um abraço. Aquilo o fez perder o ar, mas Carlos não o soltava. Ele estava chorando, os soluços abafados no peito de Moss, que apenas o segurou sem dizer nada.

— Obrigada — agradeceu Chandra. — Não queríamos que o mundo se esquecesse de Javier.

– Ou que o transformasse em um monstro imprudente – disse Sam. – Ele estava longe de ser isso – falou e se virou para limpar o rosto.

– Sinto muito que também tenham perdido um amigo – disse Moss. – E lamento não ter tido a chance de ir até Eastside para dizer isso.

– De boas – Chandra falou. – Você meio que teve muito com o que lidar.

– Estou trabalhando em uma coisa hoje, deve ficar pronto logo porque vou matar aula amanhã – Carlos falou. – Estive trabalhando nisso o fim de semana todo e estou indo lá agora, pintar um pouco mais antes de amanhã. Apenas uma coisinha para o Javier.

– Coisinha? – Sam riu. – Cara, essa coisinha é a lateral inteira de um prédio.

Carlos franziu o rosto.

– Está ficando legal. Só espero que você goste.

Moss puxou o garoto para outro abraço.

– Mal posso esperar para ver – disse.

Um tumulto começou atrás dele, um caos crescente de vozes e arrastar de pés. Moss não conseguia enxergar, então perguntou à mãe o que estava acontecendo.

As sobrancelhas dela se uniram.

– Alguém está vindo – falou. – De dentro do prédio.

Ele podia ouvir a multidão atrás dele sair do caminho. Uma mulher surgiu em seu campo de visão, e ele a observou com preocupação. Ela se parecia um pouco com Hayley, mas era mais alta, o cabelo mais claro. Suas roupas eram simples, cores sóbrias e linhas retas, mas ela parecia confusa. Despreparada. *Deve ter acabado de acordar*, Moss pensou. Ela estendeu a mão para Moss, que permaneceu imóvel.

– Johanna Thompson – disse ela. – Gostaria de me apresentar; sou a gerente de relações públicas do Departamento de Polícia de Oakland.

– Espera, *como é que é?* Não era outra? – Moss voltou os olhos para os outros presentes. – Não era aquela outra na igreja?

– Rachel – disse Wanda. – O nome dela era Rachel.

Johanna sorriu, e Moss quase caiu na risada. Ela sorria *exatamente* da mesma forma que Rachel.

— Bem, houve algumas mudanças internas — Johanna disse, mas as vaias de Martin abafaram suas palavras.

— Tá me dizendo que eles *já* demitiram a última mulher? — Martin estapeou o joelho. — Essa é a coisa mais engraçada que ouvi esse ano todo.

— Bem — Johanna falou, ignorando Martin e encarando Moss. — Estou aqui em nome do Departamento de Polícia de Oakland, para facilitar a troca de ideias.

— Ah — disse Wanda, dando um passo para perto do filho. — Então você está aqui para criar uma narrativa.

— Não, não, nada disso — Johanna falou. E sorriu. De novo. — Na verdade, estou aqui porque o protesto de Moss deu certo. Gostaríamos de conversar com ele.

O silêncio que se seguiu foi irreal. A multidão ao redor estava parada, imóvel, quieta, e era estranho, como se o mundo tivesse parado para aquele momento único. Ele viu celulares e câmeras apontados para ele e Johanna.

— O que você quer dizer? — Moss perguntou. — Conversar comigo?

— Se você se desacorrentar e vier comigo, posso garantir uma reunião com nosso Chefe de Polícia, assim como outros membros do departamento. — Aquele sorriso. — Você impressionou várias pessoas hoje, Moss.

— Não.

Sua mãe soltou aquela palavra e disse isso tão rápido e com tanta força que a única reação dele foi rir. Apoderou-se dele e não conseguiu parar. Johanna sorriu de volta, de um jeito forçado.

— Perdi alguma coisa? — Johanna perguntou.

— Não vou a *lugar nenhum* com você! — exclamou Moss. — Você quer que eu entre naquela delegacia e *desista?* — Ele riu mais uma vez. — Não tenho garantia nenhuma de que vocês não vão apenas me prender assim que eu passar por aquelas portas.

— Garanto que isso não vai acontecer — disse Johanna, mas sem sorrir desta vez. Rangeu os dentes antes de continuar. — Você conseguiu o que queria, Moss. Por que não aceita?

— O que eu *quero* é que James Daley seja preso pelo assassinato do meu amigo. Você pode me garantir agora, na frente de todos os meus amigos – e gesticulou na direção da multidão – de que ele será preso e acusado?

– Não posso fazer promessas como essa, e não está no meu poder...

– Então não tenho nada a dizer a você. – Moss virou a cabeça para longe da mulher, largou as mãos nas laterais do corpo e ficou olhando em frente. Ele podia senti-la, mesmo que não estivesse falando nada. – Por favor, vá embora.

Ele a ouviu soltar uma risada de escárnio.

– Bem – ela disse. – Se estiver disposto a conversar, por favor, avise. Estarei lá dentro. – Houve uma pausa, e Moss sabia que ela ainda não tinha partido. – Estou surpresa que você esteja deixando-o fazer isso.

Isso chamou a atenção dele. Moss virou a cabeça na direção do abutre, mas sua mãe foi mais rápida.

– Estou orgulhosa do que meu filho está fazendo – Wanda disparou. – E ficaria feliz de me juntar a ele.

Johanna não esperava por essa resposta. Moss observou o rosto dela tremer por um mero momento, como se estivesse pesando se deveria responder ou não.

– Acho que temos formas diferentes de criar nossos filhos – falou.

Martin colocou a mão na frente de Wanda.

– Não caia nessa – ele disse. – Ela só quer te irritar.

– Eu sei – Wanda falou, e o olhar que ela deu fez outra onda de comoção passar por Moss. *Ah, minha mãe vai acabar com ela*, ele pensou. – Só espero que ela saiba com quem está lidando.

– Uma criança – Johanna falou. – E essa birrinha não vai durar até de tarde, isso eu garanto. – Ela olhou diretamente nos olhos de Moss. – Você teve sua chance de ser civilizado e respeitoso, Sr. Jeffries. Não chore quando isso sair do controle.

A mulher foi embora, os saltos pretos batendo no concreto, e a multidão começou a gritar coisas para ela. Moss olhou para a mãe, Shamika e Martin, então suspirou.

– Parece que causei problemas – disse. – Vocês estão prontos?

– Não vamos a lugar algum – disse Martin, dando tapinhas no ombro de Moss. – Ficaremos aqui até o fim.

Moss desejou que o fim não estivesse tão perto.

33

O sol nasceu em Oakland muitas horas depois, e Moss se esforçou para manter os olhos abertos. Havia se preparado para um confronto que nunca veio, e parte dele desejou que algo tivesse acontecido. Pelo menos, teria afastado a exaustão.

A maioria das pessoas estava sentada ou deitada na calçada. Hayley e Enrique estavam dormindo à direita de Moss, os dois encolhidos e com a cabeça apoiada em mochilas, um único cobertor sobre os dois. Shamika e a mãe estavam na segunda xícara de café e fofocando sobre todo tipo de coisa, mas Moss ficou na sua.

Então, ele se voltou para Martin, sentado ao lado dele, bebericando um copo de café. Jasmine havia passado lá para deixar o café da manhã e uma caixa rosa de donuts havia passado de mão em mão até ficar vazia.

– Odeio essas coisas, sabe – Martin disse, apontando o café. – Tem gosto de água suja.

– Minha mãe ama – Moss falou. – Sinceramente não entendo.

– Seu pai amava também. Costumava levar para a barbearia sempre que precisava de um corte. O único cara que bebia café enquanto cortava o cabelo.

– Sério? Achei que a maioria dos caras ficasse lendo ou no telefone.

– As pessoas *normais,* sim. Essa coisa é fedida.

Moss riu.

– Então, como ele era antigamente? Quando começou a ir à barbearia.

Martin retirou o chapéu e o colocou no colo.

– Era um grande pateta – falou. – Você se lembra dessa parte dele. Sempre pronto com uma piada, alguma história péssima. Mas ele era ótimo. Trazia uma energia boa sempre que entrava lá.

Moss trocou de posição no chão, tentando desencostar do poste e alongar as costas doloridas. Martin se aproximou um pouco mais e deixou que Moss se apoiasse nele.

– Melhorou? – Martin perguntou.

– Sim, valeu.

Martin ficou em silêncio por um minuto ou dois.

– Lembro quando Morris trouxe você pela primeira vez – disse, tomando mais um gole do café. – Você era pequeno. Talvez 4 ou 5 anos. Você segurava a mão do seu pai com tanta força quando entrou lá. Era sábado de manhã, então o lugar tava uma barulheira, sabe?

Moss assentiu, e Martin continuou.

– Sabe, você não disse uma palavra no início. Seus olhos passeavam pelo salão, olhando para os cabelos sendo cortados, se encolhendo se alguém ria alto demais. Mas, quando chegou a hora do seu primeiro corte, de repente ficou *super*falador.

Moss se ajeitou e olhou para Martin.

– Não, não sabia! Não me lembro de *nada* disso.

Martin riu.

– Cara, você foi uma criança bocuda – falou. – Sabia que se recusou a sentar na cadeira infantil?

– Você tá brincando, cara.

Martin balançou a cabeça.

– Você disse que queria sentar como os outros. Você era *crescido*, você disse. Então queria um corte como o deles. Seu pai ficou do seu lado também. Ele adorava o quanto aquilo me irritava.

– É mesmo coisa do papai – Moss falou e então suspirou. – Sinto tanta falta dele.

– Eu também, Moss – disse Martin e suspirou. – Eu também.

– Não me lembro desse dia – Moss falou. – Acho que tem muita coisa que eu não sei.

– Todos nós temos lembranças do seu pai – Martin disse. – E das boas. Você pode apenas nos pedir para contar as histórias quando quiser.

O silêncio voltou a cair, e Moss observou a cidade acordar. Os ônibus já estavam sacudindo pela Broadway quando o sol se ergueu no Leste. Ele lançava sombras longas pela rua e a rodovia próxima ressoava com tráfego. Moss viu vários rostos confusos, boquiabertos com a multidão, ao passarem por ali. Alguns paravam para fazer perguntas aos outros, mas ninguém falou com Moss. Um pouco antes das 7 horas, três novas vans apareceram e estacionaram ao norte. Eles se prepararam na pista perto dele e logo mais começaram a transmitir o protesto ao vivo. Havia outro noticiário local presente, bem na frente de Moss, mas o repórter, um homem baixo de cabelos castanhos raspados, nunca nem olhou para ele.

Moss pediu ajuda a Martin para se levantar; então Moss ajeitou a corrente na cintura e deu o melhor de si para ouvir o que o homem dizia.

– Recebemos informações de que um manifestante se acorrentou ao poste na frente do prédio administrativo do Departamento de Polícia de Oakland, no centro. Como pode ver, Diane, há algumas centenas de pessoas reunidas aqui, todos protestando contra o suposto tiro recebido por um residente de Oakland, Javier Perez.

– Suposto? – Martin falou, perdendo o ar. – Como se nem tivesse acontecido.

– Estamos incertos da motivação de todos os presentes, mas acho que é seguro dizer que...

– Você pode simplesmente me perguntar – Moss gritou. – Estou bem aqui.

O repórter parou e se virou, o choque no rosto dele. Moss não ficou surpreso com o fato de aquele homem em particular ser branco.

– Com licença?

– Você não precisa ficar "incerto da motivação" – disse Moss, fazendo aspas no ar ao dizer a última frase. – Pode simplesmente me perguntar o motivo de eu ter feito isso.

Aturdido, o repórter tropeçou em algumas palavras antes de se virar, ignorando Moss completamente de novo. Moss esperou sem interromper, mas assim que a câmera parou de filmar, o repórter se virou.

– Qual é o seu problema? Eu estava numa transmissão ao vivo.

– Você tá falando sério? – disse Moss. – Como pode fazer uma reportagem sobre o *meu* protesto e nem falar comigo?

– Isso é *seu*? Não sabia que protestos tinham donos.

— Meu filho começou tudo isso — disse Wanda, que agora estava ao lado de Moss. — Acho que todo mundo aqui sabe disso e está disposto a dar o crédito a ele.

Mais gente da multidão estava atenta agora, e muitos vocalizaram o apoio com palmas e gritos. O repórter fez uma careta para eles e saiu andando.

— Vai acontecer cada vez mais — Wanda falou enquanto observava o repórter partir. — Você agiu bem, querido. Você é realmente bom nisso, sabe?

— Nem, acho que sou só muito rancoroso — disse Moss. — Como é que ele vai falar de mim sendo que estou bem atrás dele?

Wanda mexeu a cabeça para um ponto atrás de Moss.

— Você tem visitas a caminho — disse ela.

Moss se encheu de alegria ao se virar e ver os amigos caminhando na direção dele. Rawiya e Njemile estavam na frente, com Bits, Kaisha e Reg logo atrás.

— Ei, abram espaço, pessoal! — disse Moss, a animação e o carinho se derramando dele. — Ah, estou tão feliz de ver todos vocês.

— Moss, seu *sacana* — disse Rawiya e correu até ele, atirando os braços ao redor do amigo. — Você realmente se superou.

— Imagina só a minha surpresa quando as minhas mães me acordaram hoje de manhã — disse Njemile. — Elas gritavam ao me contar sobre você, tentando me dizer que estava fazendo alguma estupidez incrível.

— Isso parece mais com Ogonna — disse Moss. — Deixa eu adivinhar: Ekemeni ficou parada lá, os braços cruzados desse jeito. — Moss imitou uma das mães de Njemile e colocou uma careta enrugada na cara. — "Aquele Moss é doido demais pra você, Njemile. Você precisa de amigos mais estáveis."

— Assustadoramente correto — disse Njemile e então o abraçou também. — Como sempre.

Cumprimentou os amigos um por um enquanto abriam caminho pela turba. E então ela apareceu, atrás de todos eles: Esperanza. Ela ficava olhando para o chão como se estivesse envergonhada demais para fazer contato visual. Ele meneou a cabeça para ela, mas era constrangedor. Dolorido. Uma fúria correu por ele, mas não tinha certeza de que queria confrontá-la ainda. Tinham sido amigos por tanto tempo, mas as feridas *dele* ainda estavam recentes demais. Virou-se para o grupo.

– Como assim, todos vocês estão aqui? A aula não vai começar daqui a pouco?

– Estamos matando aula – disse Rawiya. – E acho que várias outras pessoas também.

– Você tá brincando – disse Moss. – Vocês não vão se meter em problemas?

– Talvez – falou Bits. – Mas vale a pena.

– Vale muito a pena – disse Rawiya.

Houve uma pausa, e por isso Moss atacou.

– Bem, e os seus pais, Esperanza? – indagou Moss. – Acho que não estão muito felizes comigo.

Ela suspirou.

– Tenho certeza de que eles nem sabem. E, mesmo que soubessem, não entenderiam. Eles realmente acham que não fizeram nada de errado. Não vou compartilhar algumas das coisas que eles disseram desde ontem à noite, só para te poupar. – Ela ficou quieta, e o constrangimento que ele esperava evitar apareceu. – E me desculpa por causa de ontem também – ela acrescentou. – De verdade, preciso aprender que às vezes é melhor só *escutar*. É uma compulsão minha, sempre querendo me envolver. – Ela riu nervosamente, então concluiu. – Que nem os meus pais.

– Agradeço por isso. – Moss tinha mais coisas para dizer, mas não era a hora.

Olhou para Kaisha, que estava atrás da cadeira de Reg.

– Como está o mundo on-line?

– Está... – ela hesitou. – É muita coisa. Nem preciso te dizer que a internet não consegue falar sobre a polícia de forma delicada, e o seu protesto *irritou* as pessoas. Estou bloqueando nazistas no Twitter a manhã inteira.

– E como foi a noite? – indagou Bits. – A noite passada parece tão distante.

– Eu sei! – disse Moss. – Foi tranquila. Longa. Conheci muita gente. Parece um sonho ou coisa do tipo na maior parte.

— Imagino — disse Njemile. — Kaisha viu o que estava acontecendo na noite de ontem, mas a maior parte de nós descobriu só hoje de manhã. Cara, você *realmente* surpreendeu a todos nós. Que grande ideia!

— Ah, droga — falou Moss, e o seu rosto queimou. — Não me faça corar, tô falando sério.

— Você acha que a gente vai te deixar sair ileso? — disse Rawiya. — Estamos aqui para lembrar a todas essas pessoas que você é um grande bobão.

Todo mundo riu, mas o som foi cortado assim que alguém gritou:
— Gambé!

Veio de algum lugar atrás de Moss, por isso ele mexeu um pouco a corrente e tentou se virar. Tinha gente demais na calçada bloqueando a vista. Dois câmeras das vans de notícias que ainda estavam na Broadway passaram pela multidão, espalhando as pessoas para os lados.

— O que foi, mãe? — indagou Moss. — O que está acontecendo?

— Também não consigo ver, querido — ela respondeu. — Mas alguma coisa está prestes a acontecer.

A multidão se dividiu um pouco, e Moss teve um vislumbre de cabelos, uma roupa preta. Outra comoção, e ele viu os policiais, três deles, todos empurrando gente para um lado e para o outro. Alguém gritou e, então, ele a viu, Johanna, a gerente de relações públicas. Ela segurava um pedaço de papel nas mãos. A mulher avançou, e Moss lutou com todas as forças para se virar, e ela veio diretamente até ele. Estavam cercados por câmeras, e a mãe de Moss pegou no braço dele.

— Estou bem aqui — ela sussurrou no ouvido, mas ele não ousava se virar para encará-la.

Olhou diretamente para Johanna, que tinha parado a alguns metros de Moss. Ela sorriu e isso se espalhou pelo rosto, parecia tão errado. Havia prazer ali, uma alegria que o incomodava, fazendo com que calafrios se espalhassem pelo seu braço.

— Bom dia — disse ela. — Estou aqui para fazer uma declaração em nome do Departamento de Polícia de Oakland e seu chefe, Tom Berendht.

Ela o encarou diretamente. Sorrindo.

– O Departamento de Polícia de Oakland se solidariza com a perda de uma vida, Morris Jeffries Jr., e com o resto da comunidade. A perda de alguém nunca é fácil, e o departamento não lida com isso de forma leviana.

Ele se arrepiou, e a multidão ao redor dele pareceu prender a respiração ao mesmo tempo. Isso pode acabar de tantas formas, mas, no fundo, Moss sabia que o pior ainda estava por vir. Ele queria ser otimista, mas ela lhe lançou outro sorriso de lábios comprimidos, e ele sabia que era o fim. Estava consumado.

– No entanto, o Departamento de Polícia de Oakland não pode comentar investigações em andamento, nem pode subverter a lei de direito nesta cidade.

O grito que subiu perfurou Moss, forçando Johanna a parar por um momento. Alguém praguejou, bem alto, e ela ergueu uma mão.

– Por favor, deixem-me terminar. – Ela se voltou para a declaração. – Morris Jeffries Jr. recebeu a chance de conversar com o chefe de polícia, mas recusou. Assim sendo, de forma a continuar servindo a comunidade de Oakland da melhor forma possível, não temos escolha a não ser declarar esta reunião uma assembleia ilegal. Vocês têm uma hora para se retirarem do local.

Moss ouviu o rugido, os gritos ao redor dele, e assistiu a Johanna dobrar o papel, sem nem mesmo olhar para ele. Ela se inclinou para um dos policiais e falou alguma coisa, e Moss a viu se afastar, viu os policiais erguerem seus cassetetes de forma ameaçadora, viu a multidão se fechar ao redor dele, sentiu o mundo diminuir até se tornar nada.

34

Eram 7h34.

O pânico tomou conta imediatamente, e não só de Moss. Viu os olhares agitados nos rostos ao redor, mas não podia prestar a atenção necessária a eles. Segurou na mão da mãe, com força, força demais, e cuspiu uma pergunta.

– Eles podem fazer isso?

– Claro que podem – ela gritou de volta. – Provavelmente é a tática mais comum deles.

Enrique se aproximou dele.

– O que você vai fazer, cara? Não podemos vazar, não é?

Moss sacudiu a cabeça.

– Estou com medo, mas não vou desistir tão fácil. Não *podemos* desistir.

– No que está pensando, Wanda? – indagou Shamika. – O que deveríamos fazer?

– Não, não sou eu quem decide – disse ela. – Moss, este é o seu protesto, e é justo que você lidere. Se tem uma coisa que aprendi é que preciso confiar em você.

Moss permitiu que o carinho tomasse conta dele por um momento.

– Será que devo fazer um pronunciamento ou coisa do tipo? Dar um gás nas pessoas?

Ela sorriu.

– Qualquer que seja a sua escolha, você sabe que estou contigo.

Olhou para os outros.

– O que vocês acham?

– O que você vai dizer? – indagou Rawiya. – Acho que estamos todos meio chocados.

– Apenas diga a verdade – disse Esperanza. – Você é bom nisso, Moss. *Muito* bom.

As mãos dele estavam suadas demais, e o coração estava disparado. Se ele fosse dizer alguma coisa, teria que ser agora.

7h37.

Faça isso, falou para si mesmo.

Balançou a cabeça.

– Tudo bem – disse ele. – Deixa só eu chamar a atenção de todo mundo.

Antes que pudesse fazer qualquer coisa, Bits entrou na frente.

– Pessoal, atenção aqui! – gritou Bits, e sua voz reverberou pela multidão. – Moss precisa falar um negócio!

Moss olhou boquiaberto para Bits.

– Não sabia que você conseguia gritar tanto – falou.

Bits sorriu de orelha a orelha.

– Tenho muitas surpresas – falou. – Manda brasa.

A multidão se virou e, até onde Moss podia ver, todos os olhos estavam voltados na sua direção. Moss respirou fundo e soltou o ar lentamente.

– Obrigado por estarem aqui – falou, o mais alto que podia.

– Fala mais alto! – Veio de algum lugar à direita.

Não conseguiu localizar quem falou aquilo.

– Obrigado! – repetiu Moss, talvez mais alto do que jamais falou, e viu as pessoas na multidão balançarem a cabeça para ele, sorrirem, erguerem os punhos para o alto. – Estamos aqui em busca de justiça para Javier Perez!

Ele se sentiu bem ao dizer o nome de Javier, ouvir os gritos e vivas que vieram em resposta. Ouviu a música abafada pela multidão – "If You Dare", de Jazmine Sullivan – e então as pessoas do lado esquerdo abriram caminho. Um negro encrespado empurrou um carrinho com rodinhas e uma caixa de som na direção dele. Moss, outra vez, se impressionou com a engenhosidade da comunidade. Recebeu um microfone, deu um tapinha nele e o levou até a boca.

– Melhor? – disse Moss.

Mais vivas. Ele nunca tinha se sentido tão eletrizado antes.

Já eram 7h41.

– Ouvimos que temos menos de uma hora antes de a polícia de Oakland agir. – Foi recebido com uma saraivada de vaias. – Vamos embora?

A multidão gritou:

– NÃO!

– Vamos ser intimidados?

– NÃO!

– Vamos aceitar qualquer coisa que não seja justiça para Javier?

– NÃO!

A negativa soou alta e poderosa, e Moss desejou que pudesse ver quantas pessoas estavam para além do seu campo de visão. Desejou ser mais alto naquele momento, mas, de certa forma, ele se *sentia* maior, como se finalmente tivesse importância.

– Eu amava Javier – disse Moss e, à medida que as palavras saíam da sua boca, acreditou nelas. Era dolorido dizê-las, mas eram verdadeiras. – E não vou embora até conseguir o que queremos. Vocês estão comigo?

Ele foi afogado. Primeiro pelos gritos de solidariedade, então pelos cânticos do grupo.

– Justiça! Justiça! Justiça!

De novo e de novo. A mãe o abraçou enquanto ele se perdia no espetáculo diante dele.

– As coisas vão ficar feias logo – disse ela. – Mas estou com você. Prometo.

– Também estou com você – respondeu Moss. – Obrigado por isso. Por tornar possível que eu acreditasse que podia *realmente* fazer alguma coisa.

A mãe sacudiu a mão para ele, fazendo pouco-caso daquelas palavras.

– Você não precisava de mim – disse ela. – Eu precisava de você.

Já eram 7h45.

Martin tinha ficado num silêncio suspeito depois que Johanna fora embora e ele pegou no braço de Wanda e a puxou para perto de Moss.

– O que você está fazendo? – Wanda falou, alarmada.

– Fiquem quietos – disse ele. – Os dois.

Ele se aproximou da mãe de Moss, sussurrou algo no ouvido dela. Os olhos dela se arregalaram e daí voltaram ao normal um instante depois.

– Acho que devemos contar para o Moss.

– Me contar *o quê?* – Moss tentou manter a voz baixa, mas todo o medo e a ansiedade voltaram velozes para o corpo dele.

– Não é nada bom – disse a mãe. – Mas confio em você, Moss, e estou tentando aprender a minha lição. Você precisa escutar a verdade.

– Já estou odiando isso – ele soltou. – Retiro todas as declarações que fiz agora.

Ela sorriu.

– Estão trazendo um Guardião Silencioso.

Moss enrugou a face.

– Isso deveria significar alguma coisa para mim?

– Moss, é a pior coisa de todas – disse Martin, e, pela primeira vez desde que chegara na noite anterior, havia medo nos seus olhos. – E pode ser que a gente queira sair ou, no mínimo, avisar o pessoal.

– Avisar *o quê?* O que diabos é um Guardião Silencioso?

– Lembra de toda aquela merda esquisita que usaram contra vocês e os seus amigos? – perguntou Martin. – Esse negócio é o rei de tudo isso. É um equipamento que faz você se sentir como se estivesse em chamas.

Moss olhou chocado para ele.

– Você tá brincando comigo. Um negócio desses *não* existe.

– Infelizmente existe, e ainda pior, sei exatamente qual é a sensação – disse Wanda. – A sua pele inteira queima. Só dura enquanto a coisa estiver apontada para você, mas... não é agradável, querido. E tem muita gente aqui.

– Como você sabe disso? – indagou Moss.

– Ouvi aquela tal de Johanna falar – disse Martin. – Eu estava do lado dela.

Não, não, não!, Moss pensou.

Já eram 7h53.

– O que vamos fazer? – disse Moss, tentando manter a voz baixa. – Desistir? Tentar outra coisa?

– De minha parte, estou até disposto a sentir uma dorzinha para fazer valer um argumento – disse Martin, dando de ombros. – Acho que todo mundo que está aqui pensa da mesma forma.

– Precisamos contar a eles – disse Moss. – Você quer fazer isso, mãe?

Ela assentiu.

– Eu faço o anúncio – disse ela e saiu em busca do alto-falante que tinha sumido.

Moss sentiu os pés doendo; o estômago roncando; as costas, uma mistura de dor e câimbras. Bebeu mais água, esperando que estivesse hidratado o bastante. Não podia correr o risco de ter uma enxaqueca agora.

Uma mulher chamada Estelle, que escrevia num blog de política local, se aproximou para saber qual era a história dele, e Moss passou quase quinze minutos falando sobre o pai, a morte do pai, sobre a escola, sobre Javier. Ela se parecia com uma das tias paternas, aquela que só tinha visto uma vez, quando viera de Porto Rico e passara uma semana. Moss não se lembrava do nome dela, mas viu o jeito da mulher na forma como Estelle sacudia a cabeça quando ele falava. Na forma como ela olhava atentamente para ele. Na forma como o cabelo preto dela se fechava em cachos. Sentiu uma saudade enorme do pai quando ela foi embora.

Já eram 8h01.

Moss tentou deixar que a ansiedade tomasse conta dele. Mas ela se esgueirava por ele, se escondendo nas sombras da mente, cutucando e invadindo. Ele odiava *qualquer* interação com a polícia, mas agora estava convidando-a para entrar de uma forma que parecia absurda. Como poderia fazer aquilo? Como poderia defender-se de um poder que tinha a capacidade de tirar a sua vida ou a vida daqueles à sua volta? Mas, por ora, teria que se distrair daqueles pensamentos. Pediu a Kaisha que o atualizasse sobre o que estava acontecendo nas redes sociais. Njemile o presenteou com histórias de sua primeira incursão em namoro virtual.

– É tão ruim quanto você possa imaginar – disse ela. – Falei com dois homens, dois!, que fingiram ser lésbicas só para falarem comigo.

– Eca, *por quê?* – disse Moss. – Isso é tão nojento.

– Homens são nojentos – Njemile falou. – Você está surpreso com seu gênero?

— Eu não deveria, mas *fala sério*. O que esses caras acham que vão conseguir? Que você renuncie à sua sexualidade se conseguirem enganar muito bem uma lésbica?

— Moss, às vezes é impossível analisar a mente de homens — disse ela. — Eu me recuso a fazer isso.

— Tive o mesmo problema antes de ficar com o Reg — Kaisha acrescentou, levantando a cabeça do celular e revirando os olhos. — Vários homens acharam que seriam *o cara* que iriam me provar que eu não era capaz.

Moss achou que Esperanza iria entrar na conversa com alguma história dela, mas permaneceu afastada, constrangida. Então, ele se virou para Bits.

— E como você está? Lidando bem com isso tudo?

Bits deu de ombros.

— Estou um pouco nervose — disse. — Não sei o que vai acontecer. Já não passou quase uma hora? Por que não tem nenhum policial por aqui?

Já eram 8h22.

Moss deu de ombros.

— Eu não sei. Parece um pouco estranho, né? Onde está minha mãe, por falar nisso?

Alguém tocou no ombro dele e, então, Sophia apareceu em sua frente, uma expressão acanhada no rosto.

— Moss, eu só queria...

— Você deve estar de brincadeira! — Moss falou. — Não quero falar com você.

— Eu sei e não te culpo! — Sophia estava balançando a cabeça, desesperada. — Eu juro, não tinha intenção de fazer aquela pergunta. Um dos âncoras perguntou, e estou tão acostumada a ser uma intermediadora que falei sem pensar. Por favor, me desculpe, Moss.

Ele a encarou. Ela parecia sincera, mas não tinha razões para não desconfiar dela.

— Por que você está aqui?

— Bem, queria me desculpar mais uma vez, mas também queria oferecer algo em troca. — Ela fez uma pausa e acenou para que alguém se aproximasse, e Tyree veio a passos lentos.

– Tenho algo para te mostrar – Tyree disse, e os amigos de Moss abriram caminho.

– O que está acontecendo? – Rawiya perguntou. – Desculpa, alguns de nós estamos desatualizados.

– Depois vou explicar tudo. Têm sido uma noite interessante – Moss respondeu. Ele se voltou para Tyree. – O que foi? O que você tem para mim?

Ele trouxe a câmera e abriu o visor na lateral.

– Já que você está meio que... bem, incapaz de se mover no momento, imaginamos que gostaria de saber o que não consegue enxergar.

– Isso foi ali na esquina, na rua 8. Cerca de 180 m rua abaixo. Tyree gravou isso uns cinco minutos atrás – Sophia explicou.

– Licença – ouviu uma voz familiar, e sua mãe se espremeu entre as pessoas para voltar até ele. Ela olhou para Moss, então para Sophia, e então franziu o cenho. – Não consegui achar o alto-falante, então pode esperar. O que *ela* está fazendo aqui?

– Mãe, eles têm uma coisa pra mostrar.

Moss e sua mãe se amontoaram em volta da câmera junto do máximo de pessoas que couberam ali. Tyree apertou o *play*. A princípio, Moss não entendeu para o que estava olhando. A gravação diminuiu o zoom, e ele arquejou. Era no meio de uma rua em algum lugar. Havia tantos deles, todos trajados de preto, muitos vestindo o mesmo equipamento que vira na escola naquele dia, e foi como se suas entranhas virassem geleia. Estavam alinhados e não conseguia contar quantos eram. Objetos se dependuravam de seus cintos, alguns familiares, a maioria totalmente desconhecida. Ele apontou, e seu dedo tocou a tela.

– Era isso que eles tinham no campus, mãe – ele disse. – Bem, pelo menos parte disso.

– Ah, ótimo – disse Rawiya. – Que *ótimo*.

– Onde você disse que foi isso? – Wanda perguntou, os olhos dela presos na gravação que se desenrolava.

Sophia apontou.

– Descendo a rua lá em cima, a oeste.

– E não sei quanto tempo temos até eles chegarem – disse Tyree. – Pareciam estar se preparando para saírem.

Já eram 8h29.

— Mãe, quanto tempo você acha que temos? — Moss perguntou.

— Não sei, querido — disse ela. — Ainda não tive a chance de falar a ninguém sobre... bem, aquela outra coisa.

— Deveríamos avisar aos outros que fiquem prontos?

Um chiado de retorno foi a resposta. Suas cabeças foram para a direita, para a entrada do departamento, e os gritos e avisos começaram a rolar pela multidão.

Moss não conseguia ver ninguém, mas ouviu as palavras que saíram do megafone.

— Esta é uma reunião ilegal — disse a voz. — Vocês foram avisados que liberassem essa área em uma hora. Todos que ainda estiverem aqui dentro de cinco minutos serão presos por invasão de propriedade e perturbação do sossego.

Era agora ou nunca.

35

Seu corpo lhe dizia para correr, para ir o mais longe possível daquele prédio. Mas Moss não podia fazer aquilo. Não podia fugir do seu medo.

– *Não* – ele disse, em voz alta, feroz e com raiva. – De novo *não*.

– O que você quer dizer? – Wanda perguntou.

– Não posso fugir deles de novo – ele falou. – Queria fugir e me esconder quando mataram Javier. Mas não posso mais fazer isso.

– Eu te amo, querido, de verdade. Mas não acho que *queiramos* estar aqui, sabe? – Ela se virou e parecia estar procurando uma saída.

Mas ele a interrompeu, a mão esticada segurando o braço direito dela.

– Mãe, tenho uma ideia. Você confia em mim?

Wanda manteve os olhos nos policiais que estavam na entrada do prédio administrativo, e ele pôde jurar que conseguia sentir a raiva pulsando nela. *Acho que sou muito mais parecido com ela do que com papai*, ele pensou.

Ela umedeceu os lábios.

– Sim, querido, confio.

Ele alcançou o bolso com a outra mão e procurou lá dentro. Os dedos se fecharam no que queria e pegou as chaves da corrente.

– Moss – Esperanza falou, o horror evidente na voz dela. – O que está fazendo?

– O elemento-surpresa funcionou a meu favor a noite toda – disse ele. – Então deixe-me surpreendê-los mais uma vez. Sophia, quer me ajudar?

Ela se sobressaltou com a oferta.

– Quem? Eu?

Ele assentiu.

— Fale para Tyree começar a gravar – disse. – Sua pequena peripécia de antes me deu uma ideia.

Moss girou a corrente, e o barulho do arrastar de metal contra o poste reverberou em sua espinha. Colocou a chave na fechadura e a abriu, soltando uma das pontas no chão. Ele sentiu um alívio se espalhar por ele e soltou a outra ponta. Fez um barulho ao cair na calçada, que chamou atenção das pessoas em volta mesmo em meio à balbúrdia da multidão. Moss não hesitou. Atravessou a distância entre ele e os três policiais em poucos passos e apreciou o absoluto choque no rosto do policial com o megafone.

Moss ergueu as duas mãos.

— Eu não estou armado e podem me revistar – disse. – Só quero perguntar uma coisa. – Ele parou. – É isso que vocês querem?

O policial olhou para ele, depois para a câmera apontada para ele por trás do ombro de Moss, então para Moss novamente. O bigode dele estremeceu.

— O quê?

— É isso que você realmente quer? – Moss fez a pergunta com o mesmo comprometimento e certeza de antes.

O homem baixou o megafone e o deixou pendurado ao lado do corpo.

— Do que você está falando?

— Vocês já me tiraram meu pai. Por que estão deixando tirarem de mim mais alguém que amei?

A raiva transpareceu no rosto do homem por um instante, mas seus olhos foram para a câmera novamente, e ele manteve a expressão neutra.

— Não sei do que você está falando.

Moss riu. Não conseguiu se segurar. Ele imaginava que o homem reagiria dessa forma.

— Estão dizendo que não se lembram de quando Morris Jeffries foi baleado seis anos atrás? – Ele encostou o indicador direito na têmpora. – Isso mesmo. Vocês todos têm que atirar em tanta gente que nem conseguem se lembrar de cada um deles.

A reação do público foi tão gratificante, e Moss tinha seus amigos para agradecer por aquilo. Ele se sentiu como se estivesse de novo no Ensino

Fundamental, quando um bom insulto te transforma em um rei. Rawiya e Bits estavam cobrindo a boca com as mãos, alongando um "ohhhhhhhhh!".

Sorriu para o policial, agradecido por quem tinha a seu lado.

— E aí? — disse Moss. — Você lembra?

Ele hesitou.

— É irrelevante — disse. — E tire essa câmera daqui!

Ele avançou, mas Moss não recuou. Sophia estava a seu lado.

— Com licença. Sophia Morales, da NBC News. É verdade que este departamento é responsável pela morte do pai deste jovem?

O rosto do homem ficou pálido.

— Não preciso falar disso com ninguém — respondeu o policial. — Todos vocês precisam sair daqui antes que...

— Então você não nega? — Sophia perguntou. — Você não acha isso um pouco cruel? Horas atrás, todos já sabiam o nome do jovem manifestante acorrentado ao poste. Ou realmente não se lembra?

Moss nunca havia visto uma personificação do medo, mas era nisso que o homem havia se tornado. Ergueu o megafone de novo, mas foi como se seus lábios não conseguissem formar palavras. Ele largou-o a seu lado mais uma vez.

— Não preciso fazer isso — disse ele e deu a volta para retornar ao prédio.

Sophia deu um passo à frente.

— Senhor, é uma pergunta justa. Nós só...

— Afaste-se! — O policial que gritou deu um passo à frente.

Moss viu o cassetete no ar, mas tudo foi tão rápido que não conseguiu gritar um aviso a tempo. O cassetete veio abaixo e acertou o cotovelo direito de Sophia quando ela ergueu o braço para bloquear o ataque. O som do osso se quebrando foi audível no silêncio horrível e nervoso ao redor, e o grito de dor e pavor de Sophia foi um alarme, um sino de alerta, um fósforo aceso caindo numa poça de gasolina. Ela caiu no chão e Moss tentou acudi-la, mas foi impedido pela mãe.

— Não, Moss, precisamos ir *agora*! — Wanda gritou, e então os primeiros policiais o alcançaram.

Moss sentiu o cassetete nas costas, mas o atingiu de raspão quando ele se virava, sua mão na da sua mãe. Eles correram na direção de

Martin e Shamika e tombaram um no outro. Tudo à sua volta estava uma confusão de gritos e batidas de cassetetes e corpos. Alguém o puxou para cima – seria um dos policiais? – e sentiu os pés doerem. Gritou por sua mãe, e então a viu levar uma pancada no rosto. Algo se quebrou, ele ouviu o estalo e viu sangue escorrer do nariz, mas ela não hesitou. Ergueu-se e alcançou Moss, pegando a mão dele. *Quem está me segurando?* Ele se contorceu e viu o chapéu de Martin.

– Vai, vai, vai! – Martin gritou. – Não percam tempo, pessoal. Saiam logo daqui!

Moss tropeçou adiante, sua mãe o afastando para longe dos policiais, que começaram a marchar na direção dos outros. Ele não conseguia se concentrar em nada do que acontecia ao seu redor, apesar de estar desesperado para ver alguém conhecido. Onde estavam seus amigos? Alguém mais havia se ferido?

Ele viu Rawiya e o medo nos olhos dela.

– O que vamos fazer? – ela gritou a Moss.

Um policial se esticou, agarrou o *hijab* dela e tentou puxá-lo. Ela conseguiu se esquivar habilmente, então tentou atrair Moss na direção dela.

– Vai! – Moss gritou para ela. – Vai para um lugar seguro!

A multidão que se espalhou pela Broadway avançou para o norte primeiro. Vozes gritavam e guinchavam na orelha de Moss, os corpos se empurrando e se esfregando nele. Já havia perdido Rawiya. Gritou para a mãe.

– Você está bem? Mãe, você está ferida?

Foram em frente mais uma vez, e Wanda limpou o sangue da boca.

– Vou ficar bem, Moss – disse ela, as palavras forçadas através da dor. – Concentra. Tire a gente daqui.

Ficaram sem saída quando a multidão parou de se mover em frente. Enrique estava lá, seu skate erguido acima da cabeça, um grande corte na lateral do rosto.

– O que tá acontecendo? – Enrique perguntou, fazendo uma careta quando as pessoas esbarraram nele.

– O que aconteceu contigo? – Moss gritou.

– Tropecei – disse ele. – Bati a cabeça numa caixa de correio.

– Cara, o machucado tá *feio* – disse Moss, a ansiedade na garganta.

A multidão se avolumou de novo, mas Moss não tinha certeza se haviam feito qualquer avanço que seja. Tentou enxergar sobre a cabeça das pessoas à sua frente. Por que todos haviam parado?

– Estamos indo para o lado errado – disse Moss, quieto a princípio, mas então começou a gritar o mais alto que podia. – Estamos indo para o lado errado! A polícia tem gente por toda a rua 8! Sigam por outro caminho!

Ele tentou se virar, mas estava tão apertado na multidão que foi impossível. O fluxo da multidão se moveu para o norte mais uma vez e então um som foi mais alto que todo o resto. Ele não tinha nenhuma referência para o que poderia ser, o cérebro não conseguia processar como era horrível. Os gritos aumentaram, primeiro o volume, depois no tom, e então parecia um massacre, como animais num abatedouro, guinchando e gritando.

– O que é isso? – Moss gritou. – O que está acontecendo?

– O Guardião Silencioso – apontou a mãe.

Ele seguiu a direção do dedo dela, viu a van branca no final da quadra, a caixa cor de areia no topo dela. Parecia uma arma de *Star Wars*, movendo-se de um lado para o outro, como se observasse a multidão. Não fazia nenhum som e ele não viu nada ser emitido dela. As pessoas na frente dele começaram a abrir caminho, a empurrar para as laterais em vez de adiante, na direção dos sons de sofrimento humano, e então ele viu aquilo em ação.

A antena no topo da caixa se movia lentamente, e, assim que parecia estar apontada para alguém, aquela pessoa caía no chão. As mãos grudadas na pele. As pessoas enfiavam as mãos nos rostos, chegando até mesmo a arrancar sangue. Ele viu uma moça correr de cabeça contra um carro, tentando escapar da sensação que Martin havia descrito para ele, e ela ficou caída no chão.

Havia sangue. Corpos dobrados de formas que não deveriam ser possíveis. Ele queria se virar e fugir, salvar a si mesmo, e essa vontade fez a vergonha se espalhar pelo seu corpo. Mas, à medida que mais pessoas sucumbiam ao poder do Guardião Silencioso, mais certeza ele tinha de que não queria saber qual era aquela sensação.

Ainda assim, não havia para onde correr. Mais pessoas saíam de perto do mastro e corriam para o grupo, encontrando a muralha de outros protestantes e observadores. Para cada centímetro que Moss conseguia avançar, ele era empurrado de volta para a rua 8.

– Parem! – gritou Moss. – Precisamos ir para o outro lado!

Primeiro ele sentiu nas costas, que nem uma queimadura de sol que de repente floresce numa explosão de calor. Aquilo queimou a pele, e uma memória surgiu em sua cabeça: a mão na chama do fogão. Mas aquilo não parava, e, à medida que Moss começava a gritar, ele tentava escalar por sobre outras pessoas que estavam pelo caminho.

Aquilo passou, feito uma onda, e aqueles que estavam na direita agora gritavam, e a mãe dele gritou no ouvido dele.

– Vai! *Vai*!

Empurraram, a muralha cedeu, e conseguiram correr. Wanda tinha um braço por cima do ombro dele, e ele fez o que pôde para carregar a maior parte do peso dela enquanto mantinham o ritmo de corrida, dizendo a todos por quem passavam que precisavam fazer a volta, ir para o sul. Ouviu ecos de um helicóptero acima dele, e a multidão ergueu o pescoço enquanto se movia.

– Esta é uma aglomeração ilegal – gritou uma voz no helicóptero. – Por favor, dispersem ou serão presos.

– Bem, eu tentei – disse Moss, a respiração entrecortada. – Tentei fazer alguma coisa.

– Moss, você fez algo incrível hoje – disse a mãe. – Não deixe que isso te desencoraje, por favor.

Ele queria acreditar nela, mas era bem difícil naquele momento. O empurra-empurra era a pior parte. Suas pernas pareciam aprisionadas, mas as pessoas continuavam a empurrar. Em determinado momento, ele usou o braço esquerdo para se equilibrar, e o impulso da multidão o impeliu adiante. Algo fez pressão contra o seu peito, pouco acima das costelas. O cotovelo de alguém. Outra pessoa gritava perto do seu ouvido, mas não havia espaço suficiente para se virar e ver quem era.

– Não pare – a mãe murmurou, e foi só então que ele se deu conta de quanta gente tinha aparecido durante a noite.

Era um momento estranho para se ter uma epifania; apenas agora, enquanto todos lutavam para fugir dos policiais, que Moss se dava conta de quantas pessoas tinha influenciado.

Ele só queria respirar. Jogou a cabeça para trás de novo e, desesperado, tentou encher o peito. *Não, não!* Moss pensou. *Agora não!* Lançou um olhar para a mãe, e o rosto dela estava irreconhecível, inchado e surrado e torcido numa careta de dor. A visão dele começou a escurecer nos cantos, e o pânico tomou conta dele.

O impulso da multidão o jogou adiante, e Moss pousou em cima de um homenzarrão que estava na frente dele. Ficou de pé, pediu desculpas ao fazer isso e esticou a mão para a mãe, puxando-a de debaixo de outros protestantes que também tinham caído.

– Anda! – Wanda gritou, e as palavras dela pareciam quebradas.

Ela cuspiu mais sangue, e Moss obedeceu. Com a mãe logo atrás dele, seguiu pela Broadway, a multidão se dissipando aos poucos. Os olhos dele foram de um rosto para o outro, mas eram todos estranhos. Todos eles. Um sentimento profundo de isolamento cresceu dentro dele ao seguir adiante, incapaz de encontrar qualquer pessoa conhecida no enxame de gente. Alguém cruzou o caminho dele, rosto inchado e vermelho, e Moss foi remetido de novo àquela tarde no Colégio West Oakland, aos corredores cheios de colegas brutalizados, e ele sabia que estava tudo acontecendo outra vez.

36

O sol matinal desaparecia enquanto eles corriam sob o viaduto da rodovia interestadual 880. Moss viu alguém escalar as grades no lado leste da Broadway, e a pessoa foi atacada imediatamente por um policial trajado de preto. Um skate caiu no chão. *Será que era Enrique?*, Moss se perguntou. Não podia parar para descobrir, e o terror que o perseguia fez com que seus pés continuassem em movimento. Estava doido para descansar, a sola dos pés queimava de dor, o coração batia acelerado, a cabeça latejava.

— Oh, não — ouviu a mãe dizer, e ela não estava mais ao lado dele, não segurava mais sua mão.

Ele parou de repente, e várias pessoas esbarraram nele. Algumas gritaram para que se movesse, outras pararam para olhar de novo ao perceberem quem era. A mãe dele estava imóvel, de pé na Broadway, um pouco depois do viaduto da via expressa. A luz do sol se espalhava sobre seu corpo, e ela parecia angelical ali, mesmo com o sangue na camiseta, mesmo com o rosto inchado e machucado. Ouviu buzinas à esquerda; carros estavam presos no semáforo da rua 5 por causa da aglomeração de pessoas passando.

— Não — ela disse e acenou para Moss em sua direção. — Não podemos ir por aquele caminho.

Ele a encarou, então se virou para olhar para trás na direção da rua 4. Ele viu pessoas espalhadas em ambas as direções.

— Eu não entendo! — Moss gritou. — Mãe, vamos logo, temos que ir!

Outra pessoa colidiu contra ele e se agarrou no seu corpo e quase o derrubou. Ele gritou, em choque, e a pessoa se afastou, e era Njemile com medo nos olhos.

— Moss! – ela gritou. – Ah meu Deus, achei que já tinham prendido você!

Wanda andou até eles depressa, e Njemile gritou quando a viu.

— Vocês dois, nós precisamos ir *agora* – ela falou. – É uma armadilha.

— O quê? – Moss perguntou. – Como?

— Caldeira – disse Wanda e pegou os dois pelas mãos. – É uma velha tática, e eles estão nos encurralando aqui.

— Mas *por quê?* – Njemile perguntou. – Eles acabaram de nos mandar embora!

— Esse é o truque – Wanda respondeu entre arquejos. – Eles nos dão a opção de ir embora, então nos encurralam para que depois possam usar isso contra nós e nos retratar como irredutíveis. Irracionais. – Ela se abaixou, as mãos nos joelhos, a respiração saindo rouca da garganta. – É para parecermos uma multidão fora de controle.

— Qual o problema deles? – Moss gritou. Ele soltou um berro gutural, uma fúria pulsando no rosto. – Por que não param de fazer isso com a gente?

— Moss, querido – disse a mãe e ela se levantou quando mais pessoas passaram. – Adoraria te contar a história completa dos protestos nos Estados Unidos da modernidade, mas não temos tempo. Olhe!

Ele seguiu o dedo dela e viu uma linha de policiais de uniforme preto, os cassetetes preparados, os escudos para cima, bloqueando completamente a Broadway na rua 4. Moss observou, consternado, alguém tentar escapar e ser imediatamente derrubado por vários cassetetes. E se fosse alguém conhecido?

— Sra. Jeffries, o que fazemos? – Njemile perguntou, e sua voz falhou na última palavra. – Estou com *medo*. Não posso ser presa. Você sabe o que fazem com garotas como eu? Você sabe onde nos colocam? – Moss viu o rosto dela contorcido de pavor. – Por favor, por favor, *me ajude*.

— Estou aqui, querida – disse Wanda.

Ela olhou para trás, e todos ouviram o som do helicóptero da polícia, os carros buzinando, a multidão gritando. Moss podia ver o desespero da mãe; ela estava tentando achar uma saída. Ele olhou para o sul e viu mais gente tentando escapar pela linha de policiais que se estendia pela rua. Então se virou para a esquerda.

– Tenho outra péssima ideia – disse Moss.

– Não temos muitas opções – Wanda retrucou. – Então diga, querido.

Ele apontou por cima do ombro esquerdo da mãe.

– Vamos por ali.

Wanda se virou, e Moss observou o rosto dela se acender, achando graça.

– Ah, Moss, você é demais – ela disse.

– Não entendi! – Njemile falou. – *A via expressa?* – Mas daí a compreensão apareceu no rosto dela também. – Ah sim, nós temos que ir pelo túnel da Alameda!

De onde estavam, um conjunto de duas avenidas se estendia para o Leste. Uma se juntava à via expressa, mas a outra era aonde Moss queria ir. A avenida fazia uma curva sob a rampa de acesso e seguia para o sul em direção à Alameda. O túnel passava por baixo da baía por cerca de 400 metros antes de subir para a ilha.

Moss assentiu para Njemile enquanto pensava no plano.

– Eles não vão esperar ninguém passar por lá – ele explicou. – E tem aquela calçada esquisita e elevada em um dos lados.

– É separada – Wanda falou, a compreensão se espalhando pelo rosto dela.

– O que significa que os carros indo para o norte não conseguiriam nos ver – disse Moss. – Se formos rápidos o bastante, ninguém vai nem ver que fomos embora.

– Você é brilhante – sua mãe disse e o beijou na testa. – Njemile, você quer liderar o grupo? Vou ficar aqui e direcionar as pessoas para te seguirem.

– Vou ficar também – disse Moss.

– Não, você precisa ir – Wanda falou. – Eu posso me arriscar a ser presa, você não.

Ele balançou a cabeça.

– Mãe, é responsabilidade minha! Quero ajudar, pelo menos enquanto puder.

Sirenes tocaram, e eles se viraram para ver três vans da polícia, brancas e lisas, parando na rua 4. As portas se abriram e mais policiais de preto saíram dela.

– Merda – Moss falou e então cobriu a boca com as mãos.

– Vou deixar essa passar, só dessa vez – a mãe disse. – Vá, Njemile, vá!

Njemile abraçou Moss em um abraço rápido, desejou-lhes boa sorte e então gritou: "Me sigam!".

– Não desçam a rua 4! Venham por aqui, agora! – Wanda gritou, acenando com as mãos na direção do túnel de Alameda, e a reação foi instantânea.

As pessoas que antes estavam andando confusas agora corriam na direção da entrada do túnel. Moss ficou ao lado da mãe, pulando para cima e para baixo, gritando para as pessoas o mais alto que podia, direcionando-as ao grupo que agora saía da Broadway.

Todo o pânico que sentia começou a ir embora. Um casal passou por ele, agradecendo-lhe pelo que tinha feito, então correram na direção da rampa. Bits e Esperanza correram até eles, as mãos unidas. Havia uma grande rachadura na lente direita dos óculos de Esperanza.

– Moss, o que a gente *faz*? Por favor, não sei o que fazer.

O pensamento que invadiu a sua mente foi amargo. *Talvez agora ela entenda.* Ele limpou o rosto com as mãos, enfrentando o medo, então apontou para a rota de fuga que tinha criado.

– Reúnam o maior número possível de pessoas e levem-nas até Alameda. – Ele colocou uma mão no ombro de cada um. – Não vão *de jeito nenhum* para qualquer ponto ao sul daqui. Estamos encurralados por lá.

– Obrigado – disse Bits e puxou Esperanza. – Vamos.

– Me desculpa – disse ela, mas já tinha sumido, correndo o mais rápido que podia juntamente com Bits.

Pelo que ela pedira desculpas? Ele não sabia.

Menos de um minuto depois, Moss se encheu de felicidade ao ver Kaisha empurrando Reg na direção dele. Lágrimas desceram pelas bochechas dele ao abraçar Reg.

– Como vocês conseguiram fugir? – indagou Moss.

Kaisha estava sacudindo a cabeça.

– Honestamente, eu não sei – disse ela, sem fôlego e coberta de suor. – É um pesadelo lá.

– Alguém morreu.

Reg falou sem surpresa ou horror. Era uma constatação simples e direta. Seu rosto quieto, uma máscara de choque.

– O que você quer dizer? – indagou Wanda. – Quem morreu?

– Não sabemos – respondeu Kaisha. – Mas eles começaram a disparar uma espécie de lata contra a multidão. Gás lacrimogêneo, acho.

– Tá falando *sério*? – exclamou Moss.

Ela assentiu.

– Uma garota foi atingida bem na cara. Branca. Ela caiu. Sem chance de ter sobrevivido.

– Alguém morreu – disse Reg, a voz igual a antes. – Mataram alguém na nossa frente.

– De novo – falou Kaisha.

Moss parou de guiar pessoas na direção do túnel e olhou para a mãe.

– Mãe, o que a gente vai fazer?

– Você quer ir embora, Moss? – ela não o olhou com culpa ou acusação nos olhos. – Podemos ir agora.

– Eu falhei com alguém? – indagou Moss. – Falhei com Javier?

– Não diga isso, cara – disse Reg, e agora a voz dele subiu. – Olha só o que você *fez*, Moss.

– Causei uma bagunça – falou, deprimido.

– Moss, depois que me machuquei, você ajudou a organizar um protesto quando a maior parte das pessoas não teria feito nada – disse Reg. – Você me ajudou mesmo depois de ter perdido Javier. Ainda assim se importou comigo. Então não ouse dizer que falhou com a gente. Você não falhou *comigo*!

– Ele tem razão, querido – disse Wanda. – E precisamos decidir logo o que vamos fazer. A linha policial está vindo na nossa direção.

Ela apontou para a delegacia de polícia, e Moss viu que ela estava certa. As milhares de pessoas haviam diminuído para algumas centenas, muitas delas ainda tentando encontrar uma saída. *Isso faz de mim um covarde?* Moss se perguntou. *Será que o Javier estaria decepcionado comigo?*

– Fiz o possível – disse Moss. – Vamos lá.

Os quatro correram pela Broadway em direção à rampa, e Moss sentiu um alívio tomar conta dele. Ele sobrevivera a uma longa noite;

havia feito uma declaração poderosa; fizera tudo que podia. Talvez pudesse tentar mais alguma coisa se nada daquilo desse resultado. Sua mãe entrelaçou os dedos nos dele ao dobrarem a curva na direção da entrada do túnel da Alameda, e Moss lançou a ela um olhar de agradecimento. *Teremos que tentar de novo.*

Eles correram. Seus pulmões doíam, queimavam com o fogo da exaustão, e suas canelas ainda latejavam com os ferimentos que Daley havia lhe dado, mas aquilo se unia ao manto de dor que Moss sentia pelo corpo todo. Ele corria porque sabia que precisava ficar vivo.

Primeiro ele ouviu os pneus cantando, depois a sirene, ressoando alta. *E agora?* Moss pensou, e um borrão branco invadiu seu campo de visão. Seu cérebro não conseguia interpretar logo de imediato o que estava acontecendo. E, então, ele se deu conta: uma van branca da polícia. Uma porta se abriu, e eles saíram. Viu apenas uma escuridão se aproximar dele, e então Kaisha gritou de medo.

Ele viu um cassetete no ar, Moss se abaixou para escapar do golpe, mas tropeçou em alguma coisa no chão. Era Reg, esparramado no asfalto, a cadeira virada a alguns metros dali. Observou Reg tentar se levantar, mas havia um policial nas costas dele, mantendo-o no chão, e o som de algo se quebrando contra o piso. Moss tentou alcançar o amigo, e uma bota brilhante atingiu seus dedos também, e a fúria e o medo finalmente foram demais para ele. Estrelas de dor preencheram sua visão, e lá estava sua mãe, engatinhando até eles, o olho dela fechado de tão inchado, e ela parou, seu rosto a apenas alguns centímetros do dele.

– Não lute, querido – disse ela, colocando os braços nas suas costas. – Por favor, não lute.

Suas palavras não eram mais que sussurros, e um homem gritou com eles. Moss foi pressionado contra o chão com um pé nas costas e ele não conseguia respirar.

– Por favor, não o tirem de mim – disse Wanda, o mais alto que pôde. – Vou cooperar, prometo.

– Pare de resistir! – A voz estava no ouvido dele, mas Moss não conseguiria se mexer nem se quisesse. Seu corpo doía. Seu cérebro estava cansado. Forçaram suas mãos para trás e o amarraram com uma braçadeira nos punhos, apertada. Moss gritou quando ela se enterrou em sua pele, mas a dor nos dedos logo sobrepujou a outra.

– Eu te amo, querido – disse Wanda e ela foi puxada para cima e fora do seu campo de visão.

Não conseguia ver Reg ou Kaisha, mas conseguia ouvir o choro dela. Onde estava Esperanza? Bits? Njemile? Será que tinham conseguido escapar? Estariam livres?

Um soluço encheu sua garganta e escorreu pela boca. Moss havia falhado com seus amigos. Havia falhado com todos.

37

A viagem no camburão foi quieta demais. Moss queria dizer várias coisas: dizer à mãe que a amava, expressar sua admiração por Kaisha e Reg, ou ainda implorar ao policial silencioso sentado nos fundos que afrouxasse a braçadeira em seus punhos. Mas sabia que não deveria. A mãe já havia ensinado aquilo a ele fazia muitos anos. "Nunca diga uma palavra sequer se for preso", ela dissera. "Só fique quieto e peça sua ligação. Faça o que mandarem, mas não diga *nada*."

Ele se apoiou na mãe. Para quem ele deveria fazer sua ligação *agora*? Imaginou que aquilo não importava. Sua mãe resolveria tudo. Mas e se fossem separados? O que deveria fazer nesse caso?

Moss permaneceu quieto. Descobriria quando fosse a hora. A respiração da mãe – inspira, expira, inspira, expira – era um ritmo relaxante que o ajudou a se distrair do pavor que crescia dentro dele. Trocou um olhar com Kaisha. Ela sorriu, rapidamente, e aquilo o aqueceu. Mas o frio do seu medo logo retornou. Sua vida chegara ao fim, não chegara? Era o fim. Ele seria jogado na cadeia. Seria o exemplo do departamento e não havia nada que pudesse fazer. Parecia tão absoluto, definitivo, e Moss não conseguia encontrar esperança.

A van fez uma curva fechada para a direita e parou. O policial na traseira, seu rosto coberto por um visor preto e opaco no capacete, se levantou. Quando falou, a voz era clara e seca.

– Não façam movimentos súbitos – ele anunciou aos quatro ocupantes. – A menos que vocês não queiram sair desta van caminhando.

Moss só queria que aquilo acabasse. Considerou desobedecer ao homem por um momento. A ideia parecia tão atrativa: uma rebelião repentina, um instante de raiva e vingança, e então Moss provavelmente estaria morto. Parecia uma alternativa sensata à prisão, a viver daquela forma para o resto da vida. Então a van diminuiu de velocidade por um segundo, e o policial se inclinou para frente, Moss viu aí sua chance. Percebeu que poderia se jogar sobre ele. Mas a vontade passou tão rápido quanto veio.

Moss estava exausto demais. Até mesmo para aquilo.

Observou Kaisha e Reg, sentados tão imóveis quando podiam, viu o suor no rosto ensanguentado de Reg, sentiu o próprio coração pulsar na cabeça. Moss precisava de água e sabia que os outros precisavam também. Queria dormir. Mas manteve os olhos abertos e tentou ficar o mais alerta possível.

O policial apontou seu rifle para a traseira da van. Quando as portas se abriram, a luz penetrou, e seus amigos estremeceram. Lágrimas se formaram, e Moss desejou que pudesse secá-las. Um corpo foi jogado na van com um baque. Uma mulher negra, o rosto sujo de sangue. Ela se contorceu algumas vezes, rolou de costas e ofegou em busca de ar.

– Você precisa de ajuda médica? – Wanda perguntou, sem se mexer.

– Cala a boca e fique parada – o policial latiu.

Ele se abaixou e agarrou a touca do casaco da mulher, arrastando-a de costas, sentando-a ao lado de Moss. Ele podia ouvi-la gorgolejando, em tentativas desesperadas para respirar, mas não ousou mexer a cabeça para ver se ela estava bem.

Mais três pessoas foram jogadas lá dentro, e ele ouviu alguém arfar.

– Moss?

Era Esperanza, mas ele não podia olhar, não iria olhar para ela.

Ele a ouviu tropeçar e se colocar na frente dele.

– Você está bem?

A reação do policial foi robótica. O pé dele subiu e colocou a sola da bota no ombro direito de Esperanza, empurrando o mais forte que pôde. Ela bateu na lateral da van, e Moss a ouviu perder o ar. Ele olhou. Os óculos dela haviam caído e estavam quebrados no chão da van. Houve uma fungada. Kaisha estava chorando. Reg também.

É o fim, Moss pensou. *Está tudo acabado.*

A porta se fechou com força, e Esperanza recuperou o ar.

– Me desculpe – ela disse.

— Não fale – disse a mãe de Moss, controlada e quieta. – Nenhuma palavra, Esperanza.

— Me desculpe por nunca entender... até agora – ela disse, e aquilo fez Moss virar a cabeça um pouquinho, e olhou diretamente para ela, viu a inexperiência e o medo nos seus olhos e inclinou a cabeça. Era sua forma de dizer: *Agora você sabe.*

Ele a viu lutar para respirar, inclinar a cabeça para trás, desesperada por ar, viu-a chorar abertamente. Foi isso que foi preciso. Foi o limite que ela precisou atravessar. Moss não sabia se seria o suficiente.

38

Talvez a viagem tenha sido rápida, ou talvez ele estivesse com tanta dor que não conseguia se lembrar dela; Moss não tinha certeza. Parecia que apenas alguns segundos tinham se passado antes que a luz preenchesse a van e o policial na traseira os empurrasse para fora, um a um, agarrando-os pelas roupas para direcioná-los à saída. Moss piscou com a claridade. Estava ao lado de uma construção alta e cinza, pouco depois de uma grade com arame farpado enrolado no topo. Havia mais vans com o logo DPO na lateral e um par de carros da polícia. Ele viu mais pessoas sendo descarregadas de uma van igual a que estivera, mas não reconheceu ninguém.

Andou para frente, tropeçou. Seus pés doíam muito, sua lombar estava uma bagunça de câimbras e tendões retesados, seus dedos latejavam. Não disse nada; apenas foi em frente, na direção da porta mantida aberta para a fila de prisioneiros. Subiu uma rampa na entrada e passou por um longo corredor de portas e janelas que davam para escritórios. Ao chegar mais longe, percebeu que ainda podia ouvir o caos. Estouros. Pancadas. Gritos. Os alarmes, o eco do helicóptero nos prédios. Para onde quer que tivessem sido levados, não podia ser longe do local do protesto.

O mesmo pensamento se repetiu em sua mente. *Minha vida está acabada.*

Foram levados a um grande aposento de teto alto, e Moss ficou surpreso com o quão cheio estava. Policiais iam de uma mesa para outra, alguns ajudando com a chegada dos prisioneiros. Viu uma mulher passar os dedos de uma pessoa em uma almofada de tinta e carimbá-los em uma espécie de formulário.

Enrique estava a alguns metros dele, agarrando o braço esquerdo, o rosto inclinado e cansado. Era o único ali que não estava algemado, e quando Moss viu a posição nada natural em que seu braço estava virado, ele entendeu por quê. Mais manifestantes estavam alinhados nas paredes, as mãos presas às costas, muitos sangrando e feridos. Viu outro garoto latino, que não podia ser muito mais velho que ele, curvado em um banco com sangue nos jeans. Martin estava ao lado dele, aparentemente sem machucados, a cabeça erguida, com desafio e ira no rosto. Moss não viu Rawiya e esperava que aquilo significasse que ela tinha escapado em segurança. Njemile e Bits não estavam por ali; haviam conseguido escapar dos policiais e chegado em Alameda? E Esperanza? Para onde teria sido levada?

Alguém empurrou Moss para a direita, e ele se virou, esperando ver a mãe atrás dele, mas ela foi levada ao outro lado do aposento. Seus olhos se encontraram por um momento, e ela parecia abatida, incompleta. Ele não conseguiu impedir as lágrimas de caírem quando o medo tomou conta de todo o seu corpo. Começou a tremer e os olhos arderam, a cabeça latejou, seu coração se partiu.

– Por favor, não nos separe – ele disse e sabia que não deveria falar nada, mas não conseguia suportar a ideia de ser levado dela.

Uma policial veio até ele.

– Sente aqui – disse ela, apontando um espaço vago em um banco marrom encostado na parede.

De um lado estava uma mulher vietnamita baixa, o cabelo no rosto, desânimo nos olhos. Ele reconheceu o homem do outro lado, mas estava cansado demais para sentir qualquer surpresa. O paramédico que atendera Moss... quanto tempo atrás aquilo tinha acontecido? Por que parecia que uma vida inteira havia se passado nas últimas semanas? Ele se lembrava do cimento gelado na estação de metrô, sua mão roçando na dele, mas foi difícil se lembrar do nome.

– Diego? – Moss chamou ao se aproximar.

Diego ergueu o olhar e sorriu, então riu.

– Bem, vejam só quem é – ele disse, mantendo a voz baixa para não chamar atenção para a conversa. – Eu diria que é bom te ver, mas acho que nós dois preferíamos não estar aqui.

Moss se sentou no banco.

– Por que você está aqui?

– Ouvi sobre você no rádio durante o meu turno esta manhã – disse ele. – Antes desse pesadelo começar. Saí perto das 7h30 pensei em passar lá e dar um apoio.

Moss fungou.

– Sinto muito que as coisas tenham ficado tão ruins. Você deve ter chegado lá bem na hora que tudo virou um inferno.

– Não é sua culpa – disse Diego. – E acho que você fez uma coisa boa.

– Mesmo? – Sentiu o rosto esquentar. – Bem... obrigado, acho. – Olhou para o rosto de Diego, viu o sangue acima da sobrancelha direita. – Como você se machucou?

– Tentando ajudar uma mulher que foi baleada – Diego falou, e sua cabeça caiu. – Ela foi atingida por uma granada de gás lacrimogêneo no rosto depois de tentar impedir um dos policiais de espancar um garoto. Estava mostrando minha identificação a outro policial quando alguém me atacou por trás. Disse que eu estava armado.

Moss não falou nada a princípio. O que *poderia* dizer sobre aquilo? Diego era um paramédico. O propósito dele era ajudar pessoas, e mesmo *aquilo* havia sido usado contra ele pela polícia.

– Sinto muito – disse Moss. – Sabe, por ter acontecido isso contigo.

Diego também não respondeu por alguns momentos.

– Valeu a pena – ele disse, então lançou um olhar a Moss. – Eu faria tudo de novo.

Moss desviou o olhar. Era demais para ele e não conseguia olhar o rosto do homem enquanto o próprio corpo estava transbordando de gratidão e culpa. Sentiu Diego lhe dar uma ombrada.

– Veio aqui com alguém?

Moss assentiu.

– Minha mãe – ele respondeu, então gesticulou com a cabeça. – Aquela mulher, ali, com o cabelo curto e... – As outras palavras morreram em sua garganta.

Ouviu Diego arquejar. Ele devia ter adivinhado quem era a mãe dele.

— Ela precisa de ajuda médica — ele disse, primeiro para Moss, e então erguendo a voz. — Ei! Aquela mulher ali... Sou paramédico. Me deixem dar uma olhada nela.

Nenhum dos policiais no departamento olhou na direção deles, mas muitos dos manifestantes olharam para a mãe de Moss. Diego se inclinou e se levantou, as mãos ainda presas nas costas.

— Estou falando sério — ele falou, sua voz profunda soando mais alta que qualquer outra coisa no ambiente. — Por favor, deixem-me examiná-la!

A reação foi rápida desta vez, e o coração de Moss despencou. Um homem alto e esguio caminhou até Diego, colocou a mão no peito dele e o empurrou. Um movimento direto, tão rápido que Moss ficou chocado com a velocidade com que o braço do policial disparou. Diego bateu contra a parede e caiu, o ar escapando assim como tinha acontecido com Esperanza minutos antes.

— Cala *a boca* — disse o policial, o rosto a centímetros do rosto de Diego. Quando começou a falar, foi para todos os presentes. — Isso serve para todos! A menos que queiram receber novas acusações, não quero mais interrupções.

Alguém chorou. Diego tentou respirar, e Moss viu uma fúria se assentar nele, uma fúria que tomou conta das suas feições e causou calafrios pelo corpo de Moss. Diego não falou nada. Apenas ficou com os olhos travados no homem branco que o tinha empurrado.

Em outro contexto, em outro mundo, teria achado interessante assistir a isso. Mas o peso daquela noite cobrava seu preço no corpo de Moss. Viu-se tombando para o lado, nos ombros de Diego, e dormiu imediatamente.

Os olhos de Moss se abriram de uma vez, a luz brilhante demais e dolorosa, e a mãe estava ali, o rosto não tão inchado quanto antes. Ele tremia.

— Moss, acorda — chamou Wanda. — Vão nos liberar.

Ele não se deu conta de início. Olhou para o rosto da mãe, tão calmo e sereno, então ao entorno dela. Ainda estavam na delegacia.

Alguém à direita da mãe. Alto, pele marrom, um bigode espesso. Diego tinha ido embora, e o banco estava vazio.

— Vamos — disse o homem. — Consegue ficar de pé? Gostaria de tirar as algemas de você.

Moss respirou, piscou mais um pouco, e se impulsionou contra a parede, tentando fazer com que as pernas funcionassem. Estavam apertadas e pesadas, sem vontade de cooperar. O policial colocou a mão sob o braço de Moss e puxou, e ele ficou de pé. A cabeça girou por um segundo ou dois, ouviu um tilintar atrás dele e então suas mãos estavam livres. Ele as levou para frente do corpo; estavam manchadas de sangue seco por causa das algemas que tinham cortado os seus punhos.

— Você quer ir ao banheiro primeiro, Sr. Jeffries? — O policial apontou atrás dele. — Pode se limpar se quiser.

Moss sacudiu a cabeça.

— Só quero ir pra casa — disse ele. — Senhor — acrescentou, o instinto sendo mais forte que ele.

— Vamos, querido — disse a mãe, envolvendo o braço dele nos dela.

O policial esticou a mão e pegou no outro braço de Moss.

— Antes de você ir, só queria te dizer... — Ele fez uma pausa. Moss observou o rosto dele, viu o lábio tremer. O homem soltou Moss, levou uma mão à boca e a cobriu por um momento. — Lamento muito que isso tenha acontecido com você.

Devo estar sonhando, pensou Moss. *Ainda estou dormindo, não é?*

— Não deveria ter acontecido — o homem continuou, os olhos vermelhos e marejados. — Lamento muito pelo que foi feito com você.

— Você fez alguma coisa para impedir?

As palavras saíram antes que Moss pudesse pensar no significado delas. A expressão do policial mudou, transformou-se em choque e confusão. Não tinha resposta, e ele ficou boquiaberto enquanto Wanda puxava o braço de Moss e o tirava dali.

— Que horas são? — indagou Moss, esfregando os olhos até que o sono fosse embora.

— Já passa de uma hora — respondeu Wanda. — Da tarde.

Olhou chocado para ela.

– Por quanto tempo dormi?

– Mais tarde, querido – disse ela, impelindo-os adiante. – Vamos sair daqui primeiro.

Não chegaram a sair. Uma mulher entrou na frente deles, apenas a um metro da porta que os libertaria. Era Johanna, a gerente de relações públicas daquela manhã. Moss lutou contra o impulso de empurrá-la para longe, mas o seu corpo doía demais. Pensou na sua cama, na familiaridade daquele sofá e da mesinha lascada, e não quis estar em nenhum outro lugar.

– Gostaria de convidá-lo para uma coletiva de imprensa extraordinária amanhã – disse ela, e aquele sorriso, aquele maldito sorriso, surgiu. – Prefeitura. Nove horas da manhã. Consegue comparecer?

– Pra quê? – Wanda indagou, a voz arrastada.

– Para um pedido de desculpas.

Agora era a vez de Moss se virar chocado.

– Como é, pedir desculpas pelo *quê*?

Johanna comprimiu os lábios.

– Não posso dizer muito agora, mas as coisas não correram tão bem quanto gostaríamos hoje de manhã – disse ela. – Mas posso te dizer isso. O seu protestozinho? Funcionou.

– Você já me disse isso – Moss falou. – Da última vez. Lembra? E olha só o que aconteceu.

A mãe apertou o braço dele com força.

– Você não está brincando – disse ela para Johanna.

– Não, não estou – afirmou Johanna. – Se quiser, encontre-se conosco na entrada sul da prefeitura às 8h30. Vamos te apresentar para o prefeito e o chefe de polícia, depois passar a programação da coletiva de imprensa. Tudo bem para vocês dois?

Assentiram, mas ninguém encontrou palavra alguma. O sorrisinho voltou uma última vez. Ela os deixou de pé no corredor, sozinhos.

– Isso acabou de acontecer? – indagou Moss.

– Sim – disse a mãe.

Passou a mão no rosto, sentiu o dolorido na bochecha que tinha sido esfregada no asfalto. Foi verdade. Aquele momento tinha sido *real*.

– Mãe, acho que não consigo lidar com mais nada agora. Podemos ir?

– Pode apostar, estamos indo embora – disse Wanda, e Moss deixou que a mãe o arrastasse para fora da delegacia.

A luz era tão brilhante e parecia errada. No lugar errado do céu. Piscou, lágrimas nos olhos, e as esfregou.

Martin correu até eles.

– Depressa – disse ele, pegando nos braços de ambos. – Estacionei em lugar proibido, e a imprensa está na esquina.

Moss não conseguiu percebê-los de início, mas então viu o prédio do jornal Tribune ao longe, ouviu o trânsito na rodovia. Ainda estavam no centro. Moss não queria mais perder tempo. Entraram no Toyota de Martin e não falaram mais nada enquanto ele os levava para casa. Moss apreciava o silêncio, em grande parte porque a cabeça dele estava cheia. Seu coração estava cansado. Não possuía as palavras para descrever como se sentia. A dormência tomava conta do seu corpo, e ele sabia que estaria todo dolorido ao acordar no dia seguinte.

O dia seguinte.

Haveria outro dia no seu futuro. Algumas horas antes, Moss tinha se convencido de que estava destinado a ir para a cadeia. Como é que estava a caminho de casa agora? Olhou pela janela, observando enquanto cruzavam a estrada, viu o centro de Oakland se transformar em West Oakland, um bairro que persistia apesar das inúmeras mudanças.

Martin virou na rua Peralta, e o bairro pareceu familiar, mas de um jeito terrivelmente distante, como se Moss tivesse passado muitos anos distante e só agora retornasse. Olhou pela janela, para os armazéns e prédios de apartamentos que passavam. Viu jovens chutando uma bola de futebol numa quadra. Viu pessoas num ponto de ônibus. Sabia que o dia deles tinha transcorrido normalmente. Será que ao menos se importavam?

Olhou adiante, depois pela janela de novo, e então viu.

– Pare! – gritou mais alto do que pretendia e colocou a cabeça para fora da janela, boquiaberto com tudo aquilo. – Pare o carro!

Martin pisou nos freios, e todo mundo foi lançado para frente.

– O que foi? – perguntou Wanda e se virou esticando a mão para Moss, mas ele já estava saindo do carro.

Suas pernas doíam, uma queimação persistente em cima de uma dormência fastidiosa. Ignorou isso e cambaleou pela calçada até a parede de tijolos. Passou as mãos pela superfície, então deu um passo para trás, na rua. Um carro buzinou, mas ele não conseguia se mexer. Não conseguia ir embora.

A face de Javier o olhava do alto. Ele estava pintado na lateral de um armazém em cores berrantes, a pele naquele mesmo tom de marrom-dourado, a touca tombada para o lado, a boca aberta num grande sorriso, como se estivesse no meio de uma risada. Estava emoldurado por um quadro branco, que nem uma cena de história em quadrinhos. Uma coroa de rosas circundava a cabeça de Javier, angelical e pura, e havia uma faixa desenrolada debaixo do pescoço, ao longo do peito dele.

Dizia JUSTIÇA PARA JAVIER, usando a mesma fonte dos quadrinhos que lia quando era mais novo. Então, num canto, em preto, um nome em caligrafia delicada: *Carlos*.

Javier fora imortalizado, transformado em algo espiritual e visceral, um lembrete da violência da cidade, um lembrete da compaixão da cidade. Moss deu mais alguns passos, sua mãe e Martin estavam ali, e Martin estava com as mãos atrás da cabeça, lágrimas escorrendo pelo rosto, e Moss se deu conta de que nunca o tinha visto chorar, nem mesmo quando perdeu Morris.

Moss encostou na parede de novo, no ponto exato em que a camisa de flanela de Javier se abria, e se lembrou de como a pele de Javier era suave, do cheiro dele, da sensação dos lábios dele sobre os seus. A parede era áspera. Irregular. Estática.

Moss não falou nada. Voltou para o carro, sua garganta se apertou com a ameaça de lágrimas. Martin e Wanda o seguiram. Depois que se acomodou no assento do passageiro, ela se virou para trás e segurou a mão do filho durante todo trajeto até em casa.

Passaram pela casa de Njemile, a entrada da garagem vazia, e Moss torcia para que isso fosse um sinal de que as mães a tivessem encontrado em Alameda. Não queria supor o pior, mas estavam agora na rua 12, o mercado estava à esquerda, e então Martin virou na Chester, e Moss não conseguiu evitar. Encarou o mercado e ele nunca quis tanto que o pai aparecesse naquele momento.

Mas Morris não apareceu. Ele estava morto. Os dois estavam mortos. Para sempre.

— Ah, *droga* — disse Martin.

Moss olhou para frente de novo e teve vontade de morrer ao ver o que estava diante do carro. Nem conseguia contar as vans de noticiários; ocupavam os dois lados da rua. Um repórter estava na frente da cerca gradeada, falando rapidamente em seu microfone enquanto a câmera girava ao redor dele. Martin pisou no freio sem dizer nada, engatou a ré e voltou até a esquina.

— Vai — disse ele. — Entra na loja do Dawit. *Agora.*

O corpo de Moss não se mexeu a princípio, mas, ao ver os repórteres correndo na sua direção, o instinto entrou em ação. Destravou o cinto de segurança e o deixou batendo contra a lateral do carro, saindo porta afora. Foi direto para a loja de Dawit, ouviu a mãe ofegante atrás dele, chegou até os degraus e parou.

— Entra! — Wanda gritou. — Ele está aí?

Dawit colocou os pés na entrada, e os olhos dele se arregalaram ao ver o enxame de repórteres. Puxou Wanda para dentro, então fez um gesto para que Moss seguisse.

— Vamos! — gritou Dawit. — Entre.

Moss não conseguia dar o passo seguinte. Olhou para o concreto, as bordas lascadas e não pensou naquilo. Não planejou aquilo. Abaixou-se, todos os músculos das pernas gritando com ele, e sentou-se nos degraus em frente à loja de Dawit. Esticou a mão, os degraus frios como sempre. Moss passou os dedos por eles, sentindo cada fenda, conhecia todas de cor. Era exatamente como na época em que todo aquele pesadelo começou. Permaneciam inalteradas, esperando pelo retorno dele.

Os repórteres diminuíram o ritmo quando se aproximaram. Moss reconheceu alguns, um deles tinha dito ao vivo que Javier era um imigrante ilegal e por isso merecia ser tratado como suspeito. Aquele homem começou a perguntar alguma coisa a Moss, mas Moss já o tinha cortado. As perguntas continuaram a vir, as câmeras brilhavam seus *flashes*, e Moss não dizia nada. Ele não se mexeu daquele lugar. Continuou a tocar no degrau, pensando no pai, se lembrando das vezes em ele levou para casa picolés comprados na loja do Dawit, lembrando-se do cheiro da loção pós-barba de Morris, lembrando-se das rugas no canto dos olhos do pai quando sorria. Moss folheou os cartões do fichário mental. Talvez as memórias não fossem novas, mas faziam com que se sentisse bem.

Depois de vinte minutos de silêncio, o último repórter foi embora. Moss sorriu.

39

A sala de estar se tornou a base de operações.

As pessoas – colegas, familiares – começaram a chegar, uma de cada vez, ao se verem livres. Bits e Njemile chegaram antes de todo mundo; vieram de táxi, e Ekemeni teve que pagar assim que chegaram em casa. A mãe de Bits, Dominique, estava lá, e foi a primeira vez que Moss a viu. Ela era grande, carinhosa, e o cabelo dela era curto que nem o da mãe dele. Abraçou Moss, falou que lamentava muito, que estava orgulhosa de a cria dela ter um amigo tão bacana.

Shamika veio em seguida e começou a chorar ao ver a melhor amiga, ao ver o resultado do que tinha sido feito com o rosto e com a alma de Wanda. Os pontos formavam uma reta na bochecha, e uma bandagem rodeava sua cabeça. Ela e Wanda se abraçaram por um bom tempo antes de se separarem e correrem para a cozinha. O som da conversa delas encheu Moss de familiaridade; de repente, lembrou-se de quanto tempo Shamika passara na casa deles depois da morte do pai.

Uma hora mais tarde, Esperanza entrou mancando. A conversa se interrompeu no ato. Moss se levantou do sofá e ficou parado, encarando-a. Ela tinha um braço cruzado por cima do peito, mas não o olhava de volta. Aproximou-se dela lentamente, esticou a mão e colocou-a em cima do braço que pendia frouxo ao lado do corpo.

– Você está bem?

Não era conversa fiada. Moss não conseguia deduzir só de olhar e queria saber.

– Não muito – respondeu ela.

Esperanza ergueu os olhos para Moss. Estavam vermelhos. Ele a puxou num abraço, e, quando ela começou a chorar, ele soube que ela tinha se segurado até aquele momento.

Ele a segurou por praticamente um minuto inteiro enquanto ela chorava.

– Eu não acreditava – ela finalmente disse. – Sinto muito, Moss.

– Lamento por você ter aprendido da forma mais difícil – ele falou. – Você precisa de alguma coisa? Você está ferida?

Esperanza sacudiu a cabeça.

– Não, mas isso é uma mentira – disse ela. Foi até o sofá e se largou nele. – Nem sei mais o que dói.

– Tudo dói – disse Moss, balançando a cabeça. – Vamos só dizer que tudo dói.

Ela sorriu, e ele se deu conta de que era bom receber aquela reação. *É um começo*, pensou Moss.

Outros se seguiram. Reg e Kaisha chegaram não muito depois de Esperanza. Reg trouxe os pais, Lawrence e Judy, e o irmão mais velho, Reginald. Judy correu para junto de Moss, que não esperava.

– Nunca te agradeci – disse ela – pelo que você fez pelo meu filho. Você arriscou a sua vida por ele. Obrigada. Muito obrigada.

Lawrence Phillips sacudiu a mão dele, os olhos vermelhos e marejados.

– Nunca nos esqueceremos disso.

Rawiya foi a última a chegar. Ela não trouxe os pais, e uma pancada de tristeza atingiu Moss ao ver a amiga passar pela porta, os ombros caídos, bandagens e pontos se intercalando pelo rosto. Ela parecia pior do que todos os outros. Quando disse olá, a voz dela saiu falha da garganta.

– Me desculpa por soar como se estivesse passando pela puberdade – disse ela. – Uma bota na garganta tem esse efeito.

Moss correu para o lado dela e a guiou até o sofá.

– O que aconteceu? Você está bem?

– Quer dizer... considerando as coisas? – replicou Rawiya. Tentou sorrir, mas soltou um gemido. – Estão todos proibidos de contar piadas, rir é doloroso demais.

Wanda veio até a sala ao ouvir a voz alarmada de Moss e arquejou. Rawiya ergueu a mão para cumprimentá-la, os olhos se fechando ao estremecer de dor.

– Você tem um pacote de gelo? – indagou Rawiya. – E que tal quatro mil analgésicos? Isso seria ótimo. – Abriu os olhos e gemeu de novo. – Deixa para lá, tá bem claro que eles te pegaram também.

– Fique aí, querida – disse Wanda, indo na direção da cozinha. – Tenho uma coisa para você.

– Então, como estão todos? – Rawiya perguntou, a cabeça dela jogada para trás, os olhos no teto. – Por favor, digam que ninguém foi mais maltratada do que eu?

Reg limpou a garganta.

– Hum, bem... alguém morreu.

A cabeça de Rawiya se ergueu, e ela imediatamente levou a mão até ali e fez uma careta.

– Oh, não, quem? – Ela olhou ao redor da sala, e a Moss a observou fazer uma contagem silenciosa. – Espera um segundo... – a voz dela baixou em volume.

– Não, nenhum de nós – explicou Moss. – Uma garota.

– Vocês me assustaram – disse Rawiya. As risadinhas frenéticas foram rápidas, e ela recostou a cabeça de novo. – Então, quer dizer que eles mataram outra pessoa. Por que não estou surpresa?

– Parece que não conseguem evitar – disse Kaisha. – A gente estava lá, literalmente, para protestar contra o uso de força mortal, e eles respondem com... força mortal. Incrível.

– A tarefa era uma só – brincou Reg, mas o grupo parecia não ter mais risadas guardadas.

– Mas estamos todos livres – disse Moss. – E relativamente inteiros, então isso é surpreendente. Será que alguém foi acusado de alguma coisa?

Sacudiram a cabeça. Ninguém falou nada.

– Acho que isso é bom. Não exatamente o que eu esperava. – Moss fez uma pausa. – E o protesto pode ter funcionado.

– Como assim? – perguntou Esperanza. – O que você quer dizer?

– Aquela moça que parou a gente antes de irmos embora – explicou ele. – Falou para mim e para minha mãe que vai fazer uma coletiva de imprensa para a gente.

– Sério? – O rosto de Esperanza se iluminou com um sorriso. – Moss, isso é incrível!

— É? – disse Moss. – Cara, nem sei o motivo. E se nos traírem de novo? Jogar a gente aos leões?

— Faz... sentido – disse Esperanza. – Vou só aprender a lição e *acreditar* em você desta vez.

Ele sorriu.

— Vocês serão bem-vindos se quiserem – Moss falou ao grupo. – Quem puder, quero dizer.

Risadas nervosas.

— Vou perguntar aos meus pais – disse Kaisha.

Rawiya fez um barulho dolorido.

— Meus pais. Eles vão surtar. – Ela sorriu, claramente sentindo dor, então falou para Moss. – Tá ligado que minha aparência tá punk rock, né?

— Você deveria ir – disse Judy a Reg. Depois, virou-se para Moss. – Estaremos lá. Para apoiar *você* desta vez.

A mãe de Moss voltou com pacote de ervilhas congeladas para Rawiya.

— Me desculpa, demorei mais do que queria – disse ela. – Muitas distrações.

Esperanza se levantou, cambaleou um pouco e se apoiou no braço do sofá para se manter de pé.

— Acho que preciso ir para casa – disse ela. – Tenho que conversar com os meus pais sobre tudo isso.

— Eita – disse Rawiya, o pacote de ervilhas no rosto. – Não queria estar na sua pele.

— Não acho que vou conseguir ir amanhã, Moss – Esperanza falou. – Queria muito. Para te apoiar.

— Tudo bem – disse ele, se levantando para ajudá-la a chegar até a porta. – É de última hora. Não se preocupe.

— Não, não é isso – disse ela. – Duvido que os meus pais vão deixar. Não depois de... tudo isso.

Ele fechou a cara.

— É, eles não vão levar isso numa boa.

— Mas preciso conversar com eles sobre outras coisas também – falou Esperanza. -- E não vai ser nada divertido. Pode demorar um tempo até que eu te veja de novo.

– Tome conta de você primeiro – disse Moss. – Tenho certeza de que um dia nós também vamos ter uma conversa difícil. Mas... melhoras. Vai se resolver com os seus pais.

– Obrigada – disse ela e desta vez partiu para o abraço. – Eu te amo, Moss. Muito.

Ele a apertou num abraço e então contou a verdade.

– Eu também te amo. Ainda que você me irrite às vezes.

– Não é o que melhores amigos fazem?

Ela sorriu de novo, mas foi um gesto fraco. Os olhos dela caíram.

– Ei – disse Moss ao grupo. – Alguém pode levá-la para casa?

Esperanza tentou protestar, mas Martin logo se voluntariou. Os dois acenaram para se despedir e saíram da casa de Moss. Ele encarou a porta fechada por alguns segundos. *Tudo tem um preço, não é?* Talvez sua amizade com Esperanza ficasse abalada dali em diante, ou talvez fosse uma chance de reconstrução. De cura. De entendimento.

O ambiente já tinha retomado a agitação de múltiplas conversas. Ele viu a deixa enquanto o resto da sala de estar era consumida pelas falas. Levantou-se, determinado e em silêncio, e caminhou até o seu quarto. Acendeu a luz e fechou a porta atrás dele, tomando o cuidado de não bater. Precisava de um momento sozinho.

O quarto dele também não tinha mudado. A mochila de Javier estava na cama, o conteúdo espalhado sobre o lençol. Um iPod. Fones brancos. Luvas de ciclismo, velhas e esfiapadas. Uma cópia de *Overwatch*. O caderno Moleskine. Era tudo que tinha sobrado de Javier.

Não. Isso estava errado. Ele se deitou na cama e criou um fichário dentro de si, só para Javier. *Você beijando a linha do meu queixo. O suor descendo pelo seu peito. A sensação dos músculos no seu braço, o seu hálito, a escuridão do seu cabelo, o sorriso curvado.*

Moss tinha muitas memórias para guardar.

Moss ajeitou a gravata. Odiava vestir camisas de gola; seu pescoço era tão grande que todas ficavam justas demais. O pulso tremeu ao fazer aquilo, e ele largou as mãos ao lado do corpo. A Sra. Perez sorriu.

— Pare de ficar fuçando, querido – disse a mãe dele. – Está me deixando nervosa.

Moss alisou a frente da camisa, mas parecia pequena demais. Os botões no estômago estavam quase estourando. Se tivesse tido mais tempo, Moss teria implorado à mãe para comprarem uma camisa maior.

Olhou para a mãe. O olho com hematoma, amarelo e roxo, ainda inchado, mas não de forma tão grotesca quanto no dia anterior. Olhou para os pulsos, vermelhos e encrustados. As costas doíam, as pernas latejavam, os dedos estavam inchados, mas não quebrados. Tudo em Moss estava dolorido.

Mas, ainda assim, a exaustão na cabeça eclipsava tudo. Jogou o peso de um pé para o outro de novo; só queria acabar com tudo aquilo de vez. Naquela manhã, Eugenia se encontrara com eles em uma cafeteria para conversarem sobre a coletiva de imprensa. Ela tinha sido convidada também, ligaram para ela na tarde anterior. Mas assim que ela os viu, viu o estado do corpo deles, Eugenia não conseguiu pensar em mais nada. Ninguém sabia qual era o motivo da coletiva de imprensa, então como poderiam se preparar para uma surpresa? Ficaram sentados ali, mexendo em suas bebidas, ignorantes e ansiosos. Moss olhava para a porta, uma onda de medo o varrendo, uma certeza de que a qualquer momento os policiais invadiriam a loja e o levariam embora para terminar o serviço.

Por isso pediu para que fossem para a rua, onde não se sentia tão encaixotado. Estavam perto da entrada sul da prefeitura, como instruído. O prefeito e o chefe de polícia ainda não tinham chegado, nem Johanna. Moss pegou seu velho celular, que agora tinha uma nova tela graças a um amigo de Martin, mas ainda estava sem sinal.

Já eram 8h54.

— Ela vai aparecer – disse Wanda. – As vans da imprensa já estão aqui, e eles têm um pequeno palco montado na frente.

— Eu sei – falou Moss. – Estou ansioso, só isso.

— Não te culpo.

— Isso não pode ter acabado, não é? – Puxou a parte de baixo da camisa mais uma vez, tentando esticá-la sobre o cinto. – Parece fácil demais.

— Nunca vai acabar, Moss – disse a mãe.

Eugenia virou o rosto ao ouvir isso, tentando fingir que ninguém a tinha visto a chorar.

Moss lembrou-se do medo que sentira de que nunca mais veria Eugenia. Estendeu a mão para ela.

– Não gostaria de vir lá em casa hoje? Para jantar?

– Eu? – Ela pareceu surpresa e limpou o rosto. – *Verdad*?

Wanda assentiu.

– Não temos que desaparecer da vida uns dos outros – disse ela. – Por favor, se você quiser... vamos adorar te receber.

– Gostaria, sim – respondeu ela, bem baixinho. – Gostaria muito.

Johanna chegou alguns minutos depois, os saltos batendo na calçada, as mãos erguidas numa posição defensiva.

– Me desculpa, me desculpa – ela soltou. – A manhã tem sido tão corrida que não consegui escapar antes.

– E o que vem agora? – indagou Moss. – A coletiva de imprensa ainda vai acontecer?

– Com certeza! – disse Johanna, talvez um pouco animada demais. *Ela está tentando compensar*, pensou Moss. – Infelizmente, vocês só verão o prefeito e o chefe de polícia mais tarde. Os dois estão em reuniões desde as 6 horas da manhã. Muitas decisões políticas sendo tomadas.

Moss suspirou, mas não falou nada.

– Animem-se! – Johanna falou. – Acho que ficarão bem felizes com o que vão ouvir hoje.

– Veremos – a mãe dele falou. – Não que você tenha sido a arauto de boas notícias até o momento.

Johanna tossiu e comprimiu os lábios. Moss podia ver a frustração se formando diante dele, e era tão irritante. *Como é que ela pode estar se sentindo mais incomodada do que eu?* Deixou aquele sentimento passar, e os três seguiram Johanna enquanto ela liderava o caminho rumo à frente da prefeitura.

As câmeras começaram a piscar seus *flashes* assim que pisaram no gramado da Praça Frank H. Ogawa. Era uma manhã brilhante, e o sol aqueceu Moss. Olhou para a grande multidão que se formara. Primeiro, viu fotógrafos e repórteres em sua maioria, e então lá estava Enrique, o braço numa tipoia, o outro erguendo o skate no ar. Agora que tinha tido a chance de observar a multidão, viu que os repórteres estavam num número bem menor do que as outras pessoas. Moss assentiu para Enrique, então ficou boquiaberto com quem estava do lado.

Njemile, com as mães, altivas e orgulhosas, atrás dela. Ela estava de mãos dadas com Shawna, que tinha uma mão na cadeira de rodas de Reg; Judy e Lawrence estavam atrás dele. Kaisha fez um sinal da paz para ele, e Rawiya pulava para cima e para baixo, acenando. Os pais dela estavam lá, e Moss quase começou a rir quando viu como Hishaam parecia animado, a mão dele se agitando para frente e para trás freneticamente. Lá estava Bits também, um sorriso espalhado pelo rosto. *Como assim?* Moss pensou.

– Achei que você fosse precisar de um pouco de apoio – disse Wanda enquanto subiam os degraus da prefeitura. – Liguei para os pais deles.

O coração de Moss se encheu de afeição e admiração. Num universo tão cruel e injusto, feito tão sob medida para atormentá-lo, ele tinha recebido uma mãe que se importava com ele, profunda e completamente.

Dadas as circunstâncias, Moss sentia-se sortudo.

O prefeito estava do outro lado do palco, ao lado do chefe de polícia. Ambos eram bem menores do que Moss esperava. O prefeito balançou a cabeça para ele, lábios fechados, mas o chefe de polícia permaneceu parado e em silêncio, olhando para a multidão. *Vai entender*, pensou Moss. Mas ele não estava ali por causa das autoridades. As *autoridades* é que estavam ali por causa dele.

Pelo menos era o que esperava.

O prefeito, Barry Trent, subiu no púlpito e o segurou com as duas mãos, com tanta força que Moss pôde ver as juntas brancas em sua pele já pálida. Ele tinha visto o homem no noticiário algumas vezes, mas era só agora que ele parecia uma pessoa real, não apenas uma figura ou uma ideia. Moss não sabia muita coisa sobre ele: tinha sido reeleito no ano anterior, e a maior parte dos adultos na vida de Moss o odiava. Moss o encarou e se deu conta de que aquele prefeito ansioso, que tanto suava, parecia... inofensivo.

Já eram 9h02.

– Bom dia, Oakland – o prefeito Barry Trent falou. – Obrigado por virem até aqui nesta manhã. Os eventos que se desdobraram nas últimas

24 horas em nossa cidade são assustadores e inaceitáveis. Oakland tem uma longa e orgulhosa história de resistência e progressismo. Esses valores foram manchados ontem, e estou envergonhado.

Respirou fundo.

– Estou aqui nesta manhã para anunciar que o meu escritório vai trabalhar de perto com o chefe de polícia, Tom Berendht, de forma a desenvolver um sistema justo e efetivo para assegurar o direito à reunião pacífica e o direto ao protesto em Oakland. É uma infelicidade que tenham sido necessários os eventos recentes para que agíssemos.

Houve um início de aplausos. O barulho de câmeras clicando. Moss olhou para os amigos, viu Martin, Dawit e Shamika também. Estavam usando xales, e Moss achou graça.

– Sr. Jeffries.

Moss se virou para o prefeito Trent, que o encarava, os olhos lustrosos, o rosto retorcido em preocupação.

– Gostaria de pedir desculpas pessoalmente pelo que aconteceu com você. Pela forma como foi tratado por esta cidade. – O prefeito não estava lendo nada daquilo e não desviou o olhar de Moss. – Você nos procurou, enlutado pelo seu amigo, e ninguém te ouviu. Foi tratado com desrespeito, com condescendência, com violência. Você não merecia isso. Lamento muito.

Moss não conseguiu evitar. Seus olhos voaram diretamente para Johanna, e os lábios dela nunca pareceram tão juntos. Ele quase caiu na risada. Ficou quieto e se controlou.

O prefeito deu um passo para o lado sem dizer mais nada ou olhar para o homem ao lado dele. O chefe de polícia se colocou na frente do microfone, e Moss teve a impressão de que ele ficou incomodado por não ter sido apresentado. Berendht não olhou na direção de Moss. Suas bochechas brancas estavam fogueadas, e ele esfregou o nariz antes de começar a falar.

– Bom dia – começou ele. – O Departamento de Polícia de Oakland gostaria de fazer um pronunciamento.

Moss se preparou. Tinha sido pego de surpresa pelo que o prefeito tinha dito; não esperava um pedido de desculpas, muito menos um que parecesse real. Mas, ao assistir a Berendht se mexer no púlpito, Moss recebeu um choque de ansiedade.

O chefe tossiu no ombro, então enfiou a mão no casaco e tirou um papel branco dobrado em quatro partes. O microfone zumbiu quando Berendht limpou a garganta de novo.

– O Departamento de Polícia de Oakland está comprometido com a segurança de seus residentes.

– Mentira!

O grito veio de algum lugar nos fundos da multidão, e um farfalhar de vozes chegou até a frente. O chefe de polícia ergueu os olhos, mas não fez menção ao comentário. Seu foco voltou para o bloco de texto na página, pequeno demais para que Moss pudesse ler de onde estava.

– Acredito na integridade e no profissionalismo dos nossos policiais. – Alguns na multidão gemeram alto, enquanto outros gritaram, as palavras incompreensíveis colidindo umas com as outras. – Na execução do nosso dever, tentamos tratar cada situação como única e criar planos que garantam a segurança dos cidadãos e dos nossos policiais.

– Vá direto ao ponto!

A exclamação evocou aplausos em toda parte.

Foi Martin quem gritou? Moss se perguntou. Viu-o com o boné vermelho na cabeça, a mão direita erguida, o dedo médio em riste, um gesto de desafio num mar de antecipação.

Berendht continuou.

– Ontem, em nossa tentativa de lidar com a situação do lado de fora do nosso prédio administrativo, uma jovem, Hayley Simpson, foi morta por um dos nossos policiais.

Hayley, pensou Moss. *Ah, não, foi ela?* Mas o pensamento sumiu da sua mente enquanto uma onda de vozes passava pela multidão reunida. *Isso não pode estar acontecendo.*

– Foi um erro infeliz – Berendht continuou –, e o policial responsável será submetido a uma rigorosa avaliação interna, e possivelmente enfrentará acusações criminais.

– Possivelmente? – Rawiya deu um passo adiante e empurrou dois repórteres. – E Javier Perez?

A pergunta deu início a uma reação em cadeia, um coro de vozes gritando e berrando na direção de Berendht, que parecia cada vez mais incomodado, mais rígido, até mesmo incerto do que estava dizendo, ou pelo menos da recepção esperada.

– Você está dizendo que precisou uma *menina branca* morrer para você finalmente começar a prestar atenção? – indagou Wanda, austera e determinada. – *Agora* alguém vai ser responsabilizado?

O chefe não respondeu a nenhuma das perguntas. Apenas olhou de volta para o papel enrugado.

– O Departamento de Polícia de Oakland também vai descontinuar o programa piloto no Colégio West Oakland a partir da manhã de hoje. Os detectores de metal serão removidos até o fim da semana.

Um grito irrompeu da multidão. Palmas, berros, vivas alegres. Moss estava chocado, os olhos compartilhando do júbilo do povo. *Oh, meu Deus*, pensou ele, *consegui*. Mas ele não conseguia formar palavras, não conseguia conceituar aquilo como vitória. Não *parecia* uma vitória. Ainda assim, Moss viu a animação no rosto dos colegas, viu Shamika apontar para ele e sorrir, sentiu o abraço da mãe. Era de verdade, não era? Isso era *verdade*.

– Para encerrar, o Departamento de Polícia de Oakland gostaria de oferecer um sincero pedido de desculpas a Morris Jeffries Jr., pelo seu tratamento ontem. – Neste momento Berendht olhou na direção de Moss, as palavras parecendo um saco de tijolos na garganta. – Juramos melhorar em nome de nossos cidadãos e lamentamos que você tenha sido ferido ao exercer os seus direitos.

O chefe disse tudo isso sem nenhuma inflexão, sem nenhuma sinceridade, sem nenhum valor. Berendht dobrou o papel meticulosamente e então o enfiou no bolso.

Moss não fazia ideia de qual era o protocolo aqui. Será que ele deveria agradecer àquele homem? Estava claro que outra pessoa – provavelmente Johanna – tinha escrito aquela declaração e que ele fora obrigado a lê-la para acalmar os ânimos. Por que Moss deveria expressar gratidão por aquilo?

Berendht não se moveu. Encarava Moss, os olhos pousados nele.

– Como prova de nosso comprometimento – disse ele, virando as costas para a multidão – e como gesto de boa vontade para com a comunidade, pedimos ao tenente James Daley para fazer um pronunciamento.

Um rolo compressor. Uma bola de demolição. Era o peso do universo caindo sobre eles. Os joelhos de Moss tremeram, e então o rosto branco e presunçoso de James Daley apareceu, perto do prefeito e do chefe.

De onde ele tinha vindo? Por que Johanna não o avisara?

O sangue de Moss ferveu, uma fúria instantânea se espalhou com tanta força dentro dele que as lágrimas lhe encheram os olhos.

– *Não* – disse ele, mais para si mesmo do que qualquer outra coisa, e então gritou: – NÃO!

Wanda não se conteve, muito chocada também. Foi Eugenia, de pé atrás de Moss, quem segurou na parte de trás da camisa dele e o puxou. Ele se aquietou num segundo, envergonhado por ter se esquecido da presença dela, mas isso não aplacou a sua fúria. Por quê? Por que Daley estava ali? O que ele poderia fazer que fosse ajudar?

Olhou para Eugenia, viu no rosto dela uma raiva que se assemelhava à sua. Como ela poderia lidar com a visão do homem que tinha matado seu filho? Mas o rosto de Eugenia estava plasmado numa raiva obstinada.

– Ele é meu – disse ela, quase inaudível, mas Moss ouviu, entendeu o que isso significava para ela.

A mãe enrolou os braços ao redor de Moss, e ele tomou a mão de Eugenia. Os três ficaram parados e encararam James Daley, o homem que tinha arruinado a vida de todo mundo.

Moss percebeu que ele tinha perdido peso. Daley parecia tão pequeno perto daquele púlpito, como se o mundo o tivesse esmagado nas últimas semanas. Não havia sorriso algum naquele rosto pálido; o corte de cabelo curto tinha desaparecido, os fios agora eram cheios e desiguais.

– Bom dia – disse James Daley, e não havia sarcasmo em sua voz, nenhuma arrogância, nada da fúria que Moss tinha ouvido da última vez. – Depois dos eventos de duas semanas atrás, decidi me entregar voluntariamente ao Departamento de Polícia de Oakland.

Eugenia começou a chorar. Moss não sabia o que era aquilo. Tristeza? Alívio? Raiva? Sentiu um aperto na garganta.

– A promotora municipal já conversou com o chefe Berendht e vai fazer um pronunciamento hoje. Mas queria me antecipar e mostrar que estou comprometido a assumir a responsabilidade pelo que aconteceu no Colégio West Oakland.

Como ele podia estar tão calmo? *Isso tem que ser um sonho*, pensou Moss. A multidão estava quieta demais. Aquilo não estava acontecendo, estava?

– Quero pedir desculpas à Sra. Perez. O seu filho morreu por minha causa. Lamento por isso.

Eugenia soluçou mais forte, caindo no ombro de Moss, e Moss não tinha certeza de que ele próprio podia ficar de pé por mais muito tempo. Havia tanta pressão pesando o seu braço, e ele deu uma olhadela para a mãe de Javier. Não havia tristeza no rosto dela. *Não*, ele percebeu, *ela quer matá-lo*. A raiva corria pelas feições dela, torcia-lhe a boca, e os olhos eram perfurantes.

– E quero pedir desculpas a Moss Jeffries. Tirei Javier da sua vida, e você tinha o direito de protestar pelo que aconteceu com ele.

– Você aconteceu... – disse Moss e ele sentiu Eugenia o apertar com mais força. – *Você* aconteceu a Javier!

Daley olhou para os três. Ele chorava, e isso encheu Moss de raiva. Ele não tinha pelo que chorar.

– Sim, você está certo – disse Daley. – E espero que você encontre uma forma de me perdoar.

Ele se afastou do púlpito e foi na direção deles, e Moss deu um passo para trás. James Daley estendeu a mão, a mesma mão que tinha segurado a arma que matara Javier com tanta facilidade. O homem caminhou até eles, direto para Moss, a mão pálida ali no espaço entre os dois. Moss encarou a mão estendida, depois o rosto de Daley, contorcido em tristeza e *esperança*. O homem tinha esperança, acreditava que tinha feito todo o necessário, que o pedido de desculpas dele consertava tudo, que o mundo dele ficaria bem de novo.

Javier tinha ido embora. Ele não mais voltaria.

Moss cuspiu direto na cara de Daley.

Ignorou os gritos e berros ao redor deles. Moss tinha certeza de que não seria ouvido acima do barulho, mas ele precisava dizer algo, qualquer coisa – a última coisa.

– Você não merece o meu, o *nosso* perdão.

Os três – Moss, Eugenia e Wanda – deram um passo para trás, então se viraram e desceram os degraus. O prefeito os chamou, pedindo para que voltassem, e Johanna tentou vir atrás deles, os saltos batendo e batendo. Mas a família dele não parou. Caminharam sobre o gramado da Praça Frank Ogawa, e Moss foi direto para os seus amigos. Rawiya abraçou Moss por alguns segundos, e então Bits apareceu, com os olhos alumiados de orgulho e respeito, e Moss o abraçou, com força e sinceridade, antes de abrir caminho.

Os repórteres os seguiram, e Moss tentou ignorar a presença deles, tentou fingir que não se importava. Eram como os mosquitos zumbindo na sua orelha nas noites quentes de verão, quando deixava a janela aberta. Mas então *ela* apareceu na frente dele, o braço numa tipoia como a de Enrique, e ele se deteve. Sophia Morales tinha um sorriso orgulhoso no rosto. Moss o retribuiu rapidamente, e Tyree entrou no campo de visão num canto.

— Sr. Jeffries, é bom te ver de novo — disse ela, e ele sabia que não era fingimento, que ela não estava fazendo média. — Tenho apenas uma pergunta para você.

Ele assentiu.

— O que o Departamento de Polícia de Oakland deve fazer daqui em diante?

Daqui em diante? Moss pensou.

Não havia um "em diante" na cabeça dele. Javier estava morto. Nada que a polícia fizesse iria trazê-lo de volta ou curar Moss ou Eugenia ou Reg ou Shawna. Nada faria com que Moss pudesse confiar neles de novo.

Então, Moss deu a única resposta em que conseguiu pensar.

— Parar de nos matar.

E então Moss deixou tudo aquilo para trás.

NOTA DO AUTOR

A história de Moss nunca vai acabar. Todos os que foram vítimas de violência sancionada pelo Estado sabem dessa realidade em um nível intrínseco. Somos frequentemente lembrados do que aconteceu conosco e vivemos com o medo de que, num estalar de dedos, vai acontecer tudo de novo. Quando comecei a planejar a jornada de Moss em 2012 – quando *O dom da fúria* tinha outro título e era o primeiro livro de uma trilogia de ficção científica –, sabia que esse jovem nunca teria um final feliz, que nunca faria parte de uma história que pudesse terminar com laços perfeitos no topo de um belo presente. Não parecia verdadeiro.

Isso não quer dizer que não sentimos – ou que não sentiremos – felicidade ou alegria novamente, ou que a justiça é impossível. É, porém, uma tentativa de falar sobre os fantasmas que permanecem, que se escondem nas sombras até mesmo da manhã mais brilhante.

Mas esse não é o fim. Para você, esse pode ser o começo.

A lista de leitura a seguir não está completa, não abrange tudo, tem lá suas limitações. E não é uma tentativa de dar a vocês um olhar aprofundado nos problemas estruturais que as pessoas enfrentam em cidades como West Oakland. Ferguson. A zona sul de Chicago. Watts. Compton. Boston. Nova York. Atlanta. Austin. Em vez disso, é um começo. Uma porta que se abre. Uma ideia que nasce. A fagulha de uma inspiração.

Alguns desses livros fizeram parte da minha pesquisa, outros influenciaram o aspecto político deste texto, e todos eles foram avassaladores. Cada um do seu jeito, todos me mostraram que a fúria é realmente um dom, e que empunhar esse dom é uma experiência maravilhosa.

Gosto de imaginar que, em outro mundo, muito parecido com o nosso, Moss encontrou uma árvore em Oakland. Talvez no Parque Splash

Pad ou em algum lugar perto de Fruitvale. Ele prendeu a corrente de Javier em volta dela, e ele a visita sempre que precisa de um lembrete. No caminho de sua pequena casa, pintada de amarelo cor de ovo, ele passa pelo mural que Carlos pintou. Nunca foi pichado, desfigurado, manchado. Continua lá, para lembrar a comunidade da perda e das possibilidades.

É um dom, um presente.

- *The New Jim Crow: Mass Incarceration in the Age of Colorblindness*, de Michelle Alexander
- *Critical Race Theory: The Key Writings That Formed The Movement*, de Kimberlé Williams Crenshaw (ed.)
- *Race and Police Brutality: Roots of an Urban Dilemma*, de Malcom D. Holmes e Brad W. Smith
- *Always Running: La Vida Loca: Gang Days in L.A.*, de Luiz J. Rodrigues
- *Brotherhood of Corruption: A Cop Breaks in the Silence on Police Abuse, Brutality and Racial Profiling*, de Juan Antonio Juarez
- *Our Enemies in Blue: Police and Power in America*, de Kristian Williams
- *Don't Shut Me Out!: Some Thoughts on How to Move a Group of People From One Point to Another OR Some Basic Steps Toward Becoming a Good Political Organizer!*, de James Forman
- "Phantom Negro Weapons", de Julian Abagond (Disponível em abagond.wordpress.com/2012/12/06/prantom-negro-weapons/)
- *Angels with Faces: Dreaming Beyond Bars*, de Walidah Imarisha
- *Notes of a Native Son*, de James Baldwin (Ed. bras: Notas de um filho nativo. São Paulo: Companhia das Letras, 2020)
- *No Name in the Street*, de James Baldwin
- *Time on Two Crosses: The Collected Writings of Bayard Rustin*, Devon W. Carbado e Donald Weise (ed.)

Uma das grandes motivações por trás de *O dom da fúria* foi o desejo de escrever um livro que eu gostaria de ter lido quando adolescente.

A ficção foi minha forma de interagir com o mundo externo durante esse período, mas eu desejava muito mais do que havia disponível. Tem sido uma experiência maravilhosa e inspiradora observar a ficção juvenil começar a refletir o enorme mundo em que vivemos. Sei que agora os jovens nas bibliotecas e livrarias podem finalmente escolher livros em que se veem representados. Agradeço a *The House of Mango Street* por isso (e também pelo nome de uma personagem), então gostaria de agradecer também aos livros a seguir. Eles mudaram o meu universo ou me deram esperança para o futuro, ao saber que os adolescentes do mundo todo poderão lê-los também.

- *Parable of the Sower (Ed. bras.: A parábola do semeador. São Paulo: Morro Branco, 2018)*, de Octavia E. Butler
- *Parable of the talents* (Ed. bras.: *A parábola dos talentos*. São Paulo: Morro Branco, 2019), de Octavia E. Butler
- *Little Brother (Ed. bras.: Pequeno irmão. Rio de Janeiro: Galera Record, 2011)*, de Cory Doctorow
- *The House on Mango Street (Ed. bras.: A casa na rua Mango. Porto Alegre: Dublinense, 2020)*, de Sandra Cisneros
- *The Hate U Give (Ed. bras.: O ódio que você semeia. Rio de Janeiro: Galera Record, 2017)*, de Angie Thomas
- *Dear Martin (Ed. bras.: Cartas para Martin. Rio de Janeiro: Intrínseca, 2020)*, de Nic Stone
- *All American Boys*, de Jason Reynolds e Brendan Kiely
- *How it Went Down*, de Kekla Magoon
- *Shadowshaper*, de Daniel José Older

AGRADECIMENTOS

Em primeiro lugar: obrigado à comunidade Mark Does Stuff. Há oito anos, ganhei uma estranha fama na internet ao gritar sobre livros que nunca tinha lido. Sobrevivi a um rompimento amargo, uma mudança para Oakland e uma demissão, e, através disso, descobri que poderia ganhar a vida deixando as pessoas incomodadas acerca das coisas que amam. Sem aqueles anos de apoio, eu não teria me sentido confiante o suficiente para começar a escrever *O dom da fúria*. Estou muito feliz porque, pela primeira vez, vocês não estão preparados.

Obrigado a meu parceiro e meu amor, Baize White. Escondi este manuscrito de você e implorei que não o lesse até que o tivesse reescrito várias vezes. Me afligia sua opinião porque sabia que não passaria a mão na minha cabeça. Você ajudou a moldar este livro de várias maneiras, mas também acreditou em mim e na minha história. Obrigado por ser quem você é.

Participei da minha primeira WorldCon em 2013 e foi lá que conheci Miriam Weinberg, que insistiu que nos afastássemos de todo mundo e fôssemos conversar sobre *anime* em uma piscina vazia. Soube naquele dia que seríamos amigos e também decidi que um dia trabalharia com você. Depois que *O dom da fúria* passou por uma mudança radical de gênero, senti apenas um arrependimento: o de não poder apresentá-lo a você. Fico feliz que isso não tenha acontecido porque não posso imaginar outra editora com quem gostaria de trabalhar. Você é hilária, perspicaz e incrivelmente brilhante. Seu trabalho com este livro me mostrou que conseguiu fazer o que eu estava tentando desde o início, mas também que você se importa. Existem muitos editores excelentes no mercado, mas há muito poucos que se preocupam com o mundo tão ardentemente quanto você. *O dom da fúria* precisava de você para ser completo.

Em meio a idas e vindas, Miriam foi quem primeiro me incentivou a procurar DongWon Song, para convidá-lo a ser meu agente. Ele me foi recomendado muitas outras vezes ao longo dos anos. Mas no verão de 2016, em meio a uma série de prospecções e rejeições, DongWon foi o único agente a me dar os conselhos de que precisava. Sua insistência para que me concentrasse na voz e na história de Moss foi o que me convenceu de que precisava escrever um livro juvenil que fosse contemporâneo, e não uma ficção científica. Um dia ainda retomarei o mundo dos robôs assassinos que se escondem debaixo de uma cidade, mas tenho uma dívida imensa com você, DongWon. Sua visão e paixão mudaram a minha vida, e não estaria realizando meu sonho sem você. É o melhor agente que eu poderia ter, então obrigado pelo presente que você me deu.

Seria negligente da minha parte se não agradecesse também à grande quantidade de editores e leitores críticos que leram o primeiro manuscrito de *O dom da fúria*, quando ainda se chamava *An Insidious Thing*. Minha gratidão eterna a Jeeyon Shim, Jesi Lipp, Kelsey Polovina, Olivia Dolphin, Christopher Brathwaite, Meg Frank, Maggie Brevig e várias outras pessoas que me fizeram críticas construtivas anos atrás. Todos vocês me ajudaram a escrever um livro melhor, e a maioria já me ouviu ler o livro um bilhão de vezes. Obrigado.

Tive a sorte de conquistar o respeito e o apoio de vários escritores, criadores, editores e editoras desde que comecei o Mark Does Stuff em 2009. Essas pessoas me encorajaram, me deram conselhos valiosos, me levaram até meu agente, divulgaram meu trabalho de não ficção, me contrataram para escrever ou editar e, de forma geral, fizeram esta pessoa *queer* latina acreditar que pudesse ter sucesso num mundo que geralmente tira esperança de alguém como eu.

Agradeço a Lindsay Ribar; N. K. Jemisin; K. Tempest Bradford; Daniel José Older; Justina Ireland; Monica Valentinelli; Kate Elliot; Seanan McGuire; Victoria Schwab; Alyssa Wong; Sarah Gailey; John Scalzi; Diane Duane; Tamora Pierce; Libba Bray; Lily Meade; Danika Stone; Jay Coles; Susan Denard; Justine Larbalestier; Danny Lore;

Brandon Taylor; Charlie Jane Anders; E. K. Johnston; John Rogers; Javier Grillo-Marxuach; Zoë Quinn; Michael Damian Thomas, Lynne M. Thomas, Michi Trota e toda a equipe de *Uncanny*; John Joseph Adams; Tammy Coxen; Tanya DePass; Rakeem, John, Rene, Baize e o *Podcast of Color*; Navah Wolfe; Mischief Management; ConFusion; Arisia; WisCon; todos da equipe DongWon, porque há tantos de nós e estamos conquistando o mundo; todo o grupo do Brooklyn Speculative Fiction Writers; e toda e qualquer pessoa que esqueci na hora em que escrevi isso. Vocês fazem a diferença.

Obrigado a Tor Teen e a Tor Books por tornarem o meu sonho realidade, que incluía ter meu livro publicado por vocês, especificamente, em algum momento da minha vida.

E obrigado a vocês, leitores e leitoras, por fazerem parte dessa jornada comigo.

Mark

Este livro foi composto com tipografia Electra Std e impresso
em papel Off-White 70 g/m² na Formato Artes Gráficas.